QUATRO REINOS CORROMPIDOS

MAI CORLAND

QUATRO REINOS CORROMPIDOS

Tradução
Carlos César da Silva

1ª edição

Galera
RIO DE JANEIRO
2025

PREPARAÇÃO
Angélica Andrade

REVISÃO
Rachel Agavino
Gisele Correa

CAPA
Adaptada do original de
Elizabeth Turner Stokes

TÍTULO ORIGINAL
Four Ruined Realms

CIP-BRASIL. CATALOGAÇÃO NA PUBLICAÇÃO
SINDICATO NACIONAL DOS EDITORES DE LIVROS, RJ

C832q Corland, Mai
Quatro reinos corrompidos / Mai Corland ; tradução Carlos César da Silva. - 1. ed. - Rio de Janeiro : Galera Record, 2025. (As lâminas partidas ; 2)

Tradução de: Four ruined realms
ISBN 978-65-5981-658-3

1. Ficção americana. I. Silva, Carlos César da. II. Título. III. Série.

CDD: 813
CDU: 82-3(73)

25-98379.0

Carla Rosa Martins Gonçalves - Bibliotecária - CRB-7/4782

Texto revisado segundo o Acordo Ortográfico da Língua Portuguesa de 1990.

Direitos exclusivos de publicação em língua portuguesa somente para o Brasil adquiridos pela
EDITORA GALERA RECORD LTDA.
Rua Argentina, 120 – Rio de Janeiro, RJ - 20921-380 - Tel.: (21) 2585-2000,
que se reserva a propriedade literária desta tradução.

Impresso no Brasil

ISBN 978-65-5981-658-3

Para o meu amor, raio de sol e homem de aço

Quatro reinos corrompidos é uma fantasia de aventura sombria repleta de lâminas afiadas, lábios envenenados e um novo poder que surge nos reinos. Portanto, a história traz elementos que podem não ser adequados para todos os leitores, como representações de violência, sangue, morte (incluindo a morte de familiares, de pessoas encarceradas e de animais), prisão, envenenamento, afogamento, estripação, tortura, classicismo, sexismo, linguagem explícita e conteúdo sexual. Há, ainda, a discussão de servidão por contrato, agressão, abuso sexual contra menores de idade, colonização e genocídio. Leitores que possam ser sensíveis a tais elementos, leiam com cautela, e preparem-se para arriscar tudo pelo Anel Dourado...

Personagens principais

AERI (AH-*ri*): ladra, princesa de Yusan e filha do rei Joon
MIKAIL (*Mi*-KÉL): antigo mestre-espião da coroa
ROYO (RÔ-*io*): capanga de Yusan
EUYN (IUN): príncipe banido de Yusan, irmão do rei Joon
SORA (SÓ-*ra*): donzela venenosa de Yusan, antiga serva comprada pelo conde Seok
TIYUNG (TAI-*iang*): filho único do conde Seok, mandado à Prisão do Ócio

Outros personagens importantes

REI JOON (JUN): rei de Yusan
QUILIMAR (QUI-*li-mar*): rainha de Khitan, irmã do rei Joon e de Euyn
GENERAL VIKAL (VI-*cal*): general das Forças Armadas de Khitan
CONDE SEOK (SÍ-*óc*): conde do sul, de Gain, que detém a escritura de Daysum
DAYSUM (DE-*i-sun*): irmã de Sora, está sob a tutela do conde Seok
CONDE BAY CHIN (*Bei Xin*): conde do norte, de Umbria
CONDE DAL (DAU): conde do leste, de Tamneki (falecido)
GENERAL SALOSA (*Sa*-LÔ-*ça*): general dos guardas do palácio de Yusan
ZAHARA (*Zar*-RÁ-*ra*): espiã yusaniana
FALLADOR (FÁ-*la-dôr*): príncipe exilado de Gaya
AILOR (Ê-*lór*): pai de Mikail
GAMBRIA (GÃ-*bri-a*): prima de Fallador
UOL (U-*ôl*): sacerdote-rei de Wei

ANTERIORMENTE NA TRILOGIA DAS LÂMINAS PARTIDAS

Cinco dos mentirosos mais perigosos do reino se juntaram para cumprir uma missão: matar o deus-rei Joon de Yusan. Aeri, uma ladra de joias, ofereceu ao capanga Royo uma fortuna em troca de proteção na jornada para roubar a Coroa Imortal. Sora, uma donzela venenosa presa em uma vida de servidão ao conde de Gain, recebeu a promessa de ser liberta junto à irmã em troca do assassinato do rei, mas foi forçada a viajar com o inimigo de quase uma vida inteira, o filho único do conde, Tiyung. Euyn, outrora príncipe de Yusan, foi exilado, e mais tarde encontrado por seu antigo amor e atual mestre--espião da coroa, Mikail, que lhe deu a oportunidade de usurpar o trono do irmão. Entre fugas acirradas e motivos ocultos, os membros deste grupo improvável aprenderam a confiar uns nos outros, mas suas alianças foram quebradas quando eles descobriram que o rei Joon estivera por trás de tudo desde o início. Seu objetivo era que a filha, Aeri, reunisse os assassinos para que eles lhe entregassem o Anel Dourado do Lorde Dragão, usado por sua irmã, a rainha de Khitan.

No entanto, nossas cinco lâminas têm outros planos…

NOTA DA AUTORA

A Coreia tem uma mitologia rica e uma cultura vibrante por si só. Como uma coreo-americana que foi adotada, eu me inspirei em minha história e minhas experiências de vida para criar o mundo de *Quatro reinos corrompidos*. No entanto, cabe ressaltar que esta obra não é nem um trabalho de ficção histórica, nem uma fantasia baseada no mundo real: ela se passa em uma ambientação ímpar inspirada nas minhas pesquisas acerca de mitos, lendas e cultura da Coreia. Tomei liberdade criativa do início ao fim, mas espero que ao final deste livro os leitores sintam que tiveram a vida transformada, assim como eu senti durante a escrita desta obra.

— Mai

CAPÍTULO UM

AERI

OCEANO DO LESTE

Não aguento mais este navio — o sacolejo todo, o espaço apertado, o fato de que todo mundo agora quer me matar. Tem sido exaustivo.

Ainda assim, minha semana no Oceano do Leste não foi nem de longe tão ruim quanto a de Euyn. O quarto dele fica bem em frente ao meu, e eu o ouço passando mal dia e noite. Vai ver ele fica enjoado por causa do mar, mas posso estar errada. Até teria ido ver se precisa de algo, mas tenho um pouquinho de medo que ele atire em mim com a besta.

E, com "um pouquinho", quero dizer *muito*.

Acho que é isso que acontece quando todo mundo descobre que você é a filha do rei — e que estava planejando traí-los desde o começo.

Ouço passos do lado de fora do quarto e agarro o livro, paralisada. Tem alguém vindo. Olho para os móveis posicionados contra a porta. Há uma fechadura na cabine, mas acho difícil que uma tranquinha de nada vá ser páreo para a quantidade de assassinos presente neste navio. Então, assim que subimos a bordo, me fechei aqui com toda a mobília contra a porta. Só saí escondida, para pegar comida e esvaziar a latrina.

O som esvanece, e eu solto um suspiro. Estou prestes a retomar a leitura quando alguém bate à porta.

Meu coração dispara. Será que pode ser Royo?

Minha vontade de revê-lo é tão grande quanto o medo. Quero contar que eu não sabia que ele fazia parte do plano do rei de atrair Sora, Euyn e Mikail. O conde Bay Chin tinha mencionado Royo em uma conversa, de maneira despretensiosa, como alguém de confiança que iria me proteger. Jamais imaginei que poderia haver mais motivos para Bay Chin querer envolvê-lo na tramoia. No entanto, não falei nada disso para Royo porque, no fim das contas, duvido que ele acreditaria em mim.

A cabine dele fica à esquerda da minha. Encostei o ouvido na parede fina dezenas de vezes nestes últimos sete dias. Eu o ouvi zanzando pelo quarto e roncando, então sei que está bem, mas ele não se deu ao trabalho de falar comigo. Talvez tenha enfim mudado de ideia e me perdoado. Ou talvez esteja aqui para me matar — assim como matou a própria namorada, anos atrás.

Suspiro e mordo o lábio, lembrando que não sou a única mentirosa. Talvez fosse melhor para mim evitá-lo também, agora que descobri no salão do trono que sou péssima em julgar o caráter alheio.

Uma segunda batida me arranca dos devaneios. Hesito, mas a curiosidade fala mais alto.

— Quem é? — pergunto. Minha voz soa estranha, rouca por ter passado uma semana sem falar.

— É a Sora.

O alívio e uma pontinha de decepção tomam conta de mim. Eu me levanto e afasto os móveis. Demora um pouco, mas enfim consigo abrir uma fresta da porta.

Sora está belíssima, como sempre. Os olhos violeta brilham, a pele reluz, e ela está usando um vestido verde elegante. Suspiro com pesar. Até mesmo o cabelo preto dela é perfeito — e ninguém tomou um banho de verdade desde que partimos de Yusan, então como é possível?

— Sim? — pergunto.

— Estamos chegando ao Porto de Quu — diz ela, a voz melódica como sempre. — Quer ir para o convés comigo? A gente precisa ter uma conversa em grupo antes de chegar a Khitan.

Sora fez um discurso muito motivador quando fomos mandados para esta missão arriscada de roubar o Anel Dourado do Lorde Dragão. Enquanto, no salão do trono, o restante de nós remoía as traições todas que estavam acontecendo, Sora chamou todo mundo e contou seu plano. Quer que a gente convença a cruel rainha de Khitan — minha tia — a declarar guerra contra Yusan, forçando o rei Joon a deixar o Palácio de Qali novamente. Assim, teríamos uma segunda oportunidade de roubar a coroa e, dessa vez, realmente matar o rei.

Meu pai.

Estou um tanto dividida quanto a isso tudo, mas não é o momento de pensar nele — Sora está esperando. Eu me recomponho e assinto. Em seguida, visto o manto de pele vermelho por sobre o vestido e saio.

Sora abre um sorrisinho para mim, e então subimos as escadas. Ela é a única que parece se importar com o fato de eu ter agido pelas costas do meu pai, e que, no fim das contas, eu os escolhi.

Tremo, sentindo o vento frio quando subimos para o convés. Forço a vista na claridade do dia. De alguma forma, o céu está ao mesmo tempo cinza e tão claro que chega a machucar a vista. O Oceano do Leste se ergue em ondas brancas, e o chão está escorregadio, mas o ar fresco é agradável depois de eu ter passado tanto tempo enfurnada na cabine. O mar esteve agitado nos últimos dias por causa da temporada de monções que começará a qualquer badalada. Temos sorte de a chuva ter dado trégua — do contrário, esta viagem teria sido muito pior.

Balanço a cabeça e olho para as nuvens densas. É difícil de acreditar que poderia ter sido pior.

Avisto Mikail e Euyn na proa da embarcação de madeira molhada. Mikail está apoiado na balaustrada, com seu corpo alto e ágil, examinando o horizonte com aqueles olhos azul-esverdeados. Euyn está à direita dele, mas um pouco mais longe do que o normal. A barba do príncipe está desgrenhada, e o corpo esguio, consideravelmente magro. Ainda assim, continuam sendo dois dos homens mais letais que já conheci.

Engulo em seco e me aproximo mais.

Vejo Royo na lateral, carrancudo, com um casaco de pele. Deuses, como senti saudade. O cabelo preto grosso cresceu desde que nos conhecemos. Meu coração idiota palpita assim que fazemos contato visual. Foi uma tortura saber que apenas uma parede fina nos separava. Quero correr até ele, mas existem inúmeros motivos pelos quais eu deveria ficar na minha, e o maior deles é haver uma grande possibilidade de Royo me jogar na água. E eu não sei nadar.

Ele finge não me ver, mas endireita a postura quando chego mais perto. Cerra as mãos em punhos e tensiona o músculo do maxilar. Desvio o olhar, fingindo que aquela reação não me causa um aperto no peito. É aí que percebo que Euyn e Mikail não trocaram uma palavra entre si.

Acho que faz sentido. Depois de tudo que passamos, era de se esperar que ficássemos desconfiados e irritados, mas agora temos que trabalhar juntos. Só que, para ser sincera, não sei nem se conseguiríamos dialogar, que dirá começar uma guerra juntos.

Sora olha para cada um de nós e franze os lábios, resoluta.

— Temos muito a perder para continuarmos desunidos deste jeito. Entendo que ninguém quer confiar em ninguém, mas eu me recuso a abrir mão de tentar salvar minha irmã. E me recuso a deixar Tiyung apodrecer na Prisão do Ócio, se é que ele ainda está...

Ela para de falar e depois balança a cabeça. Respira fundo, e passa as mãos delicadas pelo vestido. Meu pai mandou Tiyung para a Prisão do Ócio, a masmorra embaixo do lago do palácio. É impossível saber se Ty continua vivo, e todos estão cientes disso.

Sora ergue o queixo. Suas mãos tremem, então ela as esconde às costas.

— Eu me recuso a morrer antes de ver o conde Seok aos meus pés, implorando pela própria vida. Não é como se eu estivesse superfeliz com vocês, mas temos que seguir em frente. O rei Joon acha que vamos roubar o anel, mas precisamos persuadir a rainha Quilimar a nos ajudar a atraí-lo para fora do Palácio de Qali. Precisamos matá-lo e terminar o que começamos, colocando Euyn no trono. Do contrário, vamos todos morrer, e pessoas muito melhores que nós cinco vão sofrer as consequências. — Ela fita cada um de nós para transmitir a mensagem. — As pessoas que amamos estão em risco. Se não for a confiança que vai nos unir, então que seja a vingança.

Analiso o semblante sincero dela, a determinação. Deve ser exaustivo ser Sora, ter que ser sempre magnânima. É tão mais fácil se rebaixar ao nível das outras pessoas. Só que talvez as pessoas boas assumam naturalmente um patamar mais alto que todo o restante, como coalho e nata.

— Como sabemos que ela não continua trabalhando para Joon? — Euyn gesticula vagamente na minha direção.

Mordo o lábio e sinto o estômago revirar. Agora tenho certeza de que todos cogitaram me matar. Antes era apenas um palpite.

— Porque ela o traiu, no fim das contas — diz Sora, dando de ombros. — E ele a mandou para uma missão suicida.

Sinto crescer em mim o impulso de defender a mim mesma e, até certo ponto, meu pai, mas não há como negar que ele de fato não se importa se vou sobreviver ou morrer. Sim, ele prometeu me reconhecer como sua filha e fazer da minha mãe sua primeira rainha póstuma, mas de nada valem promessas que saem de bocas cheias de mentiras. Ele nunca se importou comigo, nem uma vez sequer em dezenove anos. Se bem que eu não estava lá muito preocupada com a segurança e o bem-estar dele também.

Um ano atrás, ele jurou que seria o pai que eu merecia, que tinha mudado e deixado no passado os seus tempos de tirania. Parando para pensar agora, foi tolice da minha parte acreditar, mas eu estava tão desolada por ter perdido minha mãe, tão desesperada para não estar mais sozinha, que me deixei levar pelas palavras doces dele. Minha mãe sempre me disse que tudo de que precisávamos era o amor de Joon, e eu achei de verdade que ela estava certa. Veneno pode parecer açúcar quando se está morrendo de fome. Porém, enquanto eu viajava à capital na missão de levar até ele estes assassinos, percebi que *eles* se importavam comigo muito mais que meu pai já se importou. Mais do que um dia vai se importar.

Só que isso foi antes de eles descobrirem que eu sou filha de Joon. Sua única herdeira.

— Então está dizendo que o que precisamos fazer agora é conseguir uma audiência com essa rainha? — questiona Royo. Sua voz ribomba, e eu me esgueiro em direção ao som.

Mikail passa a mão pelo cabelo castanho ondulado.

— É mais fácil na teoria do que na prática. Desde que Wei tentou assassinar o rei de Khitan quinze anos atrás, nunca mais deixaram ninguém chegar a trinta metros do trono. Chamam isso de Regra da Distância. E não é como se pudéssemos gritar nossos planos de traição diante da corte khitanesa. Há diplomatas e espiões de Yusan presentes por todo lado.

O convés fica em silêncio, exceto pelas ondas que batem na proa e o grasnar das gaivotas. Torço o cabelo, que agora chega aos ombros, em uma trança. Os pássaros indicam que estamos perto do reino do norte de Khitan, e surge um novo empecilho em um plano já confuso.

Sora leva a mão ao queixo.

— Tem que haver um jeito melhor de chegar mais perto. Euyn é irmão dela, e Aeri é...

— Princesa — grunhe Royo. O tom não é nada positivo.

— Era para nós dois estarmos mortos — fala Euyn. — E minha irmã não nutre amor algum por sua linhagem. Ninguém da minha família, sendo honesto.

Ele fixa os olhos castanhos em mim, um pouco mais pálido por causa do balanço forte do mar.

Aceito a alfinetada, porque ele não está errado. Meu pai ordenou a execução de Euyn, meu tio tentou me matar e eu conspirei para o assassinato do meu pai. Ouvi dizer que minha tia tentou matar meu pai mais de uma vez também. Os Baejkin são uma família bastante caótica. Quanto maior o poder de uma linhagem, mais problemas ela tem.

— A rainha Quilimar deve ter algum tipo de círculo íntimo. Ninguém consegue governar por conta própria — sugere Sora.

— Um capitão da guarda do palácio ou alguma ama? Talvez generais? — arrisco.

Mikail me olha com desdém, e eu troco o peso entre os pés para me preparar. Isto não é nada bom. Posso conseguir me esquivar de Euyn, ainda mais considerando que ele está sem a besta, mas Mikail mata com uma velocidade que eu jamais testemunhei. Tenho facas de arremesso escondidas em compartimentos do manto, mas isso não serve para me tranquilizar. Eu estaria morta um segundo depois de lançar uma delas.

Por outro lado, tenho o amuleto para usar em último caso. Sem perceber, levo a mão à gola do vestido. As Areias do Tempo do Lorde Dragão continuam onde sempre estiveram, escondidas em um colar debaixo da roupa. Considerei usá-lo para fugir antes de embarcarmos. Eu poderia ter feito isto… congelar o tempo novamente e sumir. Mas não tinha para onde ir e, mais do que isso, sabia que eles não chegariam a lugar algum sem mim. Passei a amar de verdade todos eles, apesar de estar na cara que nenhum deles gosta de mim agora.

— Vikal — diz Euyn, secando a testa. — Ela é a general das forças armadas de Khitan. Aposto que Quilimar dá ouvidos a ela. Lembro de as duas serem próximas.

Mikail não parece convencido.

— Elas são, mas se fosse tão simples quanto só conversar com uma general, Joon não teria se dado ao trabalho de nos juntar. Ele nos escolheu para a missão por um motivo. A quais características particulares ele se referiu? Qual é a pegadinha? Estamos deixando algo crucial passar, mas não consigo adivinhar o quê.

Todos se viram para mim. Royo finge não me olhar, mas está esperando que eu responda. O problema é que não faço a menor ideia.

— Eu realmente não sei — admito. Eles me fitam com diferentes níveis de credulidade. — Bem que eu queria. Tudo o que ele me disse foi que vocês eram perigosos para o trono e que ele queria que eu levasse todos com o mínimo de baixas possível.

O silêncio recai sobre a proa do navio, a tensão pairando entre nós. Estremeço. "O mínimo de baixas" são palavras do meu pai, não minhas, mas ficam suspensas no ar, piores a cada segundo que passa.

— Bem, vamos pensar — fala Euyn. — A Sora consegue envenenar. Eu sei atirar. — Ele para e olha para Mikail. — E você é espião. Mentiroso. Manipulador. E traidor.

Mikail repuxa os lábios em um sorriso falso. Simplesmente encara o outro homem, seu amante, e arqueia as sobrancelhas de leve.

É constrangedor.

O restante de nós olha para qualquer lugar que não seja eles dois. Acho então que os dois também não se falaram nesse meio-tempo. Não ouvi mais ninguém no quarto de Euyn, mas presumi que tivessem feito as pazes. Não é o que parece. Sinto um aperto no peito. O fracasso da tentativa de assassinato rompeu todas as conexões do nosso grupo — até mesmo as mais fortes.

Uma onda enorme quebra no casco, fazendo a embarcação balançar. Todos procuramos alguma coisa em que nos apoiar. Agarro a corda grossa suspensa do mastro. Preferiria me apoiar em Royo, mas ele está distante de mim, em todos os sentidos.

Quando o mar se acalma, Sora abre a boca, aparentemente pronta para apaziguar a situação, mas Mikail fala primeiro.

— Podemos falar de segredos, se quiser, mas deixe-me lembrá-lo de que você não é inocente. Também não foi sincero a respeito de caçar Chul por diversão.

Euyn desvia o rosto, mas Sora olha para ele.

— Chul? Você disse Chul? — questiona ela.

Está ofegante, os olhos fixos em Euyn. O mar se acalmou desde aquela última onda, mas eu nunca a vi tão intensa. O que é que está acontecendo com ela?

Fito Royo, depois Mikail, mas os dois também parecem desconcertados. Os olhos azul-esverdeados de Mikail vertem de Euyn para Sora. Royo franze o cenho.

— Disse… — fala Mikail, titubeando.

— Chul o quê? — pergunta Sora. A resposta é o silêncio. — Chul o quê, Euyn?

— Sora… — diz ele baixinho, mas sem olhar para ela.

Euyn franze os lábios. Seja o que for, ele não quer contar a ela, o que não pode ser um bom sinal.

— Era Inigo, como o vilarejo? Foi Chul Inigo? — questiona ela.

Royo dá um passo na direção dela. Ainda não sei o que está acontecendo, mas Sora parece cada vez mais transtornada. Quem é Chul Inigo, pelos deuses?

Euyn balança a cabeça.

— Sora, eu...

— Você estava caçando *o meu pai* como se ele fosse um javali? Só pra se divertir! — grita Sora.

Puta merda.

Euyn fica tão branco quanto as velas, praticamente confirmando a acusação de Sora.

Tudo ao meu redor desacelera, quase como se eu estivesse usando meu amuleto do tempo. Mikail ergue as sobrancelhas, surpreso e Royo está boquiaberto. Mas é o semblante de Sora que muda como um temporal. O rosto dela é tomado por choque, humilhação e mais alguma coisa que não sou capaz de definir. Depois, sua beleza se transforma em raiva.

Ela avança, mas Mikail a agarra quando Sora está prestes a atacar o pescoço de Euyn. Royo se apressa para intervir, segurando a cintura de Sora com os braços musculosos. Os dois rapazes a puxam para trás e ela tenta escapar, arranhando o ar. Está desesperada para machucar Euyn, nem que seja apenas com as unhas.

Eu já vi Sora matando, mas nunca a vi *querendo* matar — é uma coisa medonha.

Sem conseguir alcançá-lo, Sora solta um ganido, mais desesperado do que qualquer outra coisa que já ouvi. O som me faz tremer da cabeça aos pés. É uma combinação de fúria e dor dilacerante.

— Você deveria ter morrido no exílio! — vocifera ela.

Royo e Mikail a afastam. Mikail olha por sobre o ombro para Euyn, a mais profunda repugnância estampada em seu rosto.

Ele não sabia que Chul era pai de Sora.

Mikail e Royo levam Sora para a parte de trás do navio, praticamente carregando-a, enquanto ela grita de agonia. A tripulação corre para lá e para cá e finge não ver nada, mas todos estão reparando em Sora.

Fico sozinha na dianteira, com Euyn, que fica parado de costas para mim. Seus ombros enrijecem enquanto ele agarra a balaustrada. Eu me preparo, achando que ele está prestes a falar, mas ele apenas se inclina para a frente e vomita.

Estamos quase no porto. O Palácio do Rei Celeste brilha através da névoa no topo da Montanha Oligárquica, e o porto surge à vista.

Pelos deuses, estamos ferrados.

CAPÍTULO DOIS

MIKAIL

OCEANO DO LESTE

Para falar a verdade, isto não está indo nada bem.

Euyn sabia. Meus ombros cedem, e não consigo deixar de ficar decepcionado, mesmo que não esteja nada surpreso. É óbvio que ele sabia. Reconheceu Sora na noite que a encontramos em Rahway — foi por isso que ele fez aquela cara quando perguntou o nome completo dela durante o jantar. Tinha ligado os pontos, mas não disse nada.

Em alguns momentos, como este, eu me pergunto se sou mesmo capaz de amar um homem como ele. Será que isto é amor, ou estou apenas fissurado nos altos e baixos feito um viciado em laoli? Será que ele poderia um dia ser um rei justo, ou será a mesma coisa que o irmão, se não pior?

Deixo minhas dúvidas de lado. Agora, tenho questões mais urgentes que o futuro de Yusan.

Sora era a cola que nos unia, e ela está em pedaços. Pela primeira vez na minha vida tão cheia de eloquência, não sei o que dizer. Ela quer machucá-lo, e não está errada por isso, mas não posso deixar que o faça. No fim das contas, não sou tão hipócrita assim. Aceitei que Euyn caçava pessoas, e é difícil ficar chateado com ele por guardar segredos de mim quando eu também menti sobre inúmeras coisas, até o fato de o plano para assassinar Joon ter sido orquestrado por Quilimar. Na verdade, guardei mais segredos dele do que ele um dia conseguiria guardar de mim, incluindo o fato de eu não ser yusaniano.

Seria um absurdo da minha parte cobrar honestidade de outras pessoas.

Tomo a minha decisão de ficar ao lado de Euyn mais uma vez. Embora eu deva admitir que desta vez a situação não está me descendo bem.

— Ele o poupou, Sora — falo.

Ela para de chorar por um momento e joga o cabelo por sobre o ombro para me olhar feio. Acho que eu mereço. É difícil defender a caça de pessoas por diversão.

Faço uma nova tentativa.

— O motivo de Euyn ter sido banido foi porque o Chul sobreviveu. Porque Euyn poupou a vida dele.

— Ele não merece o trono. Merece morrer — dispara ela.

Ela sustenta meu olhar, e eu vejo o desafio em seus olhos. É o lado feroz de Sora, mais intenso que o de qualquer guerreiro que já conheci. Neste momento, ela o mataria sem hesitação ou arrependimento.

— Sora, todos nós merecemos morrer — comento.

O semblante dela muda, surpresa, e sinto que estamos nos entendendo. Independentemente das motivações, nós dois assassinos em massa. Roubamos almas e torcemos para que Lorde Yama não venha nos buscar. Por diversas razões, merecemos morrer.

Com um suspiro, Sora abranda um pouco. Não vai matar Euyn — não por ora, pelo menos, o que é o suficiente para mim.

— Todos fizemos escolhas que não podemos desfazer. Mas nosso objetivo é matar Joon — acrescento.

— Mas se vamos levar o anel até ele… — começa Royo.

— Ele vai nos trair e nos matar. Ou nos fazer roubar o Cetro D'água de Wei, o que com certeza resultará em morte. Seria uma tolice imensa da nossa parte deixar Joon levar a melhor às nossas custas uma segunda vez.

— Ele nunca teve intenção de poupar o Hwan?

Royo franze o cenho em uma expressão de confusão.

Hwan é o homem que foi preso por matar a própria filha. A pessoa que Royo tem lutado para libertar. Muito me admira que ele não tenha sacado que, embora Joon tivesse nos prometido grandes recompensas — títulos, propriedades, misericórdia —, não tem praticamente intenção nenhuma de honrar a própria palavra. Um deus-rei não se importa com promessas feitas a pessoas como nós.

Royo, no entanto, é um homem que preza a honra, e pessoas como ele não conseguem conceber que existe alguém como Joon. Royo e Sora são guiados pela mais absoluta dualidade de certo e errado. Não têm a moral flexível de quem detém poder. Assim, Joon vai eliminá-los, pois elimina todos a quem não consegue controlar.

— Não — respondo. — Não a menos que seja vantajoso para ele. O rei jamais se preocupou com alguém da plebe, a menos que isso beneficiasse seus objetivos de alguma maneira. Pode até mandar Hwan para a Prisão do Ócio, mas só para torturá-lo, se necessário.

Royo coça a cicatriz que corta seu rosto.

— Então o rei Joon tem que morrer.

Sora suspira e assente, a raiva vacilando. Ela curva o corpo, os ombros murchando. Sem toda a sua raiva, tudo que lhe resta é o sofrimento. De muitas maneiras, a fúria é melhor, porque ao menos é algo palpável a que se agarrar. A tristeza não passa de um imenso terreno baldio.

— Você está sangrando — diz ela, olhando para meu pescoço.

Toco minha pele, e meus dedos ficam molhados de sangue. Ela me arranhou enquanto se debatia para alcançar Euyn.

— Vou sobreviver.

— Tem certeza de que Euyn deixou meu pai escapar?

Seus olhos estão marejados de lágrimas, e também com um lampejo de esperança. É bom não ter que mentir para ela desta vez.

— Absoluta. Foi seu pai quem contou ao palácio que Euyn andava caçando condenados na Floresta do Oeste.

— E você sabia disso — conclui ela.

Sora analisa meu rosto, assim como Royo. Tenho vontade de mentir, mas seria só para livrar minha própria cara. Para enfrentarmos esta nova missão, vou ter que começar contando a verdade — bem, pelo menos até onde for possível.

— Sabia — confesso.

Ela sustenta meu olhar.

— E também sabia que era meu pai?

— Não. Juro por tudo que é mais sagrado que não. Vocês não se parecem nem um pouco.

Ela suspira e baixa o olhar para as mãos, as unhas que me fizeram sangrar. Teremos que derramar muito sangue para salvar as pessoas que amamos. Já estou em paz com esse fato há muito tempo, e ela também.

— Acha mesmo que Euyn vai ser um bom rei? — questiona Royo.

Respiro fundo. Será que acho?

— Acho que todos nós fizemos coisas das quais não nos orgulhamos. Acho que as pessoas são mais do que os erros cometidos. Ao menos, é o que gosto de pensar. Acho que Euyn mudou e continua evoluindo. E que ele vai ser pelo menos melhor que Joon.

— Ou talvez seja só o que você torce para acontecer — rebate Royo.

Os dois me encaram, esperando por uma resposta, então dou de ombros.

— Dá na mesma.

Ouvimos sinos de fora do navio. Chegamos à capital de Khitan.

— Porto de Quu! — anuncia o capitão, andando pelo convés. — Porto de Quu!

Bem a tempo para que eu possa ignorar as palavras de Royo.

Olho de relance para Sora, que endireita a postura e se recompõe mais uma vez. Forjei documentos para ela porque os verdadeiros ainda contêm a marca da escritura. Embora os servos por contrato e escravizados sejam libertos ao cruzarem as fronteiras de Khitan, o país tem que ao menos fingir que eles entraram na encolha. Também criei documentos para Aeri e Euyn, considerando que, tecnicamente, ambos estão mortos. E, óbvio, eu mesmo jamais entrei em reino algum usando meu nome verdadeiro. Nunca uso minha identidade real para nada.

Não é um começo lá muito auspicioso, trazer mentirosos mortos para Khitan, mas vou ser mais esperto que Joon. Perdemos a batalha, mas eu vencerei a guerra.

Antes de tudo, tenho que encontrar outro espírito que também está morto, tecnicamente — Fallador, o príncipe exilado de Gaya —, para descobrir como podemos chegar à rainha. E como enfim libertar nossa terra natal.

CAPÍTULO TRÊS

ROYO

CIDADE DE QUU, KHITAN

Conseguirmos chegar a Khitan sem matarmos uns aos outros — o que imagino ser pelo menos uma vitória.

A capital fica bem perto do mar, da mesma forma que Tamneki parece se abaixar sobre o mar, mas Quu não tem nada a ver com Yusan. A cidade fica de frente para uma montanha enorme, com mansões esculpidas nas encostas e um palácio dourado no topo. O castelo brilha feito um farol, mesmo sob toda esta chuva.

Ajeito o capuz na cabeça. Cogitei raspar o cabelo no navio, mas sei lá, agora já me acostumei. Avançamos pelas ruas molhadas de Quu. Há paralelepípedos por todo lado, e as casas se aglomeram bem próximas umas às outras, pintadas de vermelho como maçãs, verde feito plantas, azul-escuro ou amarelo-mostarda. É uma mistura de tons, e tem pessoas também. Alguns são de Yusan, mas também há muitos khitaneses. Há weianos, e algumas pessoas devem ser das Terras Exteriores. É basicamente uma mistureba de gente familiar e desconhecida. Sobretudo as mulheres, que se vestem como homens, usando armas nos cintos e calças para cobrir as pernas.

Eu sabia que estávamos vindo para outro lugar, só não imaginei que Khitan seria tão diferente assim.

Mas é.

Chegamos à estalagem Litoral Gris após termos virado em várias esquinas. Mas não chegamos tão longe, pois do saguão eu ainda consigo sentir o cheiro do sal do porto e vejo as velas das embarcações.

Mikail dá entrada na nossa estadia. É um lugar decente, apesar de Euyn não parar de resmungar. Não é como se fosse um palácio, mas pelo menos é seco e climatizado. É tudo de que se precisa em meio a um temporal.

Mikail dá minha chave. As garotas foram para o toalete assim que entramos, e ainda estão lá. Penso em esperar Aeri, embora fosse melhor não fazer isso. Não tenho nada a dizer a ela. Ou tenho coisas demais presas na garganta. Às vezes, dá na mesma.

Vou para o quarto e jogo a bolsa em uma cadeira estampada. As armas fazem barulho lá dentro, mas as barras de ouro e o diamante de um milhão já eram — o palácio pegou tudo antes de nos mandar nesta jornada. Todo o dinheiro que eu tinha guardado para pagar a liberdade de Hwan. Todos os anos sujando as mãos de sangue. Todos os gritos, as mortes e as escapadas furtivas, só para eu terminar sem nenhum dinheiro. Nunca me deixei afetar pelas merdas que fiz porque elas foram necessárias. Mas agora que tudo deu em nada, elas vêm à tona de uma só vez.

As súplicas por clemência, os berros e gritos de morte ecoam na minha cabeça. Os fantasmas de erros passados pairam sobre mim. Os homens que nunca mexeram comigo, mas que eu machuquei. Meus ombros cedem, o peso grande demais. Os gorgolejos, os clamores, as lágrimas. Cubro os ouvidos para silenciar o barulho. Mas de nada adianta, pois está *dentro* de mim.

Não. Balanço a cabeça e endireito a postura. Tudo o que fiz não pode ter sido em vão. Afinal, tudo isso me trouxe até aqui. Vou libertar um homem inocente. Quando matarmos o rei, vamos salvar centenas de prisioneiros que não merecem morrer. Pode não compensar meus erros, mas também não fará ainda mais mal.

Deixo as lembranças de lado e acendo um palito de fósforo. Temos um trabalho a fazer.

A lenha seca na lareira cria vida, as chamas dançando na madeira. O fogo é o melhor tipo de conforto quando se está molhado e cansado. A única coisa melhor que isso são os braços de quem você ama.

Aeri.

Não. Não *Aeri.* Princesa Naerium.

Esse tempo todo ela era uma princesa. E não disse nada.

Sinto um aperto no peito. Não tenho dinheiro, nem mulher, tudo porque ela estava brincando comigo desde o começo. E, mesmo sabendo disso, ainda assim foi inevitável. Colei a orelha à parede do navio para ter certeza de que ela estava bem no quarto. Fiz patrulhas para impedir que os outros a matassem. Porque o que nós dois tínhamos parecia ser real. Porque estou solitário. Porque sou o rei dos otários.

Solto um grunhido e jogo a cabeça para trás, encarando o teto. Preciso parar com isso. Tenho que ser mais frio. Não posso dar a mínima para o que acontecer à princesa Naerium. Aeri está morta para mim... Preciso aceitar isso.

Mas não consigo.

Minha mente continua voltando ao fato de que Aeri roubou a coroa na arena. Ela fez sua parte por nós. Escolheu a gente e traiu o rei.

Não, traiu *o próprio pai*. Tinha falado antes deles como se fossem duas pessoas diferentes, e eu caí feito um patinho. Da mesma forma como caí na lábia dela e me apaixonei — perdida e irracionalmente. Não foi real.

Só que, quando fomos capturados, ela implorou para que me soltassem. Somente a mim.

Passo a mão pelo rosto enquanto meus pensamentos se debatem pela centésima vez. Minhas cicatrizes latejam, meu rosto dói. Passar uma semana no navio permitiu que as feridas sarassem e a dor de cabeça passasse. Estou no melhor estado físico desde que parti de Umbria, mas também no pior por causa de Aeri.

E Bay Chin.

Por mais confuso que ela me deixe, a única coisa que quero com o conde do norte é vê-lo sangrando até morrer. Foi ele quem sugeriu que Aeri me procurasse. Foi ele quem armou a cilada para Hwan. Não sei por que — e não sou inteligente o bastante para entender, mas força não me falta. Vou sair de Khitan e ver Bay Chin dar seu último suspiro bem na minha frente. Serei a última coisa que ele verá antes de a luz se esvair de seus olhos.

Ouço uma batida à porta e já estou na metade do caminho para atender, até que me dou conta de que só estou apressado porque acho que pode ser Aeri. Embora as chances sejam pequenas. Ela não me procurou no navio, nem uma única vez. Não tentou se desculpar, nem se explicar. Nada.

Porque não se importa. Não de verdade.

Deixo essa facada se aprofundar. Preciso sentir a dor — é a única coisa que vai me fazer reter o juízo.

Giro a maçaneta, e de fato não é ela. A decepção pesa sobre meu peito, mas deixo para lá. É Sora, e seus olhos estão cheios de tristeza por saudades da irmã e de Tiyung. Ou porque Euyn caçou seu pai. Ou por qualquer outro motivo de merda pelo qual estamos aqui.

— Precisamos repassar o plano agora que chegamos a Khitan — diz ela.

Sua voz, embora agradável como sempre, denuncia o cansaço. Ainda assim, ela é a melhor de nós. A única que não mentiu. Quer dizer, de certa forma eu também não menti. Só para mim mesmo, mas isso não conta.

— Certo.

Pego mais uma lâmina e a enfio no cinto.

Sora quer começar uma guerra. Eu ainda meio que acho que deveríamos dar o anel ao Joon, mas, se o que Mikail disse for verdade, o plano de Sora é a única oportunidade que terei de salvar Hwan.

Mas bota "se" nisso. O mestre-espião pode muito bem estar mentindo na cara dura. Não entendo por que todo mundo sempre confia nele.

Ela bate à porta ao lado da minha. O quarto de Aeri. Ouço o barulho de móveis sendo arrastados e rangendo, e então ela abre uma fresta. Uma parte do rosto de Aeri aparece, então ela escancara a porta e sai para o corredor, estacando quando me vê. Seus grandes olhos castanhos encontram os meus — com um pouco de medo e um pouco de esperança.

Desvio o rosto.

Era mais fácil odiá-la quando eu não precisava ver a preocupação em seu rosto. Aeri parece culpada e arrependida, mas, se estivesse mesmo, teria se desculpado. Nem ferrando. Ela tem a mesma capacidade de sentir remorso que o restante da família — nenhuma.

Em seguida, vamos à suíte de Euyn. Leva um tempo, mas ele atende também, tendo um sobressalto ao ver Sora. Está mais magro do que quando partimos de Yusan, o rosto mais fino. Acho que ele ficou enjoado no navio. Tenho quase certeza de que o ouvi passando mal durante minhas patrulhas.

— Cadê o Mikail? — pergunto.

Euyn está sozinho.

— No quarto dele, aqui ao lado — responde ele.

Ele aponta para a esquerda, fecha a porta em seguida. A tranca é travada com um ruído. Nós três nos entreolhamos e seguimos pelo corredor. O papel de parede vermelho e branco é horrível. Encaro as paredes, o piso, qualquer coisa para evitar olhar para a *princesa Naerium*. Mas ainda sinto sua presença ao meu lado. Ainda quero tocá-la.

Enfio as mãos no bolso.

Sora bate na porta de Mikail, e não recebemos resposta. Ela olha para mim. Bato com força na madeira, só para o caso de Mikail ter pegado no sono.

Nada.

— Deve ter saído — falo.

— E se tiver acontecido alguma coisa com ele? — pondera Aeri.

Ela mexe na barra do vestido que chega à metade da coxa. Desvio o olhar de suas pernas, o que se prova mais difícil do que deveria ser.

— Vamos perguntar para o Euyn — sugere Sora.

Mais uma vez, Euyn leva três anos para atender a porta. Pensei que, depois de ter enfrentado o irmão no salão do trono, ele teria mudado, dado uma atenuada nas paranoias. Mas acho que eu estava errado.

— Por acaso o Mikail disse que ia sair? — questiona Sora.

Euyn balança a cabeça e franze o cenho.

— Não, era para ele estar no quarto.

— Bem, não está — digo.

Euyn coça a barba e olha ao redor.

— Que estranho. Mas entrem ou vão embora.

Ele segura a maçaneta. Não sei o que acha que vai acontecer, ou por que imagina que uma porta fechada impediria qualquer coisa que fosse. Um chute e a madeira se despedaçaria. Mas fico quieto.

— E se eu tentar arrombar a fechadura? — sugere Aeri.

Todos nos viramos para ela.

Ah, sim. Ela é ladra. Batedora de carteiras. Vigarista. E, além de tudo, uma princesa.

Euyn torce os lábios.

— Mas vê se toma cuidado. Ele pode ter colocado armadilhas.

Mas que beleza.

— Então não é melhor esperarmos? — fala Sora.

Aeri balança a cabeça.

— Precisamos conferir. Se ele não estiver bem, precisamos encontrá-lo. Sem ele, não temos como chegar à rainha.

Todos percebemos que ela tem razão. Euyn fala khitanês, mas Mikail é quem conhece de fato como este lugar funciona. Ele é o único que pode nos levar ao trono.

— Me empresta seu grampo de cabelo, Sora? — pede Aeri.

Sora franze o cenho, mas tira dois grampos prateados e os entrega a Aeri.

Voltamos ao quarto de Mikail, e Aeri analisa a porta. Ela se abaixa e encosta a bochecha no tapete velho. A fresta sob a porta é bem pequena. Duvido que seja larga o bastante para que ela enxergue alguma coisa lá dentro, mas ela pega uma lâmina de dentro do manto e a enfia no vão. Fico me perguntando o que é que ela está fazendo, até entender que é uma tentativa de desarmar arapucas.

— Acho que está de boa — diz ela.

Aeri fica de joelhos e bisbilhota pelo buraco da fechadura, então enfia os grampos e os remexe lá dentro. Em poucos segundos, a porta destranca. É estranho que alguém da realeza consiga arrombar cadeados, mas ela já tinha falado que precisou se virar sozinha por um tempo. Por outro lado, também pode ter sido mais uma de suas mentiras.

Aeri gira a maçaneta. A porta se abre, e eu a empurro para o lado, caso tenha uma armadilha inesperada. Ela tromba comigo e termina ficando com as costas no meu peito. Lembranças de Rahway, de quando nos escondemos no beco, preenchem minha mente. Sinto o cheiro de flores.

Ela se vira e olha para mim com aqueles olhos lindos. E entreabre a boca.

— Obrigada — diz ela, sem fôlego.

Meu coração palpita, e eu sinto o desejo ressurgindo. Isso não mudou.

Mas não importa. Em Rahway, fugimos para que a guarda do rei não a reconhecesse, para que eu não descobrisse que ela era uma princesa.

Eu me forço a tirar as mãos dela e me afastar. Preciso muito parar de tocá-la, de verdade.

O quarto está aberto, e olhamos o interior. Não vejo armadilha nenhuma, mas, quando se trata de Mikail, todo cuidado é pouco.

Passo a passo, fazendo o piso ranger, entramos — o cômodo não é grande. Tem uma cama, uma cadeira, uma penteadeira, uma cômoda e um lavabo.

A cama está arrumada, com a mala de Mikail sobre os lençóis. Levamos apenas um instante para perceber que não tem ninguém aqui.

Mikail sumiu.

CAPÍTULO QUATRO

MIKAIL

CIDADE DE QUU, KHITAN

Fallador é mais atraente do que eu me lembrava, e isso já não era pouca coisa. Ele é uns quinze centímetros mais baixo, mas tão forte quanto eu. A postura e a atitude são majestosas e tranquilas, mas o sujeito é afiado como uma faca. Tem a minha idade — talvez com um ou dois meses de diferença. E nenhum de nós dois deveria estar vivo.

Em teoria, morremos no Festival Sangrento quase vinte anos atrás. Ele é um órfão que nem eu, graça a Joon, mas Fallador não teve que depender da bondade de um estranho. Suas conexões na realeza o esconderam e o trouxeram em segredo para Khitan, onde ele entretém a corte desde então. Todo reino adora antigos membros da realeza — ainda mais os charmosos como ele.

Mais importante ainda, ele tem sido uma das minhas fontes de informação desde que me tornei espião.

A mansão de Fallador fica na metade da subida da Montanha Oligárquica. Quanto mais perto do topo, do dourado do Palácio do Rei Celeste, mais alto é seu status.

É no mínimo interessante, em um país de pessoas supostamente iguais.

Estamos sentados em sua sala de estar. Ele dispôs chá e bolinhos de creme em uma bandeja entre nós dois. A chuva forte bate no vidro das portas da sacada, mas está bem iluminado aqui dentro.

Fallador está no sofá; estou de frente para ele em uma das poltronas felpudas. Seus olhos verdes brilham como os ornamentos dourados ao redor. Este país é obcecado por ouro, assim como Tamneki ama água. As pessoas estão dispostas a qualquer coisa para exalar poder.

— Eu não esperava ver você de volta tão cedo — diz ele, com um sorriso.

Mantivemos contato, mas já tem mais de um ano desde a última vez que o vi pessoalmente. O que ele quer dizer é que nunca espera que eu esteja vivo. Às vezes, eu mesmo também fico surpreso.

— *En Gaya* — falo na nossa língua nativa. Significa "à terra natal".

Ele sorri.

— *En Gaya.*

Erguemos as xícaras de porcelana e bebemos. É um chá gostoso e forte provindo da ilha. O cheiro me lembra de casa — assim como tudo que diz respeito a Fallador. Falamos em gayano antigo quando estamos a sós, e eu sempre me esqueço do quanto preciso desse tipo de conforto.

— Não que eu não goste de ficar de conversa fiada com você, mas a que devo a honra? Presumo que já esteja ciente da mudança bastante abrupta no regime — comenta ele.

Assinto.

— Vim como parte de um grupo enviado pelo rei Joon para dar as boas-vindas à nova rainha.

Arrisco usar a primeira mentira com ele. É o que faz mais sentido — estar aqui com Euyn como parte de um esquema diplomático para prestar cumprimentos à nova governanta de Khitan. O rei de Khitan morreu convenientemente um mês atrás, o que deixou Quilimar como a regente pelo filho mais novo do casal.

Fallador sorri.

— Ela já recebeu os dignitários yusanianos no mês passado.

É, não colou.

— Não há como solicitarmos uma audiência? — pergunto, inclinando-me para a frente.

Ele imita o movimento, pronto para sussurrar um segredo. Sua pele também é marrom-escura como a minha, contrastando com o branco da camisa. Quando ele se aproxima, uma saudade me dilacera por dentro. Mas Fallador e eu nunca fomos amantes. É meu desejo de voltar para casa.

— Houve uma tentativa de assassinar Quilimar semana passada. Ela parou de se encontrar com quem quer que seja — conta ele.

Reclino-me na poltrona e solto um suspiro. Não tem como ser coincidência. Mas por quê? Por que Joon nos mandaria para pegar o anel e, ao mesmo tempo, orquestraria um ataque que dificultaria nosso acesso a Quilimar? Esses monarcas estão sempre tentando eliminar uns aos outros, então tentativas de assassinato não são novidade, mas qual é o objetivo derradeiro dele? E qual a magnitude desse plano? Será possível que haja mais alguém na jogada? Ou é meu desejo falando mais alto?

— Alguma chance de a general ter sido a causa? — questiono.

A General Vikal é a mais cruel que já conheci. Em certos aspectos, as mulheres são obrigadas a ser viscerais mesmo, do contrário não seriam respeitadas, nem aqui nem em Yusan. Aliás, muito menos em Yusan. A clemência é tida como uma fraqueza quando dada por uma mão feminina.

Fallador balança a cabeça.

— Duvido muito. Há boatos de que a general compartilha a cama de Quilimar. E que talvez a tenha ajudado a se livrar do antigo rei. Seja como for, a tentativa foi levada a cabo pelo segundo no comando de Vikal.

— Talvez Vikal queira o trono para si mesma — proponho.

— É possível — concede ele, esfregando a covinha do queixo. — Mas, após a tentativa de assassinato, a general esquartejou o tenente publicamente, começando pelos dedos dos pés. No final, ela lançou a cabeça do homem no mar. Não me passa muito a ideia de alguém que era parte da conspiração.

Pelo brilho das estrelas, o continente Dasseos adora um assassinato brutal. Piteua é um jeito horrendo de morrer, o equivalente khitanês de lingchi. Significa "morte dos pés para cima", e é justamente o que Fallador descreveu. A pessoa continua viva, sentindo a maior parte do corpo sendo mutilado. É o tipo de punição reservada aos piores crimes — tentativa de regicídio, por exemplo, é uma delas.

— Sondarei minhas fontes em busca de uma forma de você entrar — garante ele.

— Obrigado, meu amigo.

Coloco a xícara sobre a mesa, escondendo o quanto estou desolado. Eu estava torcendo por um jeito fácil e rápido de chegar perto de Quilimar. Mas nada vai ser depressa ou simples agora. Não depois de uma tentativa de assassinato em um timing tão conveniente.

Fico em pé, e Fallador também, apertando a minha mão. Sua palma está quente, e o aperto é firme. Fazemos contato visual, e há uma faísca, uma energia perceptível entre nós. Mas desvio o olhar. Sempre faço isso, porque algumas portas não podem ser fechadas após serem abertas.

— Antes que eu me esqueça, chegou isto para você hoje de manhã.

Ele pega a bolsa e tira dela um envelope lacrado. Ainda está coberto com argila intacta e selado com o emblema do Palácio de Qali.

Examino o envelope.

— Imagine minha surpresa ao receber um correio-águia endereçado a você — diz ele, com um sorriso suave.

Arqueio uma sobrancelha. Ele já sabia que eu viria, mas só tocou no assunto agora. É óbvio. Fallador jamais entregaria as cartas logo de cara.

— Não imaginei que Joon sentiria tanto a minha falta a ponto de escrever para mim — digo.

Sorrio e abro a carta, usando a adaga escondida na manga. Tomo cuidado para controlar a respiração e não transparecer reação alguma enquanto leio a mensagem simples. Está codificada, mas a tradução é:

Desaparecido

Apenas uma palavra enviada por correio-águia para chegar a mim rapidamente. Sem assinatura. Mas conheço a letra de Zahara e seu código. Ela era minha segunda em comando e deve ter assumido o posto de mestre-espiã interina. No entanto, está me dizendo que Joon não está mais no palácio e que não sabe do paradeiro dele.

Mas sabia onde eu estaria e com quem eu entraria em contato. Também me surpreende que ela continue sendo leal a mim.

A menos que seja tudo uma armação.

Amasso o bilhete como se a mensagem não tivesse importância. O que Joon está tramando? Será que deixou mesmo o palácio, ou é só o que ele quer que eu pense? Seria preciso algo de peso para que ele arriscasse a própria vida ao sair de Qali. O que poderia ser?

— Mais uma conexão do palácio? — indaga Fallador, erguendo uma sobrancelha.

Ele, é óbvio, sabe de Euyn. Não é exatamente um segredo.

— Algo do tipo.

Jogo a carta e o envelope na lareira e vejo os papéis queimarem. Eles desaparecem, e eu me apoio na cornija. Por que Joon sairia do palácio? E por que Zahara me contaria, quer ele tenha mesmo partido ou não? Ela chegou até mim por intermédio dele. Ela é leal *a Joon*. Ao menos nas aparências — qualquer um, incluindo um mestre-espião, pode ter outras alianças.

Zahara citou "uma morte segura" antes da celebração milenar. À época, pensei que queria dizer matar os traidores, não os entregar com vida. Porém, se ela sabia do plano o tempo todo, talvez estivesse me dizendo para tomar meu comprimido de veneno antes que eu pudesse ser usado pelo rei.

Mas por quê? Quem poderia me contar mais?

— Adoros — diz Fallador.

Desvio o olhar do fogo para o rosto dele. Fallador estava dizendo algo, e eu continuei distraído até ele dizer meu nome. Meu nome verdadeiro. Não sou chamado de Adoros desde que eu era criança. Só que nós dois nos conhecemos desde que éramos meninos. Corríamos juntos pelos campos de plantas encantadas, uma vida atrás.

Encontro seu olhar.

— O império jamais conseguirá nos entender, independentemente do quanto você o ame. — Ele pousa a mão no meu ombro e me lança um olhar significativo, então sorri.

É o máximo que já disse sobre Euyn ou minha conexão com o palácio. Quando descobri que Fallador não tinha morrido e estava vivendo em exílio, fiquei com medo de que me julgasse por sobreviver, por morar com o inimigo, mas ele nunca me condenou. Pelo contrário, disse: "Você não cria guelras se for devorado por um iku." Mas talvez tenha mudado de ideia. Eu gostaria de dizer que isso não faria diferença para mim, mas estaria mentindo.

Após nossos tradicionais beijos na bochecha de despedida, saio de sua mansão para a chuva torrencial. A temporada de monções começou hoje, o que nos dá vinte e oito dias — dois sunsaes no total — para regressar a Yusan. Espero que seja encabeçando o exército de Khitan.

Seja como for, juro pelas estrelas que, se Joon tocar um fio de cabelo do meu pai, matarei tudo com que ele já se importou. Incluindo sua filha.

Sora pode até confiar nela, mas eu não caio no papinho da Aeri. Ela ainda está escondendo alguma coisa. Não sei o que é, mas vou descobrir.

Ajeitando a gola para cima, pego a estrada sinuosa e estreita que me leva de volta ao porto. A Montanha Oligárquica tem uma via principal que circunda a montanha, além de ruelas menores que se conectam e serpenteiam morro abaixo. Decido pegar esse segundo caminho.

A maioria das pessoas tem o costume de andar com guarda-chuvas quando os temporais começam, mas eu não. Preciso conseguir ver em todas as direções. Uma capa, por outro lado, seria uma boa ideia. Decido comprar uma em breve. Khitan usa dinheiro de papel, e Fallador me deu mil signos antes de eu partir. Mais do que o suficiente para cobrir tudo de que preciso, mas há sempre outras formas de se conseguir dinheiro.

Já estou no fim de uma rua quando confirmo que estou sendo seguido. Vi uma sombra ao sair da mansão de Fallador, e acabei de escutar um barulho. Solto um suspiro. Quem está me observando não é nada sorrateiro. A falta de perícia chega a ser ofensiva.

Uma única quadra depois, estou cercado — três espiões, todos khitaneses.

Alguém caguetou minha localização. Mais uma traição entre nós.

Suspiro. Mais uma mentira para rastrear.

— Mestre-espião. Estamos aqui para levá-lo — anuncia um deles.

— Sinto informar que já tenho planos — digo.

Um trovão retumba no céu, e eu pego minha adaga. Viro de modo a ficar de costas para o muro de uma mansão amarela, deixando um espião de cada lado meu e um à frente.

A mulher avança. Ela deve ser de um ranking superior aos dois homens, mas os três parecem ser mais novos que eu. Não é à toa que são tão ruins — são de um nível baixo. Até estão vestidos como se fossem espiões, com roupas escuras e grossas. Um deles, no entanto, está usando uma capa de chuva legal.

— Largue as armas — ordena a mulher.

Sorrio.

— E por que eu faria isso?

Ela está longe o suficiente para que eu esteja em vantagem. Dou um passo. Dois. No terceiro, avanço para o ar e miro a adaga. O que faço em seguida não é exatamente cortar a garganta dela, mas fincar a lâmina em seu pescoço.

Arranco a adaga com a mesma rapidez com que a enfiei. Ela cai, engasgando no chão. O segundo espião se moveu para me atacar enquanto eu estava de costas. Nada mau, mas ele não é rápido o suficiente. Pego impulso com o braço para trás e o atinjo no abdômen. Puxo a lâmina para cima até chegar às costelas. Ele tomba para a frente de dor e solta um uivo tão alto que pode ser ouvido por cima do trovão.

Pelo brilho das estrelas, meu jovem, ao menos morra com um pouco de dignidade.

Tiro a adaga de seu corpo e corto a garganta para que ele pare de gritar. A última coisa de que preciso é algum transeunte intrometido ou pessoas inocentes e prestativas se aglomerando neste beco. Por sorte, a maioria buscou abrigo para se proteger da tempestade.

O último espião ainda está tentando pegar a própria adaga. Balanço a cabeça. Ele deveria ter virado um pescador em vez de espião.

O garoto congela quando vou até ele, amedrontado demais para se mexer, apesar de ter minha altura e talvez até ser um pouco mais forte que eu. Meu braço e minha adaga pingam sangue. Solto a lâmina quando chego a alguns metros dele, deixando-a tilintar na pedra fria. Ele encara o chão, confuso por um momento. É o que preciso para agarrar a cabeça dele e, com um impulso, torcer seu pescoço.

Os três estão caídos, mortos ou morrendo. Pego a capa de chuva do último espião e vasculho as roupas de cada um deles. Confisco mais quinhentos signos, duas adagas e três comprimidos de veneno. Eles não vão mais precisar dessas coisas mesmo.

Nenhum dos espiões está com nada que os identifique, então pelo menos disso eles sabiam. Não há indicação de quem os enviou, mas tenho quase certeza de que esta festa de boas-vindas foi cortesia da general Vikal em carne e osso. Seria falta de educação da minha parte não mandar uma resposta.

Faço questão de esperar um minuto passar. Dobro a minha nova capa de chuva preta, e depois a coloco sobre um barril no fim da rua. Ainda chove forte, mas não a visto porque estou prestes a fazer uma lambança — ou um trabalho sangrento.

Pego a adaga do chão e me ajoelho. Corto a mulher e o último espião do pescoço até o umbigo. Convenientemente, o segundo eu já havia cortado. Mas foi por isso que esperei um tempo — para ter certeza de que tinham morrido. Os espiões eram incompetentes, mas não me fizeram mal. Não mereciam estar vivos para sentir a própria morte. Isto não é lingchi.

Com todos os corpos dilacerados, enfio a mão no primeiro homem. Os órgãos estão quentes. Tem sangue por todos os lados, quente e molenga, porque este aqui foi quem eu golpeei no abdômen, mas eu não sou do tipo que se enoja com facilidade. Levo um tempo fuçando as entranhas. Sou um assassino, não um curandeiro, mas depois de um tempo encontro o baço. Corto e jogo o órgão para o lado.

É como destripar um peixe.

Faço o mesmo com os outros dois corpos.

Tradicionalmente, o povo de Khitan acredita que a bravura vem do baço. Se acreditassem que vem do dedão do pé, daria na mesma. A bravura vem de a mente ser mais forte que o corpo, mais poderosa do que a lógica. No entanto, minha mensagem não deixa dúvidas: o demônio está vivo e com boa saúde em Khitan, e, se me atacarem, é bom que tenham muito mais coragem que estes três.

Quando termino, caminho até o barril. Lavo as mãos em uma poça, depois jogo a capa de chuva por sobre os ombros para esconder o sangue que encharca minhas roupas. Afinal de contas, que mal faz mais um segredo?

CAPÍTULO CINCO

EUYN

CIDADE DE QUU, KHITAN

Ando de um lado para o outro na frente da janela, a postura tensa, meus movimentos firmes como quando eu servia a guarda do rei. Onde foi que Mikail se meteu? Por que partir sem dizer nada? O clima está tenso no quarto enquanto esperamos mais uma badalada passar.

Estamos hospedados em uma pousada de viajantes similar à de Fallow — ou seja, um lugar pouco melhor que um estábulo. Estou registrado com o nome de Donal mais uma vez por causa do senso de humor terrível de Mikail. E agora ele está desaparecido. Mais cedo, tive a sensação de que estávamos sendo seguidos, mas ele, como sempre, disse que não devia ser nada.

— Ele não falou que ia sair? — indaga Royo, apoiado na lareira.

Balanço a cabeça, e ele franze as sobrancelhas.

Observo a porta e considero montar as armadilhas de novo, mas não preciso tanto assim delas com Royo aqui. Ele manteve sua lealdade a mim. Independentemente do que Bay Chin disse, não acho que Royo tenha matado a ex-namorada. E, se matou, aposto que ele teve motivos para isso. Seja como for, é nele em quem mais confio.

Naerium começa a perambular pelo quarto diante da janela, impaciente e sacudindo as mãos. Ela é minha sobrinha... mais ou menos. Não existem muitas semelhanças entre ela e Joon, o que explica por que não percebi o laço entre os dois antes. Ambos são esguios, mas ela é mais magricela e deve ter puxado à mãe. No entanto, com a forma como mata, mente e trai... Aeri é inegavelmente uma Baejkin.

Sora também está aqui, esperando à mesa. Ela se recusa a olhar para mim, e acho que posso perdoá-la por isso agora que ela sabe sobre Chul.

Para ser sincero, não quis guardar o segredo dela, mas tínhamos uma missão, e isso tinha que ser a nossa prioridade. Enquanto a observo tamborilar os dedos com as mãos trêmulas, efeito colateral dos venenos que tomou, cogito contar que o pai dela jamais deixou de procurá-la, que Seok forjou sua assinatura e forçou a venda ilegítima.

Sora deve sentir meu olhar, porque me fita de volta. Abro a boca, mas o olhar dela estala de ódio. Sufoco as palavras. É um tópico delicado demais para ser trazido à tona neste momento.

Vou contar a ela mais tarde.

Eu me viro e afasto a cortina para olhar para fora novamente. Cadê ele? Existem pouquíssimas situações das quais Mikail não conseguiria escapar, então duvido que ele esteja em perigo, mas seu sumiço me desconcerta e planta um milhão de perguntas na minha mente. Chegamos ao porto no fim da manhã. O que poderia ser tão urgente a ponto de ele precisar sair escondido antes do meio-dia? Por que ele deixou o restante de nós neste estábulo?

E por que tentou destruir a coroa?

Queria ter respostas — só que, quando se trata de Mikail, isso é impossível. Eu me recusei a conversar com ele até que ele me contasse a verdade sobre por que partiu a coroa falsa ao meio e por que ficou tão transtornado quando Joon mencionou que ele tinha cuidado bem de Ailor. Sei que aquilo foi uma ameaça a alguém que ele ama, mas quem raios é Ailor? Esperei sete dias para Mikail me procurar, mas tudo o que ganhei foi uma semana inteira de silêncio e enjoo marítimo.

Talvez esperar tenha sido um erro. Nós dois nos conhecemos há tanto tempo que não há motivo para desculpas e explicações — ao menos é isso que eu digo a mim mesmo. Além do mais, temos uma nova missão.

Sora quer contar o plano de Joon a Quilimar na esperança de incitar uma guerra contra Yusan. Por outro lado, se levarmos o anel ao meu irmão, ele vai me declarar príncipe e Aeri, princesa. Atribuirá a Mikail o posto de conde de Tamneki — uma promoção que só perde para o cargo de consorte do rei. Não são ideias a se desprezar. Joon tem seus defeitos, mas honra suas promessas. E, se entregarmos o anel, não precisarei correr o risco de ser exposto como uma fraude e acabar virando cinzas quando me forçarem a usar a Coroa Imortal, já que não sou um Baejkin de verdade. Todo mundo sairia ganhando, quer os demais se deem conta disso ou não.

Contudo, por ora, tenho que fingir seguir o plano de Sora. Nossos objetivos convergem, pois tanto roubar a relíquia quanto começar uma guerra requerem um encontro presencial com minha irmã.

Eu até falaria com Mikail disso tudo, mas, para tanto, ele teria que estar aqui.

Fico perdido em meus pensamentos solitários até ouvir uma batida à porta. Duas batidas — o sinal de Mikail. Odeio a forma como fico feliz ao pensar nele. Eu devia ser um pouco mais difícil, mas esse nunca foi o caso com o mestre-espião da coroa.

— É ele — declaro.

Embora eu tenha certeza de que é Mikail, Royo ainda assim segura uma lâmina ao lado do corpo ao abrir a porta. Ele não confia em Mikail, e talvez esteja certo em ficar com o pé atrás.

Eu mesmo me pergunto se posso confiar completamente nele quando Mikail entra com aquela autoconfiança pomposa. Eu me derreto sempre que vejo seu rosto. Até que percebo que suas roupas estão totalmente ensopadas de sangue.

Meus deuses do céu. O que foi que aconteceu agora?

CAPÍTULO SEIS

SORA

CIDADE DE QUU, KHITAN

Levo a mão até a minha boca. Pelo Reino dos Infernos, Mikail está coberto de sangue.

A princípio, pensei que fosse água que escurecia a camisa azul, mas então vi a calça. Hoje de manhã, ela era cor de creme. Agora está vermelha.

— Ah, que ótimo, estão todos aqui — diz ele, olhando para nós quatro. — Vou tomar um banho e trocar de roupa. Vigiem a porta até eu voltar.

Suspiro. Ele está agindo de um jeito tão descontraído e casual. E não está nem fingindo. Analiso seu rosto à procura de um sinal de que ele está fazendo pose, mas estar coberto de sangue de fato não o incomoda.

Mikail se vira para ir embora, e eu dou um passo para mais perto.

— Espere, você está machucado?

Ele faz que não.

— Só emocionalmente. Pensei que minha relação com a general mestre-espiã de Khitan fosse mais amigável.

A lateral da camisa dele está rasgada, mas não acho que esteja ferido. Não está cambaleando nem fazendo pressão em ferimento algum. Parando para pensar agora, o sangue provavelmente não é dele. Não me surpreende, é óbvio — todos nós já o vimos lutar —, mas a quantidade é alarmante.

Meu estômago revira, e eu agarro as costas da cadeira enquanto Mikail segue para o lavabo. Eu sabia que a missão seria perigosa, mas não passou pela minha cabeça que seríamos atacados assim que pisássemos neste reino.

— Talvez devêssemos pedir comida — sugere Aeri. Nós três a encaramos. Ela baixa o olhar até o chão. — Euyn, faz dias que você não come, e ainda vamos ter que esperar Mikail. Além do mais, já é a hora do almoço.

É, acho que ela tem razão.

Aeri ser a filha do rei faz um certo sentido. Ela é mais nova do que disse ser — é mais ou menos da idade de Daysum —, o que explica algumas de suas peculiaridades. Também explica o sumiço em Caprícia, e como conseguiu escapar em Oosant, assim como o assassinato em Aseyo. O assassino do palácio devia estar protegendo-a e confundiu a minha janela com a de Aeri. E então ela o matou para guardar o segredo.

Mas ainda há coisas que não batem. Não entendo como ela pode ser uma ladra tão experiente sendo princesa. E por que, no fim das contas, ela traiu o pai?

Mikail, Euyn e Royo ainda ficam tensos na presença dela, levam a mão às armas — conscientemente ou não. Os rapazes não confiam nela por ter tramado contra nós, mas não consigo ficar tão brava assim com isso. Eu teria traído qualquer pessoa que cruzasse meu caminho se fosse para ajudar Daysum. Só que os três não perdoam facilmente as amarras às quais as mulheres são submetidas. Ty entenderia, mas ele… não está aqui. Meus ombros cedem, e minha respiração falha. Ele está na Prisão do Ócio. Espero eu. Ao menos isso significaria que ele ainda está vivo.

Respiro fundo e o afasto dos pensamentos. De nada me adianta pensar no que deve estar acontecendo com ele — ou me preocupar com sua possível morte. Mas é inevitável. Pensei nele todos os dias a bordo daquele navio, e a frequência só aumentou desde que chegamos a Khitan.

Eu me forço a dar de ombros.

— Um almoço cairia bem — comento.

Aeri me dá um sorrisinho de gratidão.

— Vou pedir para algum criado ir buscar. — Royo enfim descruza os braços e começa a marchar em direção à porta. Também deve estar com fome. Ou é isso, ou quer sair de perto de Aeri.

— Aqui, dá uma gorjeta boa. — Ela oferece um mun de prata. Usam dinheiro de papel aqui, mas ouro e prata sempre dão conta do recado.

Os dedos de Aeri tocam de leve a palma de Royo quando ele pega a moeda. Ele se demora um segundo a mais ao olhar para o ponto de contato entre as mãos, depois se afasta e sai sem dizer nada. Aeri nitidamente fica mais desanimada, e eu sinto um aperto no peito. Ela deve mesmo se importar com ele.

Cerca de meia badalada depois, há uma batida à porta. Todos nos entreolhamos. Já faz um tempo que Royo voltou, e o sinal de Mikail consiste em duas batidas próximas uma da outra, então é alguém desconhecido. Mais uma batida. Depois outra, ainda mais alta. Com cuidado, Euyn desarma as armadilhas e se esgueira até a porta empunhando uma besta carregada. Deslizo a adaga escondida na manga para a mão.

— Quem é? — indaga Euyn, em khitanês.

— Seu almoço, senhor — responde a voz de um garoto.

Os ombros largos de Royo relaxam e Aeri tira a mão do manto. Guardo a adaga de volta no compartimento escondido do vestido.

O menino entra, coloca a comida na mesa e sai. Euyn imediatamente começa a se servir.

— Espere. Vou conferir se não está envenenada — digo.

Ele abaixa a mão tão rápido que bate os dedos na mesa. Aeri e Royo param, olhando para mim, atônitos.

Em circunstância normais, eu não suspeitaria de envenenamento, mas alguém já atacou Mikail, então como um pedacinho de cada prato entre goles de água. Eu não ficaria exatamente devastada se Euyn morresse agora, mas os outros também vão comer. Cuidado nunca é demais em terras desconhecidas.

O macarrão, os bolinhos de carne suína cozidos no vapor, as coxas de frango e os dumplings parecem passar no teste, mas algumas toxinas demoram a agir, então espero alguns instantes pelo retrogosto, vasculhando mentalmente meu arsenal de dezenas de venenos. Esfrego a língua no céu da boca, mas não sinto nada — apenas traços de soja, amendoim e mel.

— Nada de veneno no almoço — declaro.

— Mas… você não seria afetada, não é? — questiona Royo.

Ele está de cenho franzido, esperando com o prato vazio.

— Eu não morreria, mas ainda existem efeitos colaterais das toxinas mais fortes das quais ninguém consegue escapar. Além disso, quase todos os venenos têm um gosto ou cheiro particular.

E é por isso que batons perfumados são o meio mais eficaz de se envenenar alguém.

Todos enchem os pratos. Imagino que minha destreza com venenos é a habilidade excepcional que o rei Joon desejava. Só não entendo como isso pode ser necessário em Khitan — não quando existe a Regra da Distância, que impede qualquer pessoa de chegar a trinta metros do trono. Não vou conseguir me aproximar da rainha Quilimar para conversar com ela, que dirá beijá-la. Então por que Aeri me trouxe? Por que envolver o conde do sul?

Mal começamos a comer quando Mikail bate à porta duas vezes. O rosto de Euyn se alegra, e ele remove as armadilhas para Mikail entrar. Parece ter acabado de sair do banho e está vestindo calça cinza e uma camisa com gola de pele. Com as roupas novas, parece ser daqui. Admiro muito a forma como ele se adapta a qualquer ambiente. Eu mesma nunca tive essa habilidade.

— Ah, que ótimo. Almoço. — Ele pega um prato e se senta, empoleirando-se em uma cadeira. — Para referência futura, eu tomaria cuidado com isso de arrombar a fechadura da minha porta. Não tive tempo de instalar armadilhas desta vez, mas é o que vou fazer daqui em diante.

Olho para Aeri e Royo. Como é que ele sabe que nós invadimos seu quarto? Eu fiz questão de não tocar em nada, e Royo trancou a porta quando saímos.

— O que aconteceu com você? — pergunta Euyn, enquanto Mikail escolhe um bolinho de carne suína.

— Nada com que eu não pudesse lidar.

Royo o fita.

— Por que tinha espiões atrás de você?

Mikail dá de ombros e, com uma colher, coloca dumplings em uma tigela.

— Sou um dos homens mais procurados do mundo, graças a uma quantidade inestimável de crimes, acredito eu. Mas, para ser justo, queriam me sequestrar para um interrogatório, não para me matar. Eu é que mudei os planos.

Bebo um gole de água, feliz por ele estar aqui, mas perplexa com a casualidade com a qual ele fala de homicídio. Nós dois somos assassinos, mas as vidas que tiro pesam nos meus ombros. Mikail não parece carregar o mesmo tipo de culpa. E a culpa é o que cria equilíbrio e estabelece limites.

Aeri o analisa com o olhar aguçado.

— Mas como os espiões sabiam que você estava em Quu?

Mikail sorri.

— Essa, sim, é uma boa pergunta. Alguém passou a informação para eles. Ou melhoraram muito sob o reinado da Quilimar. Levando em conta as táticas de perseguição deles, acredito que seja a primeira opção.

Ele não parece estar acusando ninguém presente, mas, sem confiança, não dá para falarmos abertamente.

Euyn não para de olhar para Mikail como se estivesse tentando decifrar um enigma.

— Quem você foi ver?

Mikail ajuda a comida a descer com um gole de cerveja. Ele mastiga devagar, enrolando. Sinto um frio na barriga — ele está escondendo alguma coisa de novo.

— Uma fonte. Eu tinha esperança de que a pessoa pudesse me dizer a melhor maneira de se aproximar da Quilimar.

— E aí? — questiona Royo.

— Nada ainda, mas não me dei por vencido. A nova complicação é que a rainha sofreu uma tentativa de assassinato semana passada. Ninguém tem permissão de vê-la por ora.

Talheres tilintam sendo largados sobre a mesa, e todos paramos de comer.

Eu me remexo na cadeira. Como é possível que esta missão se complique cada vez mais? A Regra da Distância já era ruim por si só, mas agora o palácio estar fechado para pessoas de fora torna nosso plano impossível. Baixo a colher e suspiro, tentando reorganizar os pensamentos.

— O que vamos fazer, então? Temos apenas quatro semanas — lembra Aeri.

A refeição azeda no meu estômago. Quatro semanas. O rei Joon nos deu até o fim da temporada de monções para voltar com o anel a Yusan, do contrário, prometeu torturar e matar as pessoas que amamos. Um mês não me parece tempo o suficiente para descobrir como entrar no palácio, conseguir uma audiência com a rainha Quilimar, convencê-la a declarar guerra, mobilizar tropas e derrotar o rei imortal.

Mas Daysum depende disso. Tiyung também. A probabilidade é irrisória, mas uma chance pequena ainda assim é uma chance. Vou aproveitá-la, já que não tenho alternativa.

Meu coração dispara, e eu penso em tudo que precisa ser feito. Tento desacelerar e refletir sobre um passo de cada vez.

Assim que chegamos a Quu, mandei um correio-águia para o conde Seok informando-o de que o plano fracassou e que Tiyung foi capturado, mas não sei ao certo se as aves mensageiras conseguirão pousar ou se serão mortas em voo, ainda mais cruzando a fronteira. Todas as águias voam a Tamneki, e pássaros novos são enviados a cidades mais longínquas, como Gain. O processo todo levaria semanas a cavalo, mas com o correio-águia dá menos de dois dias. E é por isso que um correio-águia duplo custa dez muns de prata.

Também mandei uma mensagem à condessa, por precaução, mas precisei arriscar um palpite quanto à localização. Provavelmente foi dinheiro jogado fora, mas vou fazer de tudo para salvar minha irmã e ajudar Ty.

— Nossa primeira providência é fazer uma visita à general Vikal — determina Mikail.

Euyn arqueia uma sobrancelha.

— Ela não é lá muito sua fã.

Mikail seca a boca.

— Nem sua. Por isso vamos mandar Sora e Aeri.

Não sei se gosto dessa ideia. Como assim "fazer uma visita"? Eles querem que eu envenene a general? Que Aeri a mate?

— Acho que isso não... — começa Royo.

Todos olham para ele, que fecha a boca e fica vermelho.

É nítido que ainda se importa com Aeri, independentemente do que diga. Por baixo do jeitão mais bruto, tem um coração gentil e delicado.

Royo enfia comida na boca como se ninguém tivesse percebido sua intromissão, o que está longe de ser verdade. Da mesma forma como eu o vi fazendo patrulhas enquanto estávamos a bordo. A única razão que ele tinha para ficar zanzando daquela maneira era para proteger Aeri. Todo mundo sabia disso.

Seco os lábios com um guardanapo.

— Por que procuraríamos a general Vikal? — indago.

— Para extrair informações. Talvez até construir um relacionamento que nos aproxime de Quilimar — responde Mikail.

Solto o ar. Então não tem nada a ver com envenenamento nem roubo. Ele quer que eu use meu charme com a general, o que acho que também é uma habilidade minha. No geral, as mulheres são mais difíceis de levar na conversa do que os homens, mas qualquer um está sujeito à sedução.

— Está bem, mas e se formos capturadas? — intervém Aeri.

— Não há motivo para capturarem vocês contanto que você não revele que é a princesa Naerium. E guarde bem esse segredo. — Mikail para e encara Aeri com irritação. — Sora é uma serva por escritura que agora está livre. Você sempre foi livre e continua sendo.

Aeri parece aceitar o que ele diz, girando o macarrão no talher e levando a comida à boca.

Mikail se vira para Royo.

— Imagino que a sua linha de trabalho sangrenta não o tenha dado a oportunidade de atravessar a fronteira, correto?

Royo continua mastigando, mas faz que não. O cabelo volumoso é uma melhoria considerável em detrimento da cabeça raspada de quando eu o conheci — deixa-o menos amedrontador.

— Então pode ir com elas, se quiser mantê-las em segurança.

Os olhos cor de âmbar de Royo se desviam. Espero mesmo que ele nos acompanhe. Seria bom ter sua proteção.

— E o que você vai fazer, Mikail? — pergunta Royo.

— Vou me encontrar com o embaixador de Yusan. Deve haver uma maneira de nos aproximarmos do trono. Algo que ainda não enxerguei. Espero que Zeolin tenha um palpite.

— E Euyn? — pergunta Aeri.

Mikail mal olha para ele, embora Euyn tenha lhe dado sua atenção inabalável desde que ele entrou na suíte.

— Estão dando uma recompensa pela cabeça dele. É melhor que ele fique o mais escondido possível.

Aeri franze o cenho.

— Pensei que Quilimar odiasse o rei. Ela não estaria disposta a ajudar o Euyn, então?

— Seu reinado é recente e frágil — explica Mikail. — Ela não tem o sangue real de Khitan, e nem é mesmo khitanesa. E, para agravar a situação, não passa de uma regente. É difícil garantir que ela não entregaria a cabeça do Euyn ao Joon para estabelecer uma relação amigável com Yusan, ainda mais depois da tentativa de assassinato. — Ele finalmente olha para Euyn, e o canto de sua boca se curva para cima. — Além do mais, ela não é lá muito chegada no Euyn.

Queria que Ty estivesse aqui. Fico um pouco perdida com essa conversa toda sobre política, e ele faria as perguntas certas. Ele, sim, entende de poder e nobreza.

Fecho os olhos, relembrando como ele disse que esperaria por qualquer coisa no salão do trono, como se manteve forte, cheio de coragem, mesmo sabendo que seria levado a uma masmorra desprovida de sol. Sinto meus olhos se encherem de lágrimas, mas luto contra elas. Não posso me dar ao luxo de ceder à emoção no momento.

— Seria bom darmos uma olhada no Templo de Conhecimento — propõe Euyn. — Se a Regra da Distância foi instaurada quinze anos atrás, os Yoksa devem ter registros disso, e também devem ter documentado quaisquer exceções. Ainda que Quilimar não esteja recebendo ninguém agora, essas exceções ainda devem ser válidas.

— Yoksa? — pergunta Royo.

— Sacerdotes do conhecimento. Sacerdotes independentes chamados Yoksa guardam registros históricos de todos os monarcas no Templo do Conhecimento. Cada reino possui um templo, e estes ficam sempre escondidos. É assim que mantêm a veracidade... ou assim se espera.

Considero a ideia. Uma exceção à Regra da Distância é exatamente o que precisamos. Uma pequena faísca de esperança se acende dentro de mim.

Mikail suspira.

— O que foi? — indaga Euyn, fitando-o. — Não está de acordo?

— Não é isso. É só que o Templo do Conhecimento de Khitan fica debaixo de um lago congelado nesta época do ano.

Inclino a cabeça para apontar meu ouvido bom para Mikail. Não sei se o ouvi direito.

Royo ergue as sobrancelhas.

— Debaixo? — repete ele.

— Cercado por uma redoma de vidro, mas sim. — Mikail fala como se não fosse nada fora do comum. Quando continuamos o encarando sem entender, ele ri e acrescenta: — Foi construído pelos deuses.

Mais um enigma impossível. Como é que vamos entrar em um templo submerso?

Reclino na cadeira e passo as mãos pelo cabelo. Torço as mechas longas e grossas. Mais um empecilho no caminho. Sempre tem um. Complicações de mais. Toda vez que penso que entendi alguma coisa, descubro que estou enganada.

Euyn limpa a boca com um guardanapo e o joga na mesa.

— Por acaso a gente vai falar sobre a pessoa que traiu todo mundo aqui, ou só fingir que não aconteceu?

Eu... sinceramente não sei se ele está se referindo a Mikail ou a Aeri, que parou com o garfo na metade do caminho até o kimchi.

Mikail termina de beber a cerveja, e diz:

— Olhe só quem está todo corajoso agora que os segredos *dele* vieram à tona.

Euyn fica pálido, mas levanta o queixo.

— Por que você destruiu a coroa?

Todos ficamos em silêncio, esperando o mestre-espião responder. Fiquei questionando a mesma coisa desde que o vi partir a réplica ao meio na arena.

— Você não precisava dela para ser rei — diz Mikail, abanando a mão.

Não é bem uma resposta.

— Mas por que tentar quebrá-la? Joon disse que você destruiu a falsa — insiste Euyn.

Mikail olha bem no fundo dos olhos do homem com quem se relacionava.

— Porque ninguém deveria ser imortal. Nem mesmo você. Muito menos você. O poder da coroa permite que seu irmão se esconda dentro dos muros de Qali sem se importar com o quanto suas regras afetam o povo de Yusan, o povo de Gaya, de Khitan ou de Wei. E você já se sentiu invencível, assim como Omin. E o que foi que vocês dois fizeram? Você caçou e matou por diversão, enquanto ele assediava menininhas. Nunca acaba bem quando os Baejkin detêm poder ilimitado.

O clima pesa tanto que chega a sufocar. Não se ouve nada até que uma cadeira enfim range no chão.

— Veremos Vikal amanhã — anuncia Aeri, e em seguida sai depressa do cômodo.

Não tenho certeza do que a incomodou, mas sei que algo a deixou à beira das lágrimas. Conheço muito bem a sensação de o queixo tremer quando se está fazendo o maior esforço para não chorar. Afasto a cadeira e vou atrás dela, não só para ver como está, mas porque também preciso sair daqui. Preciso me segurar para não pular no pescoço de Euyn diante da lembrança de ele ter caçado pessoas como meu pai.

Quando chego à porta, percebo uma coisa com clareza — Euyn não será melhor que o rei Joon, e eu me recuso a trocar um tirano por outro. O trono da serpente preta terá que ser ocupado por outra pessoa, e tenho uma ideia de quem poderia ser.

CAPÍTULO SETE

TIYUNG

PRISÃO DO ÓCIO, YUSAN

Não sei há quanto tempo estou nesta masmorra. Podem ter se passado apenas alguns dias, ou um sunsae inteiro. Coço a barba, que começou a crescer. Pelo tamanho, deduzo que tenha se passado ao menos uma semana.

Não há luz do sol aqui, o que é de se esperar de uma prisão que fica embaixo de um lago. No entanto, também não há sinos. Nada que remeta a uma rotina normal. Nenhuma maneira de marcar a passagem do tempo.

É enlouquecedor, mas ainda assim é melhor que a morte. Por enquanto.

Quando os guardas me tiraram do palácio e me levaram à beira d'água, pensei que talvez eu não fosse para a prisão. Aguardei, temendo que me dessem de comer aos iku — as criaturas monstruosas que habitam as profundezas do Lago do Ócio. Rezei para que os deuses salvassem Sora e tivessem piedade da minha alma.

Espero que tenham atendido ao meu primeiro pedido, porque pareceram não ouvir o segundo.

Enquanto os guardas me pegaram na margem, paredes de pedra emergiram da superfície reflexiva do lago. A água se retraiu e uma escada preta surgiu, descendo até uma porta no chão do lago — a entrada da Prisão do Ócio. O lugar mais seguro em todo o território de Yusan.

Parecia mais o portão dos Dez Infernos.

De cabeça erguida, eu me forcei a descer os degraus e não sofrer a indignidade de ser arrastado. Mantive o olhar erguido, tentando admirar os tons de roxo e laranja do pôr do sol, memorizar a luz do dia, mas não adiantou de muita coisa. A luz do sol e a esperança agora me são lembranças distantes. Prometi a Sora que suportaria qualquer coisa, mas percebi que é muito mais fácil fazer promessas corajosas do que colocá-las em prática.

Não que eu tenha precisado ser corajoso. Não exatamente. Pensei que seria torturado quando as portas da prisão se fechassem, mas apenas me largaram para apodrecer em uma cela circular de pedra lisa. Estar completamente sozinho com nada além dos meus pensamentos é um tipo diferente de tormento. Não falei com outro ser humano desde que fui trancafiado aqui. Às vezes, ouço as lamúrias de outros homens. Tentei me comunicar, mas devo estar longe demais para que alguém escute meus gritos.

Ou ninguém se importa.

Minha cela é espaçosa, mas escura e úmida. Há uma janela no alto, a cerca de dez metros do chão, mas quase que não deixa entrar luz. A única iluminação provém das tochas do corredor, visíveis pela abertura por onde passam as refeições, que tem quinze centímetros.

São servidas a horários aleatórios, mas a incerteza não importa muito quando a comida está podre. Comi a primeira bandeja que me deram e passei mal durante dias. Os dez crânios que percorrem a protuberância no topo desta cela me viram vomitando e por pouco não borrando as calças. Agora, me atenho ao pão velho e à água. Meu estômago se contorce e grunhe com a fome constante, mas não vou voltar a tocar em outro alimento.

As paredes tremem de repente. Acontece de tempos em tempos, pois os gemidos causam tremores. Mas os sons não são humanos; vêm dos iku chamando uns aos outros no lago. Às vezes os ruídos são pesarosos. Às vezes, são animados. Suspeito que os sons mais agudos e estridentes acontecem quando eles caçam. Sempre torço para que seja um animal, e não outra pessoa, mas não há como ter certeza.

Ainda assim, alimento minha imaginação com histórias. Sobre os iku, sobre qualquer coisa que mantenha minha mente ocupada. Tenho vinte e dois anos e levei uma vida que produziu inúmeras lembranças, mas fico me perguntando quanto tempo mais conseguirei reter a sanidade. Não há livros aqui. Nem tinta ou papel com os quais eu possa escrever, muito menos luz para eu enxergar. A solidão não é novidade, porque meu pai me criou para ver amigos como uma fraqueza, mas ao menos eu sempre tive meus estudos. Aqui, não me resta nem mesmo isso.

Tudo o que posso fazer é contemplar quanto tempo passarei aqui. A esta altura, meu pai já deve ter descoberto que seu plano fracassou. Por quantos dias vão me manter como refém? Quanto tempo até verem que não sou mais uma vantagem e me executarem?

Quando esta noção se assenta na minha mente, ouço barulhos do lado de fora da cela — murmúrios e passos. As trancas de metal viram na porta, e eu me coloco em pé. Minha visão fica turva com o movimento abrupto. Balanço a cabeça e tento permanecer alerta.

A porta range eu me retraio, o coração acelerado quando enfim a porta se abre. Levo as mãos para cima, a mente tomada pelo medo e pela esperança. Talvez meu pai tenha custeado minha soltura e eu poderei ir embora. Ou talvez seja o momento de morrer.

Independentemente do que for, parece que meu tempo chegou ao fim.

Uma tocha acesa invade a escuridão, a iluminação ferindo meus olhos. Caio para trás no chão de pedra e me arrasto para longe, cobrindo o rosto com as mãos. Ouço um suspiro e um balbuciar, e então a porta se fecha novamente.

Mas não estou sozinho. Tem mais alguém aqui dentro comigo. Ouço sua respiração.

Quando a dor abranda, lentamente mexo os dedos para tentar me adaptar à luz forte. Leva mais tempo que eu esperava para minha visão voltar ao normal, mas enfim consigo enxergar de novo… um pouco.

Em vez da tocha, agora há uma pequena lamparina a óleo no chão, o mais longe de mim possível. Antes de eu vir para esta cela, teria dito que a luz é fraca, mas nas atuais conjunturas me parece uma manhã de céu aberto.

Quando meus olhos se adaptam totalmente à iluminação, olho para a pessoa ao lado da lamparina. Balanço a cabeça. Minha sanidade já era. Bem aqui, dentro da cela, está Hana — uma das garotas que meu pai treinou como donzela venenosa.

Só que Hana morreu anos atrás.

CAPÍTULO OITO

AERI

CIDADE DE QUU, KHITAN

Saio correndo da suíte de Euyn e volto para o quarto. Na última semana, tenho pensado muito no fato de que meu pai sabia que o irmão, o príncipe Omin, estava assediando e matando meninas e não fez nada para impedir. Ninguém fez.

E eu quase fui uma das vítimas.

Mikail mencionou por alto, como se não passasse de mais um escândalo. Apenas outro item na longa lista de absurdos dos Baejkin. A coisa que assombrou meus pesadelos durante anos. As cicatrizes invisíveis que carrego. O roubo da vida das inúmeras garotas que tiveram a infelicidade de estarem indefesas na presença de alguém como Omin. Só mais uma falha de caráter.

Sinto o estômago revirar e a garganta arder, e a refeição ameaça voltar. A inocência é uma flor tão facilmente colhida e despedaçada por homens poderosos.

Antes que eu consiga trancar a porta, Sora surge atrás de mim no corredor. Porque é óbvio que ela me seguiria para ver como estou. É óbvio que ela se importa. É a *Sora*.

— Você está bem?

Meus olhos estão marejados. Tento impedir as lágrimas de caírem, mas sei que meu rosto está vermelho. Meu nariz e minha boca estão quentes, e sinto um nó na garganta.

— Eu... me desculpa. Por tudo. Por mentir, por tentar envolver vocês nisso. Mas eu *não sou* como o meu pai e o resto da minha... família.

Sora fica em silêncio por um momento. Ela não só ouve as pessoas, mas de fato escuta o que dizem.

— Não, eu não acho que você seja — diz ela, apenas.

Paro de tentar destrancar a porta. De qualquer forma, minhas mãos estão tremendo demais para eu conseguir enfiar a chave. Olho para trás. Ela me encara, o lindo rosto cheio de empatia.

— Você é mesmo uma pessoa tão boa assim? — digo com um suspiro, finalmente cedendo.

Ela solta uma risada.

— Não, eu acho que não.

É uma resposta sincera. Ela se aproxima e tira a chave da minha mão, e eu permito. Sora abre a porta. Eu entro e a chamo para me acompanhar.

Não conversamos. Vou até a lareira e trato de acendê-la novamente. Ela fica parada em silêncio, porque sabe que preciso de um momento para me recompor, e é gentil o bastante para permitir.

— Não é exaustivo se importar com todo mundo o tempo todo? Sempre tentar ser magnânima? — pergunto.

Ela fecha os olhos e abre um sorriso lento.

— Aeri, assim que percebi que o rei Joon não era um deus, meu único objetivo se tornou roubar a Coroa Imortal e dá-la a minha irmã. Tiyung me fez desistir da ideia, dizendo que Daysum acabaria morta. Mas ser magnânima é um caminho muito árduo que não estou disposta a seguir.

Viro para ela, boquiaberta. Não fazia ideia de que ela desejava a relíquia nem que queria fazer parte da realeza.

— Por que daria a coroa para a sua irmã?

— Porque ela pode estar morrendo.

Ela fala sem emoção, mas meu peito dói por Sora e pela garota que nunca nem conheci.

— Ah, Sora. Sinto muito.

Ela assente e respira fundo, o peito subindo e descendo.

— Enfim, é difícil ficar irritada por você ter guardado segredos sendo que eu também tinha os meus. E, para ser honesta, preciso de você agora.

Olho para ela, tentando entender.

— Para quê?

Ela chega mais perto e para do outro lado da cornija.

— Preciso que você assuma o trono de Yusan.

Solto uma risada, encarando-a em seguida. Ela não está rindo, nem mesmo sorrindo. Está falando sério mesmo.

— Espera aí, não é brincadeira?

— Você é filha do rei. Isso te coloca na linha de sucessão do trono, e inclusive está à frente do Euyn.

Balanço a cabeça. Seria verdade se eu fosse homem, mas não é o caso.

— Mas Yusan nunca teve uma rainha.

— Eu me lembro de que na escola corria um boato de que já tivemos rainhas no passado. Que o Templo do Conhecimento guarda evidências que endossam isso. Eu nunca tinha parado para pensar no assunto, até Euyn mencionar os Yoksa.

Mordisco o lábio inferior e mexo na barra do vestido. Mesmo se for verdade que mulheres já ocuparam o trono de Yusan, foi tanto tempo atrás que ninguém se lembra e o fato resiste apenas como um rumor. E embora eu seja filha de Joon, não fui treinada para governar, e nem fui criada no palácio.

— Mas Euyn é...

Ela encara o fogo, a expressão séria ao cerrar as mãos em punhos.

— Não pode ser Euyn, Aeri. De jeito nenhum. Seu pai não pode continuar no trono, mas Euyn assumi-lo seria trocar seis por meia dúzia.

— O que faz você pensar que eu seria melhor que ele? Sou uma Baejkin.

Balanço a cabeça, depois dou um sorriso pesaroso.

— Sua família não te define. Ty... — Ela treme ao suspirar. Já reparei antes em como a mão direita dela treme às vezes. Sora fecha o punho com força, depois relaxa a mão. — Tiyung me fez perceber que as pessoas podem dar frutos diferentes do que brota do solo onde nasceram.

— Mas às vezes dá na mesma.

Penso em como meu pai, Euyn e Omin mataram descaradamente. Dizem que minha tia é tão cruel quanto eles ou pior, mas se bem que isso foi uma história contada por assassinos.

— Então é verdade que o príncipe Omin… — começa Sora.

Enrijeço, mas ela não fala mais nada.

— Pensaram que ele tinha me matado quando eu tinha doze anos. Sorrio, embora não haja motivo para isso.

— Não precisa me contar. Há um ditado antigo no meu vilarejo que fala que às vezes a boca não está pronta para verbalizar o que os olhos viram. Eu acredito nisso. Mas estou aqui para te escutar. E conheço muito bem a crueldade dos homens.

O olhar dela fica vago e sei que sua mente está longe.

— Ele era encantador — digo. — Muito mais que Euyn ou meu pai. Jogou seu charme para cima da minha mãe. E tudo que precisou dizer foi que o rei tinha cometido um erro desprezando uma mulher como ela. Foi só o que bastou.

Sora assente.

— Omin a cortejou por uma semana, talvez duas, e ela estava muito ansiosa para se mudar para a mansão dele — conto, entrelaçando os dedos. — Estava tão pronta para a vida que lhe fora prometida, que nem pensou duas vezes. Nunca vi minha mãe tão feliz. Por duas semanas, moramos na mansão, com criados fazendo as vontades dela para cima e para baixo, recebíamos comida excelente das cozinhas, ganhávamos presentes caros e surpresas luxuosas. Tudo que ela desejava, Omin dava. Incluindo a carruagem para ir viajar com a irmã.

Sora franze o cenho.

— Homens poderosos podem parecer encantadores, mas uma hora a máscara cai.

— Ele me assediou na noite em que ela partiu — sussurro.

Sora respira fundo.

— E aí eu… meio que… matei ele.

Ela solta o ar.

— Aposto que você não teve escolha.

Será que tive? Acho que eu poderia tê-lo deixado conseguir o que queria e depois me assassinado. Eu teria sido mandada para os Dez

Infernos com uma alma limpa e passado meus três anos em Elysia. Mas não tive a intenção matá-lo. Só queria que ele parasse de me tocar. Nos meus pesadelos, ele me vê dormindo. Às vezes, a tesoura de costura não está na mesa de cabeceira. Às vezes está, mas eu não consigo acertar o pescoço dele. Revivi centenas de variações da mesma noite horrenda. É sempre o mesmo começo, com ele me acordando e abaixando as calças.

Estremeço e encaro o fogo, relembrando das chamas da mansão subindo ao céu escuro. Tudo que eu queria era que as pessoas pensassem que eu estava morta e que não soubessem ao certo como ele morreu. Era apenas nisso que eu pensava quando quebrei a lamparina a óleo debaixo da cama, mas descobri que três criados morreram no incêndio. Penso neles o tempo todo — em como não fizeram nada de errado, mas ainda assim morreram.

Matei quatro pessoas naquela noite, e serei julgada pelo Lorde Yama por todas elas.

— Quando ele morreu, eu sabia que teria que me virar sozinha. Ninguém acreditaria em mim. Eu não poderia voltar para casa.

— Você fez o que foi preciso para sobreviver — diz ela, baixinho.

Desvio o olhar, o peso sobre minhas costas quase insuportável. Ela entende, e eu não sei se isso melhora ou piora a situação. Nem ao menos sei por que contei isso tudo a Sora. Eu nunca tinha contado para ninguém.

Ainda assim, não menciono o amuleto que encontrei no punho dele. O príncipe Omin não deveria ter as Areias do Tempo do Lorde Dragão, mas, de alguma forma, estavam em sua posse. Agora, o amuleto está comigo.

Quando tirei a relíquia do corpo, eu não sabia ao certo o que era. Apenas vi uma joia e a roubei. Mais tarde, descobri que o amuleto tinha o poder de parar o tempo. O preço que paguei foi envelhecer quatro anos nos minutos que levei para limpar o sangue dele da minha pele. A maldição do amuleto é o motivo pelo qual eu não poderia ver minha mãe novamente. Era impossível explicar por que, de repente, eu aparentava ter dezesseis anos quando tinha apenas doze. Pensei que só poderia voltar a vê-la quando estivesse mais velha e a diferença de idade não importasse tanto mais, mas ela acabou falecendo ano passado. Meu tempo se esgotou. A única família que me restava morreu.

— Você não é sua linhagem — fala Sora, chegando mais perto.

Fungo o nariz.

— Sei disso.

Mas *sou* uma assassina. Só que, ao contrário da minha família, sofri as consequências disso. Paguei pelos assassinatos com a solidão, com o fato de nunca mais ver minha mãe, com a preocupação constante de alguém descobrir que matei Omin, com madrugadas insones me perguntando se eu morreria de velhice segurando o amuleto enquanto sonhava, sem ninguém para se importar que eu ainda estava viva.

Tudo vem à tona — todas as coisas sobre as quais não quero pensar.

Eu morri, e ninguém sofreu por mim.

As lágrimas escorrem pelo meu rosto, e eu não consigo contê-las.

— Não foi sua culpa. — Sora dá mais um passo até mim.

— Sora.

Levanto as mãos para me defender. Não porque ela vai me machucar, mas por estar chegando perto demais. E ninguém, exceto Royo, se aproximou de mim. Agora, ele me odeia. Detesta até mesmo olhar para a minha cara, porque tudo que eu faço é machucar ou abandonar as poucas pessoas que me amam. Estou fadada a viver sozinha.

— Você era apenas uma criança tentando sobreviver — diz ela. — E sua família não te define.

Ela abre os braços, e eu me apoio em seu ombro, permitindo que o choro venha. Um choro feio, ofegante. Sora afaga meu cabelo e me deixa estragar seu vestido.

Enquanto sou confortada por ela, finalmente entendo. Eu faria qualquer coisa para não perder esta sensação de ser cuidada. É o que Sora sente, cem vezes mais, pela própria irmã. Ela fará qualquer coisa por Daysum, mesmo que isso a leve a sacrificar tudo e todo mundo que ama.

O que faz dela a assassina mais perigosa do mundo.

CAPÍTULO NOVE

ROYO

CIDADE DE QUU, KHITAN

Aeri acabou de sair correndo do quarto. Não tenho certeza, mas acredito que tenha sido por causa do que Mikail estava dizendo. Sobre o príncipe morto que molestava e matava meninas. E não era ele o mesmo cara que o rei Joon pensou que a tivesse matado? Então quer dizer que...

— Você não precisa disso — fala Mikail.

Olho para onde ele está apontando. Seguro uma faca de cortar carne no punho fechado. Largo a lâmina sobre a mesa, e ela bate com um tilintar. Acabei de dizer a mim mesmo que não me importaria com Aeri. Preciso conseguir honrar minha palavra por mais de um minuto quando se trata dela.

— Como é que as garotas vão conseguir entrar para encontrar a general? — questiono, precisando de um novo tópico.

— A general Vikal costumava encontrar requerentes todas as manhãs na Praça de Trialga — conta Mikail. — Não sei se ela continua fazendo isso. Depois que eu fizer uma visita ao embaixador, vou ter mais informações.

Ele se afasta da mesa e fica em pé.

— Vai sair? — pergunta Euyn, com cara de confuso e chateado.

— Vou, não acho que seria inteligente chamar Zeolin para cá.

— Por quê? — pergunto.

— Bem, para começo de conversa, foi ele o informante dos espiões de hoje. — Mikail se espreguiça, convencido, como se não importasse.

— Você vai atrás do cara que acabou de tentar te matar?

As rugas na minha testa ficam mais fundas.

Mikail dá de ombros, se virando para mim.

— Não posso deixar que cada coisinha me importune.

Não sei nem por que perguntei.

— A propósito, falando em armações, estou curioso… O que o Bay Chin tem contra você?

— Eu sei lá. — Dou de ombros. — Achei que ele nem sabia da minha existência.

— Quem era a garota? — indaga Euyn. — A que o Joon mencionou no salão do trono.

Lora.

A lembrança me deixa sem fôlego. Aquele filho da puta do Bay Chin disse que matei Lora e deixei Hwan, o pai dela, levar a culpa. O homem que me tratou como filho. A pessoa que, há quase uma década, tento libertar. A única garota que já amei na vida. Além de… Deixa pra lá.

— Royo, vou começar a te dar talheres de madeira se não parar com isso — alerta Mikail.

Olho para baixo e vejo que estou segurando a faca novamente. Solto e a deslizo para longe. Ela vai na direção de Euyn, que a pega e a coloca ao lado do próprio prato.

— Não a machuquei — declaro.

— Não achei que tivesse — reforça Mikail. — Estou tentando entender o que aconteceu e por que o conde do norte estava envolvido.

— Ela… — Quase digo o nome, mas não consigo. O luto faz a palavra ficar presa na minha garganta. E, de todo modo, não é isso que eles querem saber. Não ligam para quem ela foi. Querem saber o que ela significava para mim, e mais ainda o que ela tinha a ver com Bay Chin. — Ela era filha de um mercador. Aceitei o trabalho errado e matei o membro de uma gangue, e aí dois membros tentaram me matar, mas em vez disso a atacaram. E o pai dela que foi preso no lugar.

Euyn e Mikail trocam um olhar. Não sei o que significa, mas duvido que seja bom.

Mikail assente por fim.

— Faz sentido, então.

— Como assim?

— Bay Chin é o líder das gangues de Umbria — conta Euyn.

Meu coração vai parar na garganta. As gangues. Os grupos que tinham a cidade na palma da mão e as pessoas que a mataram a facadas. Eu nunca tinha feito a conexão.

Mikail franze o cenho.

— Você foi jurado de morte assim que matou o membro de uma gangue.

Não há necessidade de contar sobre os outros dois que eu esquartejei.

— Mas por que incriminar Hwan? Por que não acabar *comigo*?

Mikail dá de ombros.

— Ele com certeza tentou, fazendo a Aeri te envolver nisto tudo. Mas pode ser por diversas razões. Bay Chin tem uma memória afiada e sabe esperar pelo melhor momento. Suspeito que esse tal de Hwan, das duas uma: roubou algo precioso dele ou se tornou uma ameaça a seus interesses. Os condes não toleram competição vindo da plebe.

Hwan tinha duas casas de apostas de sucesso. Após ele ter sido levado, os estabelecimentos foram dados às gangues. Mas não pode ter sido isso. Balanço a cabeça. Tenho certeza de que não foi só questão de grana.

E então me lembro das sanções na cidade — um quarto de toda a renda ia para o trono porque o conde tentou matar o rei. Onze anos pagando esse tributo quase levou Umbria à ruína. E aí Bay Chin arriscou a própria pele para reunir os assassinos mais perigosos de Yusan, só para fazer o rei suspender as sanções. Tudo isso para encher mais ainda o bolso de ouro. Então, parando para pensar, pode, sim, ter sido só questão de grana.

— Eu mesmo o esquartejo em lingchi — declaro.

— Não tenho a menor dúvida — responde Mikail. — Espero mesmo que tenha a chance, porque aí teríamos vencido. Agora, se me dão licença, tenho que fazer uma visitinha ao embaixador.

— Não o mate — aconselha Euyn.

Mikail para e faz cara de surpresa.

— E por que não?

Ele sai pela porta antes que Euyn possa responder.

CAPÍTULO DEZ

MIKAIL

CIDADE DE QUU, KHITAN

O embaixador Zeolin é um homem alto e magro que tem um cabelo grisalho suntuoso e que, neste momento, está correndo o risco de despencar da janela do seu escritório.

— Foi uma recepção bastante fria, Zeolin — digo, apoiado no parapeito enquanto o seguro para fora.

Estou ficando molhado, mas a chuva gelada é refrescante.

Ele está gritando. Bem, tentando gritar, mas está amordaçado. Os dedos não param de escorregar na pedra molhada. Agarro seu pulso com mais força, mas só um pouco. Não quero que ele sinta que não pode cair. A janela do escritório fica bem no alto na encosta da montanha. É com certeza uma queda de trinta metros até as rochas lá embaixo.

Khitan tem mesmo belas paisagens.

— Sua mansão tem vistas belíssimas — comento. — Dá para ver quase Quu inteira daqui, mas acho difícil de acreditar que você me viu chegando no porto hoje. Está pronto para cooperar?

Ele tenta falar, mas não consegue por causa da mordaça.

— Vou precisar que balance a cabeça para responder sim ou não.

Ele faz que sim com veemência.

— Vai me contar tudo o que sabe?

Mais um assentir vigoroso. Ele, obviamente, acabou na janela porque alegou não saber de nada, e depois teve a audácia de me mandar sair de sua sala.

Deixo seu pulso escorregar.

— Tem certeza?

Ele está gritando tão alto que consigo ouvi-lo mesmo com a mordaça. A chuva faz meus dedos deslizarem quando faço menção de agarrar o pulso dele com mais força. Ele escorrega.

Cacete.

Avançando para a frente, estendo os braços e agarro seus ombros, depois seguro o braço de novo.

Pelo brilho das estrelas, quase derrubei o desgraçado.

Mas não deixo a surpresa transparecer. Finjo ter sido mais uma parte do jogo.

— Preste bem atenção no que vou dizer — falo, a voz firme. — Vou puxar você para dentro, mas, se achar que não está plenamente sincero em cada uma de suas respostas, vou te empalar lentamente naquela mesa. Você vai desejar que eu tivesse te deixado cair. Estamos combinados?

Ele assente mais uma vez.

Covarde.

Eu levaria meus segredos para o túmulo, mas não sou da laia dele.

Suspirando, puxo o sujeito para dentro. Jogo o embaixador na poltrona de couro e solto a mordaça. Puxo o pano para baixo, mas não o tiro de seu pescoço. Basta uma leve sensação de segurança para que este tipo de homem comece a achar que recuperou o controle sobre a situação.

Finco a adaga na madeira fina da mesa, depois inclino o corpo no canto do móvel com os braços cruzados.

— Pois bem, sou todo ouvidos.

Ele está tremendo e chorando, e é possível que tenha se mijado nas calças. É difícil dizer, por causa da chuva. Honestamente, para um homem de cinquenta e tantos anos, esta é uma cena deplorável. Um nobre, diplomata, patriarca. Ele deveria ter *um pouco* de dignidade. Mas a nobreza leva uma vida mansa, e fica na merda quando o status deixa de importar.

Olho ao redor, esperando ele se acalmar. Tudo no escritório é caro e pensado para impressionar. Uma escultura, troféus e... Aquilo na parede ali é uma medalha de honra?

Arranco a adaga da superfície da mesa e vou até o aparato de vidro. Pelo brilho da estrelas, é mesmo uma medalha de honra de Yusan. Não podia estar num lugar menos apropriado. Quebro o vidro com o cabo da lâmina, pego a medalha e a jogo pela janela.

Ele arfa de choque ante minha falta de modos.

— Zeolin, estou ficando entediado. Se não começar a falar, vou encontrar meios de me entreter.

Giro a adaga na mão.

Ele arregala os olhos, e sua respiração ofegante é tão alta que ele lembra um cão de grande porte. Há certas vantagens quando se é visto como um demônio. Ele acredita em cada palavra que digo, apesar do fato de eu não ter a menor intenção de matá-lo agora. Pessoas de mais me viram entrando aqui. Além do mais, até o final da semana, ele já seria substituído por outro nobre babaquinha de qualquer forma, então não valeria a pena.

Por ora.

Ninguém é intocável. Só é preciso estar disposto para lidar com as consequências, e além do mais eu tenho outras coisas para fazer.

— O general Salosa deu ordem para eliminar você — revela ele, entre soluços. — Falou que você traiu o rei; que tentou matar Joon. Eu não acreditei nessa parte. Você sabe tão bem quanto qualquer um que, com a coroa, ele é imortal. Mas acreditei no que disse sobre você ter trocado de lado.

— E Salosa também te disse para matar Quilimar.

É só um palpite, mas, levando em conta que Zeolin estava por trás de mandar os espiões me seguirem e o timing muito conveniente da tentativa de assassinato, suspeito que Yusan esteja por trás da tentativa de regicídio que Quilimar sofreu na semana passada.

Uma expressão de susto perpassa o rosto do embaixador, breve mas reveladora. Uma gota de suor começa a escorrer pela têmpora.

Foi ele. O general Salosa é o líder dos guardas no Palácio de Qali, o que significa que Joon esteve por trás da tentativa de assassinato. Pelo brilho das estrelas, nunca vamos conseguir chegar perto do trono se a culpa for de Yusan. A pergunta que me instiga é: por que se esforçar em dobro? Por que se dar ao trabalho de nos juntar e nos mandar para cá e ao mesmo tempo tentar matá-la?

A gota de suor cai pelo queixo. Talvez a motivação de Zeolin elucide um pouco meu impasse.

— O que você ganha com isso? — pressiono.

Vejo-o engolir em seco.

— Ele m-me disse que, se a rainha morrer e eu ajudá-lo a conseguir o Anel Dourado, vou ser nomeado o regente do conde de Tamneki.

Sorrio.

— O rei parece estar recrutando muitas pessoas para a mesma vaga ultimamente.

Não se deixa de ser uma cobra do dia para noite. Joon jamais me daria Tamneki, pelo simples fato de ele não poder fazer de mim e Zeolin condes do mesmo lugar, e é lógico que ele escolheria este diplomata frouxo. É mais fácil adestrar um cachorro do que um jaguar. O plano de Joon era que eu morresse primeiro. Então por que não me matar de uma vez? Eu estava à sua mercê no salão do trono. Bastava um golpe de espada, e seus problemas estariam acabados. Ele precisava de mim vivo para outro propósito mais importante.

— E o que mais você precisa me contar? — indago.

O embaixador balança a cabeça.

Eu me viro e esfaqueio a poltrona, rasgando o couro. De propósito, erro a mão direita dele por um triz.

Zeolin grita e choraminga.

Eu me inclino para perto.

— Pedi com gentileza, pois sou um homem paciente, mas o senhor está testando os limites da minha benevolência. Não se esqueça que continuo vivo mesmo depois de você ter tramado contra mim hoje de manhã. Fui mais do que justo. Posso deixar a educação de lado se continuar a me enrolar.

As lamúrias não param.

— Zeolin, Zeolin...

Estalo a língua em reprovação. Endireito a postura e puxo a lâmina de volta para atacar.

Ele levanta as mãos para se proteger e fala:

— Tem um boato...

— Maravilha. Amo boatos. Prossiga.

Eu me sento na mesa, de frente para ele.

Ele está apavorado, me encarando. A pele fina ao redor dos olhos forma rugas.

Mudar a abordagem de uma interrogação de maneira brusca é uma das minhas táticas prediletas. As pessoas nunca sabem ao certo o que você está sentindo e buscando, o que as impede de relaxar.

— O boato é que Joon deixou Qali.

Então Zahara não mentiu. Ou estão espalhando a mesma mentira — mas por quê?

— E para onde ele foi?

Zeolin me olha atônito.

— Não sei. Juro pela minha vida!

Ele está falando a verdade.

— Muito bem, então. Como consigo uma audiência com Quilimar?

Ele balança a cabeça.

— É impossível.

Suspiro e encaro a adaga. Matei três pessoas hoje, mas ela está limpa. É impressionante como é possível deixar o aço brilhando, mesmo depois dos atos mais grotescos.

— É impossível! — repete ele. — Ninguém conseguiu uma audiência com a rainha desde a tentativa malsucedida de assassinato. Ela deve ter usado o anel, porque a camiseta de quem a atacou estava dourada durante a cerimônia de piteua. A única pessoa que ela vê agora é Vikal.

Ele está falando a verdade, e a resposta me enfurece ainda mais. Vikal ser o único meio à rainha está longe de ser o ideal. Ela é igualmente competente e astuta, e além de tudo é apaixonada por Quilimar. Jamais deixaria que pessoas como nós chegássemos a trinta metros do trono.

— A general ainda encontra requerentes? — indago.

— Não desde o golpe. Mas o Banquete do Rei Celeste é amanhã. Ela estará presente. Quilimar também deveria ir, mas eu duvido muito que isso aconteça agora.

É mesmo. Khitan celebra a chegada das monções como um presente do Rei Celeste. Em Yusan, nós o chamamos de Rei Solar. Mesma bosta. Os deuses abandonaram Gaya há muito tempo.

— E o que mais? — pergunto.

— Mais nada.

Encaro Zeolin em silêncio. Ele voltou a se fazer de sonso, e não precisava se esforçar tanto.

Ele verte os olhos ao redor.

— Tem... Não é nada.

Giro a lâmina novamente.

— Sabe, um homem de paciência mais limitada já o teria decepado a esta altura. Acha que seu corpo continuaria correndo como acontece com as galinhas? Eu acredito que sim. Seja como for, seria divertido descobrir...

— Tem um rumor de que o conde Seok está em Khitan!

Ele fala com tanta impulsividade que chega a cuspir. Um pouco de saliva cai em sua camisa fina.

Quase arqueio as sobrancelhas. Por pouco. Nunca demonstro surpresa quando converso com minhas fontes, mas isso de fato é interessante. Se o conde do sul está aqui, provavelmente não sabe que Tiyung está na Prisão do Ócio. Ou sabe, e foi por isso que veio. De todo modo, não posso deixar que Sora descubra, senão ela perderá o foco. Lidaremos com Seok posteriormente.

— Por quê?

— Não sei. Pensei que ele tinha fugido do reino quando o conde do leste morreu antes da celebração. Ele chegou há alguns dias.

É possível. Ele pode ter visto os sinais de que havia perigo no caminho. Eu até pensaria que Seok estava envolvido no plano de Joon, mas o conde não teria colocado seu único herdeiro em risco.

Decido mudar de assunto.

— Já ouviu falar em Oosant? — questiono.

Zeolin franze o cenho.

— Sabe que sim. É uma cidade nas fronteiras antigas.

— A própria.

— O que tem?

Eu o analiso por um instante. Ele não sabe. Um milhão de muns em drogas ilegais dentro de um armazém de merda, e ninguém ficou sabendo. Meus instintos indicam que as drogas estão atreladas a isto tudo, de alguma forma, mas ainda não encontrei a fonte certa. Mudo a rota e faço minha última pergunta.

— O que sabe a respeito do Templo do Conhecimento?

Não espero nenhum milagre, mas ele pode ter ouvido algo a respeito de como acessá-lo.

Zeolin olha para o lado e depois balança a cabeça.

— Ninguém sabe quem o matou.

Isso, *sim*, é novidade. Alguém matou um *Yoksa*?

— Por quê? — pergunto, casualmente.

Ele dá de ombros.

— Já é bastante difícil descobrir quem os Yoksa são... O sacerdócio é fundado em muitos segredos. Descobrir quem matou um sacerdote secreto na Praça de Trialga é quase impossível. Todos os três reinos alegam não ter tido parte no ato, e as Terras Exteriores não se importariam o suficiente para se meter. Isso viola todos os decretos deles, causar mal a um sacerdote do Deus do Conhecimento. Alguém não deve ter gostado nada do que estava escrito lá dentro. Quilimar ordenou a execução de piteua a qualquer um que tenha tido envolvimento e ofereceu uma recompensa de cem mil signos.

Cem mil. Uma fortuna pela captura de alguém que matou um plebeu é absurdamente suspeito. No entanto, os sacerdotes não são gente comum. Mesmo em Yusan, os Yoksa são deixados em paz. Os tratados e os decretos garantem sua segurança. Uma guerra eclodiria entre os reinos se algum líder sancionasse o assassinato de um sacerdote. Não acho que Joon esteja por trás disso, embora eu não descarte a ideia por completo. Com uma recompensa tão alta, é provável que tenha sido a própria Quilimar. Preciso de mais informações, e o embaixador parece não ter mais nada a me oferecer.

— É sempre bom vê-lo, Zeolin.

Dou um tapinha no ombro do embaixador, que grita como se eu o tivesse esfaqueado.

Ele com certeza vai sentir falta daquela medalha de honra.

Guardo a adaga.

— O senhor vai levar duas acompanhantes ao banquete amanhã. Sugiro que as mantenha em segurança.

Ele assente com tanta força, que me admira que não quebre o próprio pescoço.

Saio do escritório com mais perguntas do que informações, mas com uma pista que acabei de roubar.

CAPÍTULO ONZE

TIYUNG

PRISÃO DO ÓCIO, YUSAN

Hana está diante de mim, suas curvas cobertas por um vestido de tecido fino e uma capa. Uma lamparina a ilumina, mas ela não diz nada.

— Estou perdendo o juízo — balbucio.

— Isso costuma mesmo acontecer na Ócio — comenta ela.

É a voz rouca de Hana, mas não tem como ser ela. Hana morreu dois anos atrás tentando matar um nobre pelo meu pai. Mas esta mulher tem os mesmos cílios espessos e o mesmo cabelo castanho grosso. A pele tem o mesmo tom de marrom, e ela é alta, quase da minha altura. É claro que não é Hana, mas poderia ser uma gêmea dela. Tem a beleza extraordinária que meu pai buscava em todas as garotas que treinava para se tornarem donzelas venenosas.

Tudo isso para dizer que estou imaginando uma lamparina e uma garota morta. Talvez eu não esteja tão bem quanto pensava.

Passo as mãos na barba.

— Hana — falo.

Ela me encara e olha ao redor.

— Foi aqui que o príncipe Euyn ficou, sabia? Você recebeu as acomodações da realeza. Nada de correntes nem de tortura, uma cela privativa com latrina... é praticamente uma mansão, se comparar com os outros lugares desta masmorra. Acho que status importa até mesmo no quinto dos infernos.

— Hana, você está mesmo aqui?

— Meu nome é Zahara — fala ela. No entanto, encontra meu olhar e assente brevemente. É mesmo Hana. Arquejo. De alguma forma, ela está viva e bem diante de mim. — Você está péssimo, Tiyung.

— Como? Eu pensei que...

— Não fica bem de barba.

— Não, quero dizer que...

— Nem na prisão. Eu poderia colocar veneno na sua água. — Ela olha casualmente para a bandeja cheia. — E terminar este encarceramento por você.

Ela fala como se estivesse entediada, e é exatamente como me lembro. É mesmo Hana.

Isso ou estou tendo uma alucinação muitíssimo detalhada.

— Por que não faz, então? — rebato.

— Por que eu deveria ser tão generosa? Sem falar que Seok não saberia que fui eu, e que graça teria nisso? — Ela para e dá de ombros. — Além do mais, você é prisioneiro do rei. Devo deixá-lo vivo por ora.

Ela me olha com ódio, e então me lembro de que nunca encontramos o corpo. Vi uma garota que se parecia com ela queimando na pira crematória, mas estávamos longe demais para conferir de perto. Hana deve ter feito um acordo com o nobre que foi mandada para matar. Fingiu a própria morte com a ajuda dele, fugiu para a capital e, de alguma forma, conheceu o rei. Ela não está vestindo uma roupa toda preta, mas aposto que é uma assassina da coroa.

Ou uma espiã.

— Não tem nada a dizer? — questiona ela, com uma sobrancelha erguida.

— Não, porque você tem razão. Não tem por que você ser generosa comigo. Fui beneficiado pelo seu sofrimento, pela tortura das outras dezenove garotas. É justo que eu sofra um pouco por todas as coisas pelas quais vocês foram obrigadas a passar. Como a Sora.

Ela avança até mim, mas se detém. Por pouco. Hana fica tensa, e ela abre os dedos, tão próxima a mim que sinto o cheiro do perfume de rosas. Porém, ela respira fundo e se recompõe. Em seguida, endireita a postura e suspira, alisando o vestido.

— Não diga esse nome.

De repente entendo: Hana a amava. Fico me perguntando se Sora sabia disso, mas então penso em quando ela me disse que às vezes a mera lembrança de quem se ama já é de mais, mas que ao mesmo tempo o desejo de honrar a memória da pessoa é desesperador. Pensei que ela estivesse falando dos pais, mas não fazia sentido.

Na verdade, ela se referia à Hana.

Sinto o estômago revirar de um jeito novo.

— Vocês estavam apaixonadas — falo, a voz saindo fraca e rouca.

Hana retoma a pose descompromissada, embora seu olhar arda no meu. Ela deve ter estudado a forma como Mikail age, para assumir essa mesma postura tão despreocupada e letal. Isso não deveria me surpreender. Hana era a garota mais inteligente na escola do meu pai. Tenho certeza de que daria uma excelente espiã.

— *Ainda* estou apaixonada por ela — fala Hana, e sinto um aperto no peito. — Amor de verdade não acaba só por causa da morte.

Ela bate na porta uma vez, e um guarda a abre.

Ainda que as palavras machuquem, eu queria que ela ficasse para que eu tivesse alguém com quem conversar, mas ela já está farta de mim.

O desespero me domina. Tento conjurar algo, qualquer coisa que possa interessar a ela, que possa fazê-la ficar, mas minha mente está lenta por causa do tempo que passei aqui, seja quanto for. Continuo com a boca aberta, mas nenhuma palavra me ocorre.

Hana já está quase fora da cela quando joga um envelope no piso de pedra. Cai no chão sujo, perto dos meus pés. Ela então vai embora como se nada tivesse acontecido e me deixa com a lamparina, uma mensagem e um milhão de perguntas sem respostas.

CAPÍTULO DOZE

SORA

CIDADE DE QUU, KHITAN

Com tanta coisa em jogo, é estranho estar me arrumando para um baile. Mas, pelos últimos três anos, segui esta mesma rotina para me preparar para cometer assassinatos, então acho que é normal para mim.

Eu me maquio e passo perfume, arrumo o cabelo e visto meu pesado vestido prata e azul como se fosse uma armadura. Coloco os anéis, os colares e os brincos. Todas as joias pertencem ao conde do sul. Todas me transformam em algo diferente — uma cortesã, em vez de uma garota cheia de cicatrizes e desesperada para salvar a irmã mais nova. Por fim, jogo a capa de pele sobre os ombros. Pondero por um instante, e enfim decido usar batom de veneno, só por precaução.

A beleza será minha única arma esta noite, pois não poderemos levar armas.

Aeri e eu vamos a um banquete, enquanto Royo, Mikail e Euyn vão ao Templo do Conhecimento.

Mikail voltou ontem à noite misteriosamente ensopado de novo, mas pelo menos dessa vez era apenas de chuva. Ele chegou com um novo plano: dividir e conquistar. Não temos muito tempo, por inúmeros motivos, mas ninguém ficou confortável com a ideia de nos separarmos.

— Pensei que eu iria com as meninas — falou Royo, cruzando os braços fortes.

Mikail balançou a cabeça.

— Podemos precisar dos seus músculos.

— Então não seria melhor se todos fôssemos? — questionou Aeri, mordiscando o lábio.

Fico surpresa por ela não estar com a boca toda rachada, de tanto que anda mordendo os lábios.

— Não — determinou Mikail. — Infelizmente, ambos os eventos estão se aproximando. O banquete é amanhã à noite, e pelo menos uma de vocês precisa ir. E preferiria não mandar ninguém sozinho.

O Banquete do Rei Celeste é uma comemoração anual da chuva, e dura um dia inteiro, após o início da temporada de monções. Mikail não sabia ao certo quando conseguiríamos encontrar a general, mas o baile é a desculpa perfeita. Até no meu vilarejo da fronteira tínhamos o costume de celebrar as monções e a água revigorante que proveem. A chuva também causa enchentes que destroem e matam, mas a vida sempre aflui depois da destruição.

Centenas de membros de elite khitanesa comparecerão ao baile no arsenal. Imaginei que os rapazes fossem ficar na pousada, mas alguém matou um Yoksa recentemente — um sacerdote sagrado. Por mais chocante que seja, Mikail tem quase certeza de que a morte tem relação com nossa missão. Alguém quer alterar a história antes que possamos lê-la. O que significa que há algo a ser encontrado, e que temos que descobrir o que é antes de a informação desaparecer.

Os três já partiram para o Lago Cerome. Aeri e eu vamos tentar extrair informações da general hoje. Depois vamos todos nos reencontrar aqui.

Bato à porta de Aeri. Ela sai com um vestido verde-floresta de gola alta, feito de renda e cetim, e com uma capa de pele. Compramos ambas as peças hoje de manhã. Embora esteja deslumbrante, ela fica com a cabeça baixa e olha ao redor. Aposto que está nervosa sem Royo. Não a culpo por isso. Também me acostumei com a segurança de ter Mikail por perto.

Só que hoje estamos por conta própria.

— Você está linda — elogio.

Seu cabelo está arrumado no estilo de Khitan. Deve crescer rápido, porque está perceptivelmente mais comprido do que quando nos conhecemos.

Ela sorri.

— Você sempre está.

Descemos as escadas e alugamos uma carruagem particular para nos levar ao arsenal. Em Khitan, o depósito de armamento não fica dentro do castelo. É em um edifício de frente para a Praça de Trialga. Os monarcas khitaneses são os Trialga, da mesma forma que Yusan tem os Baejkin. Porém, Khitan também teve mulheres no poder. Quilimar é a sexta rainha na história da nação.

Estamos quase no topo quando a carruagem para. A vista é de tirar o fôlego, mesmo sob a chuva do crepúsculo. As mansões na encosta da montanha estão iluminadas. Abaixo, ficam as casas coloridas do porto. E então há a expansão vasta e escura do Oceano do Leste.

Criados com guarda-chuvas recebem cada carruagem que chega, e somos escoltadas ao pórtico do arsenal. Agradeço em khitanês, e o criado me encara. Não sei se por causa do meu sotaque ou do meu rosto. Meu vilarejo ficava perto da fronteira de Khitan, então aprendi algumas coisas quando era mais jovem. Não falo tão bem quanto Mikail e Euyn, mas sei o bastante para ser educada.

Passamos pela entrada abobadada e seguimos as pessoas até um salão principal. Arregalo os olhos quando percebo que a sede militar é banhada a ouro, com armas douradas suspensas nas paredes e lustres dourados com luzes cintilantes. Até mesmo o teto é pintado com uma decoração dourada.

Deve haver toneladas de ouro aqui, mas acho que é o que acontece quando se pode criá-lo com o toque de um anel.

No centro do salão há uma bandeira roxa com a águia dourada de Khitan, e mesas compridas cobertas com toalha de linho estão encostadas nas paredes, criando um espaço de dança amplo no meio. Não há uma mesa principal, mas a general irá se sentar bem à frente de onde estamos — bem no centro da mesa que dá para a entrada.

Apesar de todas as semelhanças com os banquetes luxuosos de Yusan, a atmosfera é nitidamente distinta — notei isso assim que pisei no salão. As mulheres não são apenas decorações atraentes aqui, mas participantes ativas. Estão em comunhão — não apenas entre si, mas com os homens. Algumas usam ternos e têm o cabelo mais curto que o de Euyn. Elas riem, falam sem medo e pegam as comidas e bebidas que lhes são oferecidas.

É muito estranho.

Será que esta é a diferença de quando as mulheres detêm o próprio dinheiro e os próprios títulos? Isso importa tanto assim? Mas cabe lembrar que estamos entre a nobreza. Quem sabe que tipo de vida as mulheres de classes mais baixas levam? Dizem que Khitan é a terra da igualdade, mas algumas pessoas sempre são mais iguais que as outras.

Um homem mais velho, alto e de cabelo grisalho, se aproxima. É yusaniano e usa os adornos de um embaixador — uma bandeirinha vermelha suspensa no bolso do paletó e uma medalha decorativa no pescoço. O medalhão é de uma cobra preta enrolada em uma lâmina.

— A senhorita deve ser Yunga — diz ele, estendendo a mão. — Sou o embaixador Zeolin.

Sorrio e faço uma reverência. Yunga é o nome que Mikail forjou para mim.

— Como me reconheceu?

— Mikail disse para procurar a mulher mais bela do recinto. — Ele sorri, e seus olhos são bondosos, mas ele é da nobreza de Yusan, então as aparências não passam de uma fachada. — *Só pode* ser a senhorita. E quem é esta?

— Meu nome é Narissa — diz Aeri.

Ele inclina a cabeça, enquanto ela faz uma reverência, mas os olhos dele não tardam a voltar para mim.

— O que a traz a Khitan?

— Eu era uma serva por escritura em Yusan. Escapei das minhas amarras recentemente — respondo.

— Ah. Consigo entender por que um homem odiaria deixá-la partir, minha querida. Mas aqui a senhorita encontrará a liberdade com que tanto sonha. E você, Narissa?

— Estou aqui para construir minha fortuna — conta Aeri. — Fazer dinheiro que possa ser meu.

Bem, não deixa de ser verdade.

— É um jeito bastante khitanês de se pensar. — Ele funga o nariz comprido. — As senhoritas chegaram bem a tempo das monções.

O clima não está dos mais agradáveis, mas ao menos as trouxe aqui hoje, a este banquete com a alta sociedade de Quu.

— E o senhor está bem no topo, sendo um embaixador. — Eu o encaro como se estivesse impressionada, depois desvio o rosto fingindo timidez como se ele tivesse me pegado olhando.

Ele ergue um pouco mais o queixo e estufa o peito magro. Estes homens não resistem à bajulação, não importa o quanto seja forçada.

— Um entre muitos, mas fora do palácio ninguém é superior à general.

— Uma general do exército? — pergunto, como se a ideia me confundisse. Nobres gostam de mulheres bonitas que são inteligentes o bastante para acompanhar uma conversa, mas nem de longe tão perspicazes quanto eles próprios.

— A general das forças armadas. Ali ao centro está a general Vikal, atrás da mesa. — Ele vira a cabeça, porque apontar é considerado um gesto rude em todos os reinos. — É diferente aqui, em relação a Yusan. As pessoas dão mais valor ao exército que a qualquer outra coisa. E permitem que *mulheres* sirvam, se é que podem acreditar.

Sigo o olhar dele. Não sei o que eu esperava, mas não era nada como a mulher diante de nós. Primeiramente porque ela não está usando uniforme militar, e sim um vestido prateado justo e uma capa de pele de zurso presa com uma corrente dourada grossa. Ela é um pouco mais alta do que Aeri, ou seja, bastante alta. Deve ter uns quarenta — talvez um pouco menos e só pareça mais velha pelo tempo passado em batalhas. O cabelo escuro e cacheado está estilizado para cima, e provavelmente chega à altura dos ombros quando solto. Ela tem características khitanesas, o que consiste em uma mistura de povos indígenas do continente e dos descendentes dos que há muito vieram das Terras Exteriores. E é possível que haja traços de Yusan em sua linhagem também, a julgar pelos malares.

— Eu sei… É estranho ter uma general mulher, mas não é assim que as coisas funcionam aqui — lamenta o embaixador Zeolin, com um suspiro.

— Poderia nos dar a honra de nos apresentar? — pede Aeri.

— Certamente. Nossos assentos são na mesma mesa.

O orgulho e o status reverberam na voz do embaixador. Aeri revira os olhos quando ele nos dá as costas. Contenho o riso.

Seguimos Zeolin, que cumprimenta todas as pessoas pelas quais passamos. Aeri e eu olhamos ao redor. De acordo com nossas histórias falsas, acabamos de chegar a Khitan, então temos a liberdade de observar. A moda aqui é muito mais simples do que o que costumo usar, então as pessoas me fitam mais do que o habitual. Mas é diferente. É difícil de explicar, mas não há aquela voracidade, a sensação de ser uma presa, à qual me acostumei em Yusan. A multidão está simplesmente curiosa.

O embaixador adora a atenção que recebe. Ele é yusaniano até o último fio de cabelo. As pessoas provenientes de lá adoram cortesãs que podem usar e descartar ao bel-prazer. Mikail me disse que não há cortesãos em Khitan. Como homens e mulheres podem receber heranças, não há necessidade de produzir herdeiros homens. Uma única regra mudou uma sociedade inteira, o que me faz refletir sobre o que mais seria possível.

— General, permita-me apresentá-la a Yunga e Narissa, ambas vindas de Yusan — diz o embaixador Zeolin.

Ela abre um sorrisinho.

— É um prazer conhecê-las.

O yusaniano dela é perfeito, embora fique nítido pela postura tensa e pela rigidez de sua fala que ela não ama estes eventos sociais. A general é brusca, direta demais para este tipo de baile adulador. De longe, parecia esbelta, mas, de perto, posso ver que seus braços são definidos. Ela é uma mulher de ação. Mikail disse que se trata da filha do comandante naval. Vikal conseguiu um cargo superior ao do pai e o liberou do serviço quando assumiu o posto de general das forças armadas de Khitan. Sua aura transmite um poder silencioso, mas inquestionável.

Faço menção de perguntar sobre a rainha, mas outra pessoa chama a atenção dela.

— Espero que aproveitem o banquete. Sejam bem-vindas a Khitan. Peço que me deem licença — diz a general.

Aeri e eu fazemos reverências.

E... acabou.

Não conseguimos muito, mas ainda temos a noite toda. Eu me viro e abro um sorriso largo ao embaixador, como se estivesse superanimada por ter conhecido alguém tão importante.

Nós nos sentamos e comemos uma refeição composta de ganso, califer (que é como caribu), um javali inteiro assado no espeto e mais algumas iguarias. O embaixador fala de si mesmo durante o jantar inteiro, mas já estou acostumada a isso. Aeri, não. Não para de olhar para mim como se para perguntar "ele não cala a boca nunca?", e preciso me esforçar ao máximo para não rir.

Sou grata por ela ter me contado do que aconteceu com ela anos atrás. Todos temos cicatrizes à mostra, e outras que não queremos que ninguém veja. Aeri confiou a mim as partes mais obscuras de sua história, as feridas profundas e feias, e eu a acho ainda mais bonita por ter sobrevivido a elas. A escuridão me faz gostar ainda mais da luz que ela emana.

No entanto, quanto mais o tempo passa, mais ansiosa fico. Por diversas vezes olho para a general, mas ela está a cinco pessoas de mim na mesa, e engata em uma conversa após a outra. Não há meio de chamar sua atenção nem de tentar conhecê-la melhor.

Quando retiram o jantar, as sobremesas são trazidas em carrinhos, e vinho de sobremesa é distribuído em cálices dourados. Os músicos começam a tocar — os instrumentos, obviamente, também são de ouro —, e a dança se inicia.

Sinto o estômago revirar. Ainda não sei como vou conseguir ter uma conversa em particular com a general. Não quero contar aos demais que fracassei, mas à medida que a noite segue, fica nítido para mim que teremos que encontrar outras formas de abordar a general Vikal. Todo mundo neste recinto quer conversar com ela.

Tento ouvir as interações, mas o embaixador está do lado do qual escuto melhor e não para de falar. Ainda assim, consigo pescar uma coisa aqui e outra ali. A nobreza quer saber da rainha e do príncipe, e a general garante veementemente que ambos estão bem de saúde e em segurança. A rainha é popular, o que me surpreende, levando em conta o que Euyn e o rei Joon pensam dela. Porém a general Vikal fala com amor e admiração em seu tom, mas não posso afirmar se é ou não genuíno.

Após a sobremesa, nós nos levantamos para tomar um ar, e o embaixador se retira para ir ao toalete. Olho para o palácio pela janela e solto um suspiro. Seria tão mais fácil se conseguíssemos marcar uma audiência diretamente com a rainha.

Vejo uma figura no topo das escadas do palácio. Duas, na verdade, protegidas pelo pórtico e um grupo de guardas. Forço a vista, porque capto um vislumbre de tecido roxo. Em Yusan, apenas a família real pode usar o vermelho-imperial. Aqui, é qualquer tom de roxo.

Meu coração dispara quando percebo que deve ser a rainha Quilimar. Ela está tão próxima, e ainda assim a um mundo de distância.

Ela segura a mão de uma criança, que deve ser seu filho. O pequeno se esconde no vestido da mãe, que o pega no colo, levantando-o no ar. Com base nesse gesto, esse singelo instante de afeição entre os dois, suspeito que o que nos contaram sobre Quilimar está errado — ao menos em relação a ela roubar o trono do garoto. Aquela mulher ama o filho.

Então o que mais pode não ser verdade? As pessoas têm um jeito muito peculiar de acreditar nas maiores atrocidades ditas a respeito de mulheres poderosas.

— Venha, minha querida — chama o embaixador, aproximando-se. — A senhorita me concederia a honra de uma dança?

— Certamente, milorde — falo, porque ele não está pedindo, não de verdade.

Olho de relance para o palácio de novo, mas as escadas agora estão vazias. A decepção e a frustração me invadem, mas escondo com um sorriso.

O embaixador me leva ao centro do salão e coloca o braço ao redor da minha cintura, me segurando mais perto e com mais firmeza do que o necessário.

A música volta a soar, e os passos são fáceis de acompanhar. A madame Iseul nos ensinou muitas danças na escola de venenos, pois poderíamos precisar delas para encantar nossas vítimas. Aprendemos a dançar da mesma forma como ela nos ensinou a maestria de conversar e saber escutar. A busca pelo conhecimento de como se portar no mundo, caso fosse necessário mais que um rostinho bonito.

Na minha experiência, houve pouquíssimas situações em que algo além de beleza se mostrou ser necessário.

Giro pelo salão com o embaixador. Ele se inclina, de modo a ficarmos com os rostos colados, mas a colônia que ele está usando é tão forte que acho que vou passar mal. Ele deve ter colocado mais no toalete. Respiro pela boca.

— A senhorita deveria conferir a vista da cidade que tenho do meu terraço quando as chuvas cessarem. Minha mansão fica perto daqui — murmura ele.

O que ele quer dizer é: sou importante, e você tem que dormir comigo hoje à noite.

— Tenho certeza que é espetacular.

É uma resposta descompromissada, mas também não chega a ser uma rejeição — rejeitar este tipo de homem é perigoso. No entanto, também não é a confirmação entusiasmada pela qual não tenho dúvidas de que ele estava esperando.

— Eu... — começa ele.

— Zeolin — diz uma voz familiar atrás de mim.

O som faz meu sangue gelar. Mesmo sem me virar, sei a quem pertence. Só torço para estar errada. Talvez eu esteja ouvindo coisas, porque não existe a menor chance de o conde do sul estar em Khitan.

Continuo de costas, a postura rígida, como se eu pudesse mudar as estrelas ao evitá-las.

— Ah, Seok! Meu velho amigo! — cumprimenta o embaixador, mais alto que o necessário, porque quer que as pessoas saibam que ele é amigo de um dos homens mais poderosos de Yusan. — Achei mesmo que iria encontrá-lo aqui.

— E cá estou — fala Seok.

Meu coração martela no peito, e de repente meu vestido parece apertado demais. Quero rasgá-lo e sair correndo. O que faço é adotar uma expressão plácida, porque sei que estou prestes a ficar cara a cara com Seok. E eu me recuso a estremecer ou me retrair.

— Yunga, eu gostaria de apresentá-la a Seok, o conde de Gain.

O embaixador sorri, sem nem se dar conta da tensão entre nós dois.

— Sua Graça — digo, me virando —, é um prazer.

Faço uma reverência para o conde do sul, sem desviar os olhos. Ele está com um terno preto e uma gravata branca, bonito como sempre, sobretudo quando sorri. E faz isso como se tivesse acabado de me conhecer. O cabelo preto como carvão está arrumado, e os olhos escuros reluzem ao me encarar. Como contei a Aeri, monstros podem usar máscaras encantadoras.

— O prazer é todo meu. Posso interromper? — murmura Seok.

— Certamente — afirma o embaixador.

Ele sorri e gesticula para mim, embora seu sorriso não chegue aos olhos. Ele provavelmente estava disposto a tentar me seduzir com muito mais do que apenas uma bela vista. Havia uma grande chance de ele me oferecer joias para dormir comigo.

Seok passa o braço pelo meu quadril e me puxa para perto. Sinto a pele arrepiar, e minha respiração se torna ofegante, mas faço de tudo para não demonstrar. Não quero fazer cena aqui. No entanto, pressiono os lábios, feliz por ter usado veneno.

— Você parece estar bem, Sora — diz ele, quando começamos a dançar —, mas devo admitir que me surpreende vê-la aqui. Você me enganou.

— Como assim?

— Sempre tive a impressão de que Daysum significava mais para você.

A menção à minha irmã faz um calafrio percorrer minha espinha. Ao mesmo tempo, o pânico ameaça me dominar. Não estremeço, mas não me falta vontade. Quero me debater e gritar como fiz quando era pequena.

— Onde ela está? — sussurro.

Finco as unhas no paletó dele. Estou ofegante, meu coração palpita. O zunido no meu ouvido está estridente enquanto espero ele responder.

— Ah, vejo que se esqueceu dos termos do nosso acordo. Que pena.

Ele franze o cenho por um momento, depois volta à pose despreocupada.

— *Onde* ela está?

Paro de dançar, e outro casal esbarra em nós dois. Todos murmuramos pedidos de desculpas.

Seok me puxa para si, me forçando a continuar em movimento. Assim como me obrigou a dançar minha vida toda. Porém, no momento, não me importo que ele esteja me tocando, só quero saber onde está minha irmã.

— Imagino que ela esteja trabalhando a esta altura da noite, mas não fico tomando conta dos afazeres do meu irmão — diz ele.

Entendo o que ele quer dizer um instante depois, como era a sua intenção. É uma facada no meu abdômen, fincada até o meu coração: ele a vendeu. Vendeu Daysum aos bordéis.

Minha irmã, minha única alegria, a única coisa boa que consegui proteger a vida toda, agora virou carne fresca para os lobos.

Sinto o rosto pinicar à medida que o sangue some das minhas bochechas. Meu pulso aumenta como se estivesse tentando quebrar meu pescoço. Minha visão gira.

Não. Por favor, deuses. Daysum, não.

Isto é pior do que qualquer outro veneno que eu já tenha ingerido. Pior do que qualquer coisa que tive que assistir e suportar em doze anos. Porque é minha irmã em risco. Porque é culpa minha. Bem quando a liberdade estava ao nosso alcance, eu falhei com ela. Era para eu salvá-la, curá-la, proteger a única família que me resta, mas não matei o rei, e agora ela foi vendida a um bordel. Agora minha irmã está viva no pior dos infernos.

— Era melhor ter pensado no bem-estar dela antes de fugir — diz Seok, depois sorri.

O sorriso é sincero.

Uma fúria que jamais senti cresce dentro de mim até queimar. Odiei e temi Seok desde a infância, mas isto é diferente. Arde feito ferro derretido. Nada importa mais do que infligir dor a ele. Eu reduziria os três reinos a cinzas só para vê-lo em cinzas.

Sorrio, mas como uma leoa mostrando os dentes. Meus lábios chegam a tremer do tanto que quero beijá-lo. Mas espero. Eu me obrigo a esperar. Se eu o matasse agora, arruinaria Aeri e todos os outros. E uma morte rápida seria bondade demais para Seok. Ele vai sofrer. Vai suplicar em vão.

— E o senhor? — digo, fitando seus olhos. — Pensou no bem-estar dos seus próprios entes queridos?

Seok erra um passo — apenas um. Não sabe. Não recebeu meu correio-águia porque está aqui e não em Gain. Ninguém lhe contou sobre seu filho.

— Você não teria coragem.

Ele fala com bravura, mas há uma nuance de incerteza em seus olhos.

De repente, desejo ter matado Tiyung. Meus sentimentos por ele que queimem no inferno. Queria poder dizer a Seok que matei seu único herdeiro com meus lábios ou com a ponta da minha lâmina. Queria poder vê-lo se despedaçando.

— Ele está apodrecendo na Prisão do Ócio — conto. — *Se é* que ainda está vivo. Tantos planos, Seok, e você estava sendo enganado pelo rei desde o começo. Tiyung será torturado até a morte lá. Ou quem sabe tenha sido devorado pelos iku. — Eu me forço a dar de ombros, fingindo não me importar com a ideia que tem me atormentado desde o salão do trono. — Seja como for, eu lhe desejo uma vida longa, Seok, agora que seu título e sua linhagem morrerão com você.

Ao dizer isso, saio andando.

Mas só consigo dar três passos.

CAPÍTULO TREZE

TIYUNG

PRISÃO DO ÓCIO, YUSAN

Assim que Hana vai embora, abaixo para pegar o envelope e me arrasto engatinhando pelo chão imundo. Estou tão ansioso para ler a mensagem que preciso me impedir de rasgar o papel.

A carta já estava aberta, mas, por mais estranho que seja, é meu selo no envelope. Intrigado, eu o viro nas mãos. Por que Hana me daria uma carta que eu mesmo escrevi? E então me dou conta de que Sora deve estar com meu selo. É uma mensagem dela.

Meu coração transborda, a ponto de eu achar que vai explodir a qualquer momento. Sinto felicidade pela primeira vez desde que fui jogado nesta cela. E mais que isso: a luz da esperança se reacendeu dentro de mim.

Tiro o papel, pronto para ler suas palavras, mas a carta não está endereçada a mim. Sora a mandou para o meu pai.

Seok,

O plano era dele. Os dias de Tiyung são ociosos. Honrarei minha palavra em um mês. Honre a sua.

A decepção me atinge com tudo. Não é exatamente a mensagem emocionante que eu esperava receber, mas ter algo escrito pessoalmente por Sora levanta meu ânimo. Ela deve ter cunhado esta carta há cerca de um dia e a enviado por correio-águia. O que significa que ela sobreviveu ao salão do trono.

Isto é prova de que ela está viva e livre.

Leio novamente e fico admirado com a sagacidade dela. Sora escreveu tendo em mente que a carta poderia ser interceptada e lida por terceiros. Não há nada para incriminá-la na mensagem, mas ela está dizendo ao meu pai que nosso plano de assassinato fracassou porque o rei esteve por trás da tramoia o tempo todo. Ela também o está informando de que ainda pretende matar o rei Joon dentro de um mês. E quer garantir que a irmã esteja em segurança nesse meio-tempo.

Porém tudo em que consigo me concentrar é no fato de que ela está tentando contar ao meu pai que estou na Prisão do Ócio — *Os dias de Tiyung são ociosos*. Ela o está alertando e tentando me ajudar. Assim como implorou pela minha vida no salão do trono de Qali.

Ela se importa. Talvez não seja amor, mas está fazendo tudo a seu alcance para me libertar. Ainda acha que eu tenho uma chance de sair daqui.

Lágrimas marejam meus olhos, e o calor se espalha pelo meu peito. Ela não tem que se importar. Eu não a culparia se ela desse as costas para o meu sofrimento como eu dei as costas para o dela tantas vezes quando era garoto. Mas Sora é melhor que eu — sempre foi. Não vou permitir que seus esforços corajosos sejam em vão. Serei forte para suportar isto por ela. Mesmo se ela amar Hana, e não a mim.

Respiro fundo e suspiro, agarrando a carta ao peito. Mas logo meu sorriso esmaece. Tem algo de errado nisto tudo; o fato de eu estar com esta mensagem. Ela nunca chegou ao meu pai, então por que Hana a entregou a mim? Ela odeia a mim e a minha família. Por que me deixou uma lamparina e a carta?

Talvez esteja tentando me fazer confiar nela... mas para quê? Não tenho muitas opções aqui.

Remoo isso por um longo período, tentando solucionar o mistério. Eu poderia até pensar que é apenas um ato de caridade, mas Hana não é Sora. Não tem motivos para ser benevolente; portanto, não é.

Depois de um tempo, desisto. Seja qual for a intenção de Hana, a carta e a lamparina são um presente. E eu me lembrarei disto.

Olho para a carta de Sora até o óleo da lamparina acabar.

E então volto a ficar sozinho na escuridão.

CAPÍTULO CATORZE

EUYN

PASSAGEM DO NORTE, KHITAN

Faz quase uma badalada desde que saímos dos muros da cidade de Quu, e então a chuva vira neve. Não uma nevasca, mas uma precipitação constante de flocos grandes. A neve é bonita; cobre o país em um manto todo branco, mas dificulta a travessia. Nossos cavalos são da raça hali — rápidos, em geral, mas nada como cavalos invernais criados para viajar pela neve profunda.

Meia badalada depois, encontramos um posto de permuta e trocamos as montarias. Não há cavalos invernais disponíveis, então pegamos um trenó grande o bastante para nós três e nosso equipamento. É feito de madeira escura, tem uns três metros e meio de comprimento e dois bancos — um na frente e outro atrás. Há quatro califeres o puxando. Califeres são cruzamentos entre caribus e cavalos. Uma tropa de quatro desses animais ainda será mais lenta que cavalos invernais, mas são nossa única opção viável, então teremos que nos contentar.

Com Mikail assumindo as rédeas, seguimos diretamente para o norte, ao Lago Cerome.

— Tá frio pra caralho. — Royo sopra as mãos expostas.

Ele reclamou inúmeras vezes desde que saímos da estalagem Litoral Gris. As condições nem estão tão ruins assim — ele só está de mau humor. Preferiria estar no baile com Aeri, e não o culpo por isso. Com a neve e o vento, não é uma jornada muito convidativa. Eu também preferia não arriscar viajar durante a noite, mas temos que chegar ao templo antes que a informação desapareça, e precisamos dele conosco. O fato de que existe alguém disposto a matar um sacerdote significa que há perigo no caminho, então quanto mais homens e mais gente forte tivermos, melhor.

Ninguém sabe quem os Yoksa são, de modo geral. Tudo bem que, em Yusan, espiões seguem constantemente os Yoksa conhecidos, mas estes mudam com frequência. No entanto, todos os registros devem ser levados ao repositório em um rolo, livro ou pessoalmente, o que os torna rastreáveis. Os Yoksa são tidos como independentes, e seus registros são tidos como fontes confiáveis, mas com lâminas e poder o bastante, a história pode se tornar maleável.

O antigo rei Theum invadiu o templo yusaniano e alterou os registros pouco depois de assumir o trono. Não sei ao certo o que ele mudou — duvido que alguém que ainda esteja vivo saiba. Mas meu suposto pai não é o único que forçou a história a mudar para ser o que ele queria. As atrocidades documentadas sobre Wei são muito mais brandas do que Yusan teve que suportar.

E, agora, alguém está tentando alterar a história de Khitan a qualquer custo. Meu palpite? Minha irmã.

Quilimar é implacável e muito mais apta ao homicídio. Quando era adolescente, matou uma aia que cometeu um erro. Assassinou diversos oponentes de esgrima, apesar de as partidas deverem terminar ao toque. Alega que todas as lutas eram aceitas por lei e que seus adversários concordavam em apostar a própria vida. Além disso, há boatos de ela ter matado seu pretendente, o irmão do conde do oeste.

Quando Joon assinou o certificado de casamento dela ao rei de Khitan a despeito de suas súplicas por misericórdia, ela atacou nosso irmão. Tentou cortar a garganta dele, e foi uma das poucas vezes que cheguei a ver medo nos olhos de Joon. Eu apostaria que Quilimar sabe que estamos em Khitan e está destruindo as exceções à Regra da Distância para que ninguém mais a encontre.

— A estimativa de chegada ainda é de um dia e algumas badaladas? — resmunga Royo, ajeitando o casaco.

Ele está sentado entre mim e Mikail, uma trégua no meio do nosso impasse.

— Normalmente é isso mesmo. Mas podemos dormir em turnos, e com quatro califeres puxando o trenó, acho que conseguimos chegar em menos tempo — confirma Mikail.

— Ótimo.

Royo faz cara feia, e a cicatriz no rosto dele se move.

— Royo, talvez seja melhor você dormir primeiro. Tem espaço na parte de trás do trenó para você deitar — sugere Mikail.

Não sei se Mikail quer conversar comigo em particular ou se está cansado da birra de Royo. Seja como for, Royo entende a indireta e vai para trás. Cobertores, armas e nossas bolsas estão sobre o banco. Nenhum de nós se sentiu confortável com a ideia de deixar os pertences na estalagem. Eu não estava nada à vontade lá, levando em conta a péssima qualidade e a sensação de que estávamos sendo observados.

Mikail e eu ficamos sentados em silêncio enquanto ele maneja o trenó pela nevada no crepúsculo. O sol se põe, mas a lua da monção é enorme e ilumina a neve branca. O efeito provoca tanta luz que é fácil enxergar a imensidão dos campos abertos. Eu queria que a conversa fluísse tão bem quanto o trenó desliza pela neve.

Olho para o perfil belo de Mikail e espero ele dizer alguma coisa, qualquer coisa, mas os únicos sons são o vento e o ronco de Royo à medida que avançamos em direção à lua. A noite está tão quieta e a lua tão próxima, que tenho a impressão de que podemos alcançar a deusa lunar. A neve tem uma certa magia que quase me faz esquecer de que estamos em uma missão perigosa até o Templo do Conhecimento.

— Acho que é Quilimar — falo.

Mikail enfim me dá atenção. Ele mal olhou para mim desde que chegamos ao porto, assim como no navio também. No entanto, ele ainda assim me faz sentir um frio na barriga e um calor por dentro.

— Acho que minha irmã encomendou o assassinato do Yoksa — acrescento.

Ele assente.

— Tenho quase certeza disso, mas Joon está armando um plano muito maior do que querer pegar aquele anel, então pode estar por trás do assassinato. Ou talvez sejam os dois.

— Os dois?

Sinto um calafrio e ajusto o capuz do casaco, pois a temperatura continua a cair. O vento batendo no trenó aberto só piora tudo, embora Mikail pareça não ligar. Se bem que ele nunca parece se importar com nada tão banal quanto o clima.

— Trabalhando juntos. Estou tentando entender por que Joon nos deixaria vivos. Principalmente eu. Sou um plebeu e uma ameaça ao reinado dele. Com certeza teria sido mais fácil me matar no salão do trono do que me mandar nesta missão. Sim, o país precisa de ouro, mas por que quebrar a paz para roubar o anel? Por que arriscar mais uma guerra? Talvez tudo não passe de uma cortina de fumaça. Talvez ele não esteja armando *contra* Quilimar, e sim *com* ela.

Considero a possibilidade de Joon e Quilimar estarem trabalhando juntos. Seria uma aliança formidável, se fosse possível. Mas não é.

— Duvido — retruco. — O ódio que Joon e Quilimar nutrem um pelo outro é genuíno. Quando ele a forçou a se casar, a antipatia virou animosidade. O anel deve ser só parte do plano dele para conquistar todas as relíquias do Lorde Dragão.

Mikail desvia os olhos.

— Todas?

Faço que sim.

— Você sabe que estamos sempre tentando tomar de Wei o Cetro D'água. E ele já conquistou a Espada Flamejante.

— Roubada de Gaya durante o Festival Sangrento, sim — fala Mikail, tensionando o maxilar. — No entanto, o custo de coletar todas as relíquias é enorme. Sem falar que o amuleto se perdeu há muito tempo. Joon é pragmático até o último fio de cabelo, e não acho que ele creia ser possível obter todas as cinco.

— Desde quando um rei se preocupa com o que é possível?

Mikail estreita os olhos, mas depois assente.

— É um argumento justo, mas estas relíquias são de valor inestimável. Khitan fará qualquer coisa para proteger e ficar com o anel. E o Cetro D'água é o maior bem de Wei. Nunca pareceu valer a pena o sangue a ser pago por seu roubo, porque embora Wei use o cetro para encantar suas águas, a nação ainda funcionaria sem ele. No máximo, eles deixariam de ter uma marinha de guerra que não afunda.

— Não sabe mesmo o motivo? — questiono.

Ele me olha de relance, arqueando uma sobrancelha, e o calor que sobe para as minhas bochechas é inevitável quando ele desvia o olhar para os meus lábios por um breve instante. Em seguida, no entanto, ele fica irritado.

— Só estou surpreso — falo. — Imaginei que soubesse, porque você geralmente tem fontes melhores que as minhas.

Mikail sorri e volta a guiar o trenó.

Eu me apresso, ávido para capturar sua atenção novamente.

— É por causa do mito de que quando um rei reunir todas as relíquias em seu corpo, ele vai se tornar o Lorde Dragão na terra.

Mikail franze os lábios grossos e encara a distância. Senti saudade dele. Senti falta de conversarmos nessa última semana. Meu coração fica mais leve, melhor, quando ele está falando comigo. Mesmo que ele nunca mais vá se aproximar fisicamente de mim, eu ao menos posso aproveitar este momento.

— Em outras palavras, ele vai ter *todos* os poderes de um deus — acrescento.

— E como isso sequer seria possível?

— Etherum. — Dou de ombros, mas ele olha para mim. O que Mikail quis dizer é que nunca ouviu o resto da lenda. Pigarreio. — O mito é que, quando ele ascendeu de volta aos Céus, seus poderes foram selados às relíquias. Algumas versões indicam que o deus deverá fazer as vontades do rei quando as relíquias forem reunidas. Outras apontam um tipo de fusão de um ser celeste e um humano. Mas o resultado é o mesmo.

— Pelo brilho das estrelas — sussurra Mikail e golpeia as rédeas para que os califeres acelerem o trote. — Com esse tipo de poder…

— Ele poderia fazer absolutamente qualquer coisa. Transformar o mundo inteiro.

Ficamos em silêncio, assimilando o quanto a ideia é horrível. Os reinos não veem esse tipo de poder desde que o Lorde Dragão caminhava pela terra. Tudo me leva a crer que um homem não conseguiria sobreviver caso se transformasse em um deus, mas nós dois sabemos que Joon se arriscaria. Ele é o rei mais ambicioso de Yusan em séculos.

Mikail me fita.

— Transformar o mundo todo metaforicamente?

Balanço a cabeça.

— Não, ele usaria o poder para afundar Wei no Oceano do Leste.

Mikail ri, e o som reverbera na noite.

— O objetivo dele, com todo esse poder, é um genocídio? É óbvio que é.

— O objetivo é eliminar um inimigo de séculos — corrijo.

Embora tenha sido muito tempo atrás, ainda me lembro de quando Joon me contava histórias para dormir quando eu era criança. Graças à morte do rei Theum e nossa diferença de idade de vinte e dois anos, Joon foi como um pai para mim durante a infância. E eu o amava como se fosse mesmo. Ele me dava guloseimas escondido quando eu não conseguia dormir e me contava sobre como toda a nação de Yusan comemoraria quando o Lorde Dragão retornasse e afundasse as ilhas de Wei de volta no mar.

— Pode me corrigir se eu estiver errado, mas Joon não provocou Wei na Guerra da Espada Flamejante? — indaga Mikail.

Ele está correto.

— Depois de ter tomado a espada de Gaya, ele achou que conseguiria conquistar Wei, mas estávamos em desvantagem por causa da marinha deles. Também havia um rumor de que ele não conseguia menear a espada, embora eu não acredite nisso.

— Nem eu. Joon tem sangue da realeza, do contrário a coroa não funcionaria.

Assinto, fingindo que não vivo com medo de desintegrar até virar cinzas graças à Coroa Imortal. Que bom que esse foi um dos poucos segredos que não vieram à tona no salão do trono. Mikail já ficou enojado o bastante por eu não ter contado sobre Chul para ele. Não consigo nem imaginar o quanto mais eu o perderia se ele soubesse que não sou um Baejkin legítimo.

— A questão é que, desde que perdemos a guerra, fomos obrigados a pagar tributos absurdos a Wei. Se não precisássemos mandar aquele dinheiro todo, muitos problemas poderiam ter sido resolvidos em Yusan, desde a pobreza até o vício em laoli. E com Wei fora da jogada, finalmente estaríamos seguros.

— E com "Wei fora da jogada" você quer dizer com centenas de milhares de pessoas mortas — conclui Mikail. — Praticamente um povo inteiro aniquilado. Afundando no oceano ilhas cheias de homens, mulheres e crianças inocentes. Pessoas que não tiveram nada a ver com a Guerra da Espada Flamejante ou o cetro.

Ele bate as rédeas e os califeres aceleram ainda mais.

A postura de Mikail enrijece e seu rosto assume o mais profundo ódio. Não sei por que ele está tão contrariado. Alega que o povo de Wei é inocente, mas não é verdade. Eles não tiveram problema algum em massacrar uma quantidade absurda de civis em Yusan e Khitan nos últimos mil anos, e não tiveram escrúpulos ao escravizarem inúmeras pessoas em suas ilhas. Nem mesmo os Yoksa sabem ao certo quantas vítimas eles mataram e torturaram.

Durante a Guerra da Espada Flamejante, usaram crianças e bebês de Yusan para o treinamento do uso de flechas. Tomaram os bordéis em Tamneki e levaram as escravizadas por escrituras aos seus navios para servirem de entretenimento aos soldados. Em seguida, afogaram todas antes de chegarem a terra firme. Todas. Mulheres da nobreza e filhos primogênitos foram levados de volta a Wei como prêmios a serem tratados como concubinas ou servos de prazer. Quando chegaram à nossa costa, Wei cometeu atos sem precedentes. O povo weiano pode ser muitas coisas, mas inocente não é uma delas. No mínimo, são complacentes que, a cada geração que passa, tiram vantagem de atrocidades.

— Você sabe como Joon pensa — digo, dando de ombros.

Joon, como todos os reis da linhagem dos Baejkin, coloca Yusan acima de tudo. É uma coisa que eu posso dizer em defesa da minha família: eles amam de verdade o nosso reino. Mikail age como se fosse errado em não estender a proteção ao resto do mundo, sendo que nação nenhuma faz isso. Cada reino só está preocupado em cuidar do próprio umbigo. Cada reinado termina onde outra fronteira começa.

— E você? — pergunta ele. — Também acha que resolveria nossos problemas? Afundarmos as três ilhas de Wei?

Tecnicamente, é mais do que três. O território de Wei é composto por um arquipélago de uma centena de ilhas, porém mais de noventa por cento da população mora nos três territórios principais. Sem Illiyo, Song e Wal, Wei não teria poder algum.

Mikail se porta com descontração, relaxando os ombros, mas me olha de esguelha.

Dou de ombros.

— Entendo a lógica dele. Precisamos colocar um fim aos tributos, e duvido que Wei simplesmente vá concordar em abrir mão de milhões de muns. E, sem a ameaça considerável de Wei, estaríamos em segurança no nosso continente. Assim como Khitan.

Mikail sorri.

— Entendi.

As mãos de Mikail, cobertas por luvas, se fecham em punhos, e o maxilar dele está cerrado. Ele está furioso, mas não entendo por quê.

— O que foi?

Ele não responde. Eu o encaro e aguardo, mas ele continua quieto. Minutos se passam e nada. Acho que isso era tudo que ele queria dizer.

Odeio a forma como espero por ele. Como fico desesperado para ele falar comigo. O quanto me afeta quando está irritado. Era para ser o contrário. Ele é que deveria correr atrás de mim. Só que, com Mikail, nunca foi assim.

— Quem é Ailor? — pergunto, após alguns minutos.

Sou recebido por mais silêncio.

Ele não fala mais nada. Uma badalada depois, tento novamente fazer Mikail falar, mas ele me ignora sem mais nem menos. É como um tapa na cara, e o golpe dói mais do que o vento gélido. Ninguém teria ousado me ignorar quando eu era príncipe de Yusan. Criados poderiam acabar sendo jogados no Lago do Ócio por uma ofensa como essa. Mas não sou mais príncipe.

A menos que eu entregue o anel a Joon.

Com a distância entre mim e Mikail crescendo cada vez mais, fico mais tentado a reaver minha antiga posição do que nosso antigo amor.

No entanto, sinto a pele formigar inquietantemente. Não sei de verdade por que ele está irritado assim. Entendo que esteja bravo comigo por não lhe contar a respeito de Chul, mas não me parece ser o único motivo para ele colocar este muro imenso entre nós dois. Além do mais, o distanciamento começou ainda em Tamneki. Deve ser outra coisa... ou outra *pessoa*. Meu estômago embrulha só de pensar, e eu sufoco as conspirações passando pela minha cabeça. Talvez seja de fato somente a questão de Chul que o incomoda. Tento me acalmar pensando que Mikail só está sendo cabeça dura, embora eu tenha a impressão de que há mais na história.

Seja como for, está será uma longa viagem. Espero que as garotas estejam tendo mais sorte que nós.

CAPÍTULO QUINZE

AERI

CIDADE DE QUU, KHITAN

A noite foi um fracasso. Tudo que descobri é que o embaixador se acha o maioral em tudo, o mais amado por todos, e que gosta de pescar no gelo. Informações inúteis que nem chegam perto dos segredos chocantes a que queríamos ter acesso.

— Mas como o senhor faz para não congelar? — questionou Sora durante a sobremesa.

Não sei como ela conseguiu ficar com dúvidas, considerando que o embaixador não calou a boca o banquete todo.

— Há cabanas na costa para nos aquecermos. Também é possível acender uma fogueira bem em cima do gelo — explicou ele.

— Uma fogueira no gelo? — Sora arquejou. — Que incrível.

Ela olhava para o embaixador como se estivesse se deliciando com cada palavra. Não sei como conseguia.

A refeição acabou sem uma segunda oportunidade de conversarmos com a general. Teremos que achar outro meio. Se Mikail der um jeito de colocar as mãos nas plantas que detalham a sala dela, posso entrar escondida. Ou talvez eles estejam tendo mais sorte que nós duas. Espero que sim. Seria difícil estarem se saindo pior.

A dança começa e, pela centésima vez na noite, desejo que Royo estivesse aqui. Sim, ele odiaria isto tudo e se recusaria a dançar comigo. Provavelmente ficaria parado ao lado do mapa na parede de braços cruzados, inabalável em sua decisão de não aproveitar a vida. Mas eu bem que tentaria, e ele cederia. Por fim, talvez até me abraçasse como os casais que rodopiam pelo salão.

É quase como se eu pudesse sentir suas mãos no meu quadril, mas então me lembro de que ele me odeia, e um nó se forma na minha garganta.

Assim que a música começa, o embaixador aproveita a chance de apalpar Sora. Eles vão para o centro do recinto, e eu fico rondando a general enquanto admiro as armas douradas na parede. A parte de mim que sempre será uma ladra considera roubar uma. Adoraria poder pegar a faca de arremesso adornada com joias, mas deixo a lâmina quieta. A última coisa que preciso é fazer uma cena ou alertar os vários guardas presentes. Só estamos aqui para conseguir informações.

O que faço é ir em direção ao enorme mapa de Khitan, buscando o Lago Cerome na ilustração. Não fica longe de Vashney, a capital original. A própria cidade de Quu já foi parte do território de Yusan. Houve uma invasão de Khitan durante uma guerra que aconteceu séculos atrás, e eles lutaram contra Yusan até tomarem seu porto de águas quentes.

— A rainha continua confinada — fala uma mulher em yusaniano.

Penso que ela está falando comigo, mas outra voz responde.

— Em prol da própria segurança e a do príncipe, certamente. Foi uma situação terrível — comenta um homem.

Meu coração acelera, mas fico parada de costas para eles, analisando o mapa. Espero que a fofoca corra solta entre os dois, em um lugar em que ninguém entenderia o que estão dizendo.

— Acham que a culpa é de Yusan. O povo de Khitan clama por guerra, e já aceitaram Quilimar.

A mulher não parece muito entusiasmada com nenhum dos fatos que relata.

— Sem dúvidas — concorda o homem. — A rainha abriu os cofres para um fundo de apoio a viúvas e órfãos e construiu alojamentos para os pobres. Aumentou o subsídio de comida no reino e permitiu que os salões de apostas fossem reabertos. Tudo isso em um único mês desde a morte misteriosa do rei. São movimentações populares astutas. A rainha pode ter assassinado o marido, mas ela é brilhante.

Fico me perguntando se essas mudanças são tão calculadas quanto estes diplomatas acham, ou se Quilimar ajudou a população porque se importa. Se uma líder está fazendo o bem para o povo, implementando melhorias à vida de milhares de pessoas, será mesmo que faz diferença?

— O embaixador arranjou uma nova favorita — diz a mulher.

— Ouvi dizer que ele assumirá como regente pelo conde de Tamneki — fala o homem.

— Quem sabe assim ele possa custear uma companhia tão esplêndida. A menos, é óbvio, que Seok chegue primeiro.

Reprimo um arquejo à menção do homem que detém a escritura de Sora.

— À cortesã ou ao jovem conde de Tamneki?

— A ambos.

Eles riem.

Olho de novo para Sora, e tem algo estranho. Sua postura e seus movimentos estão rígidos enquanto ela dança, o que não é normal para ela. Sora flui como água. Que esquisito.

Mas então o vejo e perco o fôlego.

Droga. Demorei demais para perceber com quem Sora está dançando. Ela estivera com o embaixador, mas então um homem mais velho e bonito os interrompeu. Achei que não era nada de mais, porque quase todo mundo quer conhecer Sora. Mas acho que eu devia ter ficado mais de olho. O homem se parece muito com Ty. Ou seja, deve ser Seok — o conde a quem ela e a irmã pertencem. O sujeito sobre quem os diplomatas estavam fofocando agora há pouco.

Merda. Merda. Merda.

Ela se afasta dele e dá alguns passos, até que seus joelhos cedem. Ela bate a mão em uma das mesas ao tentar se segurar.

Corro até ela e a pego antes que caia. Sora está pálida feito neve, e seus lábios tremem. Ela não é do tipo de ficar abalada assim, e muito menos perder o controle, então algo terrível deve ter acontecido.

Coloco o ombro embaixo do braço dela para tentar ajudá-la a sair do salão. Seok encara e se desvencilha do torpor.

— Guardas! Autoridades! Há uma assassina no recinto! Protejam a general.

Que maravilha. As palavras dão início a um caos completo. Os guardas ficam em alerta e as pessoas começam a gritar e correr. A general é retirada de cena por um esquadrão de guardas.

— Corra — sussurro para Sora.

Ela não consegue. Não consegue se mexer. Está atônita de uma forma que eu nunca tinha visto antes, o que só me faz pensar que algo deve ter acontecido a Daysum.

Observo-a com compaixão, mas precisamos dar o fora daqui. E seria bom se ela pudesse ajudar.

Mas não pode.

Cacete. O que eu faço agora? Não sou forte o bastante para carregá-la, e Royo não está aqui.

Tive o mesmo problema no Rio Sol, quando os piratas atacaram. Não havia meio de eu conseguir mover alguém grande como Royo. Porém ao menos consegui cortar o bote salva-vidas, colocá-lo embaixo dele e deixá-lo cair na água enquanto eu congelava e descongelava o tempo. Não posso fazer isto neste arsenal, pois aqui não há bote salva-vidas nenhum.

Olho ao redor e vejo um carrinho de sobremesa. Vai servir. Corro até lá.

Quando estou a um passo do carrinho, levo a mão para dentro do vestido e agarro o amuleto. Com as Areias do Tempo na palma da mão, tudo para instantaneamente. A areia dentro da ampulheta paira no meio da queda. Sora parece prestes a desmaiar, mas para de respirar. As pessoas de repente ficam imóveis no meio de um passo, de um grito. Não há um único movimento ou som. A quietude é a parte mais estranha. Bem, a coisa toda é esquisita, já que isto é magia dos deuses. Mas o silêncio do etherum sempre me desconcerta.

Empurro as sobremesas do carrinho e empurro Sora para cima dele. Não é lá uma estratégia muito lisonjeira, mas preciso agir o quanto antes. A cada segundo de tempo parado, perco cerca de um dia, depois um sunsae, depois um mês. Quanto mais tempo seguro o amuleto, mais depressa perco a vida. E o ônus tem piorado cada vez mais. O custo parece aumentar, a fadiga e o envelhecimento vindo à tona de maneira mais intensa e rápida a cada uso.

Depois de colocar Sora no carrinho, empurro-o para fora do arsenal, até as carruagens à espera. O mais rápido que consigo, descongelo o tempo.

A fadiga me atinge como uma onda. Só detive o tempo por cerca de vinte segundos, mas parece que não durmo direito há seis meses. Estremeço e me obrigo a suportar, me forçando a continuar firme enquanto o tempo tenta me derrotar.

Sora pisca e olha ao redor. Ela, obviamente, não faz ideia do que acabou de acontecer. Royo também não sabia, quando caímos no barco, mas tinha batido a cabeça. Com Sora, é diferente. Um segundo atrás, ela estava no arsenal, e agora está do lado de fora, na chuva que começou a cair torrencialmente quando enfim soltei o amuleto. Ela endireita a postura e balança a cabeça.

— O que foi que aconteceu?

— Não dá tempo de explicar. Entre — digo. Até minha voz soa cansada.

O criado se apressa a abrir a porta da carruagem para nós duas. Não sei a quem o veículo pertence, e não importa.

— Leve a senhorita à estalagem Litoral Gris. Ela está atordoada.

Mantenho a cabeça erguida ao me ajeitar no banco e dar a ordem como se fosse um membro da nobreza. Como se fosse óbvio que este cocheiro me levará aonde quer que eu mande.

E funciona. Uma pessoa pode chegar muito longe ao agir e se vestir como alguém da alta sociedade. Até mesmo nesta terra onde todo mundo supostamente é igual.

A carruagem parte. Suspiro de alívio e me reclino no veludo azul acolchoado. A fadiga nos meus ossos dificulta a respiração.

— Não entendo. Como foi que viemos parar do lado de fora? — indaga Sora.

É de noite, mas com a lua enorme da monção, eu a enxergo nitidamente. Ao inclinar a cabeça e franzir o cenho, ela parece confusa.

— Não se lembra? — pergunto. Sempre tenho que fazer a sonsa, tão surpresa quanto qualquer pessoa. — Hum, parece que não. Você desmaiou, e eu te empurrei para fora no carrinho de sobremesas. Desculpa não ter sido a coisa mais elegante do mundo, mas não tinha como eu carregar você.

É a melhor desculpa que eu poderia dar.

— Ah — diz ela, alisando o vestido.

Ela aceita minha resposta, porque ninguém nunca acha que se trata de etherum. Magia nunca é a explicação à qual as pessoas recorrem.

— Obrigada, Aeri. Eu… — A voz dela vacila. — Eu estou realmente muito grata.

Sora observa a janela com o olhar vago e cruza as mãos sobre o colo. Conheço bem a expressão afoita e chocada em seu rosto. Já a vi no espelho.

— Quer conversar? — arrisco.

— Ainda não.

E então ela desata a chorar.

CAPÍTULO DEZESSEIS

ROYO

PASSAGEM DO NORTE, KHITAN

Estar em um trenó para três pessoas com um casal emburrado é uma merda. Quando dormi, pensei que eles já estavam bem de novo, mas acho que voltaram a brigar. Sei lá, eu simplesmente apaguei.

Não achei que eu fosse chegar a pegar no sono quando me deitei, mas, quando dei por mim, os dois já estavam me acordando. Ainda está escuro, mas é a vez de Euyn descansar. Ele me ajudou a levantar e foi para trás. Desde então, ele e Mikail não trocaram uma palavra.

Mikail se senta ao meu lado enquanto meneio o trenó. Não é difícil dirigi-lo, já que os animais estão presos com arreios de couro. Só que é difícil enxergar com tanta neve.

— É só continuar seguindo para o norte até chegarmos ao templo? — pergunto.

Mikail assente.

— Isso, o lago fica um pouco ao noroeste da antiga capital, mas podemos usar esta passagem até chegarmos perto.

O que vai ser fácil, já que tem uma bússola suspensa ao lado da lamparina no trenó.

Mikail se cala novamente, o que é estranho vindo dele.

— Tá tudo bem? — questiono.

Ele volta a parecer despreocupado.

— Só estou considerando as possibilidades.

— De quê?

Ele solta um suspiro.

— De sucesso. O que isso pode significar. O reinado dos Baejkin. E outros mistérios.

— O que tem o reinado dos Baejkin?

Desde o começo, o plano foi colocar Euyn no trono. Não estou entendendo por que ele está confuso quanto a isso. O país só pode ser governado pelos Baejkin, e ele é o último príncipe restante.

Mikail aponta a cabeça para o banco de trás. Olho por sobre o ombro. Deve ser umas três da madrugada e Euyn já está dormindo há uma badalada. Ou, pelo menos, fingindo dormir. Acho que Mikail não quer arriscar.

— Entendi — falo. — E quais mistérios, então?

Ele tira uma chave do bolso.

— Roubei isto do embaixador.

Fico concentrado na estrada, mas olho de relance para a chave. Nunca vi nada semelhante. Parece ser feita de jade e ouro puros. É extravagante, tem muitos dentes, o que significa que se encaixa em uma fechadura complexa. Do tipo que Aeri definitivamente não conseguiria arrombar com grampos de cabelo.

Ah, mas que beleza. Olha eu aqui pensando nela de novo.

Balanço a cabeça para deixá-la de lado. Não preciso disso agora.

— É uma chave de quê?

— Esse é um dos mistérios. Não é de uma porta comum, disso tenho certeza. Já vi milhares de chaves, e nenhuma se parece com esta.

Tento imaginar para que pode servir, mas não consigo pensar em nada. De qualquer maneira, não sou o cérebro deste grupo.

— Como vamos entrar em um templo submerso? — pergunto.

— Mais um mistério. Deve haver uma maneira de entrar, do contrário não haveria ar o bastante em uma redoma de vidro para sobreviver pelos seis meses que ela está enterrada. É questão de encontrar o acesso. Espero que haja uma porta.

— Talvez esta seja a chave para ela — sugiro.

Mikail arqueia as sobrancelhas, depois sorri lentamente.

— Quer saber, talvez você tenha razão. Nunca vi nenhuma chave para um Templo do Conhecimento. Isso, obviamente, instigaria a pergunta de por que o embaixador, um homem que não é lá muito conhecido por seu intelecto, tinha uma. Mas esse é um mistério para outro dia. Se de alguma forma ele fosse um sacerdote, isso também explicaria como sabia sobre o assassinato. Se bem que o corpo foi encontrado na Praça de Trialga, então não é exatamente um segredo. Tudo isto poderia ser um plano para nos mandar ao templo. A chave estar no escritório dele foi muito conveniente, talvez até demais. — Ele para e olha ao longe. — Mas por que guardá-la embaixo de uma medalha de honra se ele queria que eu a encontrasse?

Sinto dor de cabeça só de tentar acompanhar o raciocínio dele. Meus pensamentos estão disparando em diversas direções. Não sei como ele aguenta.

— Poderia ser uma emboscada — conclui, enfim. — Zeolin sabe que não estamos com as garotas. Sabe que preciso encontrar uma exceção à Regra da Distância e que eu iria ao Templo do Conhecimento buscar essa informação.

Sinto um frio na barriga à menção de Sora e Aeri.

— Quer dizer que Aeri está em perigo, ou *nós* é que estamos?

Ele dá de ombros.

— Talvez as duas coisas. Euyn falou que estamos sendo vigiados. Pensei que ele só estava sendo paranoico, mas talvez tivesse razão.

Ele fala com tanta naturalidade que levo um instante para assimilar o que ele está dizendo. A raiva e a preocupação tomam conta de mim e sinto as bochechas esquentarem. Será que Aeri está enfrentando uma ameaça sem mim?

— Puta que pariu, você só pode estar…

Mikail de repente vira a cabeça para a direita. Ergue a mão, pedindo silêncio, mas estou prestes a fazer este trenó dar meia-volta. Precisamos reencontrar Aeri e Sora. Foda-se essa merda de templo congelado.

No entanto, ele está tão alerta, tão imóvel, que também olho ao redor.

Só vejo a neve branca, e uma escuridão onde há uma floresta. Não sei qual é a desse cara. Não tem nada aqui.

Travo os dentes.

— Mas a Aeri...

— Shhh!

Cerro a mão em punho. Ninguém me manda calar a boca. Nunca. A tensão toma conta do meu corpo como uma besta sendo apontada. Não gosto de verdade de Mikail, e no fim das contas também não confio nele. Ainda não entendo por que ele tentou destruir a coroa. Ainda acho que não está nos contando tudo.

Estou pronto para desferir um soco, mas aí eu os vejo: oito olhos brilhando além das árvores.

Zursos.

Abro a mão e a passo no rosto. Pelos Dez Infernos. Agora fodeu.

CAPÍTULO DEZESSETE

TIYUNG

PRISÃO DO ÓCIO, YUSAN

É difícil dizer se está de dia ou de noite, mas me reclino contra a parede de pedra e cruzo os braços para dormir. Descanso muito para manter a força e passar o tempo. Durmo sentado, é óbvio — a cama de palha está infestada de vermes.

Às vezes, quando tenho muita sorte, consigo sonhar com Sora. Com a risada dela. O sorriso. A voz. Recebo o presente de estar em sua companhia novamente. Eu me imagino comendo com ela naquela mesa em Aseyo. Seu belo rosto e espírito corajoso que enfrentariam o próprio Deus da Guerra.

Quando dou por mim, estamos de volta no quarto dela na Estalagem das Fontes em Tamneki. Sei que estou sonhando porque posso beijá-la, fazer amor com ela, coisas que não são possíveis na realidade — não quando seu corpo é potencialmente venenoso. Ainda assim, conseguimos nos satisfazer naquela linda noite, compartilharmos mais intimidade do que apenas indo para a cama juntos.

Nesta versão, ela sorri e me pede para ficar. Eu fico, embora uma parte da minha mente saiba que é a manhã em que devemos matar o rei.

Um som me puxa de volta à realidade, de volta ao chão da masmorra. Balanço a cabeça. Não. Não vou aceitar ser acordado disto por causa de um pão velho. Deste sonho, não.

Até que percebo que não é o som de uma bandeja de refeição. É a porta se abrindo novamente.

Recupero a consciência e lentamente abro os olhos enquanto Hana entra.

— Era só isso; está dispensado — diz ela ao guarda que abriu a porta.

Seu tom indica que a posição dela é significativamente superior à dele.

O guarda assente e fecha a porta.

Ela disse ser chamada por Zahara, se dando um novo nome para combinar com sua nova vida.

Está mais uma vez com uma lamparina à mão, e há gotas de chuva em sua capa. Pelo menos, acho que seja chuva. Não deve ser água do lago, então as monções devem ter começado.

Hana me observa por um momento, depois suspira e joga no chão um saco de pano, que cai aberto na minha frente. Comida! Dentro, porções de carne fria e queijo embrulhados em papel. Calorias suficientes para que eu não morra de fome por dias, talvez uma semana.

Ela está garantindo minha sobrevivência.

Eu até poderia pensar que está tentando me envenenar, mas não seria preciso tanta comida assim. Um pouco de tabernáculo na água me mataria em questão de segundos. Quero rastejar até o saco, mas me mantenho firme no lugar. Aposto que este presente não vem sem consequências. O que ela quer em troca? Meu estômago grunhe e minha fome não parece se importar com as condições, mas não farei nada que possa machucar Sora.

— Por que está fazendo isto? Por que está sendo generosa comigo? — pergunto.

Recebo um olhar frio.

— Porque não sou como sua linhagem.

Ela não exige que eu lhe dê informações nem nada do tipo. Apenas me observa.

— Eu… obrigado.

Rasgo o papel e desembrulho o resto de uma linguiça e de um pedaço de queijo. Meu corpo está tão voraz por alimento que minhas mãos chegam a tremer.

Tasco uma mordida sem escrúpulos. A comida toca feito uma sinfonia na minha língua, e eu quero mais. Todas as refeições incríveis às quais não dei valor ao longo da vida nem se comparam a esta. Sei que se eu comer demais vou passar mal, mas não consigo desacelerar. Acho que é por isso que Euyn come daquele jeito. Ele também já passou fome aqui. A privação se atém a você, enquanto o excesso se esvai assim que cessa.

Hana me observa.

— Sabe, acho estranho…

Espero ela prosseguir, mas Hana anda casualmente pela cela. Não sei se está me dando a oportunidade de comer ou deixando o silêncio se instaurar. Independentemente, pego um pedaço de pão. Vai ajudar a cortar a densidade da comida.

— O que acha estranho? — pergunto, por fim.

Ela para.

— Que você não mencionou ter salvado meu irmão.

Eu me engasgo com o pão e preciso tomar um momento para beber um pouco de água.

Como ela sabe? Nayo foi o primeiro servo que comprei. A morte de Hana estava recente na minha mente, e seu irmão foi a última criança vendida pelo meu pai, portanto era a mais fácil de localizar. Eu tive receio de que Nayo houvesse sido comprado pelas casas de prazer do meu tio. Teria sido muito mais difícil e caro comprar sua liberdade de um lugar assim, mas ele fora vendido como um garoto de prazer particular a um nobre em Leep. Nayo passou cerca de um mês lá antes que eu negociasse um preço por ele.

O menino nunca soube que eu comprei sua liberdade. Fiz questão do sigilo. Nunca quis que minha identidade pudesse ser rastreada através da venda.

Como é que ela sabe?

Hana revira os olhos e suspira.

— Quantas pessoas você acha que têm os meios para libertar um servo de prazer? E com certeza não foi pela bondade da alma do homem que detinha a escritura do meu irmão.

Os lábios dela se curvam, e eu tenho certeza de que o nobre que comprara Nayo agora está morto. Tento sentir empatia pelo homem assassinado, mas somente um tipo de pessoa ofereceria mais dinheiro em um leilão por um servo vendido pelo meu pai — ninguém digno de pena.

— Nayo recebeu uma barra de ouro que vale mil muns e foi colocado em uma carruagem rumo a Tamneki — comenta Hana. — Por quê?

Ela me olha com firmeza, as mãos entrelaçadas às costas.

Agi por meio de um intermediário para manter o anonimato e paguei com a quantia generosa que recebia anualmente. Instruí que Nayo recebesse dinheiro suficiente para começar uma vida nova em algum lugar longe da região sul. Não queria correr o risco de que meu pai o encontrasse. Pensei que seria natural que ele fugisse para Khitan, mas, depois de ter sido libertado, não fiz questão de ir atrás para descobrir. Pela primeira vez, me senti bem com algo que tinha feito, então comecei a procurar a próxima pessoa vendida.

Pouco depois de eu pagar pela segunda escritura, minha mãe descobriu o que eu estava fazendo. Foi ela que me ajudou a encobrir tudo de Seok e localizar mais três pessoas — a última foi quando eu estava em Rahway. Ela disse que, se eu ia fazer alguma tolice, ao menos não deveria agir como um tolo. Mas sei que ela estava orgulhosa de mim.

Hana aguarda um resposta.

— Para libertá-lo — digo.

Ela me olha de cima a baixo.

— Por qual motivo?

Dou de ombros.

— A liberdade dele.

Hana fica mais séria.

— Qual era o verdadeiro motivo?

Ela acha que estou tentando ludibriá-la e que, por ser filho de Seok, deve haver outra explicação. Para ela, não existe bondade na minha linhagem.

Não está de todo errada. A riqueza e o poder são parte de nós há muitos séculos, e família nenhuma mantém esse tipo de status sem macular a própria alma.

— Qual é a pegadinha? O que você quer? — Ela se aproxima. — O que Seok está planejando?

— Hana, Seok não sabe o que fiz. Meu plano era libertar o Nayo e dar a ele um pouco de dinheiro para recomeçar. Eu jamais poderia substituir o que foi tirado dele, mas até então eu pensava que a irmã dele tinha morrido e que ele sofreria terrivelmente em Leep. Eu quis ajudar porque eu podia.

Hana solta o ar e estreita os olhos. Em seguida, ela se abaixa e pega o restante da comida. Quero atacá-la e arrancar o saco de sua mão, mas me detenho. Por pouco.

— Quando estiver pronto para ser sincero, podemos tentar de novo — fala ela.

O pânico toma conta de mim. Preciso da comida. Mas também preciso de respostas.

— Cadê a Sora? — indago.

Hana se vira, a raiva transformando seu rosto belo em algo profundamente amedrontador. Porém, ela se contém no último instante e ajeita a postura.

— Em Khitan. E você vai querer cooperar, se é que se importa com ela.

— O quê? Por que está falando isso? Ela está correndo perigo?

Um milhão de pensamentos disparam na minha mente. O que ela está fazendo em Khitan? Não teria fugido enquanto Daysum estivesse presa com o meu pai. Então deve ter sido mandada para lá.

— Sora corre perigo desde que tinha nove anos. E agora tem que roubar o Anel Dourado do Lorde Dragão, senão vai morrer — fala Hana.

Ela tem que pegar o Anel Dourado de Khitan?

— Por quê?

Mal consigo terminar de falar antes que uma dor arranque o ar do meu peito e meu estômago se revolte. Solto um grunhido e derrubo o último pedaço de carne.

Hana sorri enquanto levo a mão à lateral do corpo.

— Você, dentre todas as pessoas, deveria saber o que os homens são capazes de fazer por poder.

Uma dor que jamais senti se espalha pelo meu corpo. Veneno.

Desabo no chão, suando e tremendo, rolando para ficar de lado. Gemo como os iku, sem conseguir parar.

Hana pega a lamparina, passa por cima de mim e vai embora.

Eu agonizo, esperando pela morte.

CAPÍTULO DEZOITO

AERI

CIDADE DE QUU, KHITAN

Sora e eu voltamos à estalagem, mas o que devo fazer agora? Dou uma gorjeta para o cocheiro e agradeço por sua discrição, ou seja, ordeno que *fique de bico calado e não conte sobre isto a ninguém.* No entanto, estou tão exausta que é difícil pensar direito. Arrasto meu corpo derrotado para dentro da estalagem. Sora vem cambaleando atrás de mim.

Tudo o que quero fazer é me jogar na cama e dormir, mas tenho que cuidar de Sora. Preciso de um plano. Então, embora mal consiga me mexer, eu a levo ao meu quarto.

Ao destrancar a porta, obrigo a mente a recuperar o foco. Seok sabe que Sora está em Quu, e tenho certeza de que não será difícil descobrir onde estamos hospedados. Este não é o país dele, mas dinheiro e poder transcendem fronteiras. Ele já tentou fazer com que Sora fosse detida no arsenal, então duvido que agora diga apenas "ah, deixa pra lá".

Não podemos ficar aqui.

Mas eu quero. Estou tão cansada, e não sei onde os outros estão. Sei que vão ao Lago Cerome, mas não tem como saber onde estão neste momento. Talvez devêssemos ficar quietas aqui esperando pelos rapazes, como havíamos planejado.

Não. Ando de um lado para o outro, e Sora desaba em uma poltrona. Quanto mais penso a respeito, mais convicta estou de que precisamos partir. No mínimo Seok vai tentar fazer Sora ser presa. O único motivo para ficar na estalagem é minha exaustão.

Suspiro. Precisamos partir hoje à noite e encontrar Royo, Mikail e Euyn no lago ou na metade do caminho até lá.

Agora preciso contar o plano a Sora, o que é mais fácil na teoria do que na prática. Seok a quebrou por completo. Ela não está em condições de embarcar em uma jornada.

— Sabia que tem uma coruja no parapeito da sua janela? — diz Sora, olhando pela janela e apontando com a mão debilitada.

— Ah, hum, sim... sabia — falo. — Não sei se caiu do ninho, se foi abandonada ou alguma outra coisa, mas, quando chegamos, esta corujinha-das-neves já estava morando aqui. Coloquei um pouco de tecido para ela usar de ninho, e ando alimentando-a. Dei o nome de Dia.

Para ser sincera, não sei se a coruja é fêmea ou não, mas na minha cabeça é. Ela é branquinha e tem grandes olhos cor de âmbar.

— Que fofo — diz Sora.

Porque, embora esteja em frangalhos, ainda pensa em me elogiar.

Levo a mão ao bolso do vestido e pego um guardanapo. Surrupiei comida para Dia durante o banquete. Corujas-das-neves são sempre pequenas, mas esta é minúscula, do tamanho de um pardal. Acho que comem mariposas e talvez filhotes de camundongos ou minhocas. Só que não tenho nada disso, então alguns pedaços de javali e crostas de pão terão que servir.

Dia cuidadosamente pula para o outro lado do parapeito quando abro a janela, mas coloco o guardanapo e ela ataca de imediato.

Sora dá um sorrisinho fraco.

— Quer me contar o que aconteceu? — pergunto.

Ela balança a cabeça e respira fundo, tentando se preparar.

— O Se-ok... Ele... Ele vendeu... a Daysum.

A respiração dela está ofegante, e seus olhos se enchem de lágrimas, até que ela começa a soluçar.

Cubro a boca com a mão para esconder o arquejo. Sora disse que Seok havia ameaçado vender a irmã dela às casas de prazer caso não conseguíssemos matar o rei, mas não achei que faria mesmo isso, considerando que ainda planejamos tomar a coroa.

Fico com raiva de Seok, da posição em que Sora se encontra e do meu pai, e tenho dificuldade de me lembrar de respirar. Às vezes tenho a impressão de que um fogo se alastra pelo meu corpo e de que vou acabar simplesmente incendiando. E não tem como extingui-lo. Não enquanto homens assim ainda estiverem no poder.

Cerro os dentes ao me lembrar de que era para *eu* ter sido vendida a uma casa de prazer.

O motivo pelo qual odeio o frio é que congelei nas ruas depois de fugir de homens que tentaram me raptar e vender aos bordéis. Invadiram meu quarto enquanto eu estava dormindo no meu primeiro alojamento. Usei o amuleto para fugir, mas não sabia aonde ir. Aparentava ter dezesseis anos, mas na verdade tinha apenas doze. Acabei me aninhando em posição fetal atrás de uma casa de doces. Fiquei tremendo no beco, congelando a noite toda, e tentei aguentar até que ligassem os fornos. Meus lábios já estavam azuis quando o sol nasceu. E agora, sempre que sinto frio, meu corpo se lembra de como é estar à beira da morte.

— Sinto muito por você ter que ver isto — diz Sora, fungando o nariz, e seca as lágrimas.

Ela está se desculpando por chorar. Como se sentir tristeza, como se amar alguém a tornasse fraca. O amor é a maior força que existe. Foi ele que a fez aguentar estes anos todos pela irmã.

— Não, eu é que sinto muito. Sinto muito que isso tenha acontecido.

Ela me fita. Uma determinação feroz ilumina suas íris violeta.

— Preciso que ele sofra.

— Eu sei. E ele vai. — Garanto isso com cada fibra do meu ser. — Juro pela alma da minha mãe.

Ela assente.

Respiro fundo.

— Precisa de um minuto para se recompor? Porque tenho um plano e...

Dia solta um gritinho alto. É um som que eu nunca a tinha ouvido fazendo.

Corro até a janela para ver se há um predador ou algo do tipo. E há. Mas não está caçando Dia.

É de nós duas que veio atrás.

CAPÍTULO DEZENOVE

MIKAIL

PASSAGEM DO NORTE, KHITAN

Sabe, achei mesmo que nossa cota de megafauna tentando nos devorar tinha sido atingida quando escapamos de Fallow.

Mas pelo visto não.

Quatro zursos nos perseguem ao longo das árvores, a mais de sessenta metros. Eles se movem na escuridão da floresta em paralelo ao trenó, mas se aproximando cada vez mais. Agora, as silhuetas estão visíveis na neve. Um já seria um problema, mas quatro é um problemão.

Zursos parecem lobos pretos enormes, mas têm mais força e o couro mais grosso, como ursos. Não são tão difíceis de matar quanto pigars, que precisam ser empalados de perto, mas também não morrem com facilidade. A melhor coisa a fazer é simplesmente não cruzar com um.

Com quatro deles no nosso encalço, não temos a menor chance de sair vivos.

Royo continua nos levando pela passagem enquanto pondero as opções. Que bom que ele finalmente parou de falar, assim eu tenho paz para pensar. Os animais estão a uma distância considerável, mas chamamos a atenção deles e é impossível sermos mais rápidos caso resolvam nos perseguir.

Zursos são caçadores solitários quando adultos, então o grupo deve ser de uma mãe e três filhotes. Os mais novos ainda têm uns dois metros de comprimento. A mãe, três.

Acho que poderia ser pior — um macho adulto tem três e meio. Mas eles têm a mesma altura de um homem, a contar da ponta das orelhas até o chão.

Deixando de lado o que sinto por ele no momento, Euyn ainda é o melhor caçador que conheço. Também é um apologista a genocídio, mas com essa parte eu lido depois.

Se é que haverá um depois.

É meio perturbador que eu tenha que continuar dizendo isso.

Eu me esgueiro para a parte de trás do trenó, mantendo os olhos na linha das árvores, e cutuco Euyn para acordá-lo. Ele se senta, já que estava mesmo só fingindo dormir.

Quando ele vira o rosto para mim, seus olhos estão cheios de esperança e curiosidade. E amor. O amor de Euyn por mim é o máximo que ele pode ter desse sentimento por outra pessoa. Porém, ultimamente, fico me perguntando se basta. Por ora, precisa bastar.

— Zursos — digo.

— No plural? Tá de brincadeira. — Ele olha para o lado e suspira. — Tem mesmo essa quantidade toda deles ou eu estou enxergando errado?

— Infelizmente tem.

— Meus deuses do céu — balbucia ele. Euyn pega sua besta e o cinto com os virotes e o coloca atravessado sobre o peito, carregando a arma em seguida. — Está bem.

— O peso do trenó não vai permitir que sejamos mais rápidos que eles, então vamos subir nos cervos e tentar escapar — fala Royo.

Ele está segurando as rédeas e puxando com firmeza porque os califeres acabaram de sentir a presença dos zursos. Eles correm, tentando deixar a trilha e se afastar da ameaça.

O trenó sacoleja, e eu agarro a parte da frente da madeira, enquanto Euyn bate contra o banco traseiro.

— Não vai dar certo — grito, mais alto que a ventania.

Califeres são animais de bando. Não vão parar a menos que não aguentem mais correr. Subir nas costas deles não é nada fácil durante uma corrida. Nesta velocidade, não tem como. Além do mais, eles estão atados a este trenó, e não há selas. Pelo menos um de nós cairia e seria pisoteado.

Provavelmente aquele que acha que estes animais são cervos.

— Temos que soltar um e deixá-lo para trás — fala Euyn, com dificuldade para recuperar o equilíbrio.

— Quer que *eu* corte os arreios? — grita Royo, erguendo as sobrancelhas.

Suas mãos grandes estão segurando as rédeas, então não sei como ele acha que vai alcançar a faca que trouxe.

— Não, ele quer que eu faça isso — digo.

Olho para trás, confirmando o que já sei — os zursos estão perseguindo o trenó e chegando cada vez mais perto.

Euyn olha também e depois se inclina para a frente.

— Solte um e torça para que os zursos se contentem com uma única presa.

Olho de esguelha para ele. É tão fácil para Euyn — a matança, o sacrifício pelo que ele acredita ser o bem maior. Durante todo o tempo que nos conhecemos, nunca perguntei qual é a opinião dele sobre Gaya. Provavelmente por medo da resposta.

Mas, neste caso, por acaso ele está certo.

Antes que eu consiga pensar demais na pobre criatura que estou prestes a matar por tabela, me inclino para a frente, apoiando o torso na grade fronteira do trenó. Levanto a espada e miro na tira de couro que enlaça o arreio de trás. Corto o lado direito em um único movimento. Porém, ainda há o outro lado prendendo o animal.

Levanto o braço para menear a lâmina, mas, ao fazê-lo, sofremos um baque que chacoalha o trenó. Sem equilíbrio, meus pés deixam o chão do veículo. Minha espada bate na madeira da borda, e a lâmina finca ali.

Caio do trenó.

CAPÍTULO VINTE

EUYN

PASSAGEM DO NORTE, KHITAN

Acabamos de perder Mikail.

Num segundo, ele estava cortando os arreios; no seguinte, tinha caído e só restava sua espada. Desapareceu antes que eu pudesse tentar agarrá-lo. Provavelmente batemos em uma barragem, porque o trenó se inclinou e Mikail tombou pela lateral na neve.

— Tente parar o trenó — grito.

— O quê? Tá falando sério? Aonde você vai? — pergunta Royo, incrédulo.

— Salvar Mikail.

Ou morrer com ele, comido por zursos nesta passagem deserta e deixado como carniça para os abutres. Sem esperança de ficar com Mikail nesta vida ou na próxima. No entanto, não há por que dizer isso tudo — nem tempo para isso. Não morri em Fallow com aquela samroc, e não vou morrer agora em Khitan.

Espero.

Meus deuses do céu, mas que estupidez que estou prestes a cometer.

Respiro fundo e pulo do trenó. Caio no chão e rolo pela neve. Mikail está a uns trinta metros de mim, sem armas, com dois filhotes de zurso rondando-o. Os outros dois continuam perseguindo o trenó.

Com o arco no ombro, miro no primeiro zurso. Foco o peito para um tiro fatal, bem atrás do ombro esquerdo do bicho, onde conseguirei atingir seus órgãos vitais.

Não penso em Mikail, nem em Royo, nem em nada. Sou apenas eu, uma presa e uma noite nevoenta. Minha mira será certeira. O bicho vai cair assim que eu atirar.

Minha respiração se acalma e minha mente fica em silêncio. Solto o ar e puxo o gatilho.

Não espero para ver o animal cair, mas sei que vai. Sem perder tempo, armo o mecanismo para recarregar o arco, encaixo outro virote e posiciono a besta sobre o ombro. Respiro fundo e miro de novo, desta vez no segundo bicho. Procuro o mesmo espaço — atrás do ombro.

Atiro.

Um ganido corta a noite. O segundo animal uiva, mas continua a se mover. Não sei como, pois acertei o primeiro com um único virote. Este zurso está deitado na neve, agonizando com uma poça escura de sangue sob o corpo. O segundo, por outro lado, continua vivo e fazendo um som terrível, porque o virote o acertou bem na costela.

Foi o pior que poderia ter acontecido. Agora o zurso está machucado, mas não morto. E furioso.

Meus deuses do céu.

Solto uma sequência de palavrões e recarrego para dar um fim nele.

— Euyn! — grita Mikail. Vejo terror nos seus olhos, que fitam algo atrás de mim.

Eu me viro. O maior zurso do bando está correndo na nossa direção — a mãe. Não é só maior, mas também mais rápida e inteligente que os mais novos. Para piorar a situação, também vou ter apenas uma chance de atirar nela.

Mikail vem correndo e se posta ao meu lado rapidamente. Estou com medo de a gente morrer, e é impossível bloquear o mundo desta vez. No entanto, com as mãos estáveis, levo o arco ao ombro. Miro no pescoço, porque seria impossível acertar o peito sem atingir o esterno. Solto o ar e atiro. Sinto o gosto do sucesso ao observar o virote indo na direção certa ao alvo.

Porém, no último segundo, ela se mexe.

O virote erra o pescoço e acerta o ombro.

Ela está sangrando, mas nem ao menos desacelera, porque errei.

Não acredito que perdi a chance. Não tenho tempo para recarregar. Com sorte, temos uns oito segundos até que ela nos alcance. O esforço para recarregar e mirar leva mais tempo.

Mikail empunha uma adaga pequena, mas não é o tipo de arma que se pode usar contra uma zursa. Ela vai fazer picadinho dele antes de ele conseguir reagir. Mas em seus olhos vejo a determinação de tentar.

Não, não vou deixar. Não vou permitir que ele morra por mim.

É como se o tempo desacelerasse, mas nos últimos momentos são sempre assim. Sinto nitidamente o cheiro da neve no vento. Suspiro uma nuvem de calor no ar gélido. É uma bela noite, de verdade — a lua está enorme, tão grande que é como se eu pudesse estender os braços e tocá-la. O que mais poderia fazer alguém se sentir quase como um deus? Acho que a única coisa que chega perto disso é amar Mikail. Todos os recados, os beijos, as noites que passei em seus braços. A sensação toma conta do meu corpo.

A noite fica mais lenta e silenciosa. O uivo do zurso machucado esvanece. Sorrio para Mikail. Vejo o garoto que ele foi e o homem que se tornou.

Amei cada uma de suas versões.

Jogo o arco no chão e corro em direção à zursa. Enquanto ela me mata, Mikail terá uma chance de escapar, encontrar Royo e o trenó. De ver o amanhã.

Com a respiração ofegante, dou um passo, depois mais um, mas então sinto braços me envolvendo e me puxando para trás. Os reflexos de Mikail sempre foram fora do normal.

Não! Mikail, que idiota, teimoso e querido. Ele me abraça, enquanto a zursa investe contra nós. Vamos morrer os dois. Tudo que eu queria era salvá-lo, mas agora morreremos juntos. Acho que não dá para negar que isso é uma coisa boa — não morrer sozinho.

A zursa está com as garras de fora, a mandíbula quase nos alcançando. O cheiro de sua boca é horrendo, impregnado com o fedor de podridão e sangue. Espero-a chegar. Estou pronto.

De repente, ela cai do ar e bate na neve. Com um grunhido de desespero, rola para o lado com um machado fincado na espinha.

Royo.

Mikail e eu o encaramos à luz do luar com o braço ainda estendido pelo arremesso. Na outra mão, ele empunha uma espada, que marca a neve com a ponta.

Meus deuses do céu, que bom que o obrigamos a vir conosco.

Com a zursa incapacitada, me mexo para pegar o arco. A fera está machucada, mas não morta. A mãe não é como o mais jovem, que ainda está distraído com o virote que acertei no seu flanco. Ela pode nos atacar até seu último suspiro. E é exatamente isso que fará para salvar os filhotes.

Recarrego o arco e miro. O virote zarpa da besta e acerta exatamente o alvo — o focinho da zursa, perfurando o crânio.

Ela para de se debater, a cabeça tomba e a língua cai.

Ela está morta, ou quase isso.

O último zurso vem correndo na nossa direção. Recarrego, pronto para atirar, já que ele está perto de Royo. No entanto, em vez de atacar, ele corre para a mãe. Cheira sua face, seu corpo, depois se senta na neve e uiva.

O som é de gelar a alma. Eu não sabia que esses animais passam pelo luto.

O uivo ecoa ao redor, porque o zurso ferido continua vivo. Eu me viro, miro novamente e o acerto entre as costelas, matando-o desta vez.

Em seguida, foco o último zurso. Recarrego. Por um segundo, considero deixá-lo em paz, mas o animal é um filhote. Sem a mãe para ensiná-lo a matar, ele vai acabar morrendo de fome. Ou poderia se virar e decidir nos atacar. Miro e atiro em seu coração. Ele cai em cima da mãe.

Resta agora apenas o silêncio. Apenas a respiração de nós três e os quatro zursos mortos tingindo o chão branco com seu sangue vermelho.

Meu coração começa a bater mais forte, minha pele formigando devido à adrenalina da matança. A energia e um pouco de euforia fluem pelo meu corpo por mais esta experiência de quase morte.

— Acho melhor irmos embora — fala Royo, então aponta para a trilha, onde não há nada além de escuridão à distância.

O trenó já era, e Royo tem razão. Precisamos ir. Se não alcançarmos os califeres, ainda podemos morrer. Não uma morte rápida causada por zursos, mas congelando ou sendo atacados por outro predador.

Disparamos na direção do trenó.

— Você voltou para me salvar — fala Mikail, com a respiração entrecortada.

Ele parece surpreso ao olhar rapidamente para mim.

Ah, sim. *Agora* ele quer conversar.

— É óbvio que voltei.

Ele me lança um olhar enigmático, o que não é coisa fácil de se fazer enquanto estamos correndo como se nossas vidas dependessem disso.

Mikail é capaz de me ultrapassar — sempre foi mais rápido que eu —, então fico me perguntando por que não está apertando o passo. E então entendo que ele está mantendo o meu ritmo para ficar na minha guarda. Porque ainda me protege. Ainda daria sua vida para me salvar, até o fim.

Ele sorri.

— Toda vez que acho que consegui te entender, descubro que não é verdade.

— Você fala como se isso fosse uma coisa boa.

Mikail dá de ombros.

Não é normal, este amor, mas é nosso. Eu jamais conseguiria amar outra pessoa desta forma. Jamais conseguiria amar outra pessoa de forma alguma.

Mas será que Mikail me ama, ou isto é apenas lealdade? Essa foi a pergunta que nunca respondemos em Tamneki. Será que ele continuará leal a mim quando eu contar que planejo entregar o anel a Joon?

Eu me viro e analiso a floresta para conferir que não estamos sendo seguidos por ninguém além de Royo, que é mais lento que nós dois.

Não tem nada atrás de nós, exceto a neve e meus virotes despontando das carcaças dos zursos. Logo eles serão cobertos pelas tempestades, à medida que as monções continuam, enterrados até o próximo degelo. Teria sido eu ali, não fosse por Royo e Mikail.

Salvamos uns aos outros bem a tempo.

Mas até quando o tempo continuará do nosso lado?

CAPÍTULO VINTE E UM

SORA

CIDADE DE QUU, KHITAN

Aeri está em pânico e tentando se comunicar comigo, mas está falando rápido demais, e sinto como se minha cabeça estivesse submersa. Minha orelha esquerda está zunindo sem parar. Só consigo ouvir Seok dizendo que ele não fica tomando conta dos afazeres do irmão. Vejo apenas o sorriso dele. E, por fim, só consigo sentir a fúria que me fez desejar ter matado Tiyung pessoalmente. Ty, o homem que tentou me proteger, me libertar, me amar, eu queria agora tê-lo matado com meus próprios lábios, só para machucar o pai dele. Só para tomar algo, qualquer coisa, de Seok e devolver um pouco da dor que ele me causou. Só pela satisfação do momento.

Aeri está errada — não sou uma pessoa tão boa assim. Não sou uma boa pessoa por ótica nenhuma. Uma boa pessoa jamais desejaria uma coisa dessas.

A vergonha se contorce dentro de mim como uma videira.

O ódio pode superar e derrotar a bondade. O ódio tem a vantagem de ser mais fácil. E não existe ninguém no mundo que eu odeie mais que Seok. Ele me tirou minha família, meu primeiro amor, todas as garotas na escola de venenos, e agora tirou Daysum.

— ... está bem?

Aeri gesticula com os braços no ar.

Ah. Ela estava falando.

— Desculpe, não entendi.

— Temos menos de um minuto até que os guardas invadam isto aqui, Sora! Precisamos ir!

— Ah — murmuro.

Aeri vai até o baú, puxa a alça e o chuta. Balbucia alguma coisa sobre ter que substituir tudo. Em seguida, pega uma bolsa de veludo e torna a vestir sua capa de pele pesada. Olho para baixo e reparo que estou usando uma capa de urso-das-neves. Devo ter roubado da carruagem sem perceber.

— Precisa pegar alguma coisa do seu quarto? Tem alguma coisa sem a qual você não conseguiria viver? — pergunta ela.

Não faço ideia.

Aeri grunhe e pega minha mão. Aperta, puxando meus dedos algumas vezes.

— Sora, preciso que se concentre. Temos que sair agora. Podemos substituir tudo que você deixar para trás, mas peço que se recomponha para que a gente dê o fora daqui. Os guardas estão vindo. Eu os vi quando a Dia piou. Vão prender você, e provavelmente eu junto. Precisamos tentar sair escondidas pela entrada dos criados. Agora!

Assinto e a sigo, mas a verdade é que não dou a mínima. Fiz muita coisa. Continuei viva embora não quisesse, suportei quase uma década de tortura na escola de venenos e matei mais de dezoito homens — tudo para impedir que Daysum fosse vendida ao lorde Sterling, para salvá-la de virar uma serva em uma casa de prazer. E aconteceu mesmo assim. A pior coisa que eu poderia imaginar aconteceu. Escapar para quê? Viver para quê? Por que continuar lutando quando nada do que faço importa? Não consigo conter a onda de maldade neste mundo, então por que tentar?

Flutuo escada abaixo atrás de Aeri.

— Vem, Sora! — sussurra ela.

Tento manter o ritmo, porque até mesmo em meu torpor percebo o quanto Aeri está frustrada. O corpo dela está tenso, e ela fica olhando para trás para ver como estou. Eu me obrigo a ir mais rápido para não a irritar. Além do mais, não quero que ela seja presa por minha causa.

Descemos até o porão. Sigo Aeri enquanto ela dispara pelo espaço frio de pedra. Ela passa por caixas emboloradas e por barris empoeirados, mas eu acabo derrubando dois. Eles saem rolando pelo chão, fazendo barulho. Ela me lança um olhar de irritação, e eu começo a tomar mais cuidado. Em seguida, subimos um lance de escadas que dá para portas de metal trancadas. Não faço a mínima ideia de como ela sabia da existência desta saída.

Aeri destranca as portas e para depois de abrir o lado direito. Ela espera com uma mão agarrando uma lâmina, e a outra no pescoço. Depois, respira fundo e esgueira a cabeça para fora. Abaixa o braço e me puxa para cima.

Estamos na rua atrás da estalagem. Debaixo da chuva, olho ao redor enquanto ela fecha a porta com um estalinho.

— Sora, por favor. Você precisa se concentrar — implora Aeri.

Eu quero, mas não consigo. Estou oca por dentro. Nada poderia preencher este vazio.

— Tudo bem — digo. — Vou ficar bem. Pode me deixar para trás.

Ela deixa os ombros cederem.

— Não posso fazer isso.

— Por que não?

Ela gesticula, indignada, depois bate as mãos no lado do corpo.

— Porque vão te pegar. Porque você e os outros são como minha família. Não do tipo que eu tinha, mas do tipo que eu sempre quis ter. Uma família que se importa comigo de verdade. E eu *não* vou te perder. Já perdi meu lar uma vez, e não vou deixar que isso aconteça de novo.

É fofo, mas ela está mais determinada e com raiva do que qualquer outra coisa.

— Olha, sei que está tudo uma merda — emenda ela. — Não estou dizendo que você deveria estar pulando de alegria, nem nada assim. Mas Daysum ainda está viva. Podemos dar um jeito nessa situação e salvá-la, mas, para conseguirmos dar um próximo passo, temos que sair de Quu. Por dez minutos, você precisa sair desse marasmo. Só... pode, por favor, me dar dez minutos? Quando encontrarmos cavalos invernais, posso guiar o seu, mas até lá você precisa se concentrar.

Entendo o que ela está dizendo. De verdade. Mas falhei com Daysum. Seria melhor para Aeri se ela seguisse em frente sem mim. Dessa forma, não teria que correr o risco de eu falhar com ela também.

Balanço a cabeça.

— Sora... — Ela para de falar e franze os lábios como se estivesse cogitando me contar alguma coisa. — Seok está com os guardas.

O nome me faz recuperar o foco. Seco a chuva do rosto e finco as unhas na palma da mão, os braços trêmulos. Seok. O conde. Eu o verei sofrer. Eu o verei se engasgando em veneno. Serei quem lhe mostrará que o poder é uma ilusão, mas que a sensação de estar indefeso é real. Serei quem o torturará até que morra em uma poça do próprio sangue. Mas, para isso, preciso escapar agora.

Levanto a cabeça e endireito os ombros.

— Vem — chama Aeri. — Ele só contou aquilo para te desestabilizar, mas você sobreviveu. E não vai conseguir matá-lo se formos pegas aqui.

Ela tem razão. Preciso seguir em frente. Preciso levar isto até o fim. Deixo meus sentimentos de lado e, mais uma vez, me torno uma lâmina.

Faço com que minhas pernas funcionem, e nós duas começamos a correr. Aeri é muito rápida, mesmo com o vestido longo e a capa pesada. Eu deveria ter me lembrado dessa informação depois do acontecido em Yusan. Tenho dificuldade de seguir o ritmo dela, e minhas pernas têm que se esforçar ainda mais com o peso do vestido de baile e da pele grossa que estou usando, mas dou conta.

Após algumas esquinas, chegamos aos estábulos, e Aeri desacelera a um caminhar. Nós nos ajeitamos e fingimos estar calmas, como se não estivéssemos fugindo, mas fico feliz por termos parado de correr. Meus pulmões não são os mesmos desde o envenenamento por Oxerbow quando eu tinha dezesseis anos. Agora, é muito fácil eu perder o fôlego.

— Espera aqui. Você é muito marcante — diz ela.

Fico na esquina dos estábulos. Aeri bufa, arruma a postura e sai andando como se fosse uma dama.

Aperto o manto de pele ao redor do corpo, debaixo da chuva e tento não pensar em tudo que aconteceu hoje à noite. Porém, à medida que o tempo passa, a realidade me exaure. A energia que encontrei no beco se dissipa. Tento pensar em algo, qualquer coisa que não seja Daysum. Fico imaginando o que vai acontecer com aquela corujinha da qual Aeri estava cuidando… Dia. Espero que sobreviva, mas sei que não vai. Existem predadores demais, perigos demais neste mundo para ser apenas uma coisinha bonitinha.

Levanto a cabeça para olhar para lua da monção, e lá está a coruja. Forço a vista. Não pode ser ela, mas quais as chances de haver duas corujas do mesmo tamanho? Ela nos seguiu. Não achei que pudesse voar, mas ela é mais forte e mais capaz do que eu pensava.

Dia aterrissa no telhado do estábulo e solta um pio baixinho. Por algum motivo, sinto a esperança crescendo dentro de mim como um açafrão no fim do inverno. O broto desanuvia minha mente. Talvez eu também seja mais capaz.

Aeri está certa — Daysum ainda está viva. Enquanto ela estiver respirando, não posso parar. Não vou. Mais uma onda de vergonha serpenteia pelo meu corpo por ter cogitado desistir. Só que a vergonha é um sentimento que aflora apenas quando uma pessoa sabe que pode ser melhor.

Um minuto depois, Aeri reaparece com dois cavalos. Forço um meio sorriso para a garota, a ladra, a princesa que me salvou, mas ela não está olhando para mim. Está encarando outra coisa. Eu me viro e vejo a fumaça subindo ao longe. Está vindo da direção da estalagem.

— Com certeza vão nos culpar por isso — grunhe Aeri, e depois balança a cabeça. — Dane-se. A gente lida com isso mais tarde. Sobe aí.

Posiciono a bota no estribo e subo na sela. Amarro a capa pesada para que fique fechada. Passo um tempo olhando para as chamas fumegantes sob a chuva. Em seguida, giro o cavalo para seguir Aeri noite adentro, torcendo para que ninguém além de Dia esteja nos seguindo.

CAPÍTULO VINTE E DOIS

ROYO

LAGO CEROME, KHITAN

Tivemos que andar pela neve por duas malditas badaladas só para chegar ao trenó. Os idiotas dos cervos tinham ido para tão longe que levamos uma vida para encontrá-los. Minhas botas velhas ficaram encharcadas e destruídas, mas pelo menos voltamos inteiros.

Agora estamos no Lago Cerome. Quase lá, na verdade; em uma cidadezinha à beira do lago. Não é lá grande coisa — tem uma casa de pães, um bar e uma loja de suprimentos. Acho que devem morar umas duzentas pessoas aqui. Que bom que paramos em Vashney para pegar suprimentos e um novo equipamento de inverno.

— Temos que bolar um plano — fala Mikail, amarrando o trenó a uma árvore.

Bem ao lado tem arbustos de frutinhas, e os cervos aproveitam para se alimentar. Só conseguimos pegá-los ontem à noite porque eles tinham parado para pastar.

Agora, precisamos pegar alguns livros em um templo embaixo de um lago congelado, o que ainda não entendo. Não entendo nada, para ser sincero. Por que as pessoas dedicariam a vida a páginas poeirentas e secas? Li o necessário na escola, mas parei quando minha mãe morreu. Vez ou outra eu via gente de nariz empinado com livros em Umbria, mas nunca entendi. Por que gastar essa grana, sendo que os mesmos muns podem prover pão e cerveja? Acho que precisamos das informações que têm lá. Mas como vamos conseguir entrar nesse tal templo?

Estamos todos nos equipando com o máximo de armas que conseguimos carregar. Não é para haver perigo em um templo, mas temos que estar preparados.

Enfio mais uma faca no colete que comprei em Vashney. Euyn pega aparato de acampamento e eu arqueio uma sobrancelha. É o fim da tarde, o crepúsculo logo vai cair, mas não vamos pernoitar aqui. Precisamos voltar a Quu o mais rápido possível se as garotas estiverem em risco.

— Para que isso tudo? — pergunto.

Euyn abre mais um saco e coloca um cobertor dentro dele.

— Isso pode levar um tempo, mas acho que o melhor é esperar um sacerdote vir entregar os registros e segui-lo, ou... persuadi-lo a nos levar até lá.

— Mas e quanto à Aeri e à Sora?

— O pior que pode acontecer é elas serem detidas, e então eu lido com isso quando acabarmos.

Mikail dá de ombros e confere a espada, despreocupado. Não é a flamejante que estava com ele em Yusan. Esta o palácio tomou quando o apagaram. Mas o sujeito é bastante específico nas armas que usa. Passou um tempão escolhendo uma espada em Vashney.

Mikail não está preocupado, e talvez eu também não devesse estar. Mas não consigo ignorar o pressentimento de que deveríamos voltar.

— Royo, leva seu machado. Talvez precisemos dele — diz Euyn.

Eu o encaro, me perguntando se ele quer dizer que vamos matar um Yoksa.

— Para a porta — acrescenta Mikail.

Ah, tá.

Euyn está com a besta e quatro cintos transpassados pelo peito. Deve ter mais de sessenta virotes no total, mas pega ainda mais.

Fiquei impressionado ao vê-lo atirando ontem à noite. Tinha muita coisa acontecendo ao mesmo tempo em Oosant para que eu percebesse, mas, na neve, a mira dele capturou toda a minha atenção. Não é fácil derrubar um lobo, e ele conseguiu essa proeza com um virote cada. O arremesso do meu machado foi pura sorte; o que Euyn tem é habilidade.

— Vai na frente e eu cubro sua retaguarda — fala Mikail para Euyn.

Ele coloca uma adaga no colete.

Os dois olham um para o outro.

Desde que voltamos ao trenó, ambos se aproximaram. Não como estavam em Yusan, mas a situação não está mais tão tensa como quando saímos de Quu. Talvez mentiras e traições possam ser deixadas para trás. Talvez isso una as pessoas.

Eu não... isso pode funcionar para os outros.

— Royo, fica atento — instrui Mikail.

Assinto.

— Está bem, vamos. — Euyn carrega seu arco e coloca outro virote na mão. Em seguida, começa a caminhar pela neve.

O Lago Cerome fica no meio de um conglomerado de montes. Euyn escolhe um caminho, e nós deixamos a cidade para subir o morro.

Os passos dos dois são leves e silenciosos feito os de animais da floresta. Os meus... não. Percorremos apenas três metros quando eles se viram para olhar feio para mim. Mas não é como se eu estivesse tentando fazer barulho, só não sou um caçador nem um espião. Não me é comum precisar chegar a alguém na maciota. Encontro meu alvo e o machuco, simples assim.

Mikail me encara enquanto eu respiro pesado seguindo os dois.

— Pode fazer isso um pouquinho mais alto? — resmunga ele.

Tento respirar pelo nariz, mas o ar está rarefeito. Tenho a impressão de que vou desmaiar.

Cruzamos um quarto do caminho morro acima, quando Euyn para com a mão erguida. Nos alinhamos e analisamos o entorno. Ele está rastreando, procurando sinais de outras pessoas ou coisas. Lembro disso de Oosant, a forma como ele procura por pistas no terreno, quase como um animal. Quando nos dá um sinal de que a barra está limpa, voltamos a andar.

Caminhamos por um longo período. Que bom que pegamos equipamentos e roupas de inverno. Minhas botas velhas jamais teriam chegado tão longe, mas estas são novas, robustas e de pele. A nevada está densa, e tudo isto parece complicação demais só para conseguirmos uns livros velhos, mas quem sou eu para falar alguma coisa? Hwan me dizia que havia mundos inteiros nos livros, mas eu já tenho problemas demais neste aqui.

O topo do monte está a uns vinte metros de distância quando Euyn se vira. Todos preparamos nossas armas. Até eu ouvi — um passo fora de sincronia com o nosso.

Prendo a respiração e espero. Os pelos na minha nuca ficam eriçados. Tem alguém atrás de nós.

Pelos Dez Infernos, mas como? Faz segundos que acabei de conferir.

Euyn levanta o arco ao ombro e eu me viro. Arregalo os olhos, e meu queixo cai.

Ele está prestes a atirar em Aeri.

CAPÍTULO VINTE E TRÊS

AERI

LAGO CEROME, KHITAN

Estou prestes a congelar o tempo quando Royo grita e avança em Euyn, derrubando-o na neve. A besta dispara. Um virote voa no ar, depois cai no chão a um metro dos pés de Sora. Ela lança os braços para cima em surpresa, mas não emite som nenhum.

Nós cinco paramos e encaramos o virote fincado na neve.

— Nossa, oi pra você também — digo.

Solto a tensão em um suspiro e largo a gola do vestido.

Quando o choque passa, todos nos entreolhamos. Eles nos encaram como se tivéssemos perdido o juízo, e talvez tenhamos mesmo. Sora e eu ainda estamos usando nossas capas e vestidos de baile. Não tivemos tempo para trocar de roupa, já que galopamos até aqui. Por incrível que pareça, vestidos de baile não são as peças mais confortáveis para cavalgar na neve durante um dia inteiro. Mas não tivemos tempo de ir às compras.

Mas os rapazes, por outro lado, parecem ter tido.

Era para fazermos um pernoite no meio do caminho, mas então encontramos carcaças de zursos. Bem, primeiro eu vi os virotes fincados em alguma coisa coberta pela neve. Parei para ver o que era, rezando para que não fosse Euyn, Mikail ou Royo. Estava tão nervosa, que foi difícil de respirar enquanto eu tirava a neve de cima. Encontrei o maxilar de um zurso. Caí para trás, aterrorizada. Mas o mais assustador foi pensar que o corpo de Royo poderia também estar ali embaixo. Eu não podia parar até descobrirmos. Até o encontrarmos.

Então, seguimos noite adentro, parando apenas quando era absolutamente necessário. Cheguei a apagar por um tempinho, mas de alguma forma continuei sobre a sela. Sora continuou nos guiando na direção certa, e eu acordei de um cochilo, babando no cavalo.

Sora não reclamou nem uma vez sequer, mas mal reagiu aos zursos mortos ou a qualquer coisa. Não sei de onde tirou energia para correr comigo em Quu, mas isso já virou história.

— Pelo brilho das estrelas, de onde foi que vocês duas vieram? — questiona Mikail, esfregando a testa.

— Do Banquete do Rei Celeste — digo. Olho para Sora, cujo olhar está vago. — O conde Seok mandou lembranças.

Os três rapazes se entreolham.

— Seok? O cara que tem posse da Sora e da irmã? — indaga Royo.

Assinto.

— O próprio.

Em segredo, fico empolgada por Royo estar aqui, intacto e respirando. Meu coração palpita. Ainda melhor é que agora ele está falando comigo, que parece contente em me ver.

Ok, ele não está *contente* em me ver porque quase nunca está feliz por nada. Ainda assim, parece aliviado por termos nos reencontrado também, o que é um grande avanço em relação a quando ele foi embora de Quu sem dizer nada.

Além do mais, ele acabou de salvar a minha vida. Mas não foi a primeira vez.

Chego mais perto, encarando-o como uma planta do inverno desesperada para absorver a luz do sol. Flocos de neve pousam nos seus cílios escuros e salpicam o capuz do casaco. Sustento seu olhar, mas então ele desvia o rosto.

Sufoco a mágoa.

— Você está bem? — pergunta Mikail a Sora.

Ela faz que não.

Mikail respira fundo.

— Bem, fizeram a coisa certa vindo atrás da gente. Mas, pelos brilhos das estrelas, seus pés. Cavalgou até aqui com isso?

— Não estou sentindo eles — fala Sora, dando de ombros.

Mikail a analisa, os olhos azul-esverdeados claros contra o céu cinza.

— Precisamos aquecer vocês, imediatamente. O frio da neve pode surtir efeito depressa quando não se está usando a roupa apropriada. E vocês parecem estar com frio demais — observa ele.

— Tem uma cabana de aquecimento por ali, próximo à costa — diz Euyn.

Nós o seguimos. Quando chegamos ao topo do monte, finalmente vejo o Lago Cerome. É bem menor do que o Guarda de Yusan, mas ainda assim é enorme e, mais importante ainda, congelado. O vento faz a neve soprar sobre o gelo. O sopro se intensifica e os flocos giram em pequenos redemoinhos. É muito bonito, e aposto que é ainda melhor no calor. Há algumas cabanas feitas de madeira nas margens do lago.

Mas não vejo templo algum.

Mikail disse que o Templo do Conhecimento fica *debaixo* da superfície congelada, mas eu esperava ver um domo saliente ou algo do tipo. A realidade consegue ser pior.

Euyn vai primeiro pela encosta do morro. Gesticula para que o sigamos e coloca o arco sobre o ombro. A caminhada é árdua. Não é uma montanha, mas é difícil de escalar com botas de festa na neve fofa e profunda.

Tropeço em uma pedra escondida e tombo para a frente. Antes que eu caia, Royo me pega. Com uma mão firme no meu abdômen, ele impede a queda. Recupero o equilíbrio, mas ele mantém o braço estendido para que eu consiga me segurar. Meu coração derrete, mas tento não sorrir. Caminho agarrada ao bíceps dele enquanto ele leva um machado com a outra mão.

Euyn vai na frente, analisando o horizonte. Mikail fica ao lado de Sora, mas não para de olhar ao redor. Deixo a mão livre no pescoço, só para o caso de ser necessário usar o amuleto. E Royo está sempre atento a problemas. Todos estão em alerta, exceto Sora.

Chegamos à cabana de aquecimento, que não é muito maior que um anexo. Euyn fecha e tranca a porta após entrarmos.

Acho difícil que o cadeadinho possa nos proteger, mas quem se importa, se fechá-lo o tranquiliza?

Tem quatro bancos, um em cada parede, e um fogão no meio com uma pilha de lenha ao lado. Exatamente do que precisamos. O espaço cheira a carvalho e carvão, e é limpo e seco.

Euyn começa a se movimentar, acendendo uma fogueira enquanto Mikail se ajoelha aos pés de Sora e a ajuda a tirar as botas. Royo fica parado de frente para mim, olhando feio para os meus sapatos.

— Não acredito que você caminhou usando isso — reclama ele.

— Não tive muita escolha.

Dou de ombros.

Ele assente e se senta no banco ao meu lado, depois dá um tapinha no colo.

Eu o encaro.

— Me dá aqui o seu pé.

Surpresa, viro no banco e coloco as botas à frente. Ele começa a tirá-las, mas fica frustrado. Arranca as luvas grossas e as joga de lado, depois solta os cadarços e descalça as botas. As meias ficaram ensopadas, então ele as remove também. Em seguida, sopra nas mãos e as coloca sobre meus pés.

O calor de suas palmas é incrível. Eu só percebi agora o quanto meus dedos estão frios, em vermelho-vivo, e eu mal consigo senti-los. Royo massageia meus pés grandes e esguios, tão concentrado, que ruguinhas surgem entre suas sobrancelhas. É tão fofo e carinhoso da parte dele, que não consigo reprimir um sorriso.

Ninguém nunca tinha cuidado de mim assim.

O fogo começa a emanar calor. Todos estão quietos, mas de uma maneira contente. Olho para os quatro. Queria que pudéssemos ficar aqui para sempre — com as mãos de Royo sobre mim e todos nós seguros e aquecidos. Mas não podemos. A vida é uma série de momentos passageiros, e este logo chegará ao fim.

Temos que entrar no templo, e precisamos dar início a uma guerra.

Mas, por ora, temos a fogueira em uma nevasca.

O sono começa a bater conforme a tensão e a preocupação que me mantiveram desperta vão diminuindo. Minha cabeça cai, e eu me esforço para mantê-la erguida. Aguentei o pior da fadiga do amuleto após meu breve cochilo no cavalo, mas agora estou acordada há quase dois dias.

Grogue, acaricio a mão de Royo. Ele para por alguns segundos e a tira do meu alcance.

Finjo que isso não parte meu coração.

Ele limpa a garganta e endireita a postura.

— Hum, o fogo vai ajudar.

Royo se levanta e coloca as luvas de novo. Tento conter a decepção. Ele cuidou de mim mesmo quando não precisava. No momento, isso basta. Ele coloca minhas botas e meias ao lado do fogão para que sequem.

Queria muito que ele superasse o fato de eu ter armado para trair todo mundo. Porque, fala sério, não foi o que todos aqui fizeram? Mas talvez seja de mais, muito cedo para pedir isso dele.

Se bem que seria bom se eu me lembrasse com mais frequência de que ele matou a namorada. Mentiu no rio Sol quando deu a entender que não era responsável — foi o que disseram no salão do trono. Mas algo borbulha no meu peito, uma coisa que se parece muito com dúvida, mas que provavelmente não passa de fome. Espero que encontremos o que precisamos depressa para que a gente possa visitar logo aquela casa de pães na cidade.

Estendo os pés para mais perto do fogão, mas longe o bastante para que não queimem. Leva um tempo, mas enfim volto a sentir os dedos.

A cabana tem uma única janela pequena, de frente para o lago. Mikail está ao lado dela, segurando algo — não sei o quê, mas é verde e reluzente. Acho que é uma jade, só que ele não é do tipo que gosta de joias, e o objeto é muito maior que uma pedra preciosa. Mas tem o mesmo tipo de polimento.

— O que é isso? — indago.

— Uma chave que roubei do embaixador Zeolin — responde, mostrando-a para mim. — Achamos que pode abrir a porta do Templo do Conhecimento.

Passo as mãos pela renda e o cetim denso que cobrem minhas coxas, pensando no quanto isso seria conveniente. O embaixador Zeolin não me pareceu ser um homem com muitas ligações com o conhecimento, mas acho que as aparências podem enganar. Ainda assim, é diferente de qualquer chave que eu já tenha visto. É quase redonda, mas tem muitos dentes. E se for mesmo para o templo, onde é que fica a porta?

Sora olha para Mikail, os pezinhos estendidos para o fogo. Não me surpreende eles serem perfeitos. No entanto, alguns dedos estão muito vermelhos, quase escurecidos. Isso não pode ser nada bom.

— O embaixador falou sobre pescar no gelo. Mencionou que havia cabanas de aquecimento próximas ao lago. Acho que estava falando deste lago — diz ela.

Mikail e Euyn se entreolham. Pego Royo olhando na minha direção. Suprimo um sorriso e finjo não ter visto.

— Foi uma pista ou uma armadilha? — pondera Euyn, coçando a barba.

— Difícil dizer — responde Mikail, depois olha pela janela —, mas estamos prestes a descobrir, porque tem alguém indo para o lago.

Todos nós nos mexemos, pegando armas. Até Sora empunha uma adaga, e com destreza. Euyn se junta a Mikail na janela, a besta carregada.

Sinto o estômago revirar enquanto esperamos. Será que são guardas khitaneses? Será que Seok nos seguiu até aqui?

— É um sacerdote. Ou pelo menos alguém com vestes cinza — anuncia Euyn.

Subo no banco e olho por sobre as cabeças dos demais, mas mal consigo ver um homem, de tão cinza que o céu também está. Forço a vista à procura de movimento. Mikail está certo — tem mesmo alguém andando em direção ao gelo. Fico me perguntando como é que a pessoa vai entrar no templo, mas é isso que estamos esperando para descobrir.

Todos ficamos aglomeramos à janela, exceto Sora, que se sentou para continuar aquecendo os pés. Acho que as botas dela foram ainda mais inúteis que as minhas. Talvez ela perca os dedos, mas não acho que esteja ligando muito para isso.

— Precisamos segui-lo. Euyn, não tire os olhos dele. Royo, pelo Reino das Estrelas, cuidado na hora de pisar — diz Mikail.

Royo gesticula para si mesmo com as palmas das mãos estendidas.

— Pisa com a lateral do pé primeiro e abaixa a sola aos poucos em vez de botá-la inteira no chão de uma vez. Vai ajudar — sugiro.

Royo fica confuso, mas assente.

Euyn nos entrega meias secas que ele tira de um saco, e Sora e eu as vestimos, depois calçamos as botas. As minhas ainda estão úmidas, mas está melhor do que antes, agora com as meias grossas.

Bem, isso até sairmos. A neve imediatamente cai dentro da minha bota outra vez. Bufo. Vou ter que comprar botas de inverno depois disso.

Euyn assume a liderança, e nós o seguimos em uma fileira pela costa. Estamos a uma boa distância do sacerdote — uns cinquenta metros ou mais. Eu até me preocuparia com a chance de sermos vistos, mas estamos todos usando pele animal branca nos morros brancos, e continua nevando. Contanto que mantenhamos distância suficiente dele, a tempestade vai nos esconder.

Euyn abana um braço para que pisemos no gelo, provavelmente porque o sacerdote avançou. Não sei como Euyn consegue enxergá-lo, mas ele tem mesmo uma visão fantástica.

Royo tem dificuldade de pisar no lago, e seus pés escorregam.

— Desliza os pés — sussurro.

Ele assente e tenta. Melhora.

Que estranho andar sobre a água. Não paro de pensar que o gelo vai quebrar e que vamos cair no lago, mas a superfície continua aguentando. Por ora.

Sora está passando por dificuldade com as botas chiques, e Royo parece não conseguir andar sem pisar firme e deslizar, mas ainda assim progredimos. Seguimos atrás do sacerdote, avançando pelo gelo, até que Euyn de repente se joga para baixo e se deita na superfície. Nós todos nos abaixamos e fazemos o mesmo. O sacerdote deve ter parado ou nos avistado.

Deitada sobre o lago congelado, mantenho a cabeça erguida, e finalmente vejo o sacerdote. Ele tem cabelo ruivo e o início de uma careca. As vestes esvoaçam com o vento. Penso por um momento que ele nos viu, mas o homem não se vira. Na verdade, simplesmente desaparece.

Eu vi direito? Ele acabou de *desaparecer*.

— Pelos Dez Infernos, que porra foi essa? — sussurra Royo.

Pensei exatamente a mesma coisa.

CAPÍTULO VINTE E QUATRO

MIKAIL

LAGO CEROME, KHITAN

Bem, isso foi interessante.

Nós nos levantamos, armados e em alerta. Aeri está com uma faca de arremesso, Euyn procura um alvo com o arco e minha mão está no cabo da espada, mas não há nada. E esse é o problema. Como foi que o sacerdote simplesmente sumiu?

Corremos até o ponto onde o vimos pela última vez, deixando de lado os movimentos furtivos. Estou um pouco preocupado com a possibilidade de Royo quebrar a superfície de gelo com os passos pesados. Que bom que o lago já está congelado há quase um mês.

— Achei que ele tivesse parado bem por aqui. Para onde ele foi? — pergunta Aeri.

Eu também pensei isso, mas não pode ser. Só tem neve e gelo. Tem alguma coisa que estamos deixando passar. As pessoas não desaparecem sem mais nem menos.

Quando ele sumiu, pensei que tivesse caído, mas, se fosse o caso, haveria um buraco no gelo. Sim, o lago voltaria a congelar, mas não instantaneamente. Eu me abaixo e toco a superfície. Está tão grossa que não consigo enxergar a água lá embaixo. Se ele tivesse caído, teria uma rachadura, pelo menos um leve indicativo, mas não há nada aqui.

Euyn segue pelo gelo, e os demais continuam a olhar ao redor.

— A gente deve estar deixando alguma coisa passar — falo.

Olho para a encosta do morro ao longe. Vou em direção a ele, mas não é possível que haja uma porta ali. Estamos a vinte ou trinta metros da margem. Mesmo se o sacerdote se movimentasse como Aeri, ele não teria conseguido chegar ao monte. Olho para cima, pensando que talvez ele tenha pisado em uma armadilha que o tenha levado para os ares, mas só vejo o céu cinza e neve.

— Se eu não quisesse que ninguém conseguisse entrar no meu templo, eu disfarçaria a porta — diz Aeri. Está falando mais consigo mesma do que comigo. — Espera. Mikail, posso ver a chave?

Tiro a chave do bolso e a entrego a Aeri, que a sente na palma da mão, volta a olhar para o objeto e depois para mim.

— Isso aqui não é jade — divaga ela.

— O quê? — pergunto.

Ela balança a cabeça.

— Foi mal, pensei que fosse jade quando você mostrou para a gente, mas não é. E não é esmeralda. O peso e a cor não combinam. Meio que parece oco. — Ela mexe a mão para cima e para baixo, depois arregala os olhos. — Pode ser veritite. — Ela mira a chave para o céu. — É, acho que é mesmo.

Aeri ergue a chave no ar e a joga com força no gelo, como se estivesse tentando quebrá-lo.

— Meus deuses do céu, o que você está fazendo? — No último segundo, Euyn se lembra de afastar a mira do arco dela.

Assim que as palavras saem de sua boca, o gelo treme e os cantos perfeitos de uma porta de vidro aparecem, junto a um buraco de fechadura verde. Royo e Sora dão um pulo para trás e Euyn o analisa intensamente. Eu balanço a cabeça.

Pelo brilho das estrelas, isso é impossível.

Não havia nada aqui antes. Tenho certeza. Senti o gelo, e não havia nem rachadura nem fechadura. Mas agora há uma porta e um cadeado, nítidos como qualquer um de nós.

Encaro Aeri, que está com os olhos arregalados, maravilhada. Como ela sabia que deveria fazer aquilo?

— Será que eu quero saber?

Ela olha para mim e inclina a cabeça.

— Nunca viu veritite?

— Não.

— Que esquisito. Enfim, é uma pedra rara, mas não uma joia. É conhecida como a buscadora da verdade. Revela outras pedras feitas do mesmo material. A fechadura e as bordas também devem ser feitas de veritite. É muito inteligente.

Aeri se inclina e coloca a chave no buraco da fechadura. Encaixa perfeitamente. Ela solta o ar e gira o pulso. Prendo a respiração e espero algo extraordinário.

Mas nada acontece. Absolutamente nada.

— Está... emperrada. — Ela franze o cenho, tira a chave e tenta de novo, mas o resultado é o mesmo. — Que estranho.

Eu me ajoelho e tento. Espero que a chave gire, mas não consigo mexê-la também. Viro para a esquerda e para a direta, depois tiro e tento com ela invertida. Não faz diferença. Fico me perguntando se o cadeado congelou ou se o sacerdote o bloqueou.

Royo se aproxima.

— O que foi?

— Não conseguimos abrir a fechadura — diz Aeri.

Ele se abaixa, e eu dou licença para ele tentar. Talvez a força bruta ajude. Se não, vamos precisar que ele quebre a porta. Mas ao menos agora sabemos onde ela está — no meio do lago.

Royo coloca a mão na chave, gira-a e a fechadura faz um clique. A porta grossa e congelada abre, revelando degraus brancos que levam à escuridão.

Pelo brilho das estrelas.

Dou um passo para trás, encarando. Em seguida, chacoalho o corpo para me desvencilhar da surpresa.

Se o sacerdote usou o mesmo tipo de chave, isso explica o desaparecimento. Tudo o que vimos foi o gelo enquanto ele passava pela porta.

Mas... por que a chave virou para Royo? Tentei de todas as maneiras.

— Você na frente — fala Aeri para mim.

Royo olha bem para mim e arqueia uma sobrancelha.

Nenhum dos dois quer ser o primeiro a entrar por uma porta no meio de um lago, e eu não tenho como culpá-los.

Paro e cogito a possibilidade de Aeri estar armando para todos nós de novo. Ela sabia como nos encontrar e descobriu como localizar a porta e usar a chave, e isso tudo me parece uma coincidência tão grande quanto sequer ter encontrado a chave. Mas a realidade é que contamos a ela que estaríamos no lago. E ela pareceu chocada quando a chave funcionou.

Não, ela é só uma ladra de joias muito boa.

Pelo menos, é o que espero.

Desço a escada primeiro, com Euyn atrás do meu ombro com seu arco. Matar os zursos voltou a nos unir, assim como a violência sempre parece fazer. As crenças podem até ser repugnantes, mas ele pode estar melhorando. Ou pelo menos é a verdade em que quero acreditar.

As garotas vão atrás, e Royo por último. Ele fecha a porta com um baque.

Mas que porra.

Nós quatro paramos e o encaramos. Só então percebo que está iluminado o bastante aqui dentro para enxergarmos uns aos outros.

Bem, agora que não temos mais o elemento da surpresa, puxo a espada e desço a escada de mármore. Os degraus estão escorregadios, mas é quase como se a pedra branca estivesse acesa por dentro. A escadaria continua por uma longa distância, curvando-se levemente. Não consigo ver o fim, e não gosto nada disso. Parece uma armadilha óbvia, e os pelos na minha nuca eriçam.

Quase não acredito quando chegamos ao fim da escada sem sermos atacados. Ao sairmos, estamos dentro da redoma de vidro do Templo do Conhecimento. Ou seja, em um pátio submerso.

É... incrível.

Jamais acreditei em mitos sobre deuses criando estruturas na terra, afinal por qual motivo entidades iriam se preocupar com arquitetura? Porém, ao olhar ao redor, este lugar me faz mudar de ideia. Embora eu tenha certeza de que foram homens que construíram a Arena do Rei, me parece impossível a ideia de que pessoas tenham construído isto aqui. Toco o vidro da parte interna da redoma, perguntando-me como se sustenta. Há água escura ao redor, e peixes brilhantes passam nadando, mas nós estamos secos. À frente, há um templo belíssimo em mármore branco, iluminado por dentro com tochas acesas. Árvores pequenas crescem no pátio, postes de lamparinas iluminam o espaço, e nada disto deveria ser possível.

— Mas como? — sussurra Aeri.

Ela se encanta com o peixe que passa, e Royo quase sorri ao ver a alegria dela.

Até Sora, que não está lá muito normal, olha ao redor, os olhos violeta cheios de admiração.

Assim que vi o rosto dela, entendi que Seok deve ter vendido a irmã — ou pior. Estou arrependido por não ter contado a ela que o conde do sul estava em Khitan. Eu deveria tê-la alertado, mas não imaginei que ele fosse estar no banquete. Zeolin disse que não passava de um boato. Ainda assim, a culpa me corrói por permitir que ela fosse pega desprevenida.

Pensar em Zeolin me traz de volta à realidade. Ele é que tinha uma chave para este templo, e não era para ser o caso. Foi conveniente demais eu encontrá-la. Deixo o torpor de lado.

— Fiquem juntos — sussurro.

Concentrado, observo. Não confio em como foi fácil entrar no templo. Euyn diria que os deuses estão do nosso lado, mas chegamos perto de ser devorados vezes demais para que isso seja verdade.

O grupo se aproxima do templo com cuidado. Euyn sente minha desconfiança e dá uma olhada ao redor com o arco pronto. Royo também está com o machado no ombro.

Todos os Templos do Conhecimento têm elementos dos quatro reinos originais — o mármore branco de Wei, as redomas de ouro de Khitan, as fontes de Yusan e as portas de madeira de Gaya. Gaya costumava ser o lar das árvores de casco preto mais altas do mundo. No fim do Festival Sangrento, Joon dizimou a floresta antiga.

No entanto, estas portas são mais antigas que o massacre. A madeira escura chega a dez metros de altura e é entalhada de modo elaborado, retratando a árvore mística do conhecimento.

Quando nos aproximamos, puxo o batente de latão, e entramos. Porém, assim que abro a porta, percebo que há algo de muito errado.

CAPÍTULO VINTE E CINCO

SORA

TEMPLO DO CONHECIMENTO, KHITAN

Este templo é realmente um presente dos deuses. Já fui a lugares espetaculares na minha vida, mas todos perdem em comparação a isto aqui.

Se eu fosse homem, faria questão de me tornar um sacerdote do Deus do Conhecimento e viveria feliz pelo resto da vida sob esta redoma. Daysum também adoraria. Não existe nada que ela ame mais do que ficar sentada junto a uma janela ensolarada, lendo um livro. Éramos crianças pobres, então tínhamos apenas um livro surrado de contos de fadas, mas ela passava badaladas a fio sentada com ele, como se cada vez que o lesse fosse a primeira.

Uma tristeza aguda e dilacerante me acomete, porque sei onde Daysum está neste momento.

Fungo baixinho, tentando não fazer barulho, já que está um silêncio completo ao redor. A sensação é estranha. Tudo bem que estes templos deveriam ser quietos, mas não deste jeito.

Dobro o joelho quando passo pela porta, assim como Royo. Os demais apenas entram. Aeri se lembra depois e se ajoelha depressa, mas nem Euyn nem Mikail param. Acho que um semideus e um demônio não rezam — Mikail sendo o semideus nesse cenário.

Uma fonte enorme respinga água no meio de um salão amplo e esplêndido. O teto abobadado forma um arco bem acima de nós, com redomas pintadas, douradas no agora familiar estilo khitanês. Há um segundo andar aberto a este — quase como uma sacada ao redor do recinto. Os pisos são cobertos de mosaicos tão lindos e ornamentados quanto os do salão do trono no Palácio de Qali. As paredes estão repletas de inúmeros livros e de rolos em milhares de prateleiras, nas alcovas de mármore branco cintilante. No entanto, há um pouco de vermelho na parede de trás.

Arquejo. Reino dos Infernos. Aquilo ali é sangue?

Adentramos com cuidado, em alerta para qualquer sinal de perigo. Tem algo de errado neste templo maravilhoso.

Onde estão os sacerdotes?

Chegamos ao meio do salão, próximo à fonte central e o altar. Daqui dá para ver outras duas salas — uma à direita e outra à esquerda.

Aponto para a direita. Parece que aquela sala está cheia de rolos de pergaminhos, do piso ao teto, mas sinto um calafrio e tenho vontade de ficar longe. Então é para lá que temos que ir.

Espero que um dia consigamos evitar o perigo, mas, por enquanto, temos que enfrentá-lo.

Mikail e Euyn preparam as armas, e Royo leva as duas mãos ao machado. Nós cinco nos movimentamos sorrateiramente em direção à sala dos pergaminhos, seguindo pelo ladrilho de mosaico até chegarmos a um chão vermelho-escuro.

Arquejo de novo. Está vermelho por causa de um mar de sangue.

Há rolos pela sala inteira, alguns agora ensopados. Muitos foram destruídos, cortados por lâminas.

Por fim, encontramos os sacerdotes. Estão todos aqui. Mortos.

CAPÍTULO VINTE E SEIS

TIYUNG

PRISÃO DO ÓCIO, YUSAN

Estou vivo.

Hana não me envenenou. Meu estômago só se rebelou contra a abundância repentina de comida saturada. Depois de não consumir nada além de pão e água por tanto tempo, não consegui digerir carne e queijo. Passei quase um dia inteiro com dor, mas o desconforto passou, deixando-me vivo e ainda um prisioneiro na Ócio.

Depois de sobreviver, eu me vi esperando próximo da entrada das refeições, torcendo para ver Hana. Rezo para que ela compartilhe mais detalhes sobre Sora. Sobre os demais. Não que qualquer informação vá ser algo que eu queira ouvir. Não gostei de descobrir que Hana sabe que eu libertei o irmão dela, e é pior ainda saber que Sora está em Khitan para roubar o Anel Dourado. Presumo que ela esteja com os demais, mas não sei.

Embora eu fique constantemente de vigia, não vejo Hana. Durmo, depois acordo e espero de novo, mas não vem ninguém exceto os guardas que me trazem as bandejas de água e pão velho. A decepção dói como jogar sal numa ferida.

Todas as vezes que desperto, torço para vê-la, mas então acabo dormindo, sem sinal algum. Os ciclos de esperança e depressão continuam até que aos poucos me dou conta de que ela pode não retornar. Talvez tenha dito tudo que precisava dizer. Talvez eu não tenha as informações que ela busca e, portanto, não tenho utilidade para ela.

Ou talvez eu simplesmente a tenha imaginado. Talvez estivesse tão desesperado, que tudo não passou de uma alucinação bem elaborada.

Seguro a carta no bolso. Não, ainda tenho isto. Deixo o papel fincar na pele até doer e eu ter certeza de que é real. Hana esteve mesmo aqui — ela me deu isto, que foi escrito por Sora.

Na refeição seguinte, Hana ainda não apareceu, e o desespero me vence. Por mais que eu tente imaginar meu futuro com Sora, não consigo manter as esperanças.

Caio no chão e ignoro a nova rodada de pão. Estou faminto, mas comer para quê? Por que continuar?

Chaves tilintam na porta, e a tranca gira. A princípio, acho estar ouvindo coisas, mas então a porta se abre e eu preciso sair da frente. Meu coração acelera. Hana voltou.

Ou alguém veio me matar.

Aprendi a fechar os olhos quando abrem a porta, e isso ao menos ajuda minha visão a se acostumar com a luz.

Encaro o chão, e botas de guardas surgem à vista. Respiro fundo, tentando me preparar, mas então avisto botas de baile e uma capa. Hana aparece com uma lamparina pequena, dispensando os guardas.

— Estou surpreso em vê-la — digo, minha voz rouca pela falta de uso.

Mantenho o tom neutro, tentando esconder o quanto estou ávido para falar com ela. Não sei quanto tempo faz desde a última visita. Talvez ela me diga.

— Você desapareceu por dias — acrescento.

Analiso seu rosto. Ela não nega, então tenho a certeza de que passaram-se dias *mesmo*. Pelo menos consegui reter um pouco de senso temporal.

— Eu não ia voltar, mas aí percebi uma coisa — fala Hana.

— O quê?

— Você não é inteligente o bastante para mentir.

Sua intenção é me insultar, mas está me chamando de honesto, o que de fato sou, então dou de ombros.

Não era a reação pela qual estava esperando. Hana inclina a cabeça e joga mais um saco de pano.

Comida.

Eu me lanço ao chão e o abro, mais como um animal selvagem do que um nobre a esta altura. Ela franze o nariz de nojo. Sora uma vez me olhou assim, com a expressão repleta de desprezo. Isso foi antes de partirmos para Tamneki, antes de eu finalmente convencê-la de que me importo. De que não sou como meu pai.

Pensar nela me faz parar. Apenas Sora poderia ser mais importante que uma refeição agora.

— Sora está bem? — pergunto, levantando a cabeça.

Hana assente.

Volto a comer, obrigando-me a mastigar. A carne está tão deliciosa que a dor valerá a pena, mas dar mordidas menores vai ajudar meu estômago.

— Viva. Mas seu pai também está em Khitan — revela ela.

Que estranho. Meu pai viajava muito quando era mais novo para ver os quatro cantos do mundo, mas hoje em dia não sai muito de Gain.

Arranco um pedaço do queijo e o enfio na boca.

— Por quê?

Hana suspira.

— Você não vai ajudar em nada, vai?

Ela parece ao mesmo tempo decepcionada e nem um pouco surpresa.

— Seok compartilha apenas o que quer. O que ele acha que preciso saber. Você sabe disso — lembro.

— Ele era o dono do armazém em Oosant?

Paro, surpreso por ela saber a respeito do armazém, embora eu não devesse estar, considerando que ela é uma espiã. Eu me perguntei a mesma coisa que ela agora me questiona. Existem apenas quatro homens com dinheiro e poder o suficiente para ter o equivalente a um milhão de muns de ouro em laoli ilegal, e meu pai é um deles.

— Eu nunca tinha ouvido falar nada sobre Oosant até ir para lá. Não está nos registros dele, mas é possível. Contudo, as drogas tinham a insígnia real, o que significa que foram levadas de Gaya. Esse tipo de contrabando geraria obstáculos, mas não está fora de cogitação.

— A menos que tenha sido para a coroa. — Hana volta a olhar para mim. — Ouça o que vou dizer. Quero propor um acordo. Você me conta tudo o que sabe desde antes de partir de Gain até agora, e eu trago comida para te alimentar, luz para você enxergar e até papel com o qual você pode escrever para não perder a sanidade. Confesse a mim tudo o que sabe a respeito de Seok e seus negócios, e eu ganharei tempo para você.

— Ganhar tempo para mim? — repito. Eu me obrigo a ir mais devagar na carne-seca gordurosa de linguiça e no queijo macio. Ela até me trouxe um bolinho de creme, mas estou deixando-o por último. — O que isso significa?

— Você está marcado para morrer aqui. Não sei quando isso vai acontecer. Mas não vai demorar muito.

Congelo, o coração acelerando antes que minha mente consiga assimilar. O brie fica preso na minha garganta. Hana falou com tanta naturalidade que levei um segundo para entender completamente suas palavras.

— O rei deu a ordem para me matarem?

Ela assente.

— Fiquei sabendo hoje. O general Salosa mandou que fizessem parecer um acidente ou uma doença, não uma execução. Atrasarei os guardas da prisão o máximo que conseguir... mas não acho que eu consiga enrolá-los por um mês inteiro.

Sinto a bile subir pela garganta e tenho vontade vomitar a comida deliciosa que acabei de comer. Se ela não consegue me poupar um mês, isso significa que vou morrer antes que Sora volte a Yusan. Independentemente do que aconteça, jamais voltarei a vê-la. Meus olhos se enchem de lágrimas, mas eu fungo o nariz e as contenho. Era tudo que eu queria — apenas uma chance de ter uma vida com ela. Nem mesmo a garantia, apenas uma oportunidade. E agora isso nunca vai acontecer.

Fecho os olhos e me permito sofrer essa perda. Tudo o que fiz e tudo que estive preparado para fazer não dará em nada por conta do tempo. O soluço cresce no meu peito, mas não o solto. Imagino que o tempo gosta de brincar com os esforços dos homens.

— Sora — sussurro.

Em seguida, abro os olhos.

Hana se retrai, mas não me ataca. Só me analisa. Seus olhos estão aguçados, até que, por fim, ela abre a boca.

— Ai, deuses, você se apaixonou por ela.

Não me dou ao trabalho de negar — que diferença faria?

— Assim que a vi pela primeira vez. Éramos apenas crianças, e ela tentou esconder Daysum atrás da saia.

Hana dá um passo para mais perto de mim. Eu me preparo, pensando que ela vai me bater, mas ela só se abaixa.

— Você pode me ajudar a salvá-la. Quanto mais informações eu tiver, mais poderei ajudá-los. E eles precisam de todo o auxílio possível agora. Desde o princípio, a missão foi planejada para fracassar. Alguém está traindo eles.

Meu coração acelera, mas eu paro. Poderia ser uma grande mentira, uma armação de uma espiã astuta, mas é Hana. Sei que ela ama Sora — ao menos isso é verdade. Decido partir do princípio e rezo para que isso a ajude de algum modo.

Antes que eu comece a falar, a canção lamuriosa dos iku faz a cela tremer. Hana verte os olhos para as paredes. Não deve passar muito tempo aqui embaixo, se isso a surpreende. Estou tão acostumado, que simplesmente espero os ecos sumirem.

— O pai da Sora se recusou a vendê-la, seja qual for o preço que meu pai ofereceu — começo. — Seok estava determinado a levar as meninas, então ameaçou matar a família inteira a menos que Chul vendesse Sora.

Hana coloca a lamparina no chão.

CAPÍTULO VINTE E SETE

SORA

TEMPLO DO CONHECIMENTO, KHITAN

Euyn vasculha a sala dos pergaminhos em busca de ameaças, mas eu não consigo tirar os olhos dos oito sacerdotes deitados no chão. São de todas as idades, desde a casa dos vinte anos à do setenta. Três eram mulheres. E todos morreram devagar.

Sinto um arrepio subir pelas costas ao olhar. As bocas estão abertas como se eles estivessem recitando algo juntos, mas as expressões são plácidas. Já vi a diferença entre um corpo que aceita a morte e um que luta vigorosamente contra ela.

Deixamos a sala dos pergaminhos e vasculhamos o resto do templo, armas em riste, porque a pessoa que fez aquilo ainda pode estar aqui, à espreita. Qualquer um ousado o bastante para massacrar todos os Yoksa não tem nada a perder, e portanto é extremamente perigoso.

Passamos por um corpo jogado próximo ao respingo de sangue na parede de trás — um nono sacerdote. Não entendo por que não está com os demais, mas ele também jaz morto com os olhos arregalados. Está sorrindo.

Estremeço ao sentir mais um arrepio.

Todos os Yoksa receberam facadas dolorosas e fatais no meio do corpo, mas o sacerdote solitário, além dessa, também tem um corte no pescoço.

Nós cinco paramos no altar da fonte. Aeri e eu recuperamos o fôlego. Ver tanta morte assim exaure a alma. E eu estou cansada. Exausta de viajar a noite toda, de nunca estar segura, de sempre ter que perseverar. Porém a única forma de libertar minha irmã é chegando à rainha. Endireito a postura e ergo a cabeça. Temos que continuar.

Nós nos recompomos e averiguamos a sala à esquerda. Por sorte, aqui não há corpos, mas o lugar foi saqueado. As mesas de leitura estão tombadas, e tomos foram rasgados. Aqui, não é o sangue que encobre o chão, mas papel. Não sei quantos livros foram destruídos... centenas, provavelmente.

Deuses, o que Daysum e eu teríamos feito se tivéssemos tido centenas de livros na infância?

A pessoa estava à procura de alguma coisa. Não consigo imaginar o quê ou por quê. E é impossível dizer se encontrou.

— O que a gente faz agora? — indago.

Mikail relaxa e embainha a espada.

— Encontramos as exceções à Regra da Distância.

— Como é que vamos achar alguma coisa aqui? — rebate Royo, gesticulando ao redor.

É uma boa pergunta. Deve haver centenas de milhares de livros e cinco vezes mais rolos neste templo. Se eu me lembro bem, os templos abrigam não apenas a história de Khitan, mas a de Wei, de Yusan e de Gaya. Os primeiros quatro reinos do Lorde Dragão — uma história completa dos milênios do governo humano.

Levanto a cabeça e olho ao redor. Poderíamos passar a temporada de monções inteira lendo aqui e ainda assim não encontrar o que estamos procurando. Nossos planos dependiam de os sacerdotes estarem vivos e dispostos a nos ajudar.

Meu ouvido zumbe e meus dedos gelam. Não temos tempo. Cada segundo que desperdiçamos é mais um segundo de sofrimento para Daysum e Ty. Mais um momento em que eu poderia perder um dos dois, ou ambos, para sempre.

— Por que não pedimos ajuda para ele? — Aeri aponta para cima de nós.

Encolhido no segundo andar, embaixo de uma escada de biblioteca, está um sacerdote. Ele tem o mesmo início de calvície que o homem que seguimos, o que explica como ainda está vivo.

Ele acabou de chegar aqui.

Mikail fala com o homem em khitanês, pedindo ajuda e prometendo que ele está em segurança. É engraçado como a gente consegue se lembrar de línguas mesmo depois de anos sem ouvi-las. É como retomar uma conversa com uma amizade antiga.

Embora não diga nada, o sacerdote enfim desce a escadaria espiral. É um homem de meia-idade e de altura mediana, com um ar tímido. É um sacerdote do conhecimento, não um guerreiro ou uma lâmina — disso não tenho dúvidas. Até mesmo Euyn percebe que ele não representa nenhuma ameaça e abaixa o arco.

Mikail fala enquanto o sacerdote continua agarrado ao corrimão de ouro no pé da escada. Nenhuma resposta. Ele tenta de novo, em yusaniano.

— Se ele não quer falar, posso muito bem forçá-lo — comenta Royo, mexendo o machado.

Fico me perguntando por que o sacerdote não diz nada, depois minha mente cavouca a distante lembrança de que eles não podem falar dentro do templo.

— Ele não pode falar aqui. Faz parte do juramento deles — explico.

Todos os outros se viram para mim, mas o sacerdote assente. Mikail o leva para a porta, e então eles desaparecem pátio afora. Retornam alguns minutos depois.

— Nosso novo amigo, Luhk, está disposto a nos auxiliar. Em troca, devemos ajudá-lo a libertar a alma dos sacerdotes mortos — fala Mikail.

O sacerdote assente. Sem surpresa alguma, ele entende yusaniano tão bem quanto o restante de nós. Imagino que seja fluente em todas as línguas.

Euyn e Royo não parecem muito entusiasmados em concordar, mas é uma troca justa. Embora eu não saiba onde queimar os corpos. Certamente não debaixo d'água.

— Royo e Euyn, vou precisar da ajuda de vocês para carregar os sacerdotes para fora. Lá a gente pode construir uma pira — fala Mikail.

— Que beleza — responde Royo.

Mikail se vira para o sacerdote.

— Enquanto isso, mostre a elas onde estão as exceções à Regra da Distância.

Luhk assente e gesticula para que Aeri e eu o sigamos. As mulheres são respeitadas aqui, então ele não estranha a ordem. Só nós duas que nos entreolhamos, surpresas por recebermos uma tarefa tão importante.

Euyn sussurra suas objeções a Mikail.

— Vamos confiar *essa parte* a elas?

Mikail o ignora.

Tenho a expectativa de que o sacerdote vá nos levar à sala revistada, mas ele nos guia escada acima. Enquanto Euyn para de reclamar sobre nós duas e começa a reclamar da bagunça, pondero quando foi exatamente que os sacerdotes foram assassinados. Nunca passei muito tempo com as minhas vítimas, e as meninas que morreram na escola de venenos foram queimadas antes que os corpos esfriassem. Mas o que me parece é que faz no máximo um dia que eles morreram.

Luhk vai até um ponto aleatório na parede e puxa dois tomos grandes de couro. Agradeço em khitanês. Embora ele fale yusaniano, é sempre mais gentil cumprimentar alguém em sua língua nativa. Ele sorri, e nós três voltamos ao primeiro andar.

— Também precisamos de todas as informações que vocês tenham a respeito das relíquias do Lorde Dragão — observa Mikail, ofegante.

Ele está carregando um sacerdote grande pelos ombros, com Euyn segurando as pernas.

Desvio o olhar do sangue respingando no chão.

Aeri se vira para Mikail.

— Por quê? Pensei que a gente não fosse roubar o anel.

Euyn para, mas Mikail continua andando. As pernas longas do cadáver caem com um baque.

Mikail franze o cenho.

— Porque pode ser que Joon esteja tentando reunir as relíquias.

Não sei ao certo o que isso significa, mas Aeri futuca sua capa, nervosa, então duvido que seja algo bom.

O sacerdote vai até a sala da esquerda, mas não entra. Pega um monte de rolos nos braços e um tomo da terceira prateleira de baixo para cima. Em seguida, vai até outra parede. Depois mais uma.

Enquanto ele se move, suas vestes farfalham no chão e tenho certeza de que jamais teríamos conseguido localizar todas essas informações sem ele. Por causa disso, duvido que as pessoas que mataram os sacerdotes tenham encontrado o que buscavam. As mortes lentas provavelmente foram um castigo pela falta de colaboração. Os semblantes serenos se deviam ao fato de os sacerdotes terem vencido na morte.

Há um pequeno conforto nisso.

Aeri e eu levamos os livros a uma mesa de leitura longe da sala de pergaminhos sangrentos. Luhk deposita outros dez tomos na mesa junto com os muitos rolos.

É uma quantidade absurda.

Aeri abre um livro sobre a Regra da Distância e franze o cenho.

— Está em khitanês. Não consigo ler — diz ela.

Ela me dá o segundo tomo e desenrola um pergaminho. Luhk volta com mais cinco livros sobre as relíquias do Lorde Dragão. Começo a ler. Não falo khitanês bem o suficiente para decifrar isto tudo, então vou ter que esperar por Mikail ou Euyn, mas passo o olho e marco os pontos que acredito serem relevantes. Não quero dar a Euyn o gostinho de satisfação de estar certo.

Alguns dos rolos estão escritos em weiano e em gayano antigo. Não sei nem se Mikail conseguirá lê-los. Mas temos que tentar.

Aeri e eu lemos em silêncio. É quase pacífico, exceto pelos cadáveres sangrentos sendo carregados e pelos palavrões que Royo solta entre um grunhido e outro.

CAPÍTULO VINTE E OITO

EUYN

TEMPLO DO CONHECIMENTO, KHITAN

Jamais esperei carregar tantos corpos com Mikail. Tiramos os sacerdotes do templo, subimos com eles pelas escadas e os colocamos no gelo. É mais fácil na teoria do que na prática, com todas as vestes, as feridas e a escada sinuosa. Leva um bom tempo, mas conseguimos deixar todos os nove cadáveres na margem do lago.

Agora temos o novo desafio de criar uma pira crematória nesta neve. Nós quatro paramos, ponderando as possibilidades, mas eu não paro de olhar ao redor. Precisamos ir. Ficamos expostos demais aqui, e eu não consigo me desvencilhar da sensação de estarmos sendo observados.

— Será que a gente não pode só usar os livros para acender o fogo? — propõe Royo.

O sacerdote parece que vai desmaiar com a sugestão. Balança a cabeça vigorosamente, e sua respiração sai ofegante.

— Quero dizer os que já tinham rasgado… — acrescenta Royo, mas para de falar e dá um chute fraco na neve, constrangido.

O sacerdote continua a fazer que não, um homem de poucas palavras mesmo quando não está sob juramento. Presumo que vá salvar o que for possível e reescrever todos os materiais que foram destruídos — se é que vai viver tanto assim. Algo me diz que isso não vai acontecer.

— Podemos desmontar a cabana de aquecimento e usar a madeira — fala Mikail. — Talvez seja o suficiente. — Ele olha para a costa e depois para mim. — Euyn, nos dê cobertura. O sacerdote diz que fazia uma semana que ele não vinha aqui. Não dá para saber quando os outros morreram, mas acho que faz menos de um dia.

— Seu nesta vida e na próxima — falo, levantando o arco.

Ele não responde porque está ocupado direcionando Royo e o sacerdote. Ou pelo menos é nisso que quero acreditar.

Achei que tínhamos voltado ao normal após o ataque dos zursos, mas parece que me enganei. Eu o sinto se afastando de mim, como a maré se esvaindo por entre meus dedos, e isso tira minha paz.

Seja como for, sempre irei protegê-lo. Assumo a posição ao lado do declive mais próximo e improviso uma parede de neve na minha frente. Fico agachado atrás dela e espero com o arco no ombro. Está frio e desconfortável aqui, mas estou acostumado a ficar sentado assim por causa da época em que caçava. Minhas pernas ficaram bem fortes naquela eternidade que passei agachado — foi assim que consegui erguer e carregar Mikail em Fallow.

Quem poderia imaginar que aqueles eram tempos mais simples?

Os outros começam a construir uma pira. Trazem os bancos, a lenha e até mesmo o forno de dentro da cabana. O forno foi uma boa ideia — vai ajudar a aquecer o fogo, já que todos os nove corpos terão que queimar juntos.

Royo retorna à cabana, olha para ela por um momento, depois arranca a porta com apenas as mãos enluvadas. Mikail balança a cabeça, rindo sozinho, enquanto carrega a lenha para a pira.

Royo meneia o machado e bate com ele no canto da cabana. A estrutura inteira começa a vacilar. Alguns golpes depois, está em pedaços possíveis de se carregar.

Eles trabalham com eficiência, mas, quando a pira finalmente fica pronta, já está escuro. Eu me mantenho atento a qualquer sinal de perigo — uma lamparina, um reluzir de aço, um tilintar de armadura. A estimativa de Mikail foi de que os assassinos estiveram aqui ontem. Acho que faz menos tempo que isso — metade de um dia, no máximo, devido ao estado dos corpos. Eu esperava ver sombras à espreita, espiões ou assassinos na encolha. Os pelos na minha nuca eriçam, mas a única coisa em que reparo é em uma corujinha-das--neves rondando o lago diversas vezes.

O sacerdote traz uma tocha e um vaso de óleo de dentro do templo. Reza para o Lorde Yama por cada sacerdote, inclusive as sacerdotisas. Em seguida, faz mais uma oração ao Deus do Conhecimento e uma ao Deus Celeste. Começo a ficar agitado e a bater o pé quando ele volta a rezar. Não temos tempo para um ritual funerário completo, mas fizemos um acordo.

Só não entendo o que fez Mikail concordar. Tínhamos a força bruta a nosso favor para obrigá-lo a cooperar.

Até que, enfim, o sacerdote joga todo o óleo nos corpos e acende a pira. Com tão pouca lenha, o óleo ajuda os cadáveres a queimar. Em Yusan, consideramos que as almas são libertadas assim que os corpos incendeiam. Imagino que o mesmo sirva para Khitan.

Após a libertação das almas, descemos novamente os degraus sujos de sangue. O sacerdote nos pede para esperar às portas do templo.

— E se for uma armadilha? — pergunta Royo.

Ele olha ao redor ao dar voz aos meus pensamentos paranoicos.

— A menos que ele tenha um exército escondido, acho que a gente dá conta — responde Mikail.

No entanto, mantenho o arco em riste.

O sacerdote volta com um pano para limparmos as botas. Royo é o primeiro a aceitar, tímido. O sacerdote passa por nós e vai limpar os degraus.

Quando entramos no templo, as garotas ainda estão à mesa de leitura, que agora está coberta com livros e pergaminhos abertos.

Elas param tudo e olham para nós.

— O que descobriram? — indaga Mikail.

— Bem, temos uma notícia boa e uma ruim. Qual você quer primeiro? — pergunta Aeri.

Sinto um frio na barriga. Era óbvio que haveria notícias ruins.

— A ruim.

— A boa — fala Mikail ao mesmo tempo que eu.

Nós dois paramos e trocamos um olhar.

— Eita, que climão — comenta Aeri, olhando de mim para Mikail. — Enfim, a boa notícia é que parece haver duas exceções à Regra da Distância. Só que nenhuma de nós duas fala khitanês para descobrir o que são. A escrita está meio esquisita.

— Isso é tranquilo — afirma Mikail, indo até a mesa.

— Espera aí, qual é a parte ruim? — pergunto.

Aeri empalidece um pouco.

— Bem, a questão é que... descobrimos por que o rei quer tanto o anel.

Arqueio as sobrancelhas, esperando.

Ela abre um pergaminho.

— Está bem aqui. "O uso de diversas relíquias aumenta seus poderes à medida que a mortalidade se funde à divindade" — lê ela.

Mikail esfrega o rosto com a mão, e sinto o estômago revirar. Joon tem a Coroa Imortal, a Espada Flamejante e agora quer o anel, o que faria dele o ser mais poderoso do mundo.

CAPÍTULO VINTE E NOVE

MIKAIL

TEMPLO DO CONHECIMENTO, KHITAN

Não podemos deixar Joon conseguir o anel de jeito nenhum. Nosso sucesso nesta missão acabou de se tornar ainda mais primordial, e já era questão de vida ou morte para início de conversa.

Eu me sento à mesa longa e envernizada para ler sobre as exceções à Regra da Distância. Aeri e Sora estão me flanqueando, e Royo e Euyn em pé bem à nossa frente. Assim que termino de ler, preferia não ter feito isso. Eu me encosto na cadeira, e os olhos violeta de Sora estão sobre mim. Na verdade, todos estão me observando.

— Não é coisa boa, né? — pergunta ela, os cantos de sua boca se curvando para baixo.

Passo a mão pelo cabelo.

— Bem, não é fácil.

Para dizer o mínimo.

— Manda a real — fala Royo.

Ele tinha passado esse tempo todo parado, esperando. Aposto que sabe ler, mas não é nem de longe um acadêmico. Enquanto todos pegaram um livro para pesquisar ou abriram um pergaminho, ele se contentou em observar Aeri lendo. Isso quando acha que ninguém está olhando, óbvio.

— Tudo bem — concedo. — A primeira exceção determina que a pessoa que levar ao rei um ovo de amarete ganhará uma mansão de posição elevada na Montanha Oligárquica. No entanto, mais importante ainda para os nossos propósitos, que poderá jantar à mesa do rei.

Ficam todos em silêncio.

— O que é um amarete? — indaga Royo.

— Um tipo de ave — falo.

É o melhor jeito de explicar. Um pesadelo lendário seria uma resposta mais precisa. Nunca vi um. Nunca quis. Porém já ouvi falar desses animais. Um dos nossos espiões foi morto por um amarete cerca de um ano atrás. Nunca conseguimos encontrar os restos.

— Meus deuses do céu, não são tipo um samroc, né? — Euyn arregala os olhos castanhos.

Podem até ser piores.

— Os amaretes são parte humanos, mas principalmente aves. Têm plumas brancas e, em pé, são cerca de uma cabeça mais altos que uma pessoa. Supostamente servem ao Deus Celeste. De acordo com este texto, a rainha deles bota ovos pretos.

— Parte humanos? — ecoa Aeri.

— Reza a lenda que o filho do Deus Celeste amou uma mulher e copulou com ela na forma de uma águia, produzindo um ovo — conto. — Foi o primeiro amarete. Se forem mesmo humanos, acredito que isso faria deles criaturas canibais. São carnívoros, têm bicos aficados como lâminas, garras compridas e a rapidez de águias. Porém dizem que eles têm características humanas e que sabem falar.

Euyn estremece, e sei no que está pensando. A única coisa que poderia ter feito nosso encontro com os samroc ser pior teria sido se eles tivessem conversado com nós dois. Um arrepio percorre meus ombros só de pensar.

Royo coça a testa.

— Fala como se fosse um papagaio?

— Não, acho que é mais próximo de nós dois. Mas o livro não afirma nada — respondo.

Ele franze o cenho, tentando assimilar a possibilidade da existência de uma coisa dessas.

— Eu realmente... — Euyn empalidece. — Você disse que havia duas exceções. Talvez possamos arriscar a outra?

Acho que ambos já estamos por aqui de encontrar aves assassinas, mas a segunda opção também não é simples nem segura.

— A outra diz que a pessoa que levar a cabeça do Staraheli receberá uma mansão no alto da montanha e poderá se sentar aos pés do rei.

— Quem ou o que é o Staraheli? — pergunta Sora.

— Ele foi o líder dos marnans; o povo da região noroeste do país que não se tornou khitanês. Durante séculos, eles lutaram contra Khitan pelo direito de terra e água, mas tiveram que se retirar a cavernas de gelo e à vastidão congelada após baixas massivas. Contudo, Staraheli era um estrategista brilhante que organizava invasões bem-sucedidas. Ele chegou a Vashney e matou um príncipe antes de ser derrotado. Porém Khitan não conseguiu capturá-lo, então querem a cabeça dele.

Luhk assente da parede dos fundos, onde está secando a mancha de respingos de sangue.

— Só que a última revolta do Staraheli foi mais de um século atrás — fala Euyn.

Assinto, embora esteja surpreso. Ele deve ter prestado atenção às aulas de história, o que me surpreende. Euyn não era lá muito fã de estudar o que não o interessava. Quem o ensinou devia ser muito atraente.

— Então não há cabeça a levar para Quilimar. Mesmo se ele tivesse vivido uma vida longa, já deve ter virado cinzas a esta altura — conclui ele.

— Os marnans enterram seus mortos — falo.

A mesa fica em silêncio à medida que todos assimilam a ideia de roubar um cadáver centenário de um túmulo. Como eu disse, não é nada bom.

— Eu meio que entendo querer ostentar a cabeça de um inimigo, mas fiquei confusa com a parte do ovo — comenta Aeri.

— Também não entendi — concordo.

— É por causa da maldição — fala Euyn, virando um livro para nós.

Todos se juntam. É a ilustração de um rei sentado com um garfo e uma faca. Ele está se preparando para comer o que parece ser um ovo preto de avestruz.

— Que maldição? — pergunta Royo.

— O anel, como todas as demais relíquias, amaldiçoa quem o usa com um preço terrível — conta Euyn. — A coroa é uma exceção porque apenas protege ou transforma impostores em cinzas, embora haja suspeitas de que o preço seja a perda gradativa da sanidade. Seja como for, o Anel Dourado causa dor extrema e enfraquece o sangue de quem o usa. Assim como o Cetro D'água provoca dissecação e a Espada Flamejante causa queimaduras. Todas as relíquias extraem vida de quem as usa. Pelo que consta aqui, existe a crença de que comer o ovo preto de um amarete purifica o sangue. O rei estava procurando por uma cura.

— Talvez ele tenha mesmo morrido de causas naturais, então — comenta Sora num sussurro.

Todos nos viramos e olhamos para ela. Aeri faz uma careta, Royo franze as sobrancelhas e Euyn pisca. Mas Sora não é ingênua. Ela acredita na bondade, o que me é incompreensível ante tudo pelo que já passou.

— Deixa pra lá. — Ela desvia o olhar.

— Algo me diz que não podemos simplesmente encontrar um ovo desses no mercado de Quu, certo? — indaga Royo.

— O ninho de amarete mais próximo que é conhecido fica nas Montanhas das Luzes, a cinco dias ao norte daqui. — Olho ao redor para todos. — Então quem topa?

O único barulho é o farfalhar de pergaminho enquanto o sacerdote limpa os rolos.

Está na cara que ninguém quer ir atrás de nenhuma das duas coisas. Por isso que são as únicas exceções à Regra da Distância e por que vêm com recompensas exorbitantes. Ninguém em pleno juízo tentaria fazer uma coisa dessas. Só que agora não temos escolha.

— A boa notícia é que, contanto que consigamos uma das coisas, será o suficiente para uma audiência particular com a rainha — falo.

Ninguém acha isso muito reconfortante. Provavelmente porque não é. Sem voluntários, tomo a decisão por todos.

— Royo e Aeri, vocês vão às Montanhas Brandes roubar o ovo — determino. — Sora, venha comigo e com Euyn. Vamos atrás da cabeça do Staraheli. Deve estar próximo às cavernas de gelo dos marnans a cerca de quatro dias a oeste daqui. Depois que conseguirmos, a gente vai para Vashney. Há uma estalagem chamada Folia no centro da cidade antiga. Nós nos reencontramos lá em dez dias a partir de agora e depois vamos juntos para Quu. Se algum dos grupos não retornar, esperamos até um sunsae a partir de agora, depois prosseguimos sozinhos. Não há motivo para todos nós fracassarmos.

Todo mundo começa a falar ao mesmo tempo, sem dúvidas para discordar.

Suspiro e bato na mesa, fazendo-os se aquietarem.

— O motivo pelo qual dividi os grupos assim é porque preciso de Sora para matar os guardas sem fazer alarde e de Euyn para me proteger enquanto corto a cabeça. O melhor é ser sorrateiro ao pegar o ovo e fazer isso depressa, o que faz da Aeri a pessoa mais indicada para a tarefa. Ela precisa de alguém para protegê-la no caminho e lutar contra os amaretes, se algo der errado, e é aqui que entra Royo. Acho que Royo e Euyn poderiam trocar de lugar, mas vocês todos têm talentos particulares, e nenhuma missão se beneficia de pessoas adicionais.

Assim que as palavras saem da minha boca, entendo por que fomos enviados a Khitan.

— É por isso estamos aqui — falo.

Os outros se viram para mim enquanto fico em pé, as engrenagens girando na minha cabeça.

— Desde o salão do trono fiquei me perguntando: *por que a gente?* Por que Joon se daria a tanto trabalho e arriscaria a própria filha? Por que o esforço para nos capturar e nos manter vivos? E agora entendi.

Paro, e todos me encaram.

— Os Templos do Conhecimento contêm histórias escritas sobre todos os primeiros quatro reinos. Joon deve ter lido a respeito da Regra da Distância e as exceções no templo de Yusan. Ele sabia que tínhamos as habilidades necessárias para entregar a cabeça do Staraheli à Quilimar. Atirar, envenenar, planejar. — Aponto para Euyn, depois Sora e para mim. — E com Aeri, podemos roubar o ovo preto. Quando estivermos a poucos metros da Quilimar, Sora poderia envenená-la.

Não é uma resposta para tudo, mas um mistério foi solucionado. No entanto, sei que estou deixando algo passar, porque nada disso explica por que ele tentaria matar Quilimar antes de chegarmos a Khitan.

— Então quer dizer que o rei Joon matou os sacerdotes? — pergunta Sora.

— Pode ser que sim. Os assassinatos também podem não ter nada a ver conosco — fala Euyn. — Alguém obviamente estava procurando por algo. A questão é o quê.

Nós nos viramos para o sacerdote, que fica pálido e hesita.

— Luhk, sabe de alguma coisa? Seus irmãos e irmãs morreram para manter o que escondido aqui no templo? Isto? — Gesticulo para as informações na mesa.

Ele balança a cabeça e, tímido, se aproxima da mesa. Não confia em nós completamente, e não o culpo por isso. Porém ele leva a mão ao bolso e tira um pergaminho pequeno.

Leio e depois releio. Olho para o sacerdote, arqueando as sobrancelhas para conferir se é mesmo verdade, e ele assente. Isto sem dúvidas é uma informação que Quilimar mataria para manter encoberta. Esfrego a mão no rosto.

— O que foi? — pergunta Euyn.

Devolvo o rolo a Luhk e solto a ar.

— Sua irmã não é capaz de usar o Anel Dourado do Lorde Dragão.

Euyn fecha os olhos devagar. Sora cobre a boca e Aeri arqueja. E Royo só fica confuso. Também estou. Não sei ao certo por que Quilimar não consegue usar o anel, mas não tenho dúvidas de que ela não gostaria que os outros reinos soubessem disso. Sem o anel, ela é mais vulnerável, e a vulnerabilidade sempre garantirá a morte de uma pessoa. Para guardar o segredo, ela forjou a camiseta dourada do assassino durante o rito de piteua e mandou soldados para destruir a informação e matar os sacerdotes. É uma pena que o anel não possa transformar impostores em cinzas — seria uma preocupação a menos.

Agora, porém, sabemos o segredo dela.

Temos que dar o fora daqui antes que seus soldados voltem.

CAPÍTULO TRINTA

ROYO

TEMPLO DO CONHECIMENTO, KHITAN

Que plano de merda.

Vamos nos dividir mais uma vez, como se a gente não tivesse aprendido nada com a experiência. Todas as vezes que vamos separados, vira os Dez Infernos na terra. Agora, Aeri e eu temos que pegar um ovo de um periquito endiabrado nas montanhas. Só eu e ela sozinhos por até um sunsae.

Eu preferiria mil vezes lidar com um cadáver podre de cem anos.

Sentado, giro o machado como um pião entre as pernas. Não posso passar muito tempo sozinho com ela. Não importa o que eu diga, o quanto queira ser forte, sei que vou perder o controle. Aqueles olhos, aquele sorriso, aquela felicidade espontânea, não que eu tenha visto muito dela nos últimos dias. E mais do que isso — a forma como ela faz com que eu me sinta. Ela finge que se importa comigo, que me ama. Consegui manter a distância, e posso me lembrar de que ela é uma mentirosa e uma atriz. Só que, quando fico sozinho com ela, me apaixono de novo. Aperto com força o cabo do machado. Não consigo. Meu coração não vai sobreviver a uma segunda traição.

Mikail está ao lado da fonte, no meio de uma discussão intensa com Euyn, mas preciso falar com ele. Euyn e eu podemos trocar de lugar, como ele disse. Vai ser melhor para todo mundo assim.

Certo, melhor para mim, mas que diferença faria para ele?

Os dois estão tão focados um no outro que nem reparam em mim.

— Nil — fala Euyn.

Mikail faz que não.

— Nós *temos* que matar ele — sussurra Euyn.

— Como é que é? — fala Mikail.

Euyn olha para o lado.

— Ele sabe demais. E eles vão voltar e perceber que deveria haver dez sacerdotes. Minha irmã vai matá-lo por ser o que sobrou, ou torturá-lo, e ele vai entregar o que sabe sobre a gente. Seria bondade nossa matá-lo agora, rápido e indolor.

Mikail encara Euyn, chocado.

— Quem que a gente vai matar? — pergunto.

Os dois se viram para mim. Euyn fica vermelho, e Mikail parece no mínimo irritado. Furioso seria mais preciso — seu maxilar está travado e seu olhar duro.

— Ninguém. Não mato pessoas a quem prometi segurança em troca de ajuda — responde Mikail.

— Mikail... — fala Euyn.

— Não. — A voz fria de Mikail ecoa pelo espaço tênue.

Aeri estremece, e Sora para por um instante. Baixo a cabeça para as botas como se de repente elas tivessem ficado superinteressantes.

— Se a sua irmã escolhe quebrar os decretos e derramar sangue no templo, isso é problema dela. Seja melhor do que a sua família — continua ele.

Euyn cora mais uma vez.

— Sou o príncipe de Yusan!

Mikail se inclina para a frente, as feições enrijecendo.

— Você não é *nada*.

Euyn reage como se tivesse levado um tapa na cara. Ninguém se mexe.

Bem, volto para perguntar depois.

Vou para a mesa. Aeri está traçando um mapa da região com os dedos, e faz mais perguntas, enquanto o sacerdote balança a cabeça em positivo ou negativo. Ele está um pouco mais próximo dela do que necessário, na minha opinião. Sinto o sangue subir e aquecer o rosto, mas pigarreio e me concentro em outra coisa, qualquer coisa.

Sora está fechando um livro sobre venenos khitaneses. Acho que ela não conhece os daqui tão bem quanto os de Yusan.

— Precisamos partir agora, Sora. — Mikail vem até nós, voltando a sua postura normal, como se não tivesse acabado de trocar palavras duras com Euyn.

Eu até me preocuparia mais com o que a mudança no relacionamento dos dois significa para a gente, mas precisamos sobreviver às missões para que isso importe.

Aeri faz algumas anotações. Agradece o sacerdote e coloca as mãos na testa. Fico me perguntando se ele sabe que quem acabou de cumprimentá-lo é uma princesa.

Luhk sorri e nos leva para fora do templo.

— Podemos guiá-lo em segurança até sua casa — oferece Mikail.

Ergo uma sobrancelha. Por que está todo mundo tão preocupado com esse cara? Está bem, ele nos ajudou, mas não é como se tivesse sido por livre e espontânea vontade. Ele só nos auxiliou porque carregamos os corpos para fora — foi esse o acordo. E só.

O sacerdote balança a cabeça.

— Meu lar é aqui. Com o sacerdote-mestre morto, agora sou o único guardião do meu templo.

— Mas o senhor não pode ficar aqui — fala Sora, os olhos suplicantes.

— Eles vão voltar — reforça Mikail. — Acredito que isto tenha sido obra da general Vikal, e ela não vai desistir sem mais nem menos.

— Então morrerei pelo meu deus, protegendo o que amo — responde o sacerdote, olhando ao redor com um sorriso. — Há muitos jeitos piores de morrer. Mas se eu abandonar o que amo só para sobreviver, que tipo de vida seria essa?

As palavras dele atingem todos nós. Todo mundo fica pálido ou estremece ao pensar no que deixamos para trás. No meu caso, as palavras dele são um soco no estômago. Hwan ainda está preso e pode morrer a qualquer momento enquanto estou aqui. Mas não o abandonei, não por escolha, e vou consertar as coisas. Mesmo se a única coisa ao meu alcance for matar o homem que causou mal a ele — e é o que farei. Talvez tudo o que me reste seja a vingança, mas às vezes isso basta.

— Agradeço por me permitirem honrar meus colegas sacerdotes — diz Luhk. Ele se vira para voltar para dentro.

— Espere. Por que o embaixador yusaniano tinha uma chave do seu templo? — pergunta Mikail.

— Nossas chaves abrem todos os templos. A chave poderia ser deste templo, ou do de Yusan. Ou talvez até o de Wei ou o de Gaya — responde o sacerdote.

Achei que esses caras fossem espertos.

— Isso não me parece inteligente. Usar a mesma chave para todas as suas portas — falo.

— Talvez não, mas o que importa é o nosso compromisso de que o conhecimento seja capaz de transcender reinos. Sacerdotes de uma nação são sempre bem-vindos no templo de outra. E há uma garantia de segurança. Apenas os que sangram no altar do conhecimento, de sangue de guardião, podem usar as chaves. As trancas não viram se a chave não reconhecer o sangue de quem a usa.

Todos se viram para me encarar.

Aponto para o peito.

— Espera aí, o quê? Eu?

— Você abriu a porta — fala Aeri, sorrindo.

O sacerdote arqueia as sobrancelhas.

— Pensei que vocês tivessem aproveitado minha passagem para entrar depressa, mas, se você conseguiu usar a chave, alguém na sua linhagem foi um guardião. Um dos seus pais, presumo. Agora a chave pertence a você.

Mikail a entrega para mim, embora me olhe com desconfiança. É impossível que ele esteja mais confuso do que eu. Achei que Aeri fosse fraca demais e que os dedos de Mikail tivessem escorregado, ou algo do tipo, quando a abri a porta. Que tinha sido só uma questão de força. Mas... eu não precisei nem tentar. A chave se virou como se fosse a da minha casa, e a porta simplesmente se abriu.

Só que nada disso é possível. Não sei nada sobre meu pai, e minha mãe morreu em Tamneki uma década atrás. Acho que qualquer um dos dois poderia ter sido um guardião, como esse cara falou. Mas não faz sentido. Eles não eram acadêmicos nem sacerdotes. Yusan não tem sacerdotisas, e, mesmo se tivesse, minha mãe se dedicava a uma dezena de trabalhos para conseguir pagar as contas. Nunca mencionou nada sobre o Deus do Conhecimento.

Aeri parece feliz, não parando de sorrir.

Acho que agora sabemos que nós dois temos sangue do qual não queremos falar.

Voltamos para o gelo e fechamos a porta. Pondero quanto tempo mais o sacerdote vai continuar vivo. Se bem que, com o que estamos prestes a fazer, é possível que ele vá viver mais que nós todos.

Está escuro aqui fora, com a lua gigante pairando sobre o lago. Nós cinco paramos à margem na noite quieta. Esta pode ser a última vez que nos vemos, mas ninguém dá voz a esse pensamento. É engraçado como palavras colocadas para fora dão um jeito de se concretizar.

— Como foi que vocês duas chegaram aqui? — pergunta Mikail.

Ele não olhou para Euyn nem uma vez.

— Cavalos invernais. Prendemos eles para lá — responde Aeri.

Ela aponta para a esquerda. Então foi assim que conseguiram nos alcançar. Tinham cavalos rápidos e não precisaram correr pela neve atrás de um bando de cervos.

— Está bem, então. Vashney daqui a dez dias — fala Mikail.

Todos assentimos. Os três partem, e restamos apenas Aeri e eu na neve. Ela treme, e eu me lembro que ela ainda está usando um vestido de baile.

— Temos que dar um jeito de tirar esse vestido de você — falo.

Aeri ergue uma sobrancelha e dá um sorrisinho.

— Pensei que nunca fosse pedir.

Sinto o sangue subir para o rosto. Eu a deixo falando sozinha e sigo para algum lugar ao sul.

CAPÍTULO TRINTA E UM

AERI

CIDADE DE VASHNEY, KHITAN

Royo está decidido a não falar comigo enquanto seguimos para Vashney. Então é uma viagem já bem dentro dos parâmetros a que estou acostumada.

Com a falta de vestimenta para o inverno, a calada da madrugada e uma necessidade desesperadora de dormir, tomamos a decisão de ficar na cidade mais próxima e partir para as Montanhas das Luzes de manhã.

Damos entrada na primeira pousada de viajantes que conseguimos encontrar. Não sei nem qual é o nome, mas é um lugar pequeno com cerca de oito quartos. Colocamos os cavalos no estábulo e seguimos para o saguão. Royo, impaciente como sempre, toca o sino para sermos atendidos, depois faz questão de não olhar para mim.

Uma khitanesa idosa de cabelos grisalhos sai da sala dos fundos e vem até nós. Acho que a acordamos, mas ela sorri.

— Boa noite — cumprimenta, em khitanês.

— Vamos precisar de dois quartos — fala Royo, em yusaniano.

A dona da estalagem semicerra os olhos e balança a cabeça.

Ah. Não pensamos na barreira linguística quando nos dividimos. Todas as pessoas que falam khitanês agora estão em um trenó em direção às cavernas de gelo.

Royo ergue dois dedos e depois fala mais alto e mais devagar, como se isso fosse tradução. Não tenho nada melhor para sugerir. Embora eu consiga aprender línguas com certa facilidade, não sei khitanês o bastante para dizer a ela que precisamos de dois quartos separados.

Ela passa uma chave sobre o balcão. Royo tenta pedir mais uma, apontando novamente e levantando dois dedos, mas ela deve achar que estamos dizendo que seremos nós dois no quarto. Ela assente e aponta para a chave com a cabeça.

Royo olha para mim e bufa, dando-se por vencido. Em seguida, ele se vira para a mulher e faz o gesto de dinheiro, esfregando os dedos.

A dona da estalagem tenta dizer a quantia, depois franze os lábios e escreve o número. Eles usam dinheiro de papel, chamado de signo. O quarto custa vinte signos. Não faço a mínima ideia do quanto isso é em muns, se estão passando a perna em nós dois ou não, mas Mikail nos deu duzentos signos antes de partir. Não será o bastante para um guarda-roupa, mas posso vender um diamante pequeno amanhã.

— Vamos logo. — Royo volta a bufar.

Sorrio para a mulher, que assente, depois balança a cabeça, confusa. Somos duas, senhora.

Corro para acompanhar Royo, mas não sei por que ele está tão carrancudo. Desde que nos conhecemos, passamos mais noites juntos do que separados. Por que está agindo como se a ideia fosse um ultraje? Além do mais, vi todas as vezes que ele olhou para mim hoje — todos os momentos que pensou que eu não estava observando. Ele está irritado, mas nem de longe tão chateado quanto finge estar.

Royo abre a porta para o quartinho pitoresco. Tem uma penteadeira, uma cômoda, um lavabo (infelizmente sem banheira) e uma cama pequena. Mal vamos caber os dois. Dou uma risada.

— Não tem graça. Não tem espaço — diz ele.

Dou de ombros.

— Antes isso que uma ilha.

Ele olha para mim como se eu fosse a pessoa menos engraçada nos três reinos. Ok, então. Voltamos a fingir que aquilo nunca aconteceu. Reviro os olhos.

— É só uma noite, Royo. A gente sobrevive.

A exaustão é tão grande que minha visão chega a ficar turva. Eu me obrigo a me lavar e me preparar para me deitar. O novo problema é que, mais uma vez, perdi todas as minhas roupas. O que inclui as camisolas. Estou começando a me perguntar se eu deveria mesmo continuar refazendo meu guarda-roupa. Eu com certeza vou, mas esta tendência de os meus baús serem incendiados está se tornando um saco.

Meu cabelo já passou da altura dos ombros por usar o amuleto, mas ninguém reparou. As pessoas simplesmente deduzem que não se lembravam direito do comprimento. Eu o escovo ao sair do lavabo. Royo está perto da penteadeira, cuja superfície está repleta de armas. Ele já se acomodou, então.

— Aqui. — Ele estende uma camisa e uma calça bem afastado do próprio corpo, como se fossem contagiosas. — Para você usar para dormir.

— Que atencioso da sua parte, Royo — digo, porque é mesmo.

Ele grunhe e entra no lavabo. Tiro o vestido e coloco as roupas dele. São tão mais confortáveis que chega a ser ridículo, embora a calça seja grande demais. Estou tentando entender como mantê-la no lugar quando ele sai do lavabo. Royo olha para mim e ri, depois disfarça como se tivesse sido uma tosse. Mas eu ouço — o melhor som do mundo. Meu coração derrete, e eu sorrio. Ele fecha mais ainda a cara.

— Pode rir. Não vou contar para ninguém — digo.

Desisto da calça e deixo ela cair. Levanto a colcha e me deito do meu lado da cama. Espero que ele não fique de cara amarrada por ter que dormir ao meu lado.

Royo fica parado ao pé da cama, de braços cruzados.

E vamos de cara amarrada.

— O que foi? — Estou realmente exausta demais para isso. Sinto nos ossos. É como se esta cama barata fosse o céu. Depois de passar dois dias acordada e em estado de pânico, este quarto é Elysia.

— Estou bravo — diz ele.

Deixa pra lá. Acabou de virar o Décimo Inferno.

— E desde quando isso é novidade? — murmuro, aninhando a bochecha no travesseiro macio.

Ele força uma risada seca e sem humor, mas sei que está achando a situação engraçada. Isso me deixa um pouco mais leve, e meus dedos se curvam debaixo da colcha.

— Por que está bravo? — pergunto, sincera desta vez.

— Você mentiu para mim.

Essas quatro palavras são tão carregadas de dor que meu coração aperta por tê-la causado. Tive meus motivos, mas, no fim das contas, ele está certo... eu menti mesmo. Propositadamente, eu o fiz pensar que não era a filha do rei. Porque não sou. Ou, no mínimo, ele nunca foi um pai para mim.

Mas não fui honesta com Royo.

— Eu sei que menti. Queria não ter mentido. Queria ter te contado a verdade desde o princípio, mas não sabia que você estava metido no plano. Pensei mesmo que você só fosse um guarda. E você também não foi honesto.

Bem... não foi exatamente isso que eu quis dizer. Era para eu ter me desculpado, mas às vezes esse é o verbo mais difícil de colocar em prática. Saiu numa boa com Sora, mas é muito mais difícil com Royo. E não por não ser genuíno com ele. Acho que é mais difícil porque meu coração está em jogo.

Ele me olha, sem entender.

— Sobre o que eu não fui honesto?

— Sobre ter matado sua namorada — falo, com um bocejo.

Não foi minha intenção bocejar. Só escapou porque eu não deveria ter ido para a cama antes de terminarmos de conversar.

Os olhos cor de âmbar assumem a aparência de um temporal iminente. E então me bate a certeza: ele não é culpado.

A verdade me atinge com tudo e me gela por dentro. Enfio as unhas no travesseiro. Eu estava usando isso de desculpa — eu tinha mentido, mas ele também. Ambos havíamos cometido erros, e isso nos deixava quites. Mas ele não estava mentindo. Só eu. Quer dizer, eu, meu pai e o conde do norte. Se parar para pensar, apenas Royo estava dizendo a verdade este tempo todo.

— Eles mentiram... — sussurro, sentando-me na cama. — Por que mentiram? O que ganhariam com isso?

A respiração dele está pesada, mas ele balança a cabeça e fala baixinho:

— Não a machuquei. Eu jamais faria isso. Não sei por que Bay Chin e seu pai disseram que eu era o culpado. Talvez para que você não confiasse em mim. Sei lá.

Ele baixa a cabeça, chateado. Ver isso me machuca tanto que meu coração está fisicamente doendo por ele. Não sabia que isso acontecia mesmo.

— Sinto muito, Royo. Por tudo.

Minhas palavras nunca pareceram mais irônicas, levando em conta os danos que causaram.

Ele assente.

— Jura que não sabia que estavam armando para mim? Pensou mesmo que eu fosse apenas um guarda?

— Pela minha alma. Pela da minha mãe — respondo.

Ele me fita, e eu sustento seu olhar porque estou sendo sincera. Eu não fazia ideia.

Depois de um tempo, Royo assente de novo.

— Você está exausta.

— Já passei desse estado há muito tempo. Estou acordada há dois dias. — Mexo os ombros. Estão tão doloridos que estralam com o movimento.

Royo me encara.

— Pelos Dez Infernos, por que não parou?

— Vi o zurso morto e precisava saber que você estava bem. Não podia descansar até te encontrar, então viajei a madrugada toda.

Royo balança a cabeça.

— Você é a garota mais imprudente que já conheci.

Mas ele fala isso como se dissesse "eu te amo". Ser chamada de imprudente não deveria encher meu peito de alegria, mas aqui estamos nós.

— Eu sei — falo, voltando a me deitar.

Ele hesita, mas apaga a lamparina a óleo. Ainda o vejo no luar, os ombros largos e os braços musculosos.

Lenta e relutantemente, ele se deita do outro lado da cama. Penso em me agarrar a ele como crustáceos no casco de navios, mas é capaz de ele ir dormir no estábulo se eu o tocar.

— Sinto muito de verdade, Royo — sussurro, na quietude.

— Por que não disse isso no navio? — murmura ele.

Sinto as vibrações de sua voz no colchão, e amo. Amo ouvi-lo, vê-lo e senti-lo.

Dou de ombros.

— Pensei que você queria me matar.

— Eu queria… — Ele olha para mim e hesita. — Porque você não se desculpou. Achei que apenas não se importasse.

— Como pôde pensar uma coisa dessas? — pergunto, erguendo as sobrancelhas. — Você me conhece.

— Não, eu conhecia uma garota chamada Aeri. Não uma princesa.

— Royo, tudo o que sou é uma garota chamada Aeri. Naerium morreu sete anos atrás e ninguém derramou uma lágrima por ela.

Ele me encara, os olhos brilhando à luz do luar. Vejo que reluzem com pena e depois compreensão.

— Nunca mais minta para mim, Aeri.

— Não vou.

Bocejo. Espero poder honrar estas palavras.

Ele ajeita o travesseiro, seu corpo duro feito pedra na cama, mas ao menos ele está do meu lado. Pego no sono imediatamente, embora eu quisesse ficar acordada só para saborear este momento um pouco mais. Amanhã, partiremos para o que tem tudo para ser uma morte certeira. Mas, por enquanto, aproveito este momento passageiro.

CAPÍTULO TRINTA E DOIS

MIKAIL

PASSAGEM DO OESTE, KHITAN

Caminhamos de volta até o trenó. Sora não reclama de nem um único passo, embora esteja com três dedos do pé congelados. Precisamos encontrar vestimentas de inverno para ela antes de chegarmos às cavernas de gelo. Por sorte, Loptra fica perto daqui.

É uma cidade de estilo moderno, sem uma única construção que tenha mais de cem anos, porque os marnans queimaram tudo em sua marcha a Vashney um século atrás.

Quando chegamos ao trenó, Euyn dá a Sora uma muda extra de suas roupas. Ele é uns quinze centímetros mais alto que ela, então as peças não servem direito, mas vão ter que dar para o gasto por enquanto, pois tudo que ela precisa fazer é descansar.

Sora vai para trás do trenó e tira o vestido. Assim que ela termina de se trocar, deita debaixo dos cobertores de pele no banco de trás. O que me deixa a sós com Euyn na frente.

Consertei os arreios quando alcançamos o trenó, e ainda bem que fiz isso, porque a Passagem do Oeste pode ser traiçoeira. A maior parte da estrada serpenteia pelo meio do vale da montanha, mas há trechos com caminhos estreitos na beira dos penhascos. Já peguei esta rota para voltar a Yusan algumas vezes, e não dá para afirmar que nenhuma dessas travessias foi fácil.

Euyn dirige pela nevada fraca. Ele é um cocheiro decente, cauteloso e atento. Por outro lado, sem dúvidas também é uma pessoa ruim.

Para ser sincero, nunca pensei que Euyn fosse uma boa pessoa, mas admito que pensei que, longe da opulência e da decadência de Qali, ele *poderia* vir a ser, ainda mais depois de ter sido banido e forçado a viver entre a plebe em Fallow durante anos. Porém, após a conversa que tivemos sobre o sacerdote, vejo que estava enganado. Os Baejkin são podres até a alma.

Euyn me ama — nisso eu acredito. Ele daria a vida por mim e já provou isso diversas vezes a esta altura. No entanto, por mais que eu enxergue seus lados positivos, isso não basta. Não é o suficiente para que ele tenha acesso ao poder absoluto. O trono só intensifica a imortalidade, só aumenta as falhas de caráter, e ele tem muitas a serem exploradas. A forma de pensar de um Baejkin vai impedi-lo de ter um reinado justo e de libertar Gaya. Ele sempre vai conseguir justificar a opressão de outras pessoas se isso beneficiar Yusan.

Seu reinado será apenas mais do mesmo. Ou pior. Euyn receber poder imortal é uma receita para o desastre.

Eu queria saber em que pé isso nos deixa. Acho que estamos no mesmo lugar. Precisamos convencer Quilimar a declarar guerra e a matar Joon, e depois nos preocupamos sobre as consequências disso. Se não for um Baejkin no trono, os nobres lutarão pela coroa, e não sei dizer se Seok ou Rune seriam melhores que Euyn. O conde do leste, Dal, está morto, e eu juro por Gaya que Bay Chin não vai viver para ver uma mudança de regime.

Pelo brilho das estrelas, não há nobres bons em Yusan?

Olho para o céu enquanto subimos montanha adentro. Os gayanos acreditam que as estrelas nos guiam, mas a noite de neve obscurece a luz delas. Vejo tantas constelações daqui quanto se dá para ver da Ócio.

Assim que penso na prisão, lembro de Tiyung. Talvez ele pudesse ser o nosso próximo rei. Ele, sim, é um nobre com consciência, uma baita raridade. A questão, é óbvio, é que ele teria que sobreviver à prisão primeiro, e sair de lá relativamente são, o que não é muito fácil.

Antes de partirmos para o templo, recebi a confirmação de que ele estava vivo, mas as coisas podem mudar depressa em uma masmorra. Terei que tomar atitudes para garantir a segurança dele. Quando conheci Tiyung em Rahway, jamais imaginei que precisaríamos dele, mas ele pode muito bem ser quem vai salvar toda a nação de Yusan.

Tamborilo os dedos na madeira envernizada do trenó, pensando na logística da situação.

Fazer com que um novo rei tome a posse requer encontrar Joon e matá-lo primeiro. Zahara é a mestre-espiã interina, e não sabe para onde ele foi, ou seja, ele não contou para ninguém. É um mistério que não sai da minha cabeça. Para onde foi, e por quê? Qali é o lugar mais seguro para ele. Apenas uma única tentativa de assassinato já aconteceu lá — quando ele matou o próprio pai.

Busquei respostas no templo mais cedo, mas como saber onde procurar as motivações de um rei? Li pergaminhos sobre líderes yusanianos históricos. De modo geral, eles só saíam do palácio sob o pretexto de diplomacia ou de guerra. Não existe guerra nenhuma, e duvido que seja um caso de diplomacia, então qual é a intenção de Joon?

A única coisa latente seriam as Areias do Tempo. E que o Lorde Yama nos ajude se ele localizar mais essa relíquia.

Estremeço, mas não é por causa do vento frio. O ar gélido da montanha é bem-vindo. Não, seria desastroso se Joon adquirisse mais uma relíquia.

Quando chegarmos a Loptra, poderei recolher mais informações a respeito de Joon e mandar mensagens a meus espiões leais. Também terei mais uma fonte lá — a prima de Fallador, Gambria. Marcarei uma reunião com ela antes de partirmos.

Sorrio para mim mesmo — ela vai amar isso.

Com certeza não vai.

Euyn não para de olhar de relance para mim enquanto seguimos noite adentro. Tenho certeza de que ele está confuso quanto à distância entre nós dois. Não consegue entender por que acho problemático perpetrar um genocídio ou matar um sacerdote que prometemos ajudar.

Suspiro e me mexo no banco de madeira acolchoado. Não posso mudar Euyn. Não sei se as pessoas mudam para melhor. No máximo, elas se adaptam a uma situação. Então a pergunta é: será que ele ainda vai me amar se eu não lhe der a chance de assumir o trono? Ou passarei dos limites da traição ao impedi-lo de governar?

Viajamos até ver o brilho que anuncia a chegada da manhã ao longe. Indo contra todas as probabilidades, sobrevivemos para ver mais um dia. Sempre há esperança com o nascer do sol de que um novo dia pode ser melhor que seu antecessor. Tenho que acreditar nisso, acreditar na esperança, do contrário não há razão para viver. Não há motivo para eu ter sobrevivido ao Festival Sangrento, cujos horrores deixei para trás só para colocar um fim a isto tudo. Euyn foi uma distração no meio do caminho, e eu quis acreditar que ele fosse ser a solução. Está nítido para mim que esse não é o caso.

Logo precisarei acordar Sora para Euyn ter a vez de dormir — ou pelo menos fingir. Estou prestes a sugerir que paremos, mas então ouço: um estalido bem acima de nós. Parece uma centena de galhos se partindo, mas sei que não é isso. Prendo a respiração, torcendo para estar errado, mas então vem o distinto estampido da neve.

Olho para o alto das montanhas enquanto o tremor continua se espalhando pelo chão. Nós vamos morrer.

CAPÍTULO TRINTA E TRÊS

ROYO

CIDADE DE VASHNEY, KHITAN

Acordo abraçando Aeri com força. Não sei como devo me sentir sobre ela, se eu deveria desejá-la ou sair correndo, mas é óbvio que meu corpo já tomou sua decisão.

Cada parte sua é grossa e imponente, brincou ela.

Afasto o quadril dela e fico deitado, imóvel. Encaro a parede, tentando pensar em cadáveres de cem anos, em sacerdotes assassinados, em qualquer coisa para me distrair do fato de que ela está muito cheirosa. Aeri está respirando suavemente, como se estivesse bebericando o ar. O pescoço longo deve ficar tão bonito curvado de prazer. Aquela boca deve ser…

Solto um grunhido. Talvez eu devesse estar pensando no fato de que não posso confiar nela.

Só que, depois de ontem à noite, acredito nela. Parando para pensar, ela ficou tão chocada quanto o restante de nós no salão do trono. Mas, por outro lado, acreditei nela o tempo todo em Yusan. Então ou ela está falando a verdade, ou sou o alvo mais energúmeno do continente.

Devo ter me mexido, porque ela acorda e sorri daquele jeito estranhamente feliz. O calor preenche meu peito como tomar sopa em um dia frio. Senti falta disso. Senti saudade *dela*.

— Bom dia, Royo — fala ela, com a voz rouca, sem tirar a mão, pousada sobre meu peito.

Eu me forço a rolar para longe de seu toque. Jogo as pernas para o lado da cama e me sento.

— Pronta para ir?

— Daqui a pouco. — Ela se senta também e se espreguiça. Gosto dela usando minha camisa, apesar de ficar enorme. A manhã está cinza por causa da temporada de monções, mas a luz que vem da janela ilumina Aeri do jeito certo. Ela é tão linda. De repente, ela se vira e olha para o parapeito. — Ai, minha nossa, olha só a Dia!

Viro a cabeça para a janela. O quê? Quem é Dia?

Aeri sai da cama e vai depressa até a janela. Minha camisa mal cobre suas pernas compridas. Mais uns cinco centímetros e...

Um desejo mais forte do que eu já senti percorre meu corpo. Vou até a penteadeira e recolho minhas armas, agarrando os cabos e os enfiando na bolsa. Preciso fazer algo com as mãos. Quero fazer coisas indescritíveis — e ela amaria tudo. Mas tenho um trabalho a fazer.

Solto o ar. E recupero o foco. Do que é que ela está falando mesmo?

— Quem é Dia? — falo para uma falha na tinta da parede.

— Uma coruja-das-neves que eu estava alimentando em Quu. Ela veio até aqui! — diz Aeri.

Ela fala como se fazer amizade com uma coruja fosse algo normal. Aeri é a pessoa mais estranha que já conheci.

Olho na direção dela e, de fato, tem uma corujinha branca dormindo no canto do parapeito da janela. Que esquisito. Mas então volto a observar Aeri. Vejo seu sorriso iluminado. Seu corpo seminu.

— Pode se vestir? — Sai mais ríspido e alto do que eu queria.

— Posso — diz ela, inabalada. — Precisamos ir tomar café da manhã mesmo. Faz um dia inteiro que não como, e quero pegar algo para a Dia também.

— Por que ela se chama Dia? — pergunto.

Ela inclina a cabeça para mim.

— Porque foi o nome que eu dei. Corujas não vêm com crachás, Royo.

Eu a encaro, sem achar graça, e ela ri. Meu estômago ronca, e eu me lembro de que também não comi. Não desde que paramos para pegar equipamentos ontem.

— Tá — digo. — A gente vai atrás de café da manhã para você e... a Dia. Quando você se aprontar.

Ela se anima e vai para o lavabo. Quando ela se afasta da cama, finalmente relaxo. Mas que porra eu estou fazendo aqui com essa garota? Com certeza não sou o favorito dos deuses.

Aeri volta usando seu vestido de baile. Não sei se é mais ou menos ridículo do que usar as minhas roupas, mas pelo menos ela está coberta. A saia verde desce até as botas.

— Vamos encontrar um joalheiro — diz ela, ajeitando o cabelo. — Vou vender um diamante, e depois podemos ter uma boa refeição e eu saio para achar roupas adequadas.

— Mikail me deu dinheiro suficiente — falo.

Ela franze o cenho, duvidando.

— Provavelmente não. Precisei deixar tudo para trás em Quu. Seok ateou fogo a tudo.

Seok, o cara a quem Sora pertence. Passo a mão pelo cabelo curto. Ninguém deveria possuir outra pessoa.

— Vai dar certo. Você não precisa de tanta coisa daquele jeito.

Tenho cento e oitenta signos. Deve ser o suficiente para comermos bem e comprarmos tudo de que precisamos. Mas, se ela quer mais, por que eu deveria me importar? O diamante é dela, e foi roubado, de qualquer jeito. Acho que discutir com Aeri já virou força do hábito.

Por outro lado, é bom que ela não vá comprar um baú. Não vamos carregar um guarda-roupa inteiro nas montanhas.

Deixamos a estalagem e cavalgamos por dentro dos muros da cidade de Vashney. A capital antiga não é tão turbulenta quanto Quu, mas tem o mesmo tamanho e também é repleta de pessoas. Os edifícios são feitos de pedra esculpida e marcados com séculos de escoamento. Ao longe, vejo o porto congelado. Todas as embarcações estão em terra firme porque a escuridão do Oceano do Norte virou uma imensidão de gelo.

Não levamos muito tempo para encontrar o distrito das joias. A cidade tem o formato de uma torta fatiada — tudo sai do centro, onde há uma estátua colossal do Rei Celeste. As casas de joias e lojas de luxo ficam juntas em um distrito cuneiforme.

Aeri escolhe uma casa de joias e pega um diamante da bolsa. Ela tem muitos. O sino da loja toca quando ela entra. Aeri vai até o balcão, e um homem examina a pedra. E aí começa a negociação. Não sei o que ele está dizendo, mas reconheço pechinchas em qualquer língua. Eles escrevem números em um papel alternadamente. Ele barganha como se ela fosse um homem. É esquisito.

Eles fecham o acordo em três mil signos, enquanto eu dou uma olhada na loja. É uma fortuna para uma pedrinha.

Aeri diz algo enquanto o cara da joias lhe paga.

— Espera, você fala khitanês? — pergunto.

— Não, mas aprendo rápido. — Ela dá de ombros e guarda o dinheiro.

Não entendo esta língua, nem este lugar. Passamos por vitrines com colares e braceletes de jade enquanto saímos. Alguns quase chegam à cor da chave no meu bolso.

Aconteceu muita coisa ontem. Sei que abri a fechadura quando os outros não conseguiram, mas não sei nada a respeito de ser um guardião. Sou apenas um capanga.

Por causa disso, fico em alerta ao sairmos da casa de joias. Não tenho que me preocupar com Aeri ser levada daqui porque escrituras e escravidão são ilegais em Khitan. Só que existem batedores de carteira por toda parte, e uma casa de joias é um alvo fácil.

— Deixa eu ficar com um pouco do dinheiro, só para garantir — sugiro.

Aeri me fita, mas depois enfia a mão na bolsa de veludo e me entrega todos os signos, exceto uma nota de cem.

— Não precisa me dar tanto assim.

Ela dá de ombros.

— Confio em você.

Minhas mão suam frio quando coloco o dinheiro na bolsa. Não sei se ela deveria confiar em mim. Faz muito tempo que uma garota não acredita em mim, e não sei se mereço. Ainda assim, farei o que for preciso para mantê-la em segurança.

— Royo. — Ela sacode a mão na frente do meu rosto. — Acorda para a vida e me ajuda a encontrar uma taverna boa. Estou morrendo de fome.

— Tá.

Caminho com ela para procurar o café da manhã. Eu gosto dessa ladra — não faz sentido negar. Mas, se ela mentir para mim de novo, posso acabar matando-a com as minhas próprias mãos.

CAPÍTULO TRINTA E QUATRO

SORA

PASSAGEM DO OESTE, KHITAN

Após ter passado tempo demais acordada, sinto um alívio imensurável ao me deitar no trenó. Quase caio no sono assim que me reclino no banco. Cercada por pele animal macia, é fácil dormir. Nem pensar em Daysum pode me manter acordada. Era para eu não estar conseguindo viver, respirar, enquanto ela sofre. Afinal de contas, o que é a vida se estou abandonando o que amo?

Pensar no que ela e Ty devem estar sofrendo me deixou desperta durante toda a viagem até o Lago Cerome, mas meus olhos se fecham, e, quando dou por mim, estou sonhando. Só que não é um sonho — é uma lembrança.

Reconheço onde estou imediatamente. Foi aqui que vivi minha infância, em Inigo. A casa onde cresci era uma choupana de dois quartos que ficava próxima a um riacho. Nossos pais tinham um quarto separado, e o outro servia de sala de estar, sala de jantar, cozinha, sala de lazer e quarto para nós quatro — eu, Daysum e nossos irmãos mais novos, Taj e Jee. Jee tinha dois anos e acabara de começar a dormir conosco em vez de na cama dos nossos pais.

Com base nas idades, isso foi alguns meses antes de Seok aparecer e fazer meu mundo desmoronar.

Na época, eu não sabia nada a respeito de Gain, nem de donzelas venenosas ou de condes. Conhecia apenas nossa casa de tábua e os sopés das montanhas. Tinha nove anos e estava cantando uma música. Daysum e os meninos dançavam pelo quarto. Minha mãe e meu pai estavam à pia, higienizando vegetais e lavando arroz para o jantar, mas cantavam o refrão comigo. Meu pai dava dois passinhos para cada lado enquanto descascava ervilhas, e minha mãe ria. Daysum segurou minhas mãos, e giramos em um círculo.

O calor me preencheu por dentro. Aquele gesto era tudo que eu queria e precisava.

Eu era feliz.

De repente, Daysum começou a tossir sem parar, até ficar vermelha. Segundos depois, caiu no chão. Esfolei o joelho ao cair para pegá-la antes que ela batesse no piso de taco. A ferida ardeu enquanto eu a segurava. Os olhos da minha irmã reviraram para trás, e eu mal consegui impedir a cabeça dela de bater no chão durante a convulsão.

— Mamãe! — gritei.

Nossa mãe correu até nós, secando as mãos no avental sujo.

— Daysum! — gritou ela. — Minha querida, está me ouvindo?

Minha mãe a tirou de mim, e eu me sentei no chão, atônita. Em um momento estávamos dançando, no outro, aquilo estava acontecendo. Foi tudo tão rápido.

— Precisamos de um curandeiro — falou meu pai, agitando as mãos.

Minha mãe franziu os lábios, formando linhas no rosto perfeito.

— Como vamos…

— Vou dar um jeito — falou meu pai, os lábios em uma linha determinada, calçando os sapatos surrados.

Curandeiros eram caros e Daysum ficava doente com frequência, mas nunca daquele jeito.

Minha mãe baixou os olhos e assentiu, ainda com Daysum nos braços.

— Por favor, depressa.

Meu pai correu porta afora.

— O que posso fazer? — perguntei.

Minha mãe segurou meu rosto.

— Seja a boa menina que você é. Nós vamos cuidar dela.

Andei pela casa e esperei à janela, e pareceu que uma eternidade se passou até que o curandeiro chegasse. Meu pai entrou, ofegante, com a testa brilhando de suor. Tinha atravessado a cidade correndo atrás do cavalo do curandeiro.

Daysum foi diagnosticada com febre roxa e teve que beber chá de ervas. Até aquele momento, eu não tinha me dado conta do quanto éramos pobres. O rosto dos meus pais quando o curandeiro receitou carne vermelha me disse tudo que eu precisava saber — eles não tinham condições de comprar algo assim. Talvez, no fim das contas, tenha sido por isso que fomos vendidas.

O curandeiro disse que a doença de Daysum era contagiosa. Meus irmãos e eu fomos instruídos a levar nossos futons para dormir no chão do quarto dos meus pais. Fiz o que me foi mandado, mas, quando todos estavam dormindo, saí e fui até a sala maior. Sabia que podia ficar doente, mas não me importava. Não queria que Daysum ficasse sozinha.

— Você não deveria estar aqui, Sora — falou ela, a voz fraca.

Eu me aconcheguei debaixo do cobertor e abracei seu corpo febril, enquanto ela tremia.

— Estou sempre aqui, minha pequena.

— Vou te amar para sempre — foi o que ela respondeu. Eu me lembro nitidamente. Mas desta vez ela se vira para mim com os olhos arregalados e preocupados. — Sora, me escuta. Você precisa ir embora!

Balanço a cabeça e suspiro.

— Vou ficar bem.

Eu realmente contraí a febre roxa, mas me recuperei em dois dias. Daysum passou meses doente.

— Sora, acorda! Você precisa fugir!

Abro os olhos para um céu escuro e sem estrelas. Espero ver Daysum ao meu lado, mas estou sozinha no banco de um trenó. Está prestes a amanhecer, mas há um retumbar distinto ao longe. Um medo gélido e imediato percorre minha coluna. Tenho um sobressalto para me levantar e assisto à montanha de neve despencando, bem na nossa direção.

Uma avalanche.

CAPÍTULO TRINTA E CINCO

EUYN

PASSAGEM DO OESTE, KHITAN

Contenho os califeres, batendo as rédeas para fazê-los correr à medida que a neve começa a cair do pico da montanha. Ao mesmo tempo, Mikail vai acordar Sora, mas ela se levanta de repente de um sono profundo.

— Avalanche! — grita ela.

A coisa está mesmo tão feia quanto eu pensava. Por ter passado a maior parte da vida em Qali e depois nas terras baldias desertas de Fallow, nunca estive em uma avalanche, mas sei quão perigosas podem ser. Perdemos tropas inteiras para elas. Milhares de soldados enterrados vivos, soterrados em segundos.

— Reino dos Infernos — diz ela.

— Vou tentar tirar a gente daqui. — Bato as rédeas novamente.

Agarro o couro com força, olhando para o alto da montanha. A neve está se espalhando, mas está ligeiramente para trás de nós. De todo jeito, não podemos acelerar muito em uma passagem estreita à beira de um penhasco. A queda é de uns cem metros, e o rio Uulatar fica à esquerda. Se um dos animais escorregar, estamos perdidos, mas temos que tentar.

— Não — fala Sora. — Não temos como passá-la. Precisamos sair do trenó. Temos que pular. Olha, tem um buraco ali na frente.

— O quê? — gritamos Mikail e eu ao mesmo tempo.

Deixar o trenó é a pior decisão possível.

— Cresci na base das montanhas. Peguem o que conseguirem. Precisamos pular — ordena ela.

Não há tempo para discutir, mas eu bem que gostaria que houvesse. Quem é ela para fazer uma sugestão dessas? Chul tinha mencionado que o vilarejo deles ficava nos sopés das Montanhas de Khakatan, e a neve está se movendo muito mais depressa do que eu esperava, e se espalhando.

Meus deuses do céu, não vamos conseguir.

Decido confiar nela. Talvez seja a pior decisão da minha vida, mas, nesse caso, também será a última.

— Pulem agora! — grita Mikail.

Ele pega um saco com uma mão e usa a outra para empurrar o trenó.

Nós três mergulhamos no ar em direção à montanha. Sou o último a saltar. Mal saí do trenó quando a neve começa a cair. Mais neve do que eu posso conceber desliza da montanha. O chão treme, o barulho é avassalador.

Sora nos puxa para uma fenda na rocha que talvez chegue a um metro de profundidade. Ela se inclina com as costas tocando a pedra frígida. Mikail e eu fazemos o mesmo.

Respiro fundo à medida que a neve começa a se adensar, formando uma pilha ao redor. Panturrilhas. Joelhos. Coxas. Sora estava errada. Vamos ser enterrado vivos. Sem chance de lutar. Mikail e eu poderíamos ter escapado se não tivéssemos dado ouvidos a ela.

Meu coração martela. Muitas vezes na vida me senti pronto para morrer nas mãos de alguém ou de alguma coisa, mas isto aqui é a natureza, uma força muito maior do que posso enfrentar.

Os califeres e o trenó continuam na passagem até que de repente desaparecem, empurrados da estrada por um monte de neve. Elas caem para o abismo como se não pesassem nada.

Acho que há um certo conforto em saber que teríamos morrido de qualquer jeito.

O nível da neve continua a subir com um grunhido tempestuoso até estarmos cobertos até acima dos quadris, quase chegando à altura do peito de Sora. Minha respiração está frenética, desesperada. Cada arquejo parece que pode ser meu último. Quero estender a mão para tocar Mikail, mas ele está do outro lado de Sora.

Estou pronto para gritar meu último adeus, embora saiba que não será ouvido com todo o barulho da neve, mas, à medida que a avalanche despenca ao redor, percebo que já deveríamos estar completamente cobertos.

Por que estamos vivos?

Levanto a cabeça. Por algum motivo, a maior parte da neve está espirrando para longe de onde estamos. O buraco no penhasco criou um tipo de escorregador, no qual uma parte considerável da avalanche desvia de nós e cai no abismo.

Sora sabia que era nossa única chance de sobrevivência. Ela me salvou. E mais importante ainda: salvou Mikail.

Olho para a garota, esta coisa maravilhosa. Ela está olhando para a frente, com os olhos violeta arregalados. Suas mãos estão em nossos peitos para nos manter o mais perto da rocha possível. Foi o conhecimento dela que nos colocou nesta pequena fenda de segurança. A margem entre a vida e a morte teve cerca de um metro.

Ela poderia ter pulado do trenó e nos deixado cair, mas não fez isso. Embora Mikail e eu tenhamos mentido. Embora ela soubesse que eu cacei o pai dela. É uma coragem altruísta, uma dívida que sei que nunca vou conseguir pagar. Mas ao menos posso oferecer a verdade a ela.

A neve acalma. O branco da avalanche é novamente substituído pelo céu do amanhecer. A quietude assume o lugar do estampido. A avalanche termina tão depressa quanto começou.

Conseguimos. Estamos todos tão aliviados que sorrimos e rimos. Escapamos mais uma vez das garras do Lorde Yama.

Sora olha para mim. Ela é tão bonita, e foi a beleza dela que a condenou.

Respiro fundo.

— Seu pai nunca parou de te procurar— digo. — Seok tinha ameaçado assassinar sua família toda se seu pai se recusasse a deixar você e a Daysum irem. Chul parou de se opor para salvar sua mãe e seus irmãos, mas se recusou a assinar os certificados da escritura. Seok forjou a assinatura do seu pai na frente de um magistrado corrupto. Seu pai encontrou o juiz depois e o matou em seus aposentos. Mas seus pais nunca venderam você.

Os olhos de Sora se enchem de lágrimas. Ela está triste, mas há um certo alívio e talvez até um pouco de alegria em sua expressão. A felicidade preenche meu peito. Eu lhe dei isso.

E então o rosto dela muda e suas bochechas coram. Só percebo a raiva quando o braço dela voa na minha direção. O punho dela acerta meu rosto, e eu vejo estrelas.

CAPÍTULO TRINTA E SEIS

AERI

PASSAGEM DO NORTE, KHITAN

A neve é belíssima. Mortal e fria, mas linda de verdade agora que estou descansada, usando pelos e roupa adequada para o inverno. E é mais gostoso ainda com Royo ao meu lado.

Nós dois viajamos para o norte, até depois das nevascas cintilantes e das cascatas congeladas. Encaro as estalactites. A água parou, suspensa no ar até o degelo. As florestas estão cobertas, e as copas verdes pintadas de branco. Tudo está quieto e imóvel como se eu tivesse parado o tempo. Mas não fui eu. São apenas as estações.

Khitan tem um tipo de beleza imaculada. À medida que avançamos de Vashney, mais imaculado tudo fica. Deduzi pelos mapas, e o sacerdote confirmou, que quase todas as pessoas moram no extremo sul do país. Khitan é basicamente um terreno baldio congelado.

Estamos indo para a fronteira dessa tundra. As Montanhas das Luzes marcam o fim da floresta de Khitan. Parece não haver nada do outro lado.

— É melhor a gente parar daqui a pouco e acampar antes que escureça demais — fala Royo.

Acampar? Que acampamento o quê? Olho ao redor. Ele está mesmo falando de dormir aqui fora com toda esta neve?

— Não vamos ficar em uma pousada de viajantes? — pergunto.

— Tá vendo alguma por aqui?

Ok, é uma pergunta justa. Tem muita beleza ao redor, mas é só isso mesmo. E ainda temos três dias até chegarmos às montanhas.

— Não se preocupe — tranquiliza ele. — Peguei materiais para acampamento enquanto estávamos em Vashney.

Ele disse isso quando perdeu a paciência na casa de vestimentas. *Vou atrás de materiais para acampar.* Mas não tem uma casa na garupa do cavalo dele.

— Preciso admitir que não sou lá muito fã de morrer congelada.

Ele assente.

— Sei disso. Eu te esquento.

Sinto um frio na barriga, mas meu coração derrete. Olho para ele. Ele me fita pro um momento, depois pigarreia.

— Precisamos deixar os cavalos descansando e pegar lenha enquanto ainda está claro.

O vento sopra no nosso rosto, e eu solto um suspiro que vem de algum lugar bem dentro de mim. Eu *realmente* não quero dormir no frio.

— Vai dar tudo certo, Aeri.

É fácil para ele falar. O cara é forte e cheio de músculos.

Seguimos pela Passagem do Norte até Royo tirar o cavalo da estrada.

— Aqui é um lugar bom — diz ele.

Precisamos urgentemente discutir a definição dessa palavra. Não tem nada de "bom" nisto.

Ele vai em direção ao afloramento rochoso. São apenas algumas rochas e pinheiros.

Ainda estou tentando descobrir o que exatamente tem de bom nisso enquanto subimos. Pelo visto, o que ele quer dizer é "não está coberto de neve". Há um trecho com apenas terra entre as rochas e os pinheiros.

— Aqui é perfeito — fala ele.

Ergo uma sobrancelha.

— Tendo a discordar.

Royo olha para mim, quase sorrindo, e desce do cavalo.

— Aqui a gente fica protegido por três lados, o que dificulta uma emboscada. Amarra seu cavalo ali naquele tronco. Pode alimentar eles enquanto eu ajeito tudo por aqui.

Ah, é mesmo. Ele também comprou sacos de ração enquanto eu estava na casa de vestimentas.

Eu poderia ter passado o dia inteiro lá, mas me contentei em pedir apenas quatro combinações necessárias quando Royo apareceu pela terceira vez para perguntar se eu já tinha terminado. A realidade é que, se não sobrevivermos ao roubo do ovo, não vai fazer diferença quantas roupas eu comprei.

Não leva muito tempo para ele armar uma barraca pequena e acender uma fogueira. Deuses, acho que foi isto que ele quis dizer com "acampamento". Royo pega uma panela e a enche de neve.

— Para que é isso?

— Vou fazer nosso jantar — responde.

— Ah, que maravilha. Vamos comer neve.

Fico parada com as mãos no quadril enquanto ele pega nossas provisões. Não boto fé nisto, mas não é como se eu soubesse cozinhar. Só estou feliz por ter me enchido no café da manhã e comprado pães e bolos para a viagem. Também peguei carne-seca para Dia.

A corujinha está empoleirada no galho da árvore mais próxima. Eu a alimentei depois do café da manhã, apesar de Royo ficar me encarando como se eu tivesse perdido o juízo. Não conto sobre como ela me alertou para fugir em Quu, porque acho que ele não acreditaria em mim.

E é um pequeno milagre que ele tenha voltado a falar comigo. Não estamos tão próximos quanto em Tamneki, mas pelo menos não há o peso dos segredos e das mentiras nos distanciando.

O sol se põe, mas tenho o calor do fogo. Também estou usando calça. Por sorte, eu usava o mesmo número do manequim, então pude comprar a peça pronta da casa de vestimentas. É estranho usar a mesma coisa que homens. Algumas plebeias em Yusan usam calça de malha grossa independentemente do gênero, mas nunca assim, fina e forrada com pelo macio.

Royo serve o jantar. Preparou uma panela de arroz e jogou algumas linguiças secas, cogumelos secos e algas. Fico desconfiada, mas pego um pouco, e, por incrível que pareça, está mesmo gostoso. Ele deve ter jogado um sachê de tempero também. Quem diria que Royo sabe cozinhar?

Ele se senta ao meu lado em um tronco que limpamos mais cedo. Comemos, quase nos tocando, tomando o ensopado de arroz em duas tigelas de madeira.

É uma das melhores refeições que já fiz, segura aqui ao lado dele.

Já estamos no fim quando o céu se ilumina. Nós dois inclinamos a cabeça para trás. Não está nevando. Feixes verdes e roxos rodopiam pelo céu escuro, em constante movimento. As estrelas brilham atrás das ondas coloridas, criando um cenário encantador.

Royo observa, maravilhado, com um assombro quase infantil.

— O que é isso?

— Em Khitan, chamam de as Luzes do Rei Celeste — falo. — Li a respeito delas. Se as seguir até o fim, dizem que levam ao Reino dos Céus, lar do Rei Celeste e de outras entidades. Não conseguimos ver tão bem em Yusan, mas, em noites iluminadas, às vezes dá para vê-las em Pyong. Chamamos de os Raios Noturnos do Rei Solar.

Ele olha para mim.

— Acha que é verdade? Que as luzes levam aos Céus?

— Acho que é uma ideia agradável. — Olho para o céu de novo. — Mas, seja como for, é a coisa mais linda que já vi.

Tombo a cabeça para trás novamente para ver as luzes dançando.

— Eu, não — murmura ele.

— É óbvio que não. — Bufo.

Royo se sente tão culpado pelo que aconteceu com a namorada que acha que não aproveitar a vida vai absolvê-lo. Só que não é assim que funciona. Redenção é para os Dez Infernos. A vida é para ser vivida, para cometer erros e aproveitar ao máximo os bons momentos, porque coisas ruins sempre existirão.

Sinto ele olhando para mim.

— Você é mais bonita do que as luzes — diz ele.

Fito seus olhos. Nunca fui atingida por um raio, mas a sensação deve ser parecida. Eu me sinto acesa e chocada ao mesmo tempo.

Royo se inclina para a frente, e então sua boca encontra a minha. Meus olhos arregalam, e depois se fecham lentamente enquanto meus lábios suavizam nos dele. Ele me beija, primeiro devagar, depois com urgência. Faíscas voam no meu peito e na base da minha coluna. Largo a tigela no chão e envolvo o pescoço dele com os braços, enquanto ele me puxa para perto. Não sei o que aconteceu — o que o deixou assim dessa maneira. Não sei quanto tempo vai durar, mas vou viver este momento antes que o encantamento acabe.

CAPÍTULO TRINTA E SETE

TIYUNG

PRISÃO DO ÓCIO

Esta cela não é tão ruim, levando em conta o quanto uma masmorra sem iluminação pode ser agradável. Tenho uma lamparina e um pequeno estoque de óleo, graças a Hana. Ela também me trouxe bastante comida; mais do que o necessário, para ser sincero. Toda vez que entra, anuncia o dia e a badalada. São pequenos luxos nos quais eu jamais teria reparado antes. Ela até mesmo me deu um caderninho e tinta para escrever meus pensamentos e manter a mente ocupada.

Hana confirmou que os guardas patrulham e trazem comida em momentos aleatórios para desorientar os prisioneiros. Isso impede tentativas de fuga e ajuda a confundir a mente dos prisioneiros quando precisam de informação.

Perguntei se secam o lago toda vez que ela vem e vai embora. Ela balançou a cabeça e disse que existe uma outra entrada. Tento pensar na localização e em como ela consegue chegar aqui, mas nunca perguntei. Há certos limites na confiança que estamos construindo.

Trazem meu café da manhã de pão velho e água. Como com um pouco de carne e queijo enquanto espero por Hana. Embora eu não me apresse, termino sem vê-la. Pensei que fosse por volta de agora que ela geralmente chegaria, mas a refeição pode ter sido aleatória.

Começo minha rotina de exercícios — Hana disse que manter meu corpo ativo ajudaria minha mente. Corro e faço flexões, agachamentos e passadas até ficar exausto, mas ainda nem sinal dela.

Os guardas chegam e passam mais uma refeição pela abertura sem dizer nada. Quando vão embora, a preocupação começa a se instalar. Cadê Hana? Será que ela não vem mais? Será que os guardas a impediram de voltar a me ver? Será que morrerei em breve?

Respiro fundo, meus pensamentos voltando à minha morte iminente. Já tentei fazer as pazes com o inevitável. Todo mundo morre. A diferença está em como vivem. Ainda assim, não consigo aceitar a execução. Continuo acreditando que algo, qualquer coisa, vá me salvar. Não consigo me desvencilhar da esperança de que Sora e os demais vão voltar. Ainda torço para Hana estar mentindo, embora ela não tenha motivos para isso.

Metade de um dia se passa, e eu continuo sozinho na cela. De repente, ouço passos no corredor. Eu me levanto, pronto para vê-la, mas os guardas simplesmente empurram uma terceira bandeja e vão embora.

Ando de um lado para o outro. Espero. Como de novo. Depois me sento.

Ela não vem.

Meu peito afunda como se tivesse um peso preso às costelas. A fadiga e o desespero que estive evitando sentir me engolem por inteiro. Ela não veio. Das duas uma: ou não pôde ou não quis, e eu não sei o que é pior.

Tento me sentir grato por ela sequer ter aparecido. As visitas foram uma bênção dos deuses. No entanto, a remoção das bênçãos criam um novo tipo de dor.

Mais tempo se passa, e minha cabeça pende em direção ao peito. Balanço a cabeça e pisco com força para despertar. Hana não dar as caras pode significar que vou morrer esta noite. Os guardas podem tentar me matar durante o sono.

A preocupação me deixa acordado, mas, depois de um tempo, mesmo com o medo da morte, não consigo mais manter os olhos abertos. Tombo a cabeça para trás na parede e apago a lamparina. Murmuro uma oração para que o Lorde Yama não me busque hoje, depois faço a oração que se tornou meu desejo diário.

Deuses, por favor, permitam que eu veja a Sora mais uma vez, mas, se puderem proteger apenas um de nós, que seja ela.

Depois disso, caio no sono. Devo passar um tempo considerável apagado, porque as chaves já se viraram na fechadura quando me mexo. A porta pesada de madeira e ferro se abre e por pouco não bate em mim. Fico em pé, cambaleando, com as costas pressionadas contra a parede.

Será que é Hana? Por favor, que seja Hana.

Não é. São os guardas, e eles trouxeram uma tocha.

Meu coração retumba, e a dor por detrás dos meus olhos é intensa por causa das chamas. Não consigo ver, a luz do fogo prejudicando minha visão. Com os olhos bem fechados e com a mão por cima deles, tento me preparar para meu destino. Não vou chorar, tentar fugir ou suplicar. Prometi isso a mim mesmo — ter uma morte digna no fim de tudo.

Eu me endireito, pronto para ser puxado para fora. Pronto para morrer encarando meu executor.

Mas ninguém me toca. Jogam outra pessoa aqui dentro. À medida que meus olhos se acostumam, um homem tropeça e cai no chão sujo de pedra, soltando um grunhido. Tenho um parceiro de cela agora. Não faço ideia de quem seja, mas tenho fortes suspeitas de que esteja aqui para me matar.

CAPÍTULO TRINTA E OITO

MIKAIL

PASSAGEM DO OESTE, KHITAN

Euyn endireita a postura enquanto tento impedir Sora de matá-lo… mais uma vez. Eu a seguro o mais delicadamente possível, prendendo-a pelos cotovelos, mas ela luta com todas as forças para tentar alcançá-lo. Para ser sincero, parte de mim quer soltá-la.

Preciso descobrir se ouvi o que ele disse corretamente. Acabamos de perder o trenó e quase morremos em uma avalanche. Tem sido um minuto e meio e tanto. Ele disse mesmo que as escrituras de Sora e sua irmã nunca foram legais? E que ele sabia disso esse tempo todo? E que — de novo — ele é um monstro ainda pior do que eu imaginava?

Pelo brilho das estrelas, pensei mesmo que já tínhamos atingido o fundo do poço. Pelo visto, existe um Décimo Primeiro Inferno.

Sora para de se debater e controla a respiração. A deduzir pela expressão nos seus olhos, ela está pronta para jogá-lo do penhasco, mesmo se acabar caindo junto. Fico pronto, porque uma pessoa disposta a morrer para matar alguém é o tipo mais perigoso de homicida.

Euyn coloca neve no maxilar, onde Sora atingiu — e ele ainda está com metade do corpo enterrada.

— Sora — sussurro.

Ela solta o ar e desvia o rosto. Eu a deixo em paz por um momento, certo de que pelo menos por ora ela não vai tentar matá-lo de novo. Agachando, ajudo Euyn a sair, usando os braços como pás.

— Me conte, porque acabei me distraindo: você disse mesmo que o pai de Sora nunca assinou as escrituras? — questiono, tirando a neve para o lado.

— Foi o que ele me falou — responde Euyn, olhando para mim. — Não pude confirmar porque estava ocupado demais preso na Prisão do Ócio.

Analiso seu rosto. Ele está dizendo a verdade. Chul de fato disse isso, mas Euyn desconsiderou.

— Não pensou em tocar no assunto quando estávamos em Yusan? — pergunto, arqueando uma sobrancelha.

Ele faz uma cara confusa.

— De que teria adiantado?

Eu o encaro. Não consigo entender se ele simplesmente não tem um pingo de empatia ou se há um motivo pelo qual não teria feito diferença que ele tivesse contado antes.

Sora vem para o meu lado, puta da vida perto do meu ombro.

— De que teria adiantado? — ecoa ela, as mãos cerradas em punhos ao lado do corpo. — Eu poderia ter libertado Daysum! Ela não estaria presa em uma casa de prazer neste exato momento. Ela não estaria...

Sora solta um grito de gelar a alma, e eu olho depressa para cima, com receio de que isso desencadeie mais uma avalanche. Porém, a esta altura, Sora não se importa.

— Não, ela não teria sido libertada — rebate Euyn, franzindo os lábios.

Ele ao menos tem a decência de parecer arrependido.

Sora avança para ele novamente, mas eu a detenho. Por pouco.

— Deixa ele se explicar, por favor — murmuro.

Ela olha para mim, incrédula, e balança a cabeça em desgosto. Uma hora ela vai matá-lo. Agora ou mais tarde, com ou sem veneno, a decisão está nítida no queixo erguido. Vai ser preciso muito esforço para mantê-lo vivo se eu não conseguir controlar esta situação. E eu já tenho muito a fazer.

Respiro fundo para me acalmar.

— Você precisa se explicar agora, Euyn, e tome muito cuidado com as suas próximas palavras. Por que acha que Daysum não seria libertada? Acabou de dizer que as escrituras não eram válidas.

— E realmente acredito que não sejam, mas, com Dal morto, Seok é o nobre mais poderoso do reino. — Ele solta as pernas e se afasta mais um passo de Sora, o que não é fácil com tanta neve empilhada ao redor. — A palavra de um plebeu não importaria, muito menos considerando que Chul matou o único homem que poderia ter prestado depoimento a seu favor. Nenhuma corte em Yusan teria acreditado no pai dela em detrimento de Seok. Principalmente quando Seok pode alegar ter pagado um preço justo. E, de qualquer forma, Chul já confessou o assassinato do magistrado.

Por mais que eu discorde em princípio, Euyn está certo. Uma corte yusaniana encararia a morte de um magistrado como uma confissão de culpa. Veriam um plebeu condenado que vendeu as filhas em troca de ouro e agora quer voltar atrás. Ninguém duvidaria da palavra de Seok.

— Pensei que contar isso só iria deixar você mais triste à toa, Sora. Eu juro, foi por isso que não contei. Não queria revirar o passado porque saber a verdade não muda nada — fala Euyn.

Ele deveria parar de falar com ela *agora*. Todos sabemos que esse não foi o único motivo. Euyn queria se safar e não admitir que caçou o pai dela. Queria se esquivar das consequências das próprias ações.

Sora o encara e chega mais perto. Fico na expectativa, pronto para detê-la novamente.

— A verdade pode não fazer diferença para *você* — diz ela, com a voz trêmula —, mas significa *tudo* para mim. — Ela para, os olhos marejados de lágrimas. Em seguida, ela se inclina para a frente. — Eu espero que tudo que acontece à Daysum aconteça a você, Euyn. Nesta vida ou na próxima.

Sora sai andando com o cobertor de pele enrolado nos ombros. A cabeça dela está erguida, e ela parece mais régia que o príncipe, mesmo ao tirar do caminho a neve profunda. Euyn estremece quando ela passa, mas Sora não o toca. Não precisa.

Deixo que ela se afaste um pouco, depois olho sério para Euyn.

— Mais algum segredo que você tem guardado aí?

Ele engole em seco e balança a cabeça.

— Não.

— Ótimo. Esta é a última vez que eu salvo você de um deles.

— Mas você acha que… — começa Euyn.

Ele analisa meu rosto, e algo em seu semblante muda.

— Se eu acho o quê?

Ele balança a cabeça.

— Nada.

Caminhamos pela beira do penhasco juntos, embora eu tenha certeza de que ele está mentindo para mim de novo.

CAPÍTULO TRINTA E NOVE

ROYO

PASSAGEM DO NORTE, KHITAN

A boca de Aeri está na minha. Eu a respiro. Ela tem gosto de sobremesa da casa de doces e, ao toque, parece a seda mais macia do mundo. Seu cheiro floral me cerca, e eu quero mais.

O céu brilha com feixes de cor, e eu a puxo para meu colo. Ela se senta no meu quadril, leve feito uma pena. Nós dois estamos usando roupas de inverno, e eu queria muito que não fosse o caso. Eu a quero com aqueles vestidos curtos, com somente um tecido fino nos separando.

O calor percorre meu corpo, e eu suo, segurando-a com firmeza. Ela geme baixinho de prazer ao me beijar com a mesma intensidade com que eu a beijo. Quero quebrá-la, devorá-la e me perder nela — tudo ao mesmo tempo.

Nunca desejei alguém tanto assim. É uma necessidade, não uma vontade.

Passo as mãos debaixo da camisa dela. A pele é macia como a pele animal que ela está vestindo. Aeri solta arquejos e gemidinhos quando meus polegares roçam seus mamilos. Toco sua clavícula e desço os dedos, mas minha mão encontra algo — um colar, acho.

Aeri interrompe o beijo e se retrai por um segundo.

Mas é o suficiente.

Pelos Dez Infernos, o que eu estou fazendo, caralho?

Recupero o fôlego enquanto nos entreolhamos.

— Desculpa...

— Não, eu é que preciso me desculpar. Eu… é só que… — Aeri desvia o rosto.

Ela não quer isto. Sinto uma pedra na garganta. Tenho a impressão de estar despencando, caindo do alto de uma montanha. Meu estômago revira e minha cabeça gira.

— Tudo bem — falo rapidamente.

— Não é que eu não… — começa ela, balançando a cabeça.

A gente continua falando ao mesmo tempo, o que me irrita muito. Eu a tiro do meu colo e fico em pé. O olhar dela vai direto para a minha calça, a protuberância na qual estava encostada segundos atrás. Pigarreio e me ocupo pegando as tigelas. Preciso dar o fora daqui.

— Tudo bem. A gente se empolgou. Não tem problema nenhum — digo.

— Royo…

— Vou enterrar o que sobrou para que os animais não venham atrás.

Evito olhar para ela ao pegar a panela e as tigelas vazias e saio pisando duro em direção à estrada.

A vergonha e a rejeição me fazem sair rápido. Mas não importa. A gente só se deixou levar. Ela estava tão bonita, e este lugar é tão incrível, que eu me esqueci. Esqueci que estou melhor sozinho. Esqueci que só consigo arruinar qualquer mulher que se aproxime de mim.

Eu pediria desculpas por deixar as coisas irem longe demais, mas ela pareceu me desejar. Não. Devo ter entendido errado, já que ela se afastou. No fim das contas, não me queria.

Ou talvez isto tudo não passe de uma brincadeira para ela.

O pensamento me atinge como um raio. Uma facada dentro de mim que é ainda pior porque eu deveria ter imaginado que isso fosse acontecer.

Por que uma princesa como Aeri desejaria um marginal feito eu?

Eu me abaixo à beira da passagem e cavo um buraco na neve. Não me apresso para raspar cada grão de arroz das cumbucas, depois jogo tudo fora, junto com meus sentimentos. Uso a neve para limpar tudo após enterrar a comida.

Quando termino, minha mente está mais calma. Aeri estava certa em se afastar. Esta é a última distração de que precisamos. Estamos à beira de uma guerra, ainda tentando matar um deus-rei, e temos que pegar um ovo de um papagaio assassino ou algo assim.

Sexo deveria ser a última coisa passando pela minha cabeça.

Mas não é.

Passo a mão pelo rosto e solto um grunhido. Achei que poderia ter sido tudo um erro, mas, quando estávamos nos beijando, ouvi cada suspiro, prestei atenção em cada arquejo. Ela estava gostando. Queria tanto quanto eu, até eu tocar no colar.

Deve ter sido o mesmo que eu vi quando estávamos no bote. Simples e com uma joia amarela. Talvez seja uma lembrança de algo… ou de alguém.

Meu coração bate forte com a ideia. Ela pode ter alguém esperando por ela em Pyong. Nunca perguntei.

Respiro fundo. É, esse pensamento não melhora em nada as coisas. Nem um pouco.

Agora tenho que dormir em uma barraquinha ao lado dela e mantê-la aquecida pelas próximas três noites. E, com sorte, teremos uma viagem de volta.

Era melhor eu ter ido com Mikail roubar o cadáver podre.

CAPÍTULO QUARENTA

TIYUNG

PRISÃO DO ÓCIO, YUSAN

O estranho na minha cela permanece de pé enquanto a porta se fecha. Assim como eu, está desacorrentado. Eu me atrapalho para acender a lamparina. Com as chamas criando vida, ele olha para mim com cautela, mantendo a distância. Deve ter a idade do meu pai, talvez um pouco mais jovem, mas este homem é muito diferente de Seok. Sabe se defender, e tem uma ferida na sobrancelha para provar. Provavelmente foi um soldado por muito tempo, a deduzir pela forma como se porta. E agora ele é prisioneiro, como eu.

Ele me analisa tanto quanto eu olho para ele. Deixo as mãos relaxadas na lateral do corpo enquanto procuro o brilho de uma arma perto dela. Não vejo nada, mas a camisa e a calça estão com uma aparência relativamente boa, e ele está com a barba feita. Deve ter chegado recentemente à prisão. O homem tem cabelo loiro-escuro e pele marrom-clara. Olha para as minhas roupas desgrenhadas, mas, ao chegar no meu rosto, para e semicerra os olhos.

— Você é um nobre — conclui ele e em seguida dá uma olhada rápida na cela.

Assinto.

— Está aqui para me matar? — pergunto.

Ele encontra meus olhos novamente.

— Não que eu saiba.

Uma sensação de familiaridade toma conta de mim. Ele me lembra de alguém, mas não sei dizer quem.

Continuamos nos observando, mas com um pouco menos de desconfiança do que antes. Não sou o que ele esperava, e ele também não é o que eu pensava.

— Por que está aqui? — indago.

— A pedido do rei — fala ele, com uma singela reverência. — O mesmo motivo pelo qual todos os homens estão aqui, imagino.

— Quis dizer na minha cela. — Sai com um tom muito mais pomposo do que eu planejava. Ouço o que falei e fico abalado ao notar que estou falando como meu pai.

O homem ri sem humor.

— Não vi seu nome na porta.

Solto o ar e ergo a mão.

O homem olha para o meu lado, onde está a lamparina e o caderno, junto ao saco de comida que deixo dobrado. Ele tem uma certa dureza que me faz repensar meu palpite sobre ele ser um soldado.

— Não sei — responde ele. — Os guardas me jogaram aqui. Não me deram a oportunidade de escolher minhas acomodações, milorde.

— Você não é um nobre — arrisco, mas sai arrogante.

Não sei qual é o meu problema. Não existe status de classe no Décimo Inferno. E minha prepotência está fazendo este homem me antagonizar, o que poderia resultar no meu assassinato, ainda que essa não seja sua missão. Mas acho que estou fazendo aquilo que é familiar para mim.

— Não, eu estava na guarda do rei.

Hum, então minha primeira impressão estava correta. Sinto um pouco de orgulho por ainda ser capaz de raciocinar bem.

Decidi que o melhor é parar de falar. Deixo o sujeito se acomodar, mas não tiro os olhos dele. Parece conveniente demais este homem aparecer no dia em que Hana não deu as caras. Seria uma desculpa fácil dizer ao meu pai que não tiveram culpa pela minha morte porque o responsável foi outro prisioneiro.

Por outro lado, eles poderiam dizer isso sem ninguém na minha cela, então que jogo é este que estão jogando, e por quê?

O tempo passa, e o homem se atém ao lado oposto do espaço. Estive economizando o óleo da lamparina, mas a mantenho acesa para observá-lo.

Chegado o tempo para a refeição, entregam duas bandejas à cela. O soldado pega a sua e agradece aos guardas. Já parei com essas cordialidades.

Nós dois continuamos próximos à porta. A refeição é bibimbap com pão e água. O cheiro é decente, mas sei que não me cairia bem. O homem se senta no chão com a bandeja e levanta a colher.

— É melhor não comer isso — alerto.

— Por que não? — Ele me encara com um olhar desafiador. Sua expressão é tão familiar. Eu realmente queria saber quem ele me lembra.

Aproveito a lamparina para iluminar a refeição dele. Leva um instante, mas não demora para as larvas se mexerem no arroz. Meu estômago revira ao saber que ingeri a mesma coisa, ou pior, na primeira refeição que fiz. Minha boca saliva e eu engulo a náusea.

Ele pigarreia e abaixa a colher.

— Vai ser só pão e água, então.

Eu entendo. Estava com tanta fome que considerei comer congee, mesmo depois de a primeira refeição de ensopado ter me deixado doente a ponto de eu implorar pela morte.

Pego o saco que Hana deixou e ofereço um pedaço de queijo e um pouco da linguiça para ele comer com o pão.

O homem me olha com uma expressão de confusão no rosto. Eu me esgueiro e coloco a comida na bandeja para ele não ter que a pegar da minha mão.

Ele me encara, depois fita a comida sem tocá-la.

— Por que… por que está me dando isto?

— Não sei.

É a verdade. Não sei por que fiz isso. Ele é um estranho, e eu não sei se ou quando verei mais comida trazida por Hana. Meu pai certamente não teria lhe dado nada, e inclusive teria me chamado de tolo pela minha atitude. E talvez seja mesmo tolice não guardar cada migalha, mas o homem parece faminto.

Dou de ombros.

— Acho que é como eu gostaria de ser tratado.

Ele assente.

— Qual é o seu nome, filho?

— Tiyung — respondo.

Com um pouco de esforço, ele arranca um pedaço do pão duro, depois o vira na mão.

— Devo perguntar por que está aqui?

— Pela mesma razão que você: a pedido do rei. — Dou um sorriso pesaroso.

Ele levanta a tigela de água em um brinde a mim, depois toma um gole.

Gosto dele, mas este homem ainda é despreocupado demais, limpo demais, para que eu confie nele. É muito conveniente ele ter sido trancafiado aqui hoje. Decido apelar para a sua misericórdia.

— Se vai me matar, por favor, faça isso enquanto eu estiver acordado — peço.

Ele para, um tanto confuso, mas assente.

— É um pedido razoável. — Ele dá uma mordida no queijo. — Obrigado por isto, Tiyung.

Esqueci de perguntar o nome dele. Minha mãe ficaria decepcionada por eu ter esquecido os modos tão depressa.

Não seja nobre apenas em seu título, dizia ela.

— Qual é o seu nome?

— Ailor — diz ele. — Prazer em conhecê-lo.

CAPÍTULO QUARENTA E UM

MIKAIL

CIDADE DE LOPTRA, KHITAN

Levou três badaladas desbravando a neve para chegarmos ao posto de permuta onde poderíamos pegar cavalos, depois mais cinco viajando, mas até que enfim chegamos a Loptra. Nossa primeira providência é comprar roupas de inverno para Sora. Após a avalanche, cortei uma das peles e a enrolei em suas botas de baile para que ela não congelasse ainda mais. Funcionou para chegarmos aqui, mas ela precisa desesperadamente de botas apropriadas e roupas que sirvam.

Ela escolhe uma casa de vestimentas no distrito de roupas, e a dona e as funcionárias param tudo o que estão fazendo para ajudá-la. A sedução é natural para Sora, mas ela também é espontaneamente encantadora e sempre gentil.

Bem, ela gostaria de matar Euyn, mas tem bons motivos para isso.

Não acredito que ele não contou antes que os pais dela não a venderam, mas, de novo, não é tão surpreendente assim vindo dele.

Já o deixei em uma estalagem, e ele está descansando. Na verdade, deve estar instalando meia dúzia de armadilhas e andando de um lado para o outro enquanto cuido de Sora. Sugeri que ela dormisse primeiro, mas ela não quis. Está ao mesmo tempo sem um pingo de cansaço e completamente exausta. Sei bem a sensação.

— Se me der licença, preciso passar na casa de correspondências e tomar algumas providências. Já volto — digo.

Ela assente.

Saio da loja e respiro fundo. Sora sempre é uma boa companhia para se ter por perto. Mesmo na longa caminhada até aqui, ela não reclamou uma única vez. Vai aguentar qualquer coisa em silêncio, mas o clima de luto e ódio que emana no momento é sufocante.

Sinto o ar fresco e agradável da neve ao seguir para a casa de correspondências, atravessando a agitação de Loptra. É a terceira maior cidade em Khitan, e a mais moderna e cosmopolita. Vidro e ouro reluzem, e as estátuas são quase novas. Todos vestem suas melhores roupas, e a maioria das mulheres usa calças e casacos estilizados. Pessoas que ficaram ricas recentemente se conectam com pioneiros da inovação. Até o cheiro do lugar é revigorante e promissor, com construções ainda em andamento ao longo da margem do Rio Uulatar — onde quase caímos durante a avalanche. O Uulatar escorre pelas Montanhas de Khakatan e cruza Loptra até chegar a Vashney.

É o mesmo tipo de pessoas que pode ser encontrado em Khitan. Vendedores de comida gritam suas especialidades em diversas línguas. Por causa do clima e do terreno nesta terra congelada, Khitan sempre abriu as portas para qualquer um que quisesse morar aqui. Eles têm um nível de tolerância que não se encontra em outros lugares, porque este lugar não lhes concede o luxo de serem esnobes. É um dos muitos motivos pelos quais não se dão bem com Yusan.

Passo por carne chiando na grelha e por um arroz cheiroso enquanto procuro a cor típica das casas de correspondências. Em Yusan, as lojas são pintadas de azul-cobalto, mas, aqui, assumem um tom chamativo de vermelho. Casas de correspondências são basicamente as mesmas em todos os reinos — metade viveiro, metade loja, com um grande estábulo anexado para os envios menos urgentes e mais baratos. Mensagens podem levar até um mês para serem entregues a cavalo, e eu particularmente nunca tive tempo para isso.

Preciso mandar cartas codificadas a Zahara e aos demais. Mas, quando chego à casa de correspondências em Loptra, noto que Zahara foi mais rápida que eu. Há um correio-água esperando por mim quando dou à mulher meu nome (falso). Duas cartas. Presumo que a outra seja de Gambria, pois mandei uma mensagem dizendo que viria para cá.

Com as cartas em mãos, vou para o lado e me apoio em uma das muitas bancadas. A casa fornece papel, envelopes e argila. Pego uma caneta e um papel para decifrar a mensagem de Zahara. Mais uma vez, consiste em apenas uma palavra.

Vivo

Tiyung continua vivo na Prisão do Ócio. É um alívio, ainda mais considerando a mais recente merda revelada por Euyn. Ty cada vez mais parece a única opção viável que temos para o trono. Foi ele quem quis poupar a garçonete e seu pai em Oosant, sob a justificativa de que os dois não estiveram diretamente envolvidos no sequestro de Sora. Muito melhor do que um homem disposto a aceitar genocídio para que não precisemos pagar tributos. Um homem disposto a permitir que Sora acreditasse que os pais a haviam vendido em troca de dinheiro.

Mas eu me esqueço do que penso sobre Euyn quando percebo que o segundo envelope é vermelho, o que significa que também vem do palácio. Zahara deve ter mandado uma águia logo após a primeira. Fico me perguntando o que devia ser tão urgente. Eu me preparo para ler que Tiyung morreu e que mais uma vez precisarei formar um novo plano.

Decifro a mensagem.

Ela virou cinzas.

Eu me inclino sobre o balcão, perdendo o ar. Finco as mãos na madeira e o horizonte tomba. Abro o casaco para conseguir respirar, mas não ajuda. Ainda sinto como se estivesse sufocando. Como se mãos invisíveis estivessem pressionando minha garganta e meu peito.

— Está tudo bem? — indaga a mulher, em khitanês.

Faço que sim com a cabeça. Mas não está nada bem. Luto contra o choro por uma garota que nunca conheci.

Ela virou cinzas.

Daysum morreu.

CAPÍTULO QUARENTA E DOIS

TIYUNG

PRISÃO DO ÓCIO, YUSAN

Sobrevivo ao primeiro sono com um parceiro de cela. Ailor não decidiu me matar, o que, para ser franco, acho um tanto estranho. Acredito que ele seja mesmo um prisioneiro como eu. Ou está me induzindo a uma falsa sensação de segurança, de complacência.

Mas não há razão para isso. Como nobre, sou praticamente inútil, embora eu seja, de fato um assassino. Pensei nos homens que matei todos os dias desde que fui embora de Oosant. Aqueles que esquartejei no armazém sem titubear. Mas não sou perigoso como Mikail — ele é o tipo de homem que se precisaria pegar desprevenido.

Assim que penso nisso, percebo que é a ele quem Ailor me lembra.

— O que foi? — indaga ele.

Eu estava encarando. Acendi a lamparina assim que acordei, e ele consegue me ver de onde está do outro lado da cela.

— Peço desculpas. É só que... você me lembra alguém.

Ele arqueia a sobrancelha com a cicatriz.

— Alguém inteligente e bonito como eu? Impossível. Não pode existir dois de nós.

Solto uma risada. Ele não se parece em nada com Mikail. É mais baixo que Royo, com cerca de um metro e setenta de altura e a mesma estatura robusta dele, mas é estranho — seus maneirismos são semelhantes aos de Mikail.

— Sabe, filho, você não me parece do tipo que acabaria aqui dentro — começa Ailor.

— Foi uma surpresa para mim também, isso eu garanto.

Os olhos dele são castanhos, eu acho, e eles me analisam.

— É um refém, então? — pergunta.

Assinto.

— Algo do tipo.

Não consigo entender se ele está tentando me decifrar ou se é um espião esperando que eu diga algo que vá me incriminar. Mas, parando para pensar, estive me comunicando com uma outra espiã este tempo todo.

Hana ainda não voltou a aparecer. Espero que nada de ruim tenha acontecido com ela. Faz pouco tempo que percebi que talvez ela própria estivesse em apuros. Espiões raramente estão em segurança, e não somos assassinos, mas não consigo imaginar uma sobrevivente como ela ou Sora sucumbindo a algo corriqueiro como um perigo qualquer.

— Estive pensando. Descobri que você era nobre, mas só vi esse tipo de colar em um sujeito: o conde de Tamneki — fala Ailor.

— Todos os condes usam colares como parte da vestimenta formal — explico. Mexo nas joias sobre os ombros, cruzando o peito. — É uma tradição que se estende desde o governo dos quatro reinos antigos.

Toco as safiras. São diamantes para o oeste, opalas para o norte e esmeraldas para o leste. O rei usa rubis. As pedras são de mais de um milênio atrás, mas foram recolocadas para cada família.

Ailor sorri.

— Você é um tanto jovem para ser conde, rapaz. Até onde me lembro, todos são mais velhos que eu.

— Meu pai é Seok, conde de Gain.

Ele franze o cenho.

— Ah, então você *é mesmo* um refém.

Assinto.

— O que você fez? — pergunto.

— Para dizer a verdade, não sei. — Ailor tosse e depois estica as pernas à frente. — Eu estava em casa. De repente, o guarda do palácio chegou, me pegou e me trouxe para cá. Não alego inocência, podem ter me prendido por inúmeras coisas do meu passado, mas não sei o que fiz para acabar na Ócio ou por que fui colocado na cela com você. Imagino que você não tenha tido nenhuma outra companhia antes de mim.

Balanço a cabeça.

— Por isso não entendo esse tratamento especial. Eu até imaginaria que tem a ver com o meu garoto, mas se fosse o caso, eu estaria morto.

— E quem é? O seu filho?

Ele sorri de novo.

— Prefiro não dizer.

Tenho que respeitar isso. Também tenho pessoas que quero proteger.

Um prisioneiro grita ao longe. É um som estridente que me faz tremer devido à sua brevidade. Sinto um arrepio percorrer os braços, e Ailor também se vira em direção ao barulho. O que quer que esteja sendo feito com o homem é, sem dúvida alguma, horrendo. Todas as prisões são um tipo de tortura, mas algumas são mais diretas que outras.

— Imagino que não sejam todas as celas que vêm com lamparinas, queijo e privacidade. São vantagens pelo seu status?

— Uma conexão exterior — admito.

Ainda não confio neste homem, e quero proteger Hana tanto quanto puder. O grito daquele prisioneiro foi uma lembrança desagradável de que há outras formas de extrair informações de mim. Hana escolheu a bondade porque salvei Nayo. Embora eu acredite que "salvei" não seja a palavra correta. Mesmo um mês com ele sendo forçado a servir como um garoto de prazer já seria muito além do meu alcance para salvá-lo. Mas ele está livre. "Salvei Nayo de mais sofrimento" é mais adequado.

— Essa conexão pode levar uma mensagem para fora daqui? — arrisca Ailor.

— Não sei — digo. — Para ser sincero, não sei se a pessoa vai voltar.

— Acho que, nesse caso, precisamos torcer para que volte. — Ele tosse mais uma vez e se apoia na parede.

Ele fala de um jeito tão categórico que é inevitável pensar que talvez seja mesmo a única coisa que nos resta... torcer.

Mas a esperança é a primeira coisa que vai embora em um lugar como este. Ou Ailor é um espião ou é uma coincidência tremenda, pois, pela primeira vez desde que recebi a carta de Sora, sinto otimismo. Como se houvesse motivo para ter esperança. Como se eu pudesse sobreviver. Como se todos pudéssemos sair dessa.

CAPÍTULO QUARENTA E TRÊS

MIKAIL

CIDADE DE LOPTRA, KHITAN

Ela está morta.

Fecho os olhos, depois afasto a dor. Com um único suspiro, confino mais uma tragédia aos cantos ocultos da minha mente. Quem sabe um dia a barreira ceda e eu transborde de tanto horror — mas, por ora, sigo em frente. Não posso alterar a mensagem. Não posso mudar a realidade. Daysum morreu, e não há nada que eu possa fazer a respeito. Não sou o Lorde Yama, o deus da morte que pode fazer com que almas renasçam. A única coisa em minhas mãos é continuar. E é o que vou fazer.

Limpo os olhos e lanço as cartas e os papéis de decifração no fogo. Em seguida, começo a trabalhar. Já passei por coisa pior. Vou superar isto.

Como planejado, codifico e escrevo minhas mensagens. Suprimo toda a tristeza e carrego as bolsas de correio, depois passo dez signos para a moça atrás do balcão. Com tanto dinheiro, ela vai escolher as aves mais rápidas e fortes. As que voam tão alto e que não são pegas por arqueiros.

A mulher de cabelo grisalho coloca a gorjeta no bolso, depois prende as bolsas às águias. Tira as amarras e os capuzes, e então os solta um a um pela abertura no teto.

Pago a quantia com a mente tranquila, mas minhas mãos tremem quando recebo o troco. Encaro os dedos, achando curioso. Há muito que decidi me importar mais com os vivos do que com os mortos, mas sinto a força do luto, pesado feito chumbo. Embora eu acredite que meu problema ainda seja com os vivos... como é que vou contar isso a Sora?

Esfrego a testa e divago de volta à casa de vestimentas. Pego o caminho mais longo, torcendo para conseguir encontrar as palavras certas. Passo pelo mercado, pego provisões e substituo as coisas que perdemos com o trenó. Pechincho com os vendedores, porque isso é esperado, mas também porque não estou com pressa.

Quando termino de comprar a mercadoria e volto para a estalagem, preparo os cavalos invernais para amanhã. Tem alguém me observando, um espião. Euyn não parou de falar de como alguém vinha nos seguindo, e acho que ele estava certo. Mas a distância é longa a ponto de quem quer que seja ficar só bisbilhotando.

Giro a adaga e considero derramar sangue, mas eu estaria entrando em contato com o espião apenas para escapar da sensação que me oprime. E eu não mato por esporte.

Não. Preciso encontrar Sora e acabar com isto. Dei minha palavra, e covardia não é do meu feitio.

Mas *como*? Como eu tiro de alguém sua razão de viver?

Não importa o que eu diga, ela vai ficar em pedaços. Até mesmo a lâmina mais afiada pode quebrar. Apenas a Espada Flamejante do Lorde Dragão jamais se estilhaça.

Chego à casa de vestimentas e me encosto na parede da esquina. A dor no meu peito é forte. As mesmas mãos invisíveis me agarraram novamente e estão apertando minha traqueia.

Como eu iria querer receber uma notícia dessas? Seria melhor saber imediatamente ou ter uma irmã por um tempo a mais? Quais palavras podem ser costuradas para amortecer o golpe fatal?

Ninguém precisou me dizer que eu tinha perdido minha família. Vi com meus próprios olhos — os corpos mutilados no chão. No entanto, soube depois do meu pai. Ailor, que me adotou posteriormente, me contou que toda a força rebelde tinha sido aniquilada.

Sem reféns, sem prisioneiros. Mas o Festival Sangrento foi uma tragédia em massa tão pavorosa, de uma escala tão enorme, que a morte do meu pai biológico mal causou impacto. Poucos sons podem ser ouvidos no meio de uma avalanche. Todo mundo que eu conhecia e amava estava morto, e há um limite a quanta dor se pode sentir de uma só vez.

Não será assim no caso de Sora.

Então vou só falar de uma vez, simples assim. Às vezes quando não existem palavras, qualquer uma serve.

Imagino que ela encontrará paz no fato de que a irmã não vai mais sofrer. Servos de casas de prazer geralmente morrem nas mãos de quem detém sua escritura, de parceiros de trabalho, ou, mais comumente, por causa de laoli. A droga os ajuda a suportar as coisas, e é fácil ter uma overdose. Embora eu não tenha certeza de como Daysum morreu, no fim das contas, acho que não importa.

Sem pensar duas vezes, endireito a postura. Abro a porta para a casa de vestimentas e entro. Sora ainda está em cima da plataforma, e as funcionárias estão alvoroçadas por sua beleza, sobretudo seus olhos. A realeza de Khitan veste roxo assim como os Baejkin usam vermelho-escuro. As garotas da loja chamam os olhos dela de imperiais.

Respiro fundo, pronto para contar. Porém, quando abro a boca, Sora levanta a cabeça. Sorri para mim, um sorriso caloroso que não desconfia do pior.

E eu me engasgo.

Não consigo. Não é covardia — ou quem sabe seja. Mas ela jamais será a mesma após descobrir. Não vai sorrir assim, talvez nunca mais. E eu não posso tirar isso dela neste momento. Se fosse Ailor em vez de Daysum, eu não ia querer saber até que a missão tivesse acabado.

É melhor esperar. Prometo a mim mesmo que vou contar quando formos embora de Khitan. Quando ela terá tempo de passar pelo luto sem ter que correr perigo e sofrer ao mesmo tempo.

— Já faz tempo — fala ela com um sorriso.

— Tempo demais. — Sorrio de volta.

Ela ri. Uma das funcionárias levanta o capuz forrado com pele do novo casaco para me mostrar, pensando que somos marido e esposa.

— Gostou? — pergunta ela, me mostrando a peça.

— É encantador.

Eu me sento como se não tivesse nada de errado, espanando neve da calça despreocupado. Meus olhos ardem, mas eu sorrio. De repente fico feliz por ter vinte anos de experiência fingindo ser o que não sou.

CAPÍTULO QUARENTA E QUATRO

AERI

PASSAGEM DO NORTE, KHITAN

Tive tempo para remoer o que aconteceu, e realmente não acho que ontem à noite poderia ter sido pior. Estremeci quando Royo tocou o amuleto, por puro choque, e tudo foi por água abaixo. Mas não era como se eu pudesse explicar para ele. Não podia dizer "Ah, não sei ao certo se minha joia mágica que controla o tempo vai saber que é você tocando-a e não eu, e não sei o que pode acontecer se ela, na verdade, souber".

Então eu me retraí, e ele ficou estranho, e agora está tudo um caos.

O que piora tudo é que precisamos montar acampamento de novo.

Franzo os lábios.

Não conversamos muito hoje. Royo tentou ao máximo fingir que as coisas estão normais, mas não estão, o que deixa tudo ainda mais constrangedor.

Era para termos parado um tempo atrás, mas não conseguimos encontrar uma clareira parecida com a de ontem. A neve está profunda, e ele não quer entrar na floresta por causa de predadores. Depois de ver o corpo do zurso, não tenho como discordar.

Tremo só de pensar naquelas presas. Sinto um frio na barriga ao lembrar do medo de ter perdido Royo e talvez os demais para sempre. Royo disse que eram quatro zursos. Quatro. Não sei como sobreviveram. Só que, com os deuses ao lado, tudo é possível.

A única coisa boa é que não acho que zursos habitem esta região no extremo norte. Não avistei yaks nem califeres que poderiam alimentá-los, e tento me confortar com isso.

Ainda assim, já está perto do pôr do sol e ainda não encontramos um lugar, o que significa que vamos ter que acampar à beira da floresta — precisamente o que Royo disse para não fazermos.

Então seguimos um pouco mais.

— O que é isso? — Royo aponta um dedo grosso para o nordeste.

Fico tão surpresa por ele estar falando que levo um segundo para olhar. O sol está se pondo em tons de cor-de-rosa e laranja, dificultando a vista. Sem falar na neve caindo sem parar. Mas fumaça ou vapor sobe de algum lugar ao longe.

Num primeiro momento, acho que é fogo de uma fogueira de acampamento, mas, quanto mais olho, mais convencida fico de que se trata de vapor. E vapor só pode significar uma coisa.

— Fontes termais! — exclamo.

Viro o cavalo e disparo na direção do vapor.

— Aeri, espera! O que são fontes termais? — grita Royo de trás.

— Poços naturais de água morna, e um banho quente seria como chegar aos Céus agora. — Curvo os dedos dos pés, pronta para um mergulho.

— Aeri!

Royo galopa até emparelhar comigo. Ergo uma sobrancelha e sorrio para ele, desafiando-o a me acompanhar. Viro o cavalo com mais força, estalando a língua. Royo parece irritado a princípio, depois vislumbro seus dentes. Um sorriso! Deuses, que bela visão.

Cavalgamos depressa pela neve, até chegarmos a rochas à beira de uma fonte termal. Não é muito grande — tem mais ou menos o tamanho de dois quartos em uma estalagem, o que é perfeito.

Desço do cavalo e o prendo a uma árvore, depois começo a tirar o casaco, ávida por um banho. Eu me lavei, mas não tomo um banho de verdade desde antes de irmos para o baile em Quu.

Em segundos, desço até o nível da água.

— Aeri, espera. Como sabe que a água não está pelando? — pergunta ele.

Para ser sincera, eu nem tinha pensado nisso. Dou uma olhada na superfície nas beiradas, e me parece aceitável.

— Porque não está borbulhando. Mas, vem cá, me dá um pedaço de linguiça seca. Se estiver quente demais, vai escaldar a carne — digo.

Ele faz uma carranca para a água, depois finalmente assente e desce. Ele me dá uma unidade de linguiça seca e eu a mergulho na água. Quando a tiro, a película que envolve a carne está normal, apenas morna. Coloco a mão na água limpa. Está quente, um pouco mais do que a água que se usaria para um banho, mas não sei se a temperatura está mesmo alta assim ou se o contraste é gritante só por causa do ar frio. Será mais fácil de dizer quando eu estiver submersa.

Tiro as botas. Royo, um estraga-prazeres como sempre, continua parado.

Arranco a camisa e a calça, deixando apenas a roupa debaixo, para não constranger Royo. Mas eu gostaria de ressaltar que ele não me impede de me despir.

— Vem, Royo. Não fica aí só olhando, isso é estranho — chamo.

Ele me encara, sem humor. Sorrio.

Entro com cuidado, porque é difícil dizer a profundidade desta fonte, mas tem uma pedra bem sob meus pés. Assim que entro, a água está incrível. Tão quente que chega a arder, mas não de um jeito desagradável.

Avanço um pouco mais, deixando a água batendo no peito. Olho para Royo. Ele suspira e começa a tirar as botas e o casaco.

— Melhor assim — digo.

— Há controvérsias — balbucia ele.

Ele arrisca tirar a camisa, e fico livre para encará-lo — a largura dos ombros. O braço e os músculos do peito. Ele não é bonito como Mikail nem esguio como Euyn. Royo atinge a perfeição sendo do jeitinho que ele é.

Espero-o tirar a calça, segurando o rosto com as mãos. O segundo sorriso dele irrompe da casca grossa. Foi só quando conheci Royo que percebi que um sorriso difícil de se arrancar é muito melhor do que um gratuito.

Com um suspiro profundo e pesaroso, ele tira a calça. Penso em assoviar de apreciação, mas ele se vestiria novamente. Suas coxas são grossas e musculosas como o resto do corpo. Com cautela, ele dobra as roupas e as coloca sobre uma pedra. Fico devastada ao descobrir que ele continuou de cueca.

— Sinta-se à vontade para continuar o espetáculo — provoco.

— Vou voltar para Yusan. — Ele se vira e volta para o cavalo.

Solto uma risada e dou mais um passo para conseguir lavar o cabelo, mas a rocha em que eu estava pisando está escorregadia. Meu pé desliza, e eu espero encontrar o chão novamente.

Mas não há mais outra pedra.

Não tenho tempo sequer de emitir um som antes de cair.

A água cobre minha cabeça. Fico tão chocada que é um segundo antes de eu tentar ficar de pé, mas a queda foi íngreme. Muito íngreme. Eu afundo depressa, mas meus pés não tocam o chão.

O pânico toma conta, e eu debato os braços e as pernas. Golpeio a água com as mãos em garras, tentando chegar à superfície, mas nunca soube nadar. Minha mãe não achava apropriado para uma garota ter esse tipo de habilidade, então nunca aprendi.

Não acredito que estou submersa. Eu estava bem um minuto atrás. Bastou um passo e agora estou em perigo mortal.

Olho pela água transparente e quente. Faço menção de pegar o amuleto, pois ele me salvou inúmeras vezes, mas meu estômago revira. Não vai ajudar. Não quando estou me afogando. Ainda que eu pare o tempo, não posso me forçar a saber nadar no futuro, da mesma forma como isso não é possível agora.

Royo. Preciso de Royo.

Levanto a cabeça, esperançosa.

Por favor, me ajude, Royo. Por favor.

Vasculho a superfície, mas nem sinal dele. Ele não vem. Meus pulmões ardem à medida que fico sem ar. O terror fica pesado no meu estômago, e meu coração bate nos meus ouvidos. Vou acabar morrendo sozinha. Como sempre estive. Eu pensei que… pensei que as coisas seriam diferentes depois de conhecê-lo, mas me enganei.

Desesperada, olho para cima mais uma vez. A última coisa que vejo são os Raios Noturnos do Rei Solar. E então tudo desvanece até virar nada.

CAPÍTULO QUARENTA E CINCO

MIKAIL

CIDADE DE LOPTRA, KHITAN

O apartamento de Gambria tem cheiro de lenha e lilases, e uma vista para a cidade de Loptra. Em algum lugar lá para baixo está sua esposa, que ela pediu para ir comprar queijo de cabra quando bati à porta. Gam me serviu chá, depois bolinhos de creme por pura educação, mas preferia que eu não estivesse aqui. Não porque sou um espião de Yusan, mas porque é como ela se sente a meu respeito, de maneira geral.

Eu me apoio na parede ao lado da janela e olho para a rua, mas na verdade estou analisando Gambria no reflexo do vidro. Ela está sentada de pernas cruzadas em uma poltrona verde. A calça cor-de-rosa tem o tamanho perfeito para sua estatura pequena. Ela tem pouco mais de um metro e meio e não chega a pesar cinquenta quilos, mas é formidável como uma montanha.

— Me conte sobre os marnans — peço.

— Olá, é bom ver você também, Mikail — responde ela.

Curvo o canto de boca em um sorrisinho. Sempre houve uma certa tensão com Gambria. Ela gosta de mim, eu acho, mas protege Fallador, e me considera um encrenqueiro. Ela e Fallador sobreviveram juntos, os últimos de sua família, escondidos em um navio de carga que os levou de Gaya a Khitan durante o Festival Sangrento.

Gam tem cachos escuros e olhos claros, mas, fora essas feições, não possui muita semelhança com o primo. Nós já nos conhecíamos na ilha, então a opinião negativa dela sobre mim é totalmente pessoal.

— O que quer saber? — indaga ela, inquisitiva demais para não morder a isca. — Os marnans moram em cavernas de gelo, dois dias a oeste daqui, mas você já sabe disso, então o que está me perguntando de verdade?

Sorrio.

— Quantos eles são?

— Oito mil, talvez dez agora. Difícil dizer, pois moram no subterrâneo. Nem o próprio povo tem um número exato. Quando precisam de mais espaço, seguem por túneis até um novo local. Não têm por que conduzir um censo.

Isso bate com as informações que eu já tinha. Não são boas notícias. Estava torcendo para ser um número mais baixo, mas, sem infiltrar as cavernas, é impossível ter certeza. A mulher de Gambria, Lyria, é uma marnan. Sua mãe deixou as cavernas e veio à cidade antes de Lyria nascer. Presumo que por causa de algum tipo de desgraça, mas é difícil afirmar.

— Onde eles enterram os mortos? — pergunto.

O chá de Gambria está quase chegando aos lábios, mas ela abaixa a xícara, batendo-a no pires.

— Não.

Olho para ela.

— Não o quê?

— Para o que você está pensando. De jeito nenhum. É suicídio.

Ergo uma sobrancelha.

— Não imaginei que você fosse sentir minha falta tanto assim. Estou comovido, Gam.

Ela respira fundo e olha fixamente para a distância entre nós dois como se estivesse sofrendo, mas há humor em seus olhos — azuis como o céu e espaçados.

— Para mim tanto faz se você vive ou morre, mas outra pessoa não se sentiria da mesma forma — diz ela.

Sorrio involuntariamente.

— Então me ajude a sobreviver; onde eles enterram as pessoas? — pergunto. — Duvido que deixem os corpos onde moram. Congelados ou não, isso seria péssimo.

Ela suspira.

— Staraheli está em um caixão de vidro dentro de um mausoléu à entrada da caverna. Tanto ele quanto a entrada são protegidos noite e dia.

Bem, isso certamente não é nada ideal para nós.

— Querido, há uma razão pela qual Staraheli ainda não perdeu a cabeça — fala Gambria, ficando séria. — Sobretudo para Khitan e Loptra, elas adorariam ostentá-la. Isso não pode ser feito.

Que bom que "não pode" e "não vai" são coisas diferentes.

— Não com essa atitude — retruco.

Ela revira os olhos, mas vislumbro um sorriso iluminando seu rosto. Ela é muito bonita. Beleza não era um atributo que faltava à família de Fallador. No passado. A família real de Gaya foi dizimada e lançada ao mar depois de Joon ter declarado que eles romperam o tratado colonial. Como se o papel não tivesse sido assinado com a ponta de uma espada.

Olho pela janela, pensando em como pegaremos o cadáver de Staraheli. Em geral, mausoléus são fechados, mas se o corpo estiver em um caixão de vidro protegido, talvez não seja o caso. Sora e Euyn podem cuidar de algo simples como alguns guardas enquanto eu quebro o vidro e corto a cabeça do sujeito.

Vamos conseguir. Um passo mais perto de Quilimar. Mais perto de libertar Gaya.

Observo a neve caindo nas construções lisas. Há menos ouro aqui do que em Vashney ou Quu, mas ainda assim é estranho para mim. Pensamentos sobre Gaya e seus campos e as árvores pretas vêm à tona. Nunca neva na ilha. Nossas casas são puro estuque madeiras pretas, não isto.

— Este lugar não poderia ser menos familiar, não é? — indago.

Ela dá de ombros.

— É meu lar.

Eu me viro.

— Gaya é nosso lar.

— Ah, Mikail, não é, não. — Ela parece realmente sentir pena de mim. — Nós mudamos.

— O que quer dizer?

— Você, eu e Fallador. *Viemos* de Gaya, mas não *pertencemos* àquele lugar. Somos das terras que nos acolheram e de gayanos, mas isso não é o mesmo do que lá ser nosso lar.

Eu a encaro, incrédulo. Por mais que eu tenha fingido ser yusaniano, sempre soube que não era. Não sou parte de Yusan agora, nem nunca serei.

— Que coisa mais ridícula. Sou gayano. Você também é. Seu primo é o legítimo regente do reino! — rebato.

— Do antigo reino. — Ela balança a cabeça, e seus cachos se movimentam quando ela fica de pé para se aproximar de mim.

Ergo as sobrancelhas, e ela pousa uma mão delicadamente no meu ombro. É muito estranho, considerando que ela está longe de ser delicada.

— Não moramos lá desde a infância — fala ela baixinho. — Nem mesmo você voltou lá. Tenho certeza de que muito mudou em quase vinte anos. Amamos Gaya pelo nosso passado, o que é normal. Só que aquela Gaya se foi. Desapareceu quando nossos barcos zarparam.

Deixo as palavras entrarem em um ouvido e saírem pelo outro, mas as farpas me atingem.

— Espero que esteja errada.

— Isso é bem raro de acontecer. — Ela abre um sorriso genuíno.

Estou abalado, então mudo de assunto. Ela não pode estar certa. Não pode.

— Sabe, você nunca me disse por que veio ficar aqui e não em Quu, perto de Fallador — digo.

— Porque é possível amar uma pessoa e querer se tornar alguém longe dela. Aqui sou independente do meu primo. — Ela abaixa as mãos e as entrelaça. Está ao mesmo tempo dizendo a verdade e mentindo, porque não foi esse o motivo real por ela ter deixado a capital. — Espero que haja algum lugar de paz para você, meu amigo.

Assinto.

— Quem sabe um dia.

Ela suspira.

— Você nem disfarça a magnitude da sua falta de sinceridade.

Sorrio.

— Não se engane, Gam. Sempre posso ser menos sincero do que transpareço.

CAPÍTULO QUARENTA E SEIS

ROYO

PASSAGEM DO NORTE, KHITAN

Para onde ela foi? Aeri estava ali um segundo atrás. Virei e fingi que ia voltar a pé para Yusan, mas agora ela sumiu.

Solto um grunhido. Ela está brincando, escondendo-se de mim.

— Aeri — chamo. Espero ouvir sua voz, mas não há resposta. — Aeri, isso não é engraçado. Aparece.

Nada ainda. Prendo a respiração e escuto, mas está um silêncio sepulcral. Uma sensação de que tem algo errado acontecendo toma conta de mim. Um arrepio subindo pelas minhas costas me diz que estou deixando alguma coisa passar.

Está quase escuro, mas vejo bolhas subindo à superfície da fonte termal. Que esquisito. Aeri acabou de dizer que a fonte não estava borbulhando.

Meu estômago revira. Puta merda. Aeri! Ela está na água.

Pulo direto, e a água quente arde, mas mal percebo porque estou mexendo os braços na água com o coração disparado.

— Aeri, Aeri, cadê você? — grito.

Analiso a superfície, mas só vejo as ondinhas que causei ao entrar.

Perco o fôlego. Será que ela desmaiou? Como caiu tão depressa? E aí entendo: ela não sabe nadar.

Foi por isso que fez aquela cara no rio Sol quando os piratas atacaram… ela não sabe nadar. Cacete, e eu dei as costas para ela.

Frenético, tento ver se toco alguma coisa ao redor. Nada. Respiro fundo e mergulho.

Não me lembro de quando ou onde aprendi a nadar — deve ter sido quando eu era bem novinho. A impressão que tenho é que eu sempre soube.

É só quando desço alguns metros que me dou conta de que não faço ideia do que pode estar à espreita nesta fonte de águas escuras. Mas não importa. Eu sairia no soco com o próprio Lorde Yama para ter Aeri de volta.

Continuo estendendo os braços e afundando cada vez mais. Até que, enfim, sinto algo. É fino. Não sei o que é até chegar aos dedos. É o braço de Aeri. Meu peito se enche de alívio quando puxo o corpo dela para o meu, depois chuto a água o máximo que consigo para chegar à superfície.

Saímos na superfície. Arquejo, sentindo os pulmões ardendo, mas os olhos dela estão fechados e Aeri não está se mexendo. Jogo ela na neve e pulo para fora.

Caio quase que em cima dela. O ar frio é um choque, mas o fato de que eu a encontrei também é. Ela está bem. Só que está imóvel.

Puta que me pariu. Ela não está respirando.

Com as mãos tremendo feito um terremoto, coloco-a sobre o joelho. Bato nas costas dela para forçá-la a vomitar a água. Não acontece nada. Eu me abaixo e levo a orelha ao peito dela. Espero, torcendo, prendendo a respiração.

Silêncio. O coração dela não está batendo, nem de leve.

Frio como jamais senti antes me avassala e me prende no lugar.

Ela está morta. Morreu enquanto eu estava bem aqui.

O pânico e a agonia revezam para golpear meu peito. Eu poderia tê-la salvado. E não consegui. Fracassei mais uma vez.

Bato nas costas dela de novo, tentando fazer algo. Qualquer coisa.

— Aeri! Respira. Respira.

Mas não tem nada. Ela está completamente parada.

Sinto os olhos arderem com as lágrimas, e grito. O som corta o crepúsculo e ecoa ao redor. Não ligo se houver predadores por perto. Que venham me atacar.

Ela se afogou. E eu não fiz nada.

De repente, uma calma estranha assume o controle, e é como se eu pudesse ver o rio Sol bem à minha frente. Em seguida, vejo os corpos sendo puxados dele — a aparência péssima, pálidos e inchados. Por morar próximo ao rio, também vi pessoas praticamente afogadas sendo tiradas da água. Gente que caiu, pulou ou, sei lá, e pessoas que correram para ajudar. Todas sempre estavam exatamente assim — parecendo dormir —, como minha mãe quando a encontrei.

Teve um dia em que eu e ela estávamos indo ao mercado, e vimos alguém sendo trazido de volta à vida. A lembrança se desenrola bem diante dos meus olhos. Uma mulher com um vestido cinza se ajoelhou nas pedras da margem imunda do rio. O marido estava morto na frente dela. Pessoas com chapéus e cachecóis se amontoaram ao redor, atraídos à morte como mariposas que querem explorar uma chama. E então ela fez algo estranho. Prendeu o nariz dele e assoprou em sua boca. Apertou o peito do homem, e isso o trouxe de volta. Ele se sentou, cuspindo.

Chamaram de milagre.

Eu me desvencilho da lembrança e decido arriscar. Vou tentar qualquer coisa.

Viro Aeri e abro sua boca. A boca com o lábio inferior que beijei ontem à noite. Não sei o que estou fazendo, mas prendo o nariz dela. Sopro forte duas vezes, como se estivesse respirando por ela. Em seguida, pressiono seu peito, tentando tirar a água de dentro. Ela é tão frágil que preciso tomar cuidado para não machucá-la. Mas pressiono de novo. E mais uma vez.

As lágrimas se acumulam nos meus olhos e o gelo incomoda minha pele, mas estou suando.

— Volta, Aeri. Fica comigo.

Pressiono e pressiono.

— Fica — imploro, pegando o nariz dela novamente.

De repente, ela se mexe. Recupera a consciência e tosse. Em seguida, vira para o lado e vomita a água.

Eu me ajoelho no chão. Pelos Dez Infernos, graças aos deuses!

Minhas mãos tremem enquanto deslizo-as pelo rosto. Meu corpo todo treme, e eu não consigo recuperar o fôlego.

Aeri também está trêmula, vomitando na neve. Mas está viva. Seu coração está batendo e ela está respirando.

É um milagre.

Ela arfa e arregala os olhos, e então me fita. Não acredito que isso funcionou. Tinha que funcionar, porque eu não ia perdê-la.

— Você me salvou. — Ela me encara, atônita. — Eu... eu me afoguei. Tenho certeza disso. Como você me salvou?

Não sei. Não sei mesmo. A lembrança da mulher salvando o homem no Sol deve ter uns vinte anos, mas veio à tona como se aquilo tivesse acontecido ontem.

— Eu não ia deixar a morte tirar você de mim.

Ela me encara com os grandes olhos castanhos marejados.

— Royo... você diz coisas assim e depois não sabe por que me apaixonei por você.

— Aeri... — Balanço a cabeça.

Ela não pode se apaixonar por mim. É um erro imenso. Mas meu coração dispara mesmo assim. É tudo, absolutamente tudo que eu quis ouvir na vida.

— Eu sei — fala ela. — Você não ia deixar a morte me tirar de você, mas apenas como *amiga*.

Eu a fito, reprimindo uma risada.

— A cada segundo que passa, afogamento me parece uma ideia melhor.

Ela sorri, depois treme, arrepiando e esfregando os braços. Porque está molhada e praticamente nua na neve. Suas roupas íntimas estão ensopadas e transparentes. Caralho, ela está congelando. É óbvio que está.

Não olho. Tá, tudo bem, eu olhei, mas baixo o rosto para a neve.

— Posso te colocar de volta na água para se aquecer, depois eu...

— Não consigo. — Ela balança a cabeça, mais uma vez com os olhos arregalados.

Ah, lógico, ela não quer voltar para a fonte termal. Eu entendo. Só que ainda não acendi uma fogueira. Corro até o cavalo e pego nossos aparatos. Eu a envolvo com dois cobertores, apertando bem firme. Em seguida, volto à fonte termal e pego as roupas dela. Subo de volta e entrego as coisas de Aeri.

Ela levanta o rosto para mim, o cabelo pingando na pele animal. A boca ainda está entreaberta enquanto ela respira fundo.

— Você também está ensopado.

Estou, e com frio também, mas mal estou sentindo. Pego a panela do jantar e jogo alguns gravetos caídos. Meus dentes batem enquanto procuro o acendedor na bolsa. Preciso me trocar, mas aquecer Aeri é tudo que importa agora.

Os gravetos enfim acendem um fogo tímido bem na panela, que eu coloco no colo dela. Não é grande coisa, mas não posso armar uma fogueira sem um buraco e madeira.

Volto à fonte termal, tiro a cueca molhada e visto as roupas secas e as botas. Agora, aquecido o suficiente, pego pedras. É o bastante para fazer um buraco para a fogueira perto de Aeri. Depois, pego o machado. É uma arma de guerra, não de madeira, e eu precisei afiá-la antes de destruir a cabana de aquecimento, mas vai servir para cortar uma árvore pequena.

Tem um pinheiro de cinco anos que caiu, apodrecido, não muito longe das rochas. Começo a cortá-lo em lenhas e desmantelar pedaços. Trabalho tão depressa que me aqueço a ponto de ter que tirar o casaco de novo. Paro e o coloco sobre os ombros de Aeri, depois a envolvo novamente no cobertor. Ela me olha, e sinto o tamanho do alívio por saber que ela está bem. Viva e aqui comigo.

Volto ao trabalho. O esforço é bom. Cada golpe e cada machadada me acalmam um pouco mais.

Assim que consigo o suficiente, levo a lenha de volta e a ajeito no buraco. O fogo na panela já quase se extinguiu, mas ainda dá para fazer uma fogueira. Jogo um pouco de palha seca, e ela cria vida.

Por fim, respiro fundo e me agacho ao lado de Aeri. Ela vestiu roupas secas, mas ainda está branca como a neve, e trêmula. O fogo vai ajudar. Ela me observa, o maxilar tremendo por causa dos dentes batendo. Ainda assim, abre os cobertores para me envolver.

Eu a pego e a acomodo no colo para dar um pouco de calor corporal, depois fecho o cobertor ao redor. Ela se derrete, tremendo contra mim, fria como gelo. Aos poucos, seu corpo esquenta.

Aeri se aninha em mim, segura agora.

Enquanto olho ao redor, percebo que este não é um lugar ruim para montar acampamento. Estaríamos protegidos pela fonte termal, e a fogueira já está acesa no crepúsculo.

— Tudo bem ficarmos aqui hoje à noite? — pergunto.

Ela me fita.

— Tudo, mas chega de mergulhos.

Rio, e ela sorri.

Quando ela está aquecida, eu a deixo com o cobertor e começo a trabalhar na barraca. Deixo algumas telas no chão. Não estará tão quente na neve quanto na terra ontem à noite, mas a gente vai dar um jeito. Faço o que for preciso.

É só depois de o acampamento estar montado e Aeri me devolver meu casaco, insistindo que eu o vista, que eu me deixo pensar no que aconteceu. Aeri se afogou. Ela morreu, e eu a perdi. Perdi todos os amanhãs que queria ter com ela, mas depois eu a trouxe de volta.

Não entendo. Talvez tivessem mesmo sido os deuses nos ajudando. Não consigo explicar de outra forma — como me lembrei do que fazer para salvar alguém e como isso funcionou. Um minuto a mais, e nada poderia ser feito. Sei no fundo da minha alma. Se eu tivesse sido um pouco mais lento e se ela tivesse caído um pouco mais, eu a teria perdido para sempre. Se tinha um momento para os deuses me agraciarem, fico feliz por ter sido esse.

Depois de Lora, jurei que nunca mais me aproximaria de ninguém, pensando que ficaria melhor sozinho. Agora já era.

Aeri beberica água de um cantil enquanto lavo a panela. Coloco neve nela e a apoio sobre o fogo no suporte de ferro. Eu a sinto me encarando, mas por ora ela está quieta. Quando a conheci, só desejei que ela respirasse um pouco e parasse de falar pelos cotovelos, e agora sua voz é o que mais quero ouvir.

— Não faz mais isso.

Ela solta uma risada.

— Acredite em mim, Royo, não tenho plano nenhum de repetir o que aconteceu.

Coloco um pouco de arroz na panela. Enquanto ele cozinha, estendo a mão e ajeito o cabelo molhado dela detrás da orelha.

— Fiquei muito assustado — falo.

Os olhos dela ficam marejados, e ela assente.

— Eu também. Pensei que... pensei que você não viria.

— Eu sempre vou encontrar você.

Nós nos olhamos sob a lua crescente. Tenho vontade de beijá-la de novo, mas não vou. Vai estragar o momento. Ela está segura, e isso basta.

Aeri dá um sorrisinho gentil, depois leva a mão ao bolso. Tira um guardanapo e desenrola o papel. Dentro tem um bolinho, que estende para mim.

Franzo o cenho. A garota tinha bolo dentro do bolso.

— Por salvar a minha vida.

Ela está falando tão sério que eu pego metade e dobro o resto para ela.

— Você salvou a minha.

Ela sorri.

— Duas vezes, mas quem é que está contando?

Dou uma mordida. Açúcar, creme e baunilha dançam na minha língua. É bom, muito bom.

— Três — falo.

Ela não sabe, mas me salvou no dia em que colocou o cartão no meu bolso. Eu não tinha me dado conta disso na época, mas estava vivo sem viver até conhecer Aeri na estalagem Botina Preta.

CAPÍTULO QUARENTA E SETE

SORA

PASSAGEM DO OESTE, KHITAN

Mikail está agindo de um jeito estranho. Por algum motivo, o jeito como ele tem olhado para mim e para Euyn nos últimos dois dias é esquisito. Percebi no mesmo vazio assombrando seus olhos antes de ele destruir a coroa. O que só pode significar que ele está tramando alguma coisa... algum tipo de traição ou de segredo. Ainda não sei o que é, e meu tempo está se esgotando, já que estamos quase nas cavernas de gelo.

É madrugada, cerca de uma badalada da manhã, quando ele faz sinal para pararmos os cavalos.

Ao longe, a quase cento e cinquenta metros, há uma caverna imponente de uns vinte metros de altura, talvez mais, com uma construção pequena acoplada à entrada. Mikail chamou de mausoléu. Parece uma casa de pedra sem janelas.

Não entra na minha cabeça por que alguém colocaria um corpo num lugar desses por toda a eternidade. Mas eles acreditam em deuses diferentes.

Talvez os deles sejam mais bondosos do que os nossos.

Euyn viajou ao outro lado de Mikail desde que partimos de Loptra e me evitou quando pernoitamos em um acampamento improvisado. Não sei se é por covardia ou respeito, mas ele também tem se distanciado de Mikail.

Tive tempo para me acalmar e considerar o que Euyn disse. Por mais que eu o odeie por não me contar sobre meus pais, ele tem razão ao afirmar que Daysum não teria sido libertada. Ninguém teria acreditado em um plebeu em vez de em Seok. O conde de Gain continua sendo o verdadeiro problema, embora Euyn não seja a escolha certa para governar.

No entanto, um problema de cada vez. Minha mãe me dizia para me concentrar no próximo passo quando a situação era desafiadora demais. Precisamos levar a cabeça de Staraheli para Quilimar e convencê-la a nos ajudar a assassinar o rei Joon para que a pessoa a substituí-lo passe a ser uma questão.

Minha mãe, a quem odiei nesses últimos anos por acreditar que tinha vendido as próprias filhas por ouro. Nem comecei a desenterrar esses sentimentos. Não há tempo para lidar com isso agora. Mas existe um conforto espinhoso em saber a verdade.

Euyn para à frente. Ele desce do cavalo, se agacha para se aproximar e analisa o horizonte.

— Tem dois guardas próximos ao mausoléu. Dois estão patrulhando — sussurra ele.

Enfrentar quatro guardas não é tão ruim. Bem, pelo menos até se começar a pensar neles como pessoas que você está matando, como almas roubadas.

Encontramos luminae em Loptra. É uma florzinha brilhante, cujo pólen pode ser transformado em pó de veneno do mesmo nome. Está nos meus lábios e no meu bolso. O luminae mata com uma sensação lenta que queima como se a vítima estivesse em chamas. A boca é afetada primeiro, e a toxina paralisa a língua. O Erlingnow teria sido mais caridoso de se usar, pois é uma morte mais rápida, mas não o encontrei. Todos os reinos têm os próprios venenos, as próprias maneiras de matar.

Estava torcendo para não ter que matar ninguém além de Seok em Khitan, muito menos guardas que só estão protegendo algo sagrado para eles. Não são os nobres repugnantes ou uma gangue que me devoraria assim que olhasse para mim. Porém, se a única forma de salvar Daysum for matando homens inocentes, minha decisão já foi tomada muito tempo atrás.

Gostaria de não ter que participar disso e poder fugir, mas não é o que faço. Eu me preparo e desço com Mikail. Prendemos os cavalos a uma árvore. Pessoas têm que morrer para que Daysum viva. É uma troca simples.

Só que, na verdade, não há nada de simples nisso. Não quero matar estes guardas ou roubar uma cabeça que pertence ao herói idolatrado deles. Staraheli liderou oprimidos contra um opressor — eu me identifico com isso. Sinto que estou fazendo algo de errado. Tento deixar a sensação de lado, mas ela se recusa a ir embora. Não estamos falando de um alvo que preciso matar nem de uma situação de vida ou morte. Isto é um prêmio.

E nem todos nós matamos por esporte.

Ainda assim, ao sinal de Euyn, nós três nos aproximamos do mausoléu pela lateral. Estamos quase lá quando Euyn desaparece. Que estranho. Olho para Mikail, mas ele não parece preocupado, então aposto que não há problema algum — é só mais uma parte do plano da qual não fui informada.

Seguimos mais alguns passos, nossos pés silenciosos no chão branco, mas um guarda se vira e repara em nós. Respiro fundo, pronto para seduzi-lo, mas Mikail agarra meu braço e me joga para baixo.

Caio com tudo na neve e grito de dor. É tarde demais quando me lembro de abafar o som, e agora chamamos a atenção dele.

Embora eu sinta a mão de Mikail no meu braço e saiba que ele me empurrou, tento convencer a mim mesma de que apenas tropecei. Mikail é meu amigo e aliado. Não me machucaria.

Mas então ele balbucia algo em uma língua que não conheço.

O guarda corre até nós. Ele grita algo, e Mikail responde, erguendo os braços. Ele aponta para mim e fala de novo — deve ser marnan. Mas a palavra que usa parece uma gíria maldosa para casas de prazer. Eu o encaro de onde estou, perplexa, ofendida pelo insulto. O que ele está fazendo? O que foi que deu nele?

Mikail me encara com ódio no olhar. Depois bate duas vezes na bainha da espada.

O sinal.

Fico de joelhos e foco apenas no guarda. Não é muito mais velho que nós, apesar de ter uma barba longa retorcida. Os olhos são ligeiramente próximos demais, mas olho para ele como se o homem contivesse toda a esperança do mundo. Como se eu de repente tivesse me apaixonado por ele.

Quando os olhos dele encontram os meus, inclino a cabeça e deixo o capuz do casaco cair para trás. Não preciso falar a língua dele para que isso se traduza. Lágrimas inundam meus olhos, e eu abro os lábios.

— Me ajude — sussurro em khitanês, caso a tradução seja mais ou menos próxima.

O guarda não parece me entender, mas sabe que estou implorando por sua clemência. Os nobres de Yusan amam esse showzinho — a donzela indefesa que precisa ser salva. Acredito que isso transcenda fronteiras, mas prendo a respiração, esperando.

Ele hesita, mas estende a mão para mim. Não tenho nada além de gratidão para lhe mostrar ao pegar seu braço e me colocar em pé lentamente.

— Obrigada — digo, em khitanês.

Pena que ele não vai conseguir entender minha última palavra para ele.

Eu me inclino e o beijo, invadindo a boca do guarda com veneno. Ele começa a se engasgar de imediato, levando os dedos aos lábios e ao pescoço.

Olho para Mikail para evitar ver o guarda sofrendo. Espano a neve de mim, enquanto o guarda cai ao chão.

— Exagerou um pouco, não acha?

Ele tinha dito que iria apenas fingir ser um marido traído e me deixar nas cavernas, à mercê dos marnans, então eu não esperava que ele fosse me empurrar.

— Não, nós tínhamos público. — Ele aponta para a entrada do túnel. Viro a tempo de ver dois homens caindo com virotes de besta fincados no pescoço. — Mas você está bem?

— Estou.

Ele mal olha para mim antes de encarar o mausoléu com intensidade.

— Então vamos. Não temos muito tempo.

Não sei onde o último guarda está, mas deve estar morto.

Mikail anda com passos cautelosos, porém rápidos. Com ele de costas para mim, paro e tiro uma garrafa do bolso. Coloco uma gota na boca aberta do guarda. O homem tentou ser gentil comigo e recebeu apenas dor em troca. Mas ele não precisa morrer.

Li no templo que o antídoto para o veneno de luminae é feito do mesmo recurso — o líquido no caule e nas folhas da flor tóxica. Assim como o veneno, o antídoto demora a surtir efeito. Impede que a queimação se espalhe e diminui aos poucos a inflamação. O guarda não vai conseguir se mexer até amanhã cedo, e com certeza vai se lembrar da dor, mas sobreviverá.

É o melhor que posso fazer. Precisávamos tirá-lo do caminho, mas só por alguns minutos, não para sempre. Mikail e Euyn não teriam entendido por que quis poupá-lo, então o melhor foi agir sozinha, da maneira mais sorrateira possível.

Euyn nos encontra à entrada do mausoléu. Surpreendentemente, há uma porta de bronze, verde de pátina, do lado da caverna. Acho que faz sentido ter uma porta — eles tinham que colocar o corpo para dentro de alguma forma. Mikail disse que Staraheli devia estar em um caixão de vidro, então talvez abram a porta para visitas.

Acho essa ideia perturbadora, mas talvez eles pensem o mesmo a respeito das nossas piras crematórias.

Mikail puxa a maçaneta, que, depois de um tempo, começa a se abrir. Que estranho não haver tranca. Euyn o ajuda e puxa também, e juntos os dois arrastam a porta pesada até haver espaço para entrarmos.

Eu me preparo para o que estou prestes a ver.

Passamos pelo espaço apertado, eles primeiro e eu por último. Está um breu no espaço pequeno, exceto pelo raio de luz que passa da abertura da porta. No entanto, mesmo no escuro, uma coisa é evidente: o recinto está vazio. Não há caixão de vidro, nem o corpo de Staraheli.

— E agora? — indaga Euyn.

Ele dá outro passo, e de repente, um som crepitante ecoa pela sala.

Mal temos um segundo para nos mover, e então uma rede surge do chão e sobe até o teto.

Era uma armadilha.

CAPÍTULO QUARENTA E OITO

AERI

MONTANHAS DAS LUZES, KHITAN

Morrer é estranho. Num geral, não recomendo.

Eu me afoguei no crepúsculo. Sei que foi isso que aconteceu. Eu me debati sob a superfície e prendi a respiração pelo máximo de tempo que consegui, mas por fim acabei respirando água. Uma dor que queimava, algo que nunca senti, preencheu meu peito, e então acordei andando na Estrada das Almas — o caminho que leva ao Reino dos Infernos. Só parei porque ouvi a voz de Royo me implorando para ficar. Quando dei por mim, tinha voltado. Estava encharcada e vomitando água. Eu estava viva, graças a ele.

Mas agora não sei se veremos mais um pôr do sol juntos. É tarde da manhã, e chegamos aos sopés das Montanhas das Luzes.

Prendemos os cavalos às árvores na margem da floresta, e não dentro. Não vejo Dia desde que a alimentei ontem à noite, mas espero que ela tenha ficado em um lugar seguro. Espero que esteja dormindo confortavelmente. Espero vê-la de novo.

Royo e eu precisamos seguir a pé para encontrar os ninhos. Quando conseguirmos, temos que roubar um ovo de uma criatura que vai nos devorar com vontade se formos pegos.

Coloco a mão na garganta, sentindo-me muito mortal. Posso congelar o tempo e fugir, mas meu poder tem limites. Se uma das aves vier atrás de nós, como vou proteger Royo?

Meu coração aperta quando percebo que não vou conseguir movê-lo em uma montanha. Se eu o empurrar pela encosta, vamos cair e provavelmente morrer.

Não posso arriscar perdê-lo. Tenho que convencer Royo a ficar aqui.

— Talvez seja melhor eu ir sozinha.

Ele me encara por um momento.

— Perdeu o juízo, foi?

Suspiro. Mas que ótimo. Talvez eu ainda consiga fazê-lo entender a minha lógica.

— Eu sei como me mover sorrateiramente — digo. — E você?

Ele olha para o lado e franze o cenho. Se tem uma coisa que aprendemos no Lago Cerome é que não, Royo não consegue.

Os amaretes são noturnos. A melhor chance que temos é chegando na encolha durante o dia, quando estiverem dormindo, e matando um o mais depressa possível para roubar o ovo que estiver embaixo. O que não vai funcionar se um de nós dois estiver marchando feito um boi picado por uma abelha.

— Vou te escoltar até lá perto — diz ele.

Acho que é o melhor que vou conseguir. Ainda mais sem saber ao certo onde os ninhos vão estar.

O sacerdote me ajudou com um texto que teorizava a localização. Os amaretes são tão grandes que precisam de árvores antigas e maduras para sustentar seu peso, então não estarão no topo nem no lado da ventania da montanha, onde as árvores são escassas e frágeis. Porém, o instinto animal as faz querer um território mais alto para evitar que predadores ataquem os filhotes. Então os sopés estão fora de cogitação. Quem escreveu o que li pensava que os pássaros construíam seus ninhos não em árvores, mas na própria encosta da montanha, bem acima da linha das árvores.

Mas não há confirmação de nada. Pelo visto, todas as pessoas que chegaram perto dos ninhos não viveram para descrever as criaturas.

Não é nada reconfortante, mas não temos escolha.

Tenho certeza de que, se meu pai sobreviver a isto tudo, vai torturar e matar Royo na minha frente. E não vou deixar a morte tirá-lo de mim — falando apenas como amiga, óbvio.

Royo joga uma bolsa sobre o ombro, e começamos a caminhada. Se não conseguirmos encontrar os ninhos logo, teremos que acampar nas montanhas. Aí teremos que dormir em uma barraca e torcer para os bichos não encontrarem e devorarem a gente durante a noite.

Então é muito importante encontrar os ninhos bem antes do pôr do sol.

Andamos por um tempo, sem tirar os olhos do pico. Por sorte, a roupa de inverno que comprei está me mantendo aquecida. Tenho um novo motivo para odiar o frio, mas tudo, exceto meu rosto, está confortável e aquecido. Royo está suando.

— Posso perguntar uma coisa? — murmura ele.

Estivemos andando em silêncio para não acordar os amaretes, mas não há sinal deles.

— Claro — digo.

— Qual é a do seu colar? De onde ele vem?

Tropeço em uma raiz no chão, mas fico feliz por ser distraída por isso. Meu amuleto. Ah, é mesmo — ele não só sentiu meu colar quando estávamos nos beijando, como o viu quando me salvou.

É o momento para eu contar a verdade a ele — tudo. Para confiar a ele quem sou de verdade e o que posso fazer. Que não sou apenas uma ladra de joias cheia de destreza, mas uma ladra do tempo. Que foi por minha causa que escapamos no Sol, que Mikail sobreviveu no armazém, e que passamos por todos os outros "acontecimentos" estranhos desde que nos conhecemos.

Quero contar a ele, quero de verdade, só que as palavras não vêm. Não é que eu não confie nele — quem dera fosse simples assim. É que o conhecimento é perigoso. Quando estávamos no templo, li a respeito das relíquias, principalmente sobre as coisas horríveis feitas para possuí-las.

Por exemplo, meu pai assassinou dezenas de milhares de gayanos inocentes sob a pretensão de abafar o levante, só para capturar a Espada Flamejante do Lorde Dragão.

Quando Gaya se tornou colônia de Yusan, muito tempo atrás, parte de seu tratado era que a nação se submeteria a ser governada, e em troca resguardariam sua relíquia e realeza de fachada. O tratado colonial perdurou por mais de duzentos anos. Só que aí, quando meu pai assumiu o trono, viu uma oportunidade. Queria a relíquia, pensando que, com a espada, poderíamos derrotar Wei. Plantou as sementes da rebelião na ilha com novos impostos, leis severas e aumentando a produção de laoli. Até mandou espiões encorajarem e armarem os rebeldes. Quando os gayanos mataram a tropa yusaniana, ele acabou com a revolta sem dó nem piedade. Alegou que Gaya tinha quebrado o acordo primeiro ao se recusar a governança.

Trinta mil homens, mulheres e crianças não significaram nada para ele. Quem sabe o que faria para colocar as mãos nas Areias do Tempo? Tenho certeza de que, para isso, ele me mataria sem pensar duas vezes. E se Royo soubesse, isso apenas o colocaria em risco.

Não consigo. Não posso arriscar. Não vou arriscar a vida dele.

— Me lembra minha mãe — digo, escolhendo as palavras com cuidado. — Não tiro nunca para que um pedaço dela sempre fique próximo ao meu coração.

Royo parece aliviado. Não sei por quê.

— Também sinto saudade da minha. Eu entendo.

— Ela era sacerdotisa?

Estou nas nuvens por poder mudar de assunto. Mentir para ele é como encostar uma tocha à minha garganta. Mas a verdade pode cortar feito uma faca, mesmo quando não se quer.

Ele balança a cabeça.

— Não… Quer dizer, acho que não. Mas um dos dois devia ser um guardião, né?

— Você disse que ela morreu há dez anos?

— Em Tamneki.

— O que aconteceu?

Ele esfrega o rosto.

— A questão é essa. Eu não sei.

Inclino a cabeça. Que… esquisito.

O olhar dele fica distante.

— Estávamos na capital, e, quando acordei no meio da noite, ela não estava mais no quarto. Eram duas badaladas da manhã, e eu esperei por ela até o sol nascer. Amanheceu, e eu a dei como pessoa perdida para as autoridades. No dia seguinte, a guarda do rei encontrou seu corpo. — Ele para e olha para o chão. — Disseram que foi um acidente. Que ela se afogou em um dos canais. Só que… ela sabia nadar.

Abalado, Royo respira fundo, e penso no quanto deve ter sido horrível para ele me encontrar afogada na fonte termal. Sinto um aperto no peito.

— Todo mundo deixou de lado — diz ele. — Ela foi queimada em uma pira crematória da capital, e eu voltei para casa sozinho. Mas algo nisso tudo nunca fez sentido para mim.

— Por que não?

— Minha mãe nunca saía sem mais nem menos, sem me contar aonde estava indo e quando voltaria. E eu nem sabia que ela tinha saído do quarto na noite em que desapareceu. Isso e o fato de ela saber nadar... Não entra na minha cabeça. — Ele dá de ombros. — Mas talvez eu é que não queira aceitar. Talvez um mistério seja melhor do que a verdade.

Ando, deixando pegadas na neve fofa. Consigo imaginar tudo: Royo, mais novo e sem cicatrizes, sentado em um quarto esperando pela mãe que não voltaria jamais. Meu coração se parte em pedacinhos. Mas o que os dois estavam fazendo na capital?

— Você é de algum lugar perto de Tamneki? Pensei que você fosse de Umbria — digo.

— Não, sou de Umbria mesmo. Fomos assistir ao Campeonato Real de Tuhko. Foi... — Ele para e pigarreia para disfarçar a emoção na voz. — Foi um presente de aniversário. Ela passou anos economizando para me levar.

A culpa em sua voz é evidente e me deixa devastada. Royo se culpa não só pelo que faz, mas também quando as pessoas que ele ama se machucam. O que não tem sentido, mas é uma das coisas mais queridas a seu respeito.

— Foi muita bondade dela fazer isso por você.

Ele engole em seco.

— Ela era mesmo bondosa.

A minha... não.

Minha mãe era encantadora, e eu a amava com todo o coração. Passei muitos anos sentindo falta dela, e tudo que eu queria era receber um de seus abraços perfumados de novo. Mas amar alguém, ainda mais durante a infância, não significa que a pessoa seja perfeita, ou mesmo boa. Eu conseguia ignorar as coisas ruins. Tipo os momentos em que ela me chamava de "menininha detestável" quando eu era criança. Quando ela me queria longe de vista toda vez que encontrava um homem que desejava. Quando ela não sofreu por mim depois de pensar que eu tinha morrido.

Ao longo dos anos, criei a mãe perfeita, filtrando e unindo os momentos bons. É dessa versão que me lembro — a beleza carismática que só desejava uma vida melhor para nós duas. Mas havia mais lembranças ruins do que boas.

Eu me abaixo para passar por um galho de árvore enquanto seguimos pela montanha.

Por dentro, ela me culpava por ter nascido mulher. Só que, de certo modo, todas as meninas em Yusan são amaldiçoadas. Foi só quando cheguei a Khitan que percebi que não é o mesmo em todos os lugares. E foi só quando conheci Sora — quando vi como ela se importa com a irmã e agora comigo — que me dei conta de que ninguém deveria fazer eu me sentir mal por ter nascido. Só dá para sustentar a mentira de que você é amado enquanto você não conhece amor de verdade.

Royo preferiria não amar ninguém, mas seu amor é mais profundo que o Oceano do Oeste.

As badaladas passam, e seguimos montanha acima, atentos aos ninhos e aos amaretes. Mikail disse que eles são brancos, então vai ser difícil de identificar as plumas no meio de tanta neve.

Continuamos, e eu começo a me perguntar se sequer estamos na montanha certa. Os textos mencionavam a conjuntura da montanha, e nós escolhemos a do meio, a mais alta, mas talvez eles morem em outra. Fico me perguntando se deveríamos chegar ao cume para ter uma visão melhor. O dia se esvai depressa, e teremos que tomar uma decisão.

— Você ach... — começo, mas Royo coloca a mão sobre a minha boca.

Eu o encaro, confusa e surpresa. Em seguida, meu espanto vira medo. Ele arregala os olhos, e seus músculos enrijecem. Sua mão está presa no meu rosto, e ele está olhando para algo atrás de mim.

O que poderia assustá-lo desta forma?

Sigo sua linha de visão. Ele está fitando um ninho — ou, melhor dizendo, o amarete adormecido em cima dele.

Arrepios percorrem meu corpo, e meus ombros tremem. Pelos bons deuses, o que é isso?

Uma ave mais alta que eu está de costas para nós, a cabeça enfiada na asa. Eu me preparo, pronta para um ataque, mas ela está adormecida, a respiração estável. Em seguida, olho para o alto das árvores.

Eu queria *mesmo* não ter feito isso.

Tem pelo menos uma dúzia mais dormindo nos galhos. E não sei dizer quantas mais estão nas árvores adiante na montanha, porém acredito que muitas.

O terror absoluto me assola. Estamos em menor número e muito expostos. Se algum deles acordar, seremos devorados em uma questão de segundos. Percebo então como fui tola ao pensar que eu poderia matar uma dessas criaturas. Como se fossem do tamanho de uma galinha.

Cada músculo em meu corpo quer se virar e correr, mas chegamos até aqui. Respiro fundo. Preciso seguir o plano. Sozinha.

Dou sinal para que Royo me espere. Sem fazer barulho, ele reluta até eu apontar para suas botas, e então cerra os punhos, mas acaba assentindo a contragosto.

Andando de modo silencioso, prendo a respiração. Eu me aproximo até conseguir sentir o cheiro da ave. Pelo amor dos deuses, o fedor de carne podre e morte é pungente. Tento me concentrar e respirar pela boca, continuando até conseguir olhar dentro do ninho.

Esta é sem sombra de dúvida uma das coisas mais absurdamente perigosas que já fiz. Se eu sobreviver, preciso repensar minhas escolhas de vida.

O ninho chega à altura do meu quadril, construído na encosta da montanha e forrado com gravetos, rochas e penas cobertas de cuspe — deve ser por isso que fede. Mas dentro há ovos pretos, incluindo um sozinho no canto.

É isso. É disso que precisamos! E não vou ter que matar um amarete para conseguir.

É estranho que a amarete não esteja sentada nesse ovo. Ou ela o abandonou ou varia os ovos que choca. Não sei, mas também não importa. Eu é que não vou reclamar de um presente dos deuses.

Pego o amuleto e congelo o tempo. Em seguida, me abaixo e pego o ovo. Ele tem metade do tamanho do meu torso e está congelando. Deve ter sido abandonado mesmo, o que acho estranhamente reconfortante. Descongelo o tempo e começo a correr.

Só o prendi por alguns segundos, mas já estou exausta. Eu me obrigo a fazer minhas pernas pesadas funcionarem e meu corpo descer a trilha depressa. Royo pega a deixa e começa a correr também.

A toda velocidade, não olho para trás. Não posso. É como se a amarete fosse continuar adormecida contanto que eu não me vire. Passo por Royo, que pegou uma adaga.

Vamos tão rápido e eu estou tão veloz que rezo para ele não cair tentando me acompanhar. Fugir para salvar a própria pele com o amor da sua vida dá a uma pessoa um estoque bizarro de energia, mesmo quando se está morta de cansaço.

Não tiro os olhos da frente. Tento acreditar que tudo ficará bem. Que Royo e eu vamos sair dessa vivos.

Mas é inevitável. Olho para trás. Tenho que ver se ele está mesmo comigo.

Eu o vejo um pouco atrás de mim, mas ele está seguindo meu rastro.

Viro para a frente de volta e por pouco me esquivo de bater numa árvore. Abafo um grito quando meu rosto fica a centímetros de um carvalho.

Lição aprendida.

Com o coração martelando, eu me concentro. Acalmo a respiração e foco em trilhar um caminho o mais reto e seguro possível, mas a descida é íngreme. Não me preocupo com meus passos ou com o meu equilíbrio, porque é quando você pensa demais que acaba caindo. Mas não posso dizer isso a Royo. Precisamos continuar em silêncio. Temos que seguir em frente.

Levamos cinco badaladas para chegar ao ninho. Em menos de uma, alcançamos os sopés.

Mas conseguimos.

Paramos à base da montanha, onde o chão finalmente fica plano. Ainda não estamos seguros. Só quando subirmos nos cavalos e zarparmos para longe daqui, mas ao menos já saímos dos declives.

Conseguimos. Pegamos o ovo antes do pôr do sol.

Corri com o ovo aninhado nos braços o tempo todo, e ajeito ele para segurá-lo melhor contra o peito.

Royo assente para mim, com a respiração tão ofegante que está com o rosto vermelho, arfando. Não acho que ele costume correr — ele é mais do tipo de pessoa que luta cara a cara.

Deixo que ele recupere o fôlego. Fico aliviada por os cavalos ainda estarem presos às árvores. Talvez a gente consiga mesmo escapar. Se galoparmos, podemos avançar uns três quilômetros, quem sabe quatro, e deixar a montanha para trás antes do pôr do sol. Não sei qual é o raio de caça das aves, então, quanto mais longe, melhor.

Royo endireita a postura, pronto para voltar a correr. Disparamos um pouco mais devagar do que eu gostaria, mas continuo com ele, acompanhando seu ritmo.

Estamos na metade do caminho até os cavalos quando o vento sopra. Forço a vista e levanto o braço para tampar os olhos, vendo algo branco caindo do céu. Penso que são flocos de neve, mas depois percebo que não… são penas.

Penas estão caindo sobre nossas cabeças. Em seguida, vejo asas gigantes. E garras.

Um amarete aterrissa na neve. Sua estatura é imponente, como uma águia enorme e branca, exceto pelo rosto aterrorizante e parecido com o de uma pessoa humana. Os olhos castanhos aguçados pousam sobre o ovo que estou carregando.

Meus deuses, estamos mortos.

CAPÍTULO QUARENTA E NOVE

EUYN

CAVERNAS DE GELO, KHITAN

Meus deuses do céu, estamos presos. Eu me debato, contorcendo o corpo, mas Mikail e eu estamos em uma rede, pressionados contra o teto do mausoléu vazio.

Mal tive tempo de sentir a pedra solta sob o pé antes que a armadilha se fechasse. Impressionante, mas o lugar todo parece uma cilada para capturar ladrões à procura de um prêmio. Não tem caixão de vidro nenhum aqui, nem o corpo de Staraheli. Fico me perguntando se foi mesmo tudo armação, uma fonte que mentiu para Mikail e nos guiou à morte.

Prendo a respiração e espero pelos marnans. Eles são conhecidos por empalarem intrusos. Havia meia dúzia de esqueletos cobertos de neve fincados em estacas quando chegamos. Não queimam os corpos aqui. Em vez de serem libertadas, nossas almas serão deixadas para apodrecer para sempre.

Um fim adequado para mim.

Mas, embora eu me esforce para ouvir qualquer som, ninguém surge.

Solto o ar. Mikail deve ter tido informações antigas. Ainda assim, agora estamos presos nesta rede.

— Reino dos Infernos — sussurra Sora. — O que foi que aconteceu?

Olho para baixo e vejo que Sora está livre. Ela foi a última a entrar e a mais próxima à porta, então deve ter escapado do escopo da rede quando nos puxou para cima.

Sora inclina a cabeça, movendo os olhos depressa.

— Eu corto a corda — fala Mikail.

Ele pega uma adaga porque não há espaço para menear uma espada nesta teia de aranha.

Solto a adaga também e tento cortar a rede. Logo de cara vejo que não vai dar certo. Rompo alguns fios, depois a lâmina encontra metal. Deve ser aço envolto em corda. Não imaginei que os marnans soubessem fazer coisas assim. Isto tudo é incrivelmente avançado.

Tateando a combinação de metal, percebo que isto deve ter sido feito por metalúrgicos weianos.

Por causa do inimigo comum, os marnans tiveram uma longa aliança com Wei. Acreditavam que revolta de Staraheli contra Khitan fosse financiada e armada pela nação da ilha. Mas eu nunca descobri se isso era verdade ou se Khitan só queria evitar a humilhação enquanto suas cidades queimavam.

Agora começo a achar que era, sim.

Após mais algumas tentativas, fica evidente que não vamos conseguir cortar a rede para descer daqui.

— Sora, você vai ter que dar um jeito de desengatilhar a armadilha — fala Mikail.

Ela olha ao redor e depois me encara. Mal consigo ver seu rosto no singelo feixe de luz, mas consigo identificar o ódio ardendo em seus olhos. Ela não se mexe; parece estar ponderando suas opções. Se nos deixar aqui, somos homens mortos. Disso tenho certeza.

Mikail deve ter percebido o exato momento em que ela pensa em nos deixar para trás.

— Sora… — clama ele.

O semblante severo dela de repente se torna brando. Ela vira o rosto e respira fundo.

Confesso que não sei se eu teria feito o mesmo se a situação fosse o inverso e ela tivesse caçado meu pai.

Com cuidado, Sora vai na ponta dos pés até o outro lado do mausoléu. Os passos são leves ao se aproximar da parede, evitando os ladrilhos do centro. Fico me perguntando o que ela está fazendo, até que percebo que cada ladrilho deve ativar algum tipo de armadilha. Foi por acaso que pisei na que engatilharia a rede.

Tem uma pedra se esgueirando da parede — o contrapeso. Sora a empurra com as mãos, mas a rocha só se mexe quando ela coloca toda a força. A rede cai de um lado, criando uma escada de corda que dá para a porta. Mikail desce e pousa com leveza. Eu, por outro lado... não sou nada gracioso.

Sora nos encontra à porta. Fico me perguntando como ela sabia desativar a armadilha, sendo uma garota que nunca passou por um treinamento para ser espiã. Também fico ponderando por que, no fim das contas, ela me deixou escapar. Alianças não duram para sempre, muito menos entre assassinos.

Talvez ela não queira sacrificar Mikail só para ficar quite comigo. Ou teve receio de que ele a caçasse caso sobrevivêssemos. Talvez simplesmente não ache que pode salvar Daysum sem nossa ajuda.

Mas pode, sim.

Sora conseguiria chegar a Quilimar com toda sua sedução e seu veneno, tendo ou não a cabeça de Staraheli. Só que deixaria muito mais coisa na conta do acaso. Por outro lado, a minha irmã não é mais imune a mulheres belas que o restante da minha família. Com Quilimar morta, Sora poderia entregar o anel a Joon e ficar com todos os espólios.

Perceber isso faz um raio percorrer meu corpo, e meu coração martela. Qualquer um deles poderia nos trair e levar o anel a Joon. Todos pareciam estar de acordo com o plano de Sora de começar uma guerra, mas eu também me manifestei a favor.

E agora, porque Mikail decidiu que deveríamos nos dividir, Royo e Aeri podem muito bem ser bem-sucedidos, chegar a Quilimar e levar o anel para Joon por conta própria. Ela é filha dele, e Royo a seguiria até os confins do Oceano do Sul. Talvez Joon estivesse planejando exatamente isso — que passássemos a perna uns nos outros mais uma vez. Vai ver não mandou uma equipe de criminosos, mas cinco assassinos separados com um único prêmio em vista. E entre eles estava sua filha, porque ela tem a maior chance de vencer.

Meus pensamentos de traição crescem em uma espiral até serem interrompidos pelo soar de sinos de alarme.

Meu coração dispara e sinto o estômago revirar. Os marnans sabem que estamos aqui, e estão vindo para nos pegar.

CAPÍTULO CINQUENTA

ROYO

MONTANHAS DAS LUZES, KHITAN

Mas que caralhos é essa coisa?

A gente tinha conseguido. Tínhamos conseguido o ovo e descido as Montanhas das Luzes, e agora essa... *aberração* está na nossa frente. Não para de olhar para Aeri e o ovo, mas depois vira a cabeça para mim e... ok, é pior ainda. Um medo primitivo me domina, contorcendo minhas entranhas. Só pode ser um amarete, e eu queria muito mesmo não ter visto seu rosto.

Essa coisa tem olhos humanos, mas são enormes. Há um bico de águia alarmantemente afiado onde deveria estar o nariz e a boca. Em vez de cabelo, o bicho tem plumas brancas eriçadas, mas o rosto é redondo e tão humano que chega a ser bizarro, embora seja coberto de peninhas menores.

Vou ver isso nos meus pesadelos — se é que vou o viver o bastante para sonhar de novo. Não me parece provável. Não considerando que as garras desse troço têm quinze centímetros de comprimento, na base de pernas com duas vezes a grossura das minhas.

Aeri segura o ovo em um braço e a outra mão está no pescoço. Viro a palma para o cabo da espada, mas tenho a impressão de que não vai servir de grande coisa.

— Ladrões — diz o treco.

“Diz” não é bem a palavra. Não está falando. A voz ecoa dentro da minha cabeça.

Agora dei para ouvir coisas, cacete?

— Estou falando na mente de vocês. Mas posso chamar meus irmãos, se preferirem que eu oralize — revela.

Que porra é essa? Como assim falando na minha mente? Essa coisa está no meu cérebro? Como?

— Não era nossa intenção causar mal. O ovo estava abandonado — diz Aeri.

O amarete mexe a cabeça de repente, mais como uma águia do que como uma pessoa.

— Ainda assim, você não tinha direito de pegá-lo, princesa Naerium.

Nem fodendo, isso é muito pior. Como é que esse bicho conhece Aeri? E por quê?

— A espécie de vocês não é difícil de reconhecer, Royo, filho de Snaw — diz a coisa.

Meu coração bate na garganta. Agora essa merda toda ficou ainda mais estranha. Como é que a ave sabe quem sou? E então o nome Snaw me dilacera como uma espada cheia de sal. Era o nome do meu pai — o homem que me abandonou quando eu era praticamente um bebê. O homem para quem minha mãe separou um prato no jantar todas as noites até morrer.

O que está acontecendo agora?

— Precisamos levar isto para a rainha de Khitan — explica Aeri.

Para ser sincero, acho que ela está calma demais, considerando que estamos conversando com um pássaro de dois metros de altura. Mas acho que essa é a parte princesa dela — sempre pronta.

— A rainha de Khitan não é capaz de usar o anel. Vocês estão em uma missão inútil. Seus amigos também — fala o bicho.

Aeri empalidece, e verte os olhos para mim. Ela quer ajuda, como se eu estivesse no controle disso.

— Uma guerra dos reinos irrompe e o cheiro de morte se espalha pelo ar quando tolos tentam se tornar deuses. Vocês têm suas funções a desempenhar, sobretudo você e o Filho da Vingança. Deixem o ovo, e permitirei que escapem com vida.

— Talvez uma troca — propõe Aeri, segurando o colar. — Pelo ovo.

A ave fecha os olhos de um jeito que sei que quer dizer não.

— Nossa espécie serve ao Rei Celeste. Não podemos quebrar o tratado do Lorde Dragão. E as badaladas são inúteis para outrem enquanto seu coração ainda bater.

Não faço ideia do que isso significa, mas Aeri fica estarrecida. Minha coluna enrijece. Seja o que for, não é nada bom.

— Deixe o ovo. É meu alerta final.

Aeri olha para mim, indecisa. Quer fugir e tentar escapar, mas nós dois sabemos que não consigo correr tão rápido quanto ela. O que significa que, ainda que ela consiga dar o fora daqui, vou ficar para trás.

Foda-se. É uma decisão fácil.

Coloco uma perna à frente, assumindo uma posição de luta. Vou distrair o pássaro enquanto ela foge. Abro o casaco, revelando as facas de arremesso no colete, e uma lufada de vento sopra. Meu coração dispara, mas estou tranquilo. Não estou nem um pouco nervoso. A floresta e as montanhas são lindas, o ar está gelado e límpido. Estou pronto.

Há muitos jeitos piores de morrer do que protegendo o que se ama.

Caralho, só agora entendi o que o sacerdote estava dizendo. Antes tarde do que nunca, né.

— Não, Royo. — Aeri estende a mão para me deter. — Não.

Ela se abaixa. Vai abandonar o ovo para que escapemos. Para que *eu* consiga escapar.

Abro a boca para rebater, mas um grito surge do nada.

Nosso tempo se esgotou.

CAPÍTULO CINQUENTA E UM

TIYUNG

PRISÃO DO ÓCIO, YUSAN

Ailor conta boas histórias e não tentou me matar, o que faz dele meu melhor amigo em um lugar como a Prisão do Ócio. Bem, somos amigos tanto quanto parceiros de cela podem ser. Gosto de tê-lo aqui, e não quero que nada de ruim lhe aconteça. Agora já não penso ele seja um espião. Acho que o jogaram aqui comigo por acaso.

Quer dizer, tenho certeza de que alguém poderoso tinha alguma intenção por trás ao nos deixar juntos, mas não acho que Ailor saiba o que essa intenção é, assim como eu também não sei.

Ailor tem cinquenta anos e vem de uma cidade próxima ao Estreito Dentado. Tem um filho crescido, uma esposa que morreu há muito tempo e um burro chamado Sticks, de quem sente falta. Desde que se aposentou da guarda do rei, passa a maior parte do tempo cuidando de limoeiros e oliveiras, e tentando se esquecer do que viu e fez quando era soldado. A última parte é pura especulação. Falei para ele que fiz coisas das quais não tenho orgulho, e ele disse apenas:

— Garoto, você não faz ideia.

Temos trocado histórias no escuro porque o óleo da lamparina acabou há muito tempo. Não tenho sinal de Hana há vinte refeições — o que acredito ser entre cinco e nove dias, mas fica cada vez mais difícil marcar a passagem do tempo.

A comida que ela deixou acabou há um tempo também, e meu estômago vem reclamando desde então. Ronca feito os iku, e eu abraço meu próprio corpo.

— O que eu não daria por mais um pedaço de queijo — comento.

— Seria uma beleza — concorda Ailor casualmente.

Consigo enxergar sua forma, mas não cada expressão. Porém aprendi a ler seu tom.

— Já passou por coisas piores? — indago.

Ele assente.

— Você deve ser jovem demais para se lembrar da fome que se alastrou vinte anos atrás. Eu teria devorado a comida desta prisão com prazer se aparecesse na minha frente. Eu tinha mais que os outros para comer porque era soldado, mas não era lá grande coisa. Tínhamos provisões de arroz, e conseguir qualquer coisa além disso ficava por nossa própria conta e risco.

Ele tem razão — eu não me lembro da fome. Tinha um ou dois anos quando aconteceu. No entanto, tenho certeza de que, mesmo se eu fosse mais velho, mal me lembraria. Sei que minha família nunca passou por dificuldade nenhuma. Quem está no topo nunca sofre.

Não sou mais um nobre. E não acho que Hana vá voltar para me ajudar, uma noção que parece com uma facada no estômago. Ou talvez seja a dor da fome.

Nossas refeições chegam, e mais uma vez penso em me arriscar com a carne suína apimentada e o macarrão. Não é possível que o macarrão esteja tão infestado assim, não é? Mas também não quero borrar as calças na frente de Ailor ou deixar a cela fedendo. Vou ficar com o pão e a água.

Hana explicou que a comida servida na prisão é o que sobra do que as cozinhas do palácio dão aos inúmeros criados de Qali. Trazem o que não é comido para alimentar os guardas, e tudo fica ao ar livre até ser mandado para os prisioneiros. Por isso o cheiro é bom. Algumas refeições são comestíveis, mas outras já estão bem estragadas quando enfim chegam às celas.

Um pouco depois, as bandejas são removidas, chaves tilintam e são viradas na tranca — tem alguém aqui.

Ailor e eu levamos um susto. Eu me apresso para ir aos cantos, enquanto Ailor se afasta da porta de um jeito digno e alerta. Acho que nós dois estamos esperando que os guardas nos tirem daqui. Ele ainda não me contou o que fez para ser preso, mas eu também não fui lá muito sincero. Contamos detalhes das nossas histórias do passado, falamos principalmente sobre as palhaçadas do burro dele, mas informações recentes são vagas.

— Cubra os olhos com as mãos — sugiro. — Vai ajudar a se acostumar com a iluminação mais depressa.

A porta se abre, e alguém entra. Eu me preparo para a luz forte das tochas dos guardas, mas é uma lamparina pequena.

Hana?

Tiro a mão e semicerro os olhos na direção da pessoa. É *mesmo* ela.

A alegria percorre meu corpo e meu coração palpita. Não tinha percebido o quanto estava preocupado até ela aparecer de novo. Talvez seja por motivos egoístas — pela ajuda que ela me dá —, mas acho que nunca será algo ruim querer ver alguém vivo e bem.

Contudo, minha felicidade é arrancada pelo olhar assombrado em seu rosto. Ela parece ter sido torturada. Continua linda, mas magra de um jeito emaciado. Algo nela parece ter mudado para pior.

Só consigo imaginar uma coisa que possa deixá-la nessa situação: Sora está morta.

Minha boca fica seca, e minha cabeça está leve e confusa, mas mantenho a compostura. Eu me preparo para perguntar. Não quero, mas preciso saber.

— O que aconteceu?

Meu pulso aumenta e bate forte no meu pescoço enquanto espero ela me dizer que toda a esperança está perdida. Meu coração martela como se quisesse pular para conseguir a resposta logo.

Hana balança a cabeça e coloca a lamparina no chão. Em seguida, respira fundo, abaixa o capuz e olha para nós dois. Parece serena, como se apenas não tivesse dormido bem à noite. Mas é uma farsa.

— Sora está bem? — insisto.

Ela assente.

Suspiro de alívio, mas não dura muito, e logo a preocupação se instala novamente. Porque se não aconteceu alguma coisa ruim com Sora, então com quem foi? Por que ela está assim?

— Vejo que se conheceram. — Ela aponta para Ailor e para mim.

— Levou um tempo, mas terminamos conversando — digo.

Ela dá um sorriso com o canto da boca.

— Sabe quem ele é?

— Ailor — falo.

Olho para ele e vejo que está analisando Hana. Ele não a conhece. A forma como ela fez a pergunta indica que ele é alguém importante para mim ou para ela. Meu rosto cora e eu me sinto imensamente tolo por não saber muito a respeito dele. Deve fazer uma semana que ele está preso aqui comigo, compartilhando todo o tempo do mundo, e eu não fiz as perguntas certas.

— E quem é a senhorita? — Ele endireita a postura, atento a ela. Ailor, como a maioria dos homens, pelo visto fica abalado por um rosto bonito.

— Meu nome é Zahara, e sou a mestre-espiã da coroa.

Ele sorri e passa a mão pelo cabelo.

— Impossível.

Ela inclina a cabeça, mas fica evidente para mim que estava esperando por essa reação.

— E por que diz isso?

— Porque meu filho é o mestre-espião da coroa.

Deuses, por isso ele me lembrava Mikail — Ailor é o pai dele. Ele é jovem para ter um filho de vinte e quatro anos, mas esse tipo de coisa acontece. A mãe de Mikail deve ter morrido quando ele era apenas uma criança, já que Ailor disse ter perdido a esposa há vinte anos.

— Você é pai do Mikail? — pergunto, virando-me para ele.

Ele ergue o queixo e me encara. Depois, assente.

— Sou. Você o conhece?

— Conheço, sim.

Ele franze o cenho.

— Então duvido que nós dois vamos sair daqui com vida.

— O rei Joon ordenou a morte acidental do Tiyung assim como ordenou que você fosse colocado sob custódia — fala Hana para Ailor. — Pensei que juntos poderiam me ajudar a salvar as pessoas que amamos.

— E como vou saber que você não está só tentando armar uma cilada para o meu filho?

Ela dá de ombros.

— Não tem como saber. Seria tolice da sua parte confiar em mim. O rei me salvou da família do Tiyung e me deu uma vida privilegiada. Por causa da traição do Mikail, que o desgraçou, agora assumi temporariamente a posição de mestre-espiã da coroa. Um posto que a maior parte dos plebeus não consegue nem sonhar em alcançar. Portanto, pode acreditar que existe alguém e algo que amo mais do que este belo cargo ... ou não. A escolha é sua.

Ailor fica em silêncio, acariciando a barba castanha curta que cresceu desde que chegou aqui.

— Onde esteve esse tempo todo? — questiono.

Ela respira fundo, como se as palavras que tem a dizer lhe doessem.

— Eu estava espalhando as cinzas de Daysum.

As cinzas... de Daysum. Não. Ah, meus deuses, por favor, não.

Balanço a cabeça, em negação, mas no fundo sei que é verdade. Minhas bochechas formigam quando o sangue se esvai do rosto. Foi por isso que Hana estava com o semblante estranho quando entrou aqui. Sabe o que Daysum significa para Sora. Daysum era sua razão de viver, e agora, sem ela...

Rezo para que ela ainda não saiba, mas alguém como Hana provavelmente vai contar. Hana ama Sora demais para esconder a verdade.

— Disseram que ela morreu de uma overdose de laoli em uma das casas de prazer do seu tio — fala Hana baixinho. — Precisei conduzir uma investigação enquanto o corpo dela era preservado e trazido às pressas para cá. Eu a cremei pessoalmente e fiz as orações.

Casas de prazer do meu tio? Reino dos Infernos, meu pai a vendeu. Ele vendeu a irmã de Sora como serva de prazer.

Daysum contou a Sora que pensava estar morrendo, então talvez só tenha falecido — uma bondade dos deuses. Mas também é provável que meu tio a tenha matado. As drogas são distribuídas livremente em casas de prazer, então uma overdose é possível. Lorde Sterling perde muitos servos para drogas e violência. As casas divulgam ter novos servos, semana após semana — as garotas e os garotos são substituídos feito cavalos.

Mas deuses... Daysum. A cela parece girar. Tento me recompor, mas não consigo.

— Seu tio também virou cinzas — fala Hana.

Isso me pega desprevenido e me faz voltar a mim. Arqueio as sobrancelhas.

— Foi encontrado na cama com uma lâmina no pescoço — revela Hana, sem demonstrar emoção.

Eu pensaria que a própria Hana o matou, mas mesmo viajando de coche rápido levaria uma semana para chegar a Gain e mais uma para voltar. Ela não teve tempo de fazer isso.

— Quem o matou? — pergunto.

Ela dá de ombros.

— Não sabemos ao certo. Como deve imaginar, existem mais de cem possíveis suspeitos. Incluindo a própria Daysum.

Tento encontrar empatia ou luto pelo meu tio dentro de mim. Ele nunca me causou mal, mas estava longe de ser um bom homem. Se Daysum o matou, foi bem feito. Agora tenho um novo mistério, além de o que meu pai está fazendo em Khitan, por que o rei planejou o próprio assassinato e qual era a serventia de Sora em sua tramoia. Suspeito que Joon tinha ouvido falar de Sora por causa de Hana, mas por que ela colocaria Sora em perigo?

Ailor ficou nos observando em silêncio.

— Você a conhece mesmo — diz ele para mim.

Assinto.

— Desde que éramos crianças.

— Posso confiar nela?

Titubeio, pois não sei ao certo. Eu não tinha nada a perder, mas ele, sim. Ailor não tinha recebido ordem de execução, apenas de aprisionamento.

— Ah, eu me esqueci de subornar você. Aqui — diz Hana.

Ela pega um saco de pano com o dobro do tamanho de antes. Penso em avançar e pegá-lo, mas ela não vai tirá-lo de mim contanto que eu colabore. Ailor continua parado, desconfiado.

Em vez de jogar o saco no chão, ela entrega o saco de comida para mim. O cheiro de óleo trufado perpassa o tecido.

— Peço desculpas por ter passado um tempo sem vir, Tiyung — fala ela, e parece estar sendo sincera. — Tinha muita coisa acontecendo. Mais do que apenas as mortes de Daysum e do lorde Sterling.

— Por exemplo? — indago.

Preciso de todo o meu autocontrole para prosseguir com a conversa enquanto sinto o estômago roncar. Quero rasgar aquele saco, e notei os olhos de Ailor pousando sobre ele mais de uma vez.

Os sons de gemido dos iku fazem as parentes tremer, e ela se inclina entre nós dois.

— Os soldados partiram — sussurra ela.

— Para onde? — indaga Ailor.

— Para o norte. Estão indo para o norte — responde ela.

CAPÍTULO CINQUENTA E DOIS

MIKAIL

CAVERNAS DE GELO, KHITAN

Sinos sinalizando o alarme e nossa ruína soam na noite nevosa. Posso matar Gambria com as minhas próprias mãos se sobreviver a isto. Ela me passou as informações erradas ou porque de fato não sabia — e, nesse caso, deveria ter me dito — ou de propósito, para proteger seu antigo amor. Se for isso, juro que vou me vingar.

Isso, evidente, se eu não for empalado antes.

Sora, Euyn e eu corremos do mausoléu até onde prendemos os cavalos. Olho para trás, e um guarda com uma barba retorcida está sendo cuidado por dois homens. Ele não pode andar, mas está respirando.

É o guarda que Sora beijou. Era quem ela deveria ter matado. Ele está vivo e sentado embaixo do sino de alarme.

Ela segue minha linha de visão, e fica boquiaberta. Em seguida, volta a olhar para a frente como se não tivesse percebido.

— Tem alguma coisa que você queira explicar? — pergunto enquanto corremos.

— Não mais que você — diz ela.

Eu e a encaro, intrigado pelo que ela disse, mas sem parar de correr o mais rápido que consigo. Não é o momento certo para perguntas, mas teremos uma conversa sobre isto depois. Caso sobrevivamos. Espero que não seja com nosso último suspiro enquanto estacas são cravadas em nossos corpos.

Pelo brilho das estrelas, eu queria tanto que parássemos de precisar correr para salvar a pele.

Mas não vai ser agora, pois dezenas de marnans armados saem da abertura da caverna, o alarme ainda ecoando atrás deles. Empunham maças, espadas, cassetetes e lanças. Alguns têm arcos, o que é preocupante. Precisamos nos afastar mais.

Eu me forço a correr ainda mais depressa, mas não tanto a ponto de Euyn não conseguir acompanhar. Logo isso não vai mais importar. Os cavalos estão bem depois daquele monte, e os marnans estão a pé. Quando chegarmos aos animais, Euyn pode nos dar cobertura com sua besta e depois subir no dele. Não teremos a chance de encontrar a cabeça de Staraheli, mas viveremos para tentar mais uma vez.

Subimos o monte, e nada. Encontramos apenas neve e as árvores às quais havíamos prendido os cavalos. Sinto o estômago revirar. Os cavalos foram embora, ou, o que é mais provável, foram levados.

E agora, hein?

Procuro uma solução, mas não vejo nenhuma. E os marnans se aproximam cada vez mais, seus gritos de guerra ecoando mais alto.

Flechas voam ao céu. Eu me abaixo e saio do caminho de dois lançamentos malfeitos. Uso a bainha para proteger a cabeça e o pescoço, mas não sou atingido.

Eles deviam mesmo aprender a posicionar os pés antes de atirar.

De repente, Euyn grita. Um arrepio percorre meu corpo, e ele cai para a frente. Foi atingido.

Corro até ele, mergulhando na neve. Eu o tiro do caminho bem quando uma lança com uma ótima mira acerta o chão no ponto exato onde ele estava. Está vivo, mas agora não consegue correr porque tem uma flecha enfiada na parte posterior da coxa esquerda.

Isso não vai ser nada agradável para ele, mas seguro a flecha com o punho. Em um rápido movimento, arranco-a de sua perna.

Euyn solta um grito bestial, mas foi necessário. Foi melhor não avisar, porque senão ele teria ficado tenso e a dor teria sido pior. Eu não podia deixar a flecha em seu corpo porque ela teria cortado os músculos da perna.

Agora já acabou.

Só preciso me preocupar com o fato de que Euyn está sangrando demais. Ah, e também tenho que fugir dos trinta e poucos marnans armados, sem cavalo e com Euyn mancando.

Nada ideal.

Fico de pé e olho ao redor, desesperado, mas logo percebo pelo terror nos olhos de Sora que não temos para onde ir. Não há meio de fugir. É isso. O Lorde Yama virá para levar a mim e a Euyn esta noite. Não tenho como impedir isso, mas posso salvar Sora. Posso honrar a promessa que fiz a ela.

— Fuja. Tenha uma longa vida — digo.

Pego a espada. Posso distrair uma quantidade considerável de marnans para talvez ganhar tempo para que ela escape. Euyn vê minha determinação e entende que não há mais esperança para ele, para nós. Ainda assim, podemos levar o máximo de marnans conosco para os infernos. Ele ajeita a postura e prepara a besta apesar do sangramento constante na perna esquerda.

Sora fica aterrorizada e indecisa.

— Sinto muito, Sora. Agora vai — fala Euyn.

Os olhos dele encontram os meus logo depois de se desculpar para uma plebeia. Surpreendente até o fim.

— Seu nesta vida e na próxima — diz ele, fazendo uma careta de dor.

— Seu nesta vida e na próxima — repito.

O Euyn que eu conhecia teria tentado se salvar sem pensar duas vezes. Agora, ele se prepara e atira para que uma serva possa viver. Príncipe, criminoso, vilão e herói. Mentiroso e implacavelmente verdadeiro. Ele é tudo isso e mais. Não há jeito simples para descrever Euyn, e talvez eu sempre tenha amado isso.

Sora se recompõe e foge.

Os marnans se aproximam, caindo aos poucos sob a mira de Euyn, mas chegando cada vez mais perto. Estou pronto com a espada, mas três assovios agudos cortam a noite. Viro a cabeça para o lado. Conheço esse trinado, esse som parecido com o de um pássaro. Guardo a lembrança dele dos campos de Gaya.

Olho para trás. A alguns metros de nós, Gambria está sentada em um trenó preto com a esposa ao lado.

— Vocês vão ficar parados aí para morrer? — pergunta Gam, gesticulando grosseiramente.

Sora já está na metade do caminho para o veículo. Corro e ajudo Euyn, que cambaleia na neve. Ele se vira e atira a esmo, detendo os marnans o máximo que consegue.

Pulamos no trenó, e Gambria chicoteia os cavalos. Quando caímos dentro, lanças batem na traseira. Euyn se deita no chão, e Sora se curva no banco onde as flechas e as lanças não podem alcançar. Mas não me abaixo nem recuo. Fico erguido, protegendo as costas de Gambria.

Lyria de repente se levanta também.

— Morte aos traidores! — grita ela em um marnan perfeito.

Em seguida, repete isso várias vezes.

Os marnans param, atônitos com uma mulher que fala como eles e que se parece com eles. A confusão dura o suficiente para que Gambria force os cavalos a galopar.

Todos ficamos em silêncio enquanto Gambria instiga os quatro cavalos invernais para longe do alcance dos marnans.

Eu me ajoelho e dou uma olhada na perna de Euyn. Vou precisar cauterizar a ferida ou dar pontos quando chegarmos a um lugar seguro. Por ora, rasgo um cobertor e o prendo bem firme ao redor da coxa. Ele vai sobreviver.

Ou todos vamos morrer e aí não vai fazer diferença.

Conseguimos nos afastar de todos que nos perseguiam a pé, mas três marnans nos seguem a cavalo. Não acho que seja coincidência que os três animais se pareçam com os que perdemos.

Um dos homens tem um arco. Reparo bem quando uma flecha zune pelo meu ouvido. Ele parece ter uma mira decente.

— Euyn — falo. — Um arqueiro.

Com um grunhido de dor, ele se senta e depois fica em pé. O arqueiro se aproximou ainda mais porque seu cavalo não tem que carregar um trenó com cinco pessoas. Só que o marnan não mira em nós. Ah, não, o foco dele está nos cavalos. Inteligente. Se matar um que seja, depois vai ser fácil lidar com a gente.

Euyn está cambaleante, apoiado na lateral do trenó, mas leva o arco para o ombro e mira, atirando em seguida. O arqueiro cai, com a flecha cravada no pescoço. Ele tomba do cavalo e desaba na neve.

Em seguida, Euyn cai de joelhos. Perdeu muito sangue.

Tem mais dois homens ainda trotando atrás de nós. Pego o arco de Euyn. Não tenho a mira dele, mas é melhor do que nada. Antes que eu consiga recarregar a besta, no entanto, os outros dois ficam para trás. Encaro com a arma ainda apoiada no ombro. O que foi que aconteceu? Por que desistiram sem mais nem menos?

Eu os observo voltando a galopes para as cavernas. E então entendo por que se detiveram: não querem arriscar se afastar muito das cavernas com Khitan buscando eliminá-los de uma vez por todas. Embora os marnans quisessem nos matar, não fomos bem-sucedidos no roubo da cabeça de Staraheli. Eles podem nos deixar ir embora.

Fracassamos, mas saímos com vida. De alguma forma, o destino nos deu mais uma noite. Quer dizer, o destino e Gambria.

Se bem que foi ela quem nos colocou nesta situação. Acho que estamos quites.

— Valeu pela dica, hein?! — falo, em gayano antigo.

Ninguém mais consegue entender a língua. Lyria fala khitanês e marnan. Sora fala yusaniano e sabe um nível surpreendente de khitanês. Euyn aprendeu as quatro línguas principais, mas nunca avançou em gayano para além da capacidade de uma criança pequena. Disse que era uma língua morta, uma vez que, quando Yusan usurpou a nação centenas de anos atrás, eles tornaram yusaniano a língua oficial. O gayano antigo sumiu em grande parte — pelo menos é o que o império pensa.

Mas Euyn também está deitado no chão do trenó, distraído pela perda de sangue e pela dor na perna.

Mesmo assim, falo em um tom normal para não o encorajar a xeretar a conversa e tentar traduzir o que estou dizendo.

— De nada por salvar seu couro — rebate Gambria, respondendo no mesmo idioma que falei. — Quem são esses dois?

— Longa história. Por que me ajudou?

Gambria é direta e só respeita quem age da mesma maneira.

— Depois que você partiu, Lyria me contou que eu passei informações ultrapassadas — conta ela. — Que tiraram o corpo de lá anos atrás e que você estava indo direto para uma armadilha fatal. Tentei, mas não consegui mandar uma mensagem, porque você já havia partido de Loptra. E se está perguntando por que ajudei você em um sentido mais amplo, já sabe a resposta.

Ela se vira para me encarar e arqueia uma sobrancelha. Em seguida, olha para Sora, porque todo mundo olha para Sora. Vejo que Gambria está curiosa, e não tenho dúvidas de que vai me perguntar sobre ela depois. Mas nem eu consigo explicá-la no momento.

Eu me reclino no banco e falo baixinho para Sora, mas fico atento aos meus pés, já que Euyn está tentando se acomodar de bruços no chão do trenó... e falhando.

— Vamos falar sobre por que o guarda ainda estava vivo? — pergunto.

Ela abaixa olhos e não responde, apenas afofa o cobertor de pele que cobre seu colo.

— Venenos são complicados.

É verdade, mas também mentira.

— Você fez um antídoto — murmuro.

Ela enrijece um pouco, e é assim que sei que foi exatamente isso que ela fez. Porque é bondosa. Porque é piedosa.

— Surtiu efeito muito mais depressa do que eu esperava. Minha experiência com curas é bem mais limitada do que com toxinas.

Ela sussurra como se eu tivesse um problema com sua habilidade de manipular componentes, não com o fato de ela ter mudado os planos. Ou com o risco de vida em que a clemência dela nos colocou.

— Você não foi sincera — falo.

Ela me olha sob o a lua forte da monção.

— Mikail, não vamos fingir que você é honesto. Está escondendo alguma coisa. Mais do que uma, eu arrisco dizer.

Tento não deixar nada transparecer, lembrando-me de como ela consegue me ler, mas meus pensamentos automaticamente voltam a Daysum. Ao que eu não estou contando para ela.

— Hum — murmura ela.

Em seguida, olha para o outro lado do trenó, e não me resta mais nada a dizer.

CAPÍTULO CINQUENTA E TRÊS

AERI

MONTANHAS DAS LUZES, KHITAN

Desisto. Levar o ovo não vale a pena se significar perder Royo. Vou deixar o ovo aqui e torcer para que Sora e os demais estejam tendo mais sorte na missão deles.

Ou talvez não vá rolar, porque o amarete disse que era uma missão inútil. Mas não importa. Nada vale este preço. E, se fracassarem também, acharemos outra forma.

Já quase coloquei o ovo no chão quando ouço um pio e vejo algo voando depressa. Dia. Está fazendo aquele mesmo som estridente da estalagem Litoral Gris, e está mirando no amarete. O medo faz meu coração disparar. Sei que ela é apenas uma coruja que encontrei ao acaso, mas já a amo. Não quero que arrisque a vida por mim quando está em uma desvantagem tão grande. Porém, ela é como Royo, pronta para lutar contra monstros para me proteger. E não quero que eles sacrifiquem a vida. Nem por mim, nem por nada.

— Não — falo.

Dia, obviamente, não me entende. Continua a voar até bicar o pescoço do amarete. Fico esperando que ele a mate, mas a criatura não ataca. A única reação dele é olhar com perplexidade para a corujinha.

Ela levanta voo e mergulha em direção à cabeça do amarete antes de parar, praticamente congelada à frente do rosto dele. Não sei o que a criatura está fazendo, mas, com uma pequena mordida, Dia estará morta. Ele tem um bico longo e afiado que faria em pedacinhos um cavalo invernal. Uma coruja-das-neves não tem a menor chance.

— Por favor, não machuque ela — peço.

Não sei se os amaretes têm a misericórdia humana, mas espero que sim.

— Eu a estou acalmando. Por que ela protege você? — pergunta ele.

— Não sei ao certo. Eu a encontrei abandonada em Quu e a alimentei. Ela vem me seguindo desde então.

Dia voa para o meu lado e paira no ar. Os olhos da criatura vão dela para mim e depois repete a sequência. Ele pisca e assente como se tivesse entendido algo.

— Vão — fala o amarete. — Antes que os outros sentinelas venham.

Acho que ele quer dizer que posso partir *com* o ovo, mas não tenho certeza. Minha boca está seca, e não quero perguntar porque não quero que ele volte atrás com a decisão. Por outro lado, também não quero que ele me mate.

— A bondade altruísta aos nosso semelhantes não passa despercebida como para a sua espécie — fala ele. — Cuidarei da sua coruja. Agora fuja, princesa. Você tem uma escolha de amor à frente que eu jamais gostaria de ter que fazer.

Ele sai voando, as asas provocando uma lufada de vento. Dia vai com ele antes que eu possa me despedir.

Ainda estou olhando para o céu quando Royo puxa meu braço. Abalada, lembro de repente de que não é o momento para ficar observando pássaros. Ele nos deixou ir embora, mas ainda precisamos escapar.

Começamos a correr.

Assim que chegamos aos cavalos, escondo o ovo na bolsa. Não sei se essas criaturas ainda vão conseguir rastreá-lo ou se vão conseguir ler nossos pensamentos quando passarem por nós, então galopamos para longe das montanhas o mais depressa possível.

— Isso foi... — começa Royo, mas ele não tem palavras.

— Eu sei — concordo.

Seguimos no silêncio de mais um lugar surreal e mais um encontro surreal. Já passamos por muitos desde que nos conhecemos.

— O que aquilo quis dizer? Uma escolha de amor? — indaga Royo.

Balanço a cabeça.

— Não faço ideia. Acho que são oráculos. Mas não entendo a que ele se refere.

Realmente não entendo. Nada nos textos indicou que os amaretes podiam ver o futuro, mas alguma coisa me diz que ele não estava inventando. A pena dele perante a minha escolha iminente me arrepia até a alma. Mas uma escolha de amor só pode significar escolher entre Royo e outra coisa, e isso não tem nem o que pensar — eu o escolheria toda vez.

Deixo a preocupação de lado conforme avançamos pela neve, desesperados para fugir. O sol continua a baixar no céu, e os amaretes começam a despertar.

CAPÍTULO CINQUENTA E QUATRO

TIYUNG

PRISÃO DO ÓCIO, YUSAN

O exército marchando em direção ao norte só pode significar que uma guerra está por eclodir. Ailor parece chegar à mesma conclusão, a julgar pela tensão em seu maxilar. Bons deuses. Yusan está prestes a declarar guerra a Khitan… mais uma vez.

Yusan e Khitan batalham ao menos uma vez no século. Milhares de pessoas morrem, lares e vidas são destruídos, crianças ficam órfãs e atrocidades são cometidas — tudo isso para que a fronteira oscile quase imperceptivelmente, ou às vezes em nada. Uma trégua ou a paz eterna é declarada, e logo é esquecida, porque os líderes não têm nada a perder.

Desde que Hana nos contou sobre os soldados, estive ruminando sobre a guerra. Não pode ser uma coincidência o rei Joon ter mandado Sora e os demais para Khitan ao mesmo tempo em que mobilizava um exército. Hana disse que o rei queria que eles roubassem o Anel Dourado do Lorde Dragão, mas talvez eles tenham servido apenas de isca, uma distração para a rainha Quilimar. Mas por quê? Estou convicto de que isso está atrelado à quantidade de laoli em Oosant, mas me falta uma peça-chave de informação. E isso está me tirando do sério.

— Parece que você quer estar com eles — comenta Ailor.

Devo ter ficado olhando para o nada novamente.

— Quer dizer, não é que eu não goste da sua companhia, mas sim. Eu preferiria estar com ela.

Ailor ri, depois tosse. Tem tossido cada vez mais desde que chegou aqui. O ar frio e a falta de sol fazem isso com as pessoas. Só me mantive saudável porque quase nunca adoeço e porque Hana tem nos alimentado.

Por fim, Ailor para de tossir, depois cospe. Uma gota vermelha cai no chão.

Sangue.

Ele acabou de tossir sangue. Olho para a mancha no chão, e ele também.

— Isso é... novidade? — pergunto.

Ele balança a cabeça.

— Surge, depois passa.

Não sou nenhum tipo de curandeiro, mas isso não pode ser um bom sinal.

Eu pediria a Hana para trazer um curandeiro para ele, mas duvido que haja algum por aqui. Além do mais, Ailor não contou muita coisa a ela. Não sei se é por falta de confiança ou se ele realmente não sabe o que Mikail está aprontando. Ficou surpreso com o nosso plano de assassinar o rei — ou ao menos com o fato de que fiz parte dele. Parece ter achado que eu deveria ter virado as costas para a situação toda, por ser o filho de um conde, mas eu sabia o risco e queria ajudar Sora a conseguir sua liberdade independentemente do custo.

— Você ama mesmo essa garota, hein?

Faço que sim com a cabeça. Ele ouviu muito a respeito de Sora durante o tempo que passamos juntos. Contei tudo, desde os acordos sórdidos da minha família a quando eu soquei um guarda do rei para tentar salvá-la na arena. Faz pouco tempo que minha mão melhorou.

— Passei a amar a todos, de verdade. Até Mikail. Mas sim, é em Sora que estou pensando.

Ele sorri.

— A paixão é uma coisa bela. Abranda as atrocidades.

Ergo as sobrancelhas perante a última palavra.

— Quais atrocidades?

Ailor balança a cabeça, como fez todas as vezes que mencionou coisas desagradáveis. Entendo não querer tocar no assunto, mas nosso tempo juntos está se esgotando. Duvido que viverei o bastante para descobrir os segredos dele, então quero confessar os meus.

— Matei um homem — admito. E então me lembro do segundo homem no armazém. — Mais de um. Sei que você deve me ver como um nobre frágil, mas não acho que consiga me chocar.

O canto da boca dele se curva para cima do mesmo jeito que Mikail faz.

— Acredite em mim, filho, é diferente quando suas vítimas não são apenas homens adultos.

Ele está falando de crianças ou de mulheres, e quem sabe dos dois.

Ailor respira fundo, o que me parece um suspiro úmido.

— Matei uma família. As meninas, depois a mãe, para que não precisassem assistir aos pais morrendo primeiro. O pai foi o último, e os corpos foram lançados ao mar. Nem mesmo cremados e libertados.

Faço uma careta e olho para o lado. Não quero julgá-lo, mas também não consigo evitar.

— Terrível, não? Eu estava seguindo ordens; até recebi uma medalha de honra por cumprir a missão. Mas o mais engraçado é que os atos que me assombram não são nem os que eu cometi com minhas próprias mãos mas aqueles que permiti. O que não impedi que acontecesse.

Ele inclina a cabeça contra a parede. Tosse de novo, mas baixinho.

A verdade da declaração me surpreende. Não é justamente isso que sinto em relação ao meu pai? Eu não o detive de enfiar uma faca na garganta do pai de Sora. Eu podia não passar de uma criança na época, mas ela também era e estava escondendo Daysum atrás de si para fazer o que era certo. Não o impedi de envenenar Sora nem as outras dezenove garotas. Não o impedi de vender os irmãos dela. Não impedi meu tio de administrar as piores casas de prazer de Gain, que receberam investimento do meu pai, e, portanto, de mim também. Não me recusei a manter relações com a minha família depois de descobrir o que faziam e de onde vinha nosso dinheiro. Eu o deixei fazer tudo para expandir minha herança. Pensei que fosse porque eu o amava e fosse leal a minha família. Mas agora não sei. A covardia e a complacência generalizadas parecem ser a verdade por trás de tudo. Eu permiti que isso tudo acontecesse.

— Ficaria surpreso ao descobrir o quanto eu me identifico com isso — falo.

Ele me observa.

— Eu sei, garoto, acredito em você.

Ficamos em silêncio por um minuto. É o silêncio confortável entre dois homens que são diferentes, mas que passaram a entender um ao outro.

— Acredita em redenção? — pergunto.

Ele acaricia a barba.

— Aos olhos dos deuses ou de nós mesmos?

Engulo em seco. Que pergunta.

— Ambos, eu acho.

Ele sorri.

— Torço para que os deuses da nossa criação nos julguem por nossas falhas e nossas gentilezas como produtos deles mesmos. Mas se eu acredito em redenção para mim mesmo? Não. Não há nada que eu possa fazer no futuro para compensar minhas ações ou inações do passado.

Ailor fala com bastante sinceridade, sem rodeios ou atenuações. Estou tendo dificuldade de acreditar que alguém com uma língua de prata como Mikail veio de Ailor. Ele deve puxar à mãe.

— Como vive com isso? — pergunto.

— Bem, filho, estou numa cela de prisão agora, e não estou muito incomodado com isso. — Ele olha ao redor e dá de ombros. — Acredito que mereço o que vou receber, e me esforço para não merecer mais.

Eu me mexo contra a parede, sentindo os ombros rijos.

— Não consigo estar tão em paz quanto você.

Não estou em paz com isso de jeito algum. Há homens muito piores — meu pai é um deles, Bay Chin é outro e o rei Joon é o principal entre os que fizeram coisas horríveis em massa e não estão enfrentando tortura nem a possibilidade de execução. Que estão livres para cometer ainda mais atrocidades.

— Mas você tem o resto da vida para pagar pelo que fez. Eu não tenho muito tempo. — Ailor aponta para o cuspe no chão.

Balanço a cabeça.

— A ordem da minha morte já foi dada. Tenho menos tempo do que você.

— Veremos. O importante é que você quer redenção. Só isso já te faz melhor do que muitos.

Ele cruza os braços como faz quando está prestes a descansar, então apago a lamparina e também recosto a cabeça na parede. Por algum motivo, a forma como ele disse "veremos" foi estranhamente reconfortante. Acho que tem razão — com a guerra chegando, tudo pode acontecer. E de fato importa que eu queira melhorar no que faço e no que sou.

O pensamento me permite descansar bem pela primeira vez em um bom tempo.

Contudo, dormir profundamente na prisão é sempre um erro. Demoro muito para acordar. E isso pode me custar a vida.

CAPÍTULO CINQUENTA E CINCO

ROYO

PASSAGEM DO NORTE, KHITAN

Cavalgamos depressa até precisarmos parar e montar acampamento. Encontro um lugar que vai servir por uma noite, e faço uma fogueira enquanto Aeri... cava um buraco na neve. Eu a encaro, porque, se ela estiver fazendo um buraco para as necessidades, está perto demais de onde vamos comer e dormir. Mas ela continua cavando com a colher.

— O que está fazendo?

— Enterrando o ovo. — Ela fala como se achasse óbvio.

Franzo o cenho.

— Por quê?

Ela para por um momento e inclina a cabeça para mim.

— Não quero arriscar que predadores o peguem, e muito menos quero que os amaretes o avistem do céu.

Ambos são motivos justos.

Ela enterra o ovo bem fundo na neve, depois o cobre, batendo no chão até estar satisfeita.

Quando ela termina, já acabei de armar o acampamento. O fogo continua aceso, e limpamos um tronco para nos sentarmos para comer. Ela se empoleira, e então começa a rir. Eu a encaro enquanto afio o machado. Aeri é a pessoa mais estranha que já conheci, mas acho que eu não gostaria de alguém normal. O pior é que ela não está apenas rindo, está chorando também.

— Você está... bem? — questiono.

Ela funga o nariz e seca os olhos, ainda chorando e rindo ao mesmo tempo.

Paro o que estou fazendo, com a pedra na lâmina.

— Aeri, o que foi?

Ela gesticula ao redor e ri mais uma vez. E aí uma coisa bizarra acontece. Por alguma razão, começo a rir também. Não tem nada engraçado. Nem de longe. Mas estamos vivos e seguros, sendo que deveríamos estar mortos. Tentei salvá-la, e ela acabou *me* salvando. Bem, ela e a corujinha salvaram a nós dois.

O que... foi estranho pra caralho.

Estou feliz, assustado, exausto, desperto, triste e aliviado, tudo ao mesmo tempo. Que merda de sentimentos conflitantes.

Rio até lágrimas escorrerem pelo rosto. Não estou chorando como Aeri, mas ainda assim verto lágrimas. Eu me sento ao lado dela, e ela se apoia. Seco seu choro, passando os polegares debaixo de seus olhos.

Quando dou por mim, os lábios de Aeri estão nos meus. Ela se move com uma rapidez impossível e me envolve em seus braços para me beijar antes que eu possa sequer reagir.

E então reajo.

Eu a beijo com vontade, como se ela pudesse sumir.

Gosto demais disso — de beijar esta garota sob a lua da monção. Eu a quero tanto. Mas sininhos de alarme soam na minha cabeça. Tento ignorá-los, desativar meu cérebro e só aproveitar o momento, mas o som mais parece um gongo. Aeri estar me beijando agora é como seu riso e choro. É por causa de tudo que passamos, todas as emoções que fervilham como uma panela de arroz. Não é amor, nem desejo. Não para ela. Se fosse, ela não teria se afastado quando a toquei.

— Aeri.

Faço menção de afastar seus braços de mim, mas ela me agarra com força.

Certo, eu admito... não estou tentando com tanto afinco assim. Gosto dela me abraçando, ainda que eu saiba que não devesse gostar.

— Acho que não... — começo.

— Achar é ruim. Para de pensar — murmura ela.

Os lábios dela voltam aos meus. Ela tem gosto de mel recém--colhido. É uma canção de cirena que torna pensar algo difícil. Só quero mergulhar de cabeça e me afogar nela, mas retenho o que me resta de controle.

— Não quero machucar você.

Aeri me fita.

— Então não me machuque. — Ela sorri. — Ou me machuque, vai ver eu gosto.

Ela está brincando comigo de novo, e eu já estou cansado desse jogo. Pensei que o cabelo dela estivesse bem mais curto quando nos conhecemos, mas já está na altura do ombro. Eu o seguro e a beijo. Em seguida, puxo seu cabelo para ela me olhar nos olhos.

— Você me quer?

— Hoje à noite. E amanhã. E depois. E depois.

A emoção cresce dentro de mim, e não consigo detê-la. Eu a levanto. Ela arregala os olhos de surpresa, depois se derrete em cima de mim.

Essa é a maior burrice que já fiz na vida. Fácil. Mas arranco o cobertor de dentro da barraca e o coloco ao lado da fogueira. Em seguida, coloco Aeri deitada em cima dele.

CAPÍTULO CINQUENTA E SEIS

SORA

CIDADE DE LOPTRA, KHITAN

— Royo e Aeri vão nos trair! — grita Euyn.

Ele bate a mão na lateral do corpo, exalando frustração.

Enquanto seguíamos viagem para Loptra, Euyn entrou em crise, com a certeza de que Royo e Aeri vão levar o anel para Joon. Estou ouvindo, mas sem prestar atenção. Já tem um tempo que ele está preso nesse surto de teoria da conspiração.

Eu até ficaria preocupada, mas, a meu ver, ela não tem fundamento algum.

Ainda estou chocada por Euyn ter se desculpado e tentado salvar minha vida quando estávamos perto das cavernas de gelo. Não é pouca coisa vinda de um homem como ele pedir desculpas e colocar a vida de uma plebeia à frente da sua. Mas será que basta? Ele não pode voltar atrás com o que fez no passado — ninguém pode —, então será que basta estar arrependido? Não sei. Já estou ponderando isso há muitas badaladas.

Todos os outros se revezaram para dormir na viagem de dois dias a Loptra, mas o que me deixou acordada quase que o tempo todo foi como fazer o antídoto e mostrar clemência ao guarda foi um erro. Mikail estava certo… isso quase nos matou. Tentando poupar uma alma, quase arruinei cinco.

Quando eu estava na escola de venenos, a madame Iseul dizia que a misericórdia era um luxo ao qual garotas como nós não podíamos nos dar. Eu rebatia, dizia que ela estava errada — que bondade era o único jeito de nos darmos ao luxo de resguardar nossa humanidade.

Agora já não tenho mais tanta certeza. Eu poderia pensar que foi apenas um infortúnio, que a clemência falhou comigo desta vez, mas vai ver as coisas sempre estivessem destinadas a acabar assim para alguém como eu. Talvez a misericórdia seja um privilégio pertencente às pessoas poderosas.

Deixamos o trenó em um estábulo em Loptra. Eu me espreguiço e bocejo. Já é quase meia-noite.

— É melhor irmos embora — fala Euyn.

Mikail e eu olhamos para ele. Gambria e Lyria estão a alguns metros de distância, esperando à entrada do estábulo.

— Vou tomar um banho, e seria bom você tomar um também, para prevenir uma infecção — fala Mikail.

Ele deu pontos na perna de Euyn quando paramos para tomar água. A ferida estava feia.

Euyn hesita.

— Está bem, mas partimos imediatamente depois disso, então. Precisamos chegar antes deles em Quu.

Mikail solta um suspiro. Não acho que Gambria ou Lyria falem yusaniano, mas estão olhando para cá.

Fico me perguntando qual deve ser o relacionamento entre Mikail e Gambria e por que Lyria, uma mulher de etnia marnan, nos ajudou. Mas não falo a língua dela, e não confio totalmente em Gambria por algum motivo, então não posso perguntar.

— Acho que Euyn tem razão. É melhor irmos para Vashney hoje à noite — falo.

Mikail me encara, intrigado, e Euyn parece igualmente ter sido pego de surpresa. Concordei não porque acho que Aeri e Royo vão nos trair. Duvido muito disso. Aeri aceitou que seu pai é um homem ruim, e Royo é íntegro demais. Nenhum de nós quer dar outra relíquia ao rei Joon. Espero que os dois tenham tido sucesso e que estejam a caminho de nos encontrar.

Não, quero partir o quanto antes porque cada pôr do sol traz mais uma noite em que minha irmã é forçada a trabalhar nas casas de prazer. Sim, descansar em uma cama de verdade me faria bem, mas de que vale o meu conforto comparado ao que ela está sofrendo? Se formos a Quilimar um dia antes do combinado, é uma noite a mais de liberdade para Daysum. E mais chance de Ty estar vivo na Ócio.

— Euyn? — chama Gambria ao se aproximar de nós.

Ela é muito mais baixa do que eu pensava quando a vi pela primeira vez. Menor até mesmo que Daysum. Mas sua presença é mais imponente. Ela encara Mikail com uma intensidade impressionante.

Fico com a sensação de ter dito algo errado, mas nem imagino o quê. E então me ocorre que Mikail não disse o nome de Euyn desde que subimos no trenó, e que manteve a identidade dele em segredo.

Mikail gesticula.

— Este é Euyn Hali Baejkin, príncipe de Yusan.

Ele fala em khitanês, mas consigo acompanhar.

Gambria e Lyria ficam tensas. As bochechas de Gambria ficam vermelhas, e Lyria parece querer estar em qualquer outro lugar.

— Me diga por que salvei esse filho de um demônio — fala Gambria.

Acho que essa seria a tradução. Eu posso ter errado na criatura, mas o sentimento é o mesmo.

— Ele faz parte do plano — diz Mikail.

Ela semicerra os olhos.

— Plano de quê?

— De assassinar o rei Joon.

Euyn fica ainda mais pálido, o que é surpreendente levando em conta o tanto de sangue que perdeu. Ele tropega para perto de Mikail e sussurra:

— Mikail... tem certeza de que podemos confiar nelas?

— Elas acabaram de nos salvar, então sim, até você deveria achar que sim.

Gambria arqueia uma sobrancelha.

— *Você* vai matar o deus-rei?

Por algum motivo, ela me lembra Mikail. Talvez eles só se conheçam há muito tempo.

— Nosso plano é matá-lo com a ajuda de Quilimar — conta Mikail.

As esposas trocam olhares em uma língua desconhecida — a conexão entre as duas é mais intensa que palavras. De repente, penso em Hana, meu primeiro amor. Na escola, nós duas conseguíamos dizer coisas somente com um olhar. Eu viro o rosto, sentindo tanta falta de casa que poderia chorar. Mas minha saudade é de um lar que perdi há dois anos. Só uma entre as muitas coisas que nunca mais terei. Mais uma alma.

Deixo de lado a decepção e o aperto no peito. Vai chegar o momento em que isso tudo será árduo demais para ignorar, mas antes farei Seok pagar.

Mikail vai até Gambria, e eles conversam em voz baixa.

Sou deixada em um silêncio constrangedor com uma mulher com quem não consigo me comunicar e um homem de quem desconfio.

Por fim, Mikail e Gambria voltam.

— Vamos tomar banho e nos trocar. Gambria vai com a gente para Quu — anuncia Mikail.

As sobrancelhas de Euyn quase chegam ao seu couro cabeludo tamanho o espanto.

— Por quê?

— Porque ela tem... um passado com a Quilimar — fala Mikail. — Poderia vir a calhar se Royo e Aeri não tiverem conseguido também.

Os olhos de Lyria vão de um lado para o outro enquanto tenta absorver o que Mikail está dizendo em yusaniano. Gambria diz algo a Lyria em marnan, e o semblante de sua esposa fica tempestuoso. Em seguida, ela sai andando em outra direção.

O rosto de Gambria desmorona, mas ela respira fundo e gesticula por sobre o ombro.

— Venha comigo.

Seguimos, mas meus ombros caem. Pelo visto, vamos arruinar tudo e todas as relações ao nosso redor.

Mas, às vezes, perder tudo é o único meio de conseguir o que se quer.

CAPÍTULO CINQUENTA E SETE

AERI

PASSAGEM DO NORTE, KHITAN

Estou deitada em pele animal macia enquanto a neve cai delicadamente. Ergo o olhar para o bilhão de estrelas e a névoa bruxuleante dos Raios Noturnos do Rei Solar.

E, o melhor de tudo: Royo está em cima de mim.

Ele me beija, saboreando minha boca, segurando meu pescoço. Não está com pressa alguma, enquanto eu me encontro na missão de tirar suas roupas. Minhas pernas ainda estão ao redor dele, mas infelizmente ainda estamos totalmente vestidos.

Suspiro.

Ele finalmente cede. Um pouco. Tira o casaco e depois o colete com um número alarmante de facas.

Pela primeira vez desde que consigo me lembrar, não penso em roubar uma arma. Não penso em nada além dele.

Royo tira a camisa, e eu faço o mesmo, mas deixo a parte de baixo para não o assustar logo de cara.

Ele me olha de cima.

— Pelos Dez Infernos, você é linda.

Os elogios dele percorrem meu corpo, e então seu peso me pressiona de novo. Passo as mãos pelas suas costas largas e pelos seus ombros. A pele é cheia de cicatrizes, mas muito mais macia do que eu esperava. Estou aproveitando cada espaço que consigo tocar, cada parte dele que ele permitiu estar exposta. E, tá, ok, também estou tentando tirar sua calça. Em minha defesa, pensei *muito* nisso.

Mas me distraio com seu toque. Suas mãos grossas percorrem meu corpo — braços, seios, cintura. Ele está tentando pegar leve, mas seu toque consome cada centímetro da minha pele. Faço questão de não estremecer nem me retrair, e ele não esbarra no meu amuleto novamente. Mas, de todo modo, não estou ligando muito para o tempo no momento. Só quero mais disso aqui.

Só quero mais dele. Embora eu possa sentir o quanto ele me deseja fisicamente, ele não tenta me despir.

Retiro o que disse — ele está me matando. Anseio por ele. O pulsar entre minhas pernas é intolerável.

Abaixo a calça, e ele para de me beijar e se afasta de mim.

Ah, não. Deuses. Sinto o estômago revirar. Não é possível que eu estraguei tudo de novo. A vergonha me faz querer deitar em posição fetal. Ele se afastou outra vez. Eu deveria ter ido com mais calma e só depois permitir que as coisas escalassem.

Tenho a destreza de um bobo da corte quando tento dormir com Royo.

Ele se senta de joelhos, depois pega algo de dentro da barraca. Sua mão volta com mais um cobertor, que ele coloca em cima de mim. É o de pele marrom que ele enrolou nos meus ombros depois de ter me salvado na água.

— Pra que isso? — pergunto.

— Não queria que você sentisse frio.

A expressão dele é tão pura e cuidadosa. Meu coração derrete. Literalmente parece estar sobre o fogo.

— Vem você me esquentar.

Jogo a pele de lado. Estou nua, exceto pela camisa de baixo, então me livro dela também.

Ele grunhe, e seus olhos mudam. Alguma coisa nele, os resquícios de controle, se parte. Por fim, tiramos as botas, e ele lentamente tira a calça e a cueca.

Valeu. A. Pena. Esperar.

Ele coloca o corpo em cima do meu, mas, em vez de beijar minha boca, traça uma trilha até o meio das minhas pernas. Cada lugar que seus lábios tocam se acende em chamas. É quase a mesma sensação de quando estou furiosa — uma queimação que sobe por dentro e se espalha pelo meu corpo até eu sentir que vou irromper em chamas. Mas desta vez é bom. Toda a sensação converge entre minhas coxas, quente e desejosa.

Não é minha primeira vez, mas é a primeira vez que desejo alguém tão desesperadamente. Ele chega ao meu abdômen quando começo a implorar descaradamente.

— Por favor, Royo. — Gemo. — Por favor.

Ele sorri, olhando para cima.

— Por favor o quê?

Solto um grunhido. Que homem maldoso. Ele sabe exatamente o que eu quero.

— Eu vou desmaiar e explodir ao mesmo tempo — digo.

Royo ri e balança a cabeça. Deuses, esse sorriso.

— Que ladra mais impaciente.

Ele move minha perna, curvando-a para cima, e me beija perto do joelho. Agarro o cobertor enquanto seus lábios provocam a pele delicada da parte interna da minha coxa. Vou tirar cada tufo de pelo desse cobertor se não tomar mais cuidado. Tremo de ansiedade, arqueando os quadris, implorando.

— Você está acabando comigo — falo.

Ele me olha bem nos olhos.

— É o que estou prestes a fazer mesmo.

E então ele coloca a boca em mim, e eu arfo, delirante.

CAPÍTULO CINQUENTA E OITO

MIKAIL

CIDADE DE VASHNEY, KHITAN

Pelo brilho das estrelas, se eu tiver que ouvir mais uma teoria da conspiração de Euyn, corro o risco de perder a sanidade. Escolho pegar o caminho mais longo até a casa de correspondências de Vashney, mas, na verdade, só estou tentando fugir dele.

Porque é possível amar alguém e querer ter o próprio espaço.

Foi o que Gambria disse. Embora eu continue a ponderar meus sentimentos por Euyn, Gam teve opiniões bastante fortes sobre meu relacionamento com o príncipe. Só que as coisas não são tão simples quanto ela faz parecer. Ela o chama de colonizador e apologista ao derramamento de sangue, entre outras frases de impacto, mas ele era apenas uma criança, como eu também era, durante o Festival Sangrento. Responsabilizar crianças pelos atos dos adultos sempre leva a atrocidades.

Ainda assim, ela não está totalmente errada em relação a ele. De fato, Euyn quis matar o sacerdote no Templo do Conhecimento a pretexto de ser um ato de misericórdia. Além disso há também as opiniões dele sobre o pragmatismo de fazer Wei afundar.

Solto um suspiro.

Quando deixamos o templo, demos a Royo e Aeri um sunsae para nos encontrar em Vashney. É uma jornada de dez dias, ida e volta, isso *caso* eles tenham conseguido localizar o ovo de cara. Estamos agora já no décimo dia.

Sinto um arrepio devido à pontada de medo na minha caminhada sobre a neve. Não porque acho que Aeri e Royo vão nos trair, mas porque eles podem ter fracassado na missão. E aí o que acontece? Não conseguimos encontrar Staraheli, e duvido que os marnans tenham facilitado o acesso ao corpo dele. Estamos perdendo tempo, e o pior de tudo é que ainda não descobri o plano grandioso de Joon. Quanto mais perto acho que chego, mais percebo que estou em um beco sem saída. Mas talvez possamos chegar até Quilimar mesmo sem uma exceção à Regra da Distância. Talvez ela aceite receber Gambria — por isso pedi para ela nos acompanhar, como plano B.

Quando Quilimar chegou a Khitan, ela conheceu os dignitários, e Gambria estava ao lado de Fallador. Ambas eram mulheres diretas e ambiciosas, e logo se tornaram amigas. Já era uma suspeita antiga o fato de Quilimar sentir atração apenas por mulheres — algo não permitido para membros femininos da realeza que têm a obrigação de gerar herdeiros. Gam era uma dama da corte predileta, mas partiu quando Quilimar ficou grávida com o príncipe Calstor. Nunca descobri por quê, mas sempre achei que Gambria estava apaixonada e que ficou devastada quando descobriu que Quilimar estava dormindo com o próprio marido. Duvido muito que ela tenha tido escolha nisso, conhecendo o rei de Khitan. Também é possível que o próprio rei tenha banido Gambria de Quu.

Vale mencionar que Gam não vê hipocrisia nenhuma em se apaixonar pela irmã de Joon, que também é uma colonizadora criminosa, de acordo com os parâmetros dela. Para Gambria, no entanto, Quilimar não teve poder algum porque, embora fosse princesa, era uma garota em Yusan. Não entendo então o que ela acha que um menininho poderia ter feito para prevenir o Festival Sangrento. Mas o ódio não precisa seguir nenhuma lógica.

Chego à casa de correspondências depois de pegar a rota exterior. Passo meu nome falso para a mulher à mesa, e há um envelope esperando por mim. Zahara é quase que esperta demais. Fico feliz por ela estar do meu lado... se é que ela está mesmo. Ela não tem motivo para me ajudar — nenhum em que eu consiga pensar. Portanto, preciso ser cauteloso com o que conto e no que acredito.

Após dar uma gorjeta para a mulher, decifro a mensagem de Zahara, e mais uma vez o código aparentemente longo se traduz em uma única palavra.

Guerra

Guerra. Yusan está prestes a declarar guerra a Khitan. Não o contrário.

Agarro a bainha da espada e tudo começa a fazer sentido. Cheguei perto de descobrir quando estava no Templo do Conhecimento. Reis deixam a segurança de Qali por questões de diplomacia ou, mais provavelmente, guerra. Por isso Joon saiu do palácio, ou seja, fomos mandados para cá mais como uma distração para Quilimar do que qualquer outra coisa. Não podemos esperar mais. Temos que chegar a Quu e dar um jeito de conseguir uma audiência com a rainha. Mesmo se tivermos que gritar "guerra" a trinta metros de distância.

Pelo brilho das estrelas, tomara que ela ainda ame Gambria.

Sem tempo a perder, corro de volta para a estalagem.

A Folia é um edifício branco de mármore, um tanto acinzentado pelo tempo. Mas a pátina combina com a estalagem velha de quinhentos anos. Esta tem quatro andares ao estilo ornamentado em dourado de Khitan. Euyn, por estar acostumado ao luxo, ama este lugar. Acho que isso é um pouco suspeito, mas não importa mais. Precisamos partir agora.

Quando entro no saguão, vejo dois rostos familiares. Sinto uma onda de alívio me invadir.

— Vocês chegaram? — pergunto.

Aeri inclina a cabeça.

— Não tá vendo, não? — Em seguida, os olhos grandes analisam o teto abobadado e pintado. — Bem, acho que podíamos ter morrido e sido devorados por amaretes... mas deu tudo certo. Vocês conseguiram?

Balanço a cabeça.

— Houve uma complicação. E vocês?

— Conseguimos — sussurra Royo.

Tem algo diferente nos dois, mas não sei ao certo o quê. Pode não ser nada, e as teorias conspiratórias constantes de Euyn só mudaram a forma como os vejo.

O mais importante é que eles estão com o ovo, o que vai nos garantir um jantar à mesa com Quilimar. Poderemos contar a ela sobre a guerra iminente e o plano de Joon para roubar sua relíquia. O ataque de Yusan deve nos ajudar a formar uma aliança com a rainha. Ela simplesmente não vai ter escolha. E então vamos organizar uma missão de emboscada para Joon e tomar a coroa.

Sinto um pouco da energia voltar e uma pontada de esperança crescer dentro de mim. Isso tudo pode dar certo.

— Venham — falo, indo para as escadas. — Houve algumas mudanças, e precisamos partir imediatamente.

— Temos algumas... informações também... — Aeri hesita.

Fico indeciso entre perguntar o que é agora e precisar esperar. Chego à conclusão de que qualquer coisa que eles digam terá que ser repetida para o grupo, então é melhor esperar.

Chegamos ao terceiro andar. Pego Gambria e Sora, depois subo para o quarto andar e bato na porta de Euyn. O quarto dele, óbvio, é uma suíte. Precisei subornar a dona da estalagem com cem signos para que ela mexesse na reserva de outra pessoa. Euyn já estava todo tenso, eu não queria piorar a situação privando-o de sua acomodação de preferência.

Bato duas vezes, depois espero Euyn desativar as armadilhas. Royo observa Gambria, e ela o encara de volta.

— Quem é essa? — pergunta Royo, apontando o polegar para ela.

— Gambria. É uma... velha amiga de Quilimar.

Gam sabe muito mais yusaniano do que eu esperava. O bastante para, assim que nos encontramos sozinhos, comentar sobre a clemência inesperada de Sora ao poupar a vida do guarda, e para agora arquear uma sobrancelha pelo meu comentário.

Reprimo um sorriso.

A porta se abre, e Euyn arregala comicamente os olhos ao ver Aeri e Royo. Ele parece ao menos ficar um pouco envergonhado, o que demonstra um resquício de consciência. Afinal de contas, passou os últimos dias falando mal deles, chamando-os de traidores e de desleais. E foi uma difamação terrivelmente injusta com Royo.

— Deu certo? — pergunta Euyn, gesticulando para que nos sentemos.

Aeri e Royo trocam um olhar e depois assentem. Ela cora, sorrindo com a cabeça baixa. Eu tinha razão — tem mesmo algo diferente entre os dois. Se me cabe o palpite, acho que finalmente perceberam que estão apaixonados um pelo outro.

Fico feliz por eles.

— Devo perguntar como fizeram isso? — Ergo uma sobrancelha.

Sora sorri, olhando para os dois.

— Ela é uma ladra incrível. Aposto que nem viram ela se aproximando.

Aeri sorri de volta para ela.

— Obrigada… mas, hum, fomos pegos, sim.

Euyn e eu nos entreolhamos. Não sei como Royo e Aeri estão aqui se foram interceptados por um amarete. Royo até poderia derrubar um com o machado, mas, até onde entendi, as criaturas vivem em bandos nas montanhas. Era para os dois terem sido dilacerados.

— Um deles desceu e falou com a gente — explica Royo, dando de ombros.

O cômodo fica em silêncio.

— *Falou* com vocês? — indaga Euyn.

Ele assente.

— Foi a coisa mais estranha da minha vida.

— E como vocês sobreviveram? — pergunta Sora.

— Porque Aeri foi bondosa com uma coruja — fala Royo, e olha para Aeri, admirando-a.

Gambria olha como se não estivesse traduzindo as palavras corretamente. A boca de Sora forma um sorriso genuíno.

— Dia! — exclama ela.

E agora eu é que não sei se estou traduzindo direito. O que o dia tem a ver com isso?

— A criatura gostou do fato de eu ter ajudado uma coruja órfã — explica Aeri. — Acho que foi por isso que o amarete permitiu que a gente trouxesse o ovo abandonado.

Sora assente, aparentemente animada por a bondade de outra pessoa ter sido recompensada. Gambria e Euyn parecem no mínimo confusos. Royo, no entanto, fita Aeri como se ela sustentasse a lua da monção.

— Enfim, as aves falam, e eu acho que... Bem, a questão é... que elas preveem o futuro também — diz Aeri.

Todos nós encaramos, assimilando a informação com diferentes graus de ceticismo.

— Por que você acha isso? — O tom de Euyn deixa evidente que ele não acredita nem um pouco.

— O pássaro disse que todos nós estávamos em uma missão inútil — conta Royo. — Ele sabia que Quilimar não é capaz de usar o anel, e disse que uma guerra entre os reinos está chegando.

As palavras dele disparam pelo quarto. Tudo o que vejo é a palavra "guerra" que decifrei. Mas uma guerra dos reinos é muito mais do que Yusan marchando para Khitan.

A tirar pelo semblante de Gambria, ela sabe exatamente o que significa. Euyn mexe na barba e ajusta o curativo. Sora parece confusa.

— O que o amarete disse exatamente? — pergunto a Aeri. — Palavra por palavra.

Torço mentalmente para que Royo esteja apenas se expressando mal.

— Ele disse que viria uma guerra dos reinos e que o cheiro de morte se espalharia — fala Aeri. — E que temos funções a desempenhar enquanto tolos tentam se tornar deuses. E que vou ter que fazer uma escolha de amor. Não sei ao certo o que ele quis dizer com essa última parte. Nenhum de nós sabe.

— Meus deuses do céu — diz Euyn, levando a mão trêmula à testa.

Ele começou a suar frio, e eu me sinto igual, embora não demonstre minha reação.

Aeri olha ao redor.

— O que foi? Não é uma coisa boa? Quer dizer que seremos bem-sucedidos em começar uma guerra com Yusan, né?

Eu bem que queria.

Respiro fundo.

— Uma guerra dos reinos significa todos os quatro reinos originais em guerra. Neste caso, Yusan, Gaya e Wei atacariam Khitan ao mesmo tempo.

O silêncio recai. Ninguém se move.

— Precisamos chegar à Quilimar o mais depressa possível — fala Euyn, e eu assinto.

Ele cambaleia pelo quarto, guardando seus pertences.

— Por quê? — pergunta Gambria.

Ela estava apoiada no parapeito da janela, mas agora dá um passo até nós.

Euyn não responde, então eu falo.

— Porque se o que achamos que está acontecendo estiver mesmo acontecendo, estamos todos fodidos.

CAPÍTULO CINQUENTA E NOVE

TIYUNG

PRISÃO DO ÓCIO, YUSAN

Estava dormindo encostado na parede da cela, mas acordo desorientado. Ailor está me sacudindo para me despertar.

— O que…

— Shh — sussurra Ailor.

Vozes abafadas ecoam fora da porta. Não é Hana, disso eu sei. As vozes são masculinas. Mas estou grogue e perco parte da conversa. Podem ser guardas, a julgar pela luz que sai da janela ao alto e da passagem de bandeja. Muito provavelmente são assassinos.

— Mas qual deles é? — pergunta um deles.

— Como assim? Só tem um alvo aí dentro — sussurra outra voz.

— Estou vendo dois.

— Não, aqui é a cela de Tiyung. É para ele estar sozinho aí.

Engulo em seco e me sento, totalmente desperto. É isso. Hoje é a noite em que vou morrer. Hana me ganhou o máximo de tempo que conseguiu, mas hoje andarei pela Estrada das Almas.

Faço uma breve oração para os deuses pouparem Sora. Rezo para que o que contei a Hana seja o suficiente para salvar a todos e não informações que eu nunca deveria ter cedido a uma espiã. Rezo para que o Lorde Yama tenha misericórdia de mim por meus erros e me permita ver Sora novamente na próxima vida. Rezo para que a próxima vida seja mais bondosa com ela do que esta.

— Me dê seu colar — fala Ailor.

— O quê? — Perplexo, pego a joia, embora não vá me servir de nada como um homem morto.

— Dê agora! — insiste ele, sussurrando mais incisivamente.

Não achei que joias significassem tanto para ele, mas acho que as pessoas mostram sua verdadeira face no fim de tudo.

Decepcionado, faço menção de tirar o colar, mas pelo visto não sou rápido o bastante. Ailor arranca a joia de mim e a coloca no peito. Ele fica perto de onde a porta vai se abrir, sentado contra a parede como se estivesse descansando. A lamparina está desligada, mas eu o vejo nitidamente à luz da passagem de comida.

— O que está fazendo? — sibilo.

— Diga ao meu garoto que eu o amo — pede Ailor.

Antes que eu possa perguntar o que ele quer dizer, a porta se abre e luz invade a cela. Eu me abaixo no chão para proteger os olhos. A dor é intensa porque não há apenas uma tocha, mas duas. Se era para eles fingirem que morri dormindo, estão fazendo um péssimo trabalho.

Deitado no chão, aguardo. Espero uma lâmina fincar nas minhas costas ou mãos agarrarem meu pescoço. Eu deveria ter ficado de pé e morrido com valentia, mas não consigo fazer meus membros se moverem. Fico deitado de bruços, esperando ser arrastado para fora. Ou ser esfaqueado e morrer feito um porco nesta cela. Só torço para que seja um golpe fatal e veloz.

Prendo a respiração e tento ficar em paz nos meus últimos momentos. Ouço o zanzar de botas no chão, depois uma respiração pesada e o sibilo de metal quando uma espada é desembainhada.

Sora. Seu longo cabelo preto. Seu sorriso.

Ela é a última coisa em que penso.

Mas então a porta se fecha e é trancada. Quando meus olhos voltam a se ajustar, os assassinos já foram embora.

O que em nome dos deuses aconteceu?

— Ailor. O que foi? Para onde eles foram? — sussurro.

Não tenho resposta.

Um arrepio gélido percorre meu corpo. Não. Não, não, não. Não pode ser.

— Ailor? Ailor! — grito.

Não me importo em ser ouvido. Cadê ele?

Com as mãos trêmulas, levo algumas tentativas para acender a lamparina. Por fim, ela ilumina a cela e eu a levanto.

Não tem ninguém de frente para mim. Ninguém na palha ou na latrina.

Tudo o que sobrou de Ailor é uma mancha de sangue nas pedras próximas à porta.

Atônito, fico encarando o sangue. Levo tempo demais para entender que Ailor escolheu sacrificar a própria vida para salvar a minha. Que ele planejou tudo. E que foi isso que quis dizer quando falou "veremos" quando eu comentei sobre viver mais que ele — ele já devia ter decidido que, quando chegasse o momento, fingiria ser eu. Que quem viesse me matar não seria capaz de me reconhecer pela aparência, mas sim pela cela, e com nós dois aqui, ambos imundos e barbados, eles escolheriam quem estivesse com o colar da nobreza. E foi por isso que pediu para eu dizer a Mikail que ele o amava.

Arfo, tremendo. Cubro a boca com a mão.

A verdadeira face de Ailor foi mesmo mostrada no fim de tudo — a de um homem disposto a dar a vida por um estranho que foi bondoso com ele. Um homem que pensou no filho ao dar o último suspiro.

Meus olhos se enchem de lágrimas, e eu fungo o nariz. Meu primeiro impulso é controlá-las, não deixar transparecer nenhuma emoção. Não envergonhar a mim mesmo e à minha classe com o choro. Ser um homem e não correr o risco de levar um dos tapas de Seok por causa do meu rosto vermelho ou das marcas de lágrimas. Mas um homem que mal conheci acabou de ser assassinado e escolheu pagar o preço derradeiro, garantindo a mim uma chance de sobrevivência. Ele vale todas as lágrimas que estão implorando para serem derramadas.

Eu me inclino na parede e choro baixinho a princípio. Depois soluços mais profundos avassalam meu peito, e eu choro, grito e me debato.

Paro e volto a chorar até que chaves se virem na porta. A tal altura, estou pronto para o que o destino tem guardado para mim.

CAPÍTULO SESSENTA

EUYN

PASSAGEM DO NORTE, KHITAN

Disparamos pela Passagem do Norte para voltar a Quu, ávidos para chegar à minha irmã. Eu me sento na frente do trenó entre essa tal de Gambria e Mikail. Sora está atrás com Aeri, Royo e um baú de roupas. Aeri deu um jeito de arrumar tempo para comprar um guarda-roupa novo. Ela e Royo estão nitidamente mais próximos do que quando deixamos o Templo do Conhecimento, mas não acredito mais que estejam armando contra nós.

Ou quase.

Eu sinto, sim, uma pontinha de culpa por tê-los acusado, mas tive meus motivos. Confiar em Aeri seria burrice em uma situação que todos nós somos bem capazes de cometer traição. Ainda mais ela.

No entanto, ninguém mencionou minhas teorias a eles. Todos estão muito mais preocupados com uma guerra dos reinos e o que isso vai significar para cada um de nós e para Yusan.

— Vai me contar por que acha que estamos todos fodidos? — pergunta Gambria a Mikail.

Ela está falando khitanês. O sotaque por pouco entrega que ela não é nativa, mas não sei definir a origem.

— Se houver uma guerra dos reinos, o que acontece? — pergunta ele.

Gambria o fita.

— Virou tutor agora? Acontece que Yusan, Khitan e Wei entram em guerra entre si.

— E Gaya — acrescenta ele.

Ela olha para o céu nevoso e suspira.

— E Gaya — ecoa.

Quando ela diz o nome, percebo que esta mulher tem a aparência de uma gayana, não khitanesa. É provável que seja por isso que uma ou outra palavra soam diferentes. Eu não estava no meu melhor momento, mas acho que eles estavam conversando em gayano na noite em que ela nos salvou.

Mikail nunca havia mencionado Gambria. A princípio, achei que talvez eles tivessem sido amantes, mas a química entre os dois é tão pífia que agora duvido até que ela goste muito dele como pessoa. O que faz com que sua decisão de nos salvar seja um enigma.

Ela deve ser uma das fontes gayanas dele. Em segredo, Yusan mantém informações atualizadas sobre a colônia. Com o tanto de laoli que encontramos no armazém, aposto que ele tem procurado descobrir mais sobre aquilo.

Ainda assim, parece que o buraco é mais embaixo. Os dois são íntimos demais para que ela não passe de uma fonte.

— Uma guerra dos reinos também significaria que todas as relíquias do Lorde Dragão *poderiam* acabar no mesmo lugar ao mesmo tempo, não? — pondera Mikail.

Gambria se senta, considerando.

— Não — respondo em khitanês. — Há muito que as Areias do Tempo se perderam.

— Mas e se Joon encontrou? — rebate Mikail.

Balanço a cabeça.

— Impossível. Faz séculos que não há sinal da relíquia. Ela se perdeu nos desertos de Fallow um milênio atrás, quando o Lorde Dragão ascendeu.

— "Se perdeu" só quer dizer que alguém queria que as pessoas parassem de procurar — retruca ele. — Joon não divulgaria a toda a nação de Wei que está com ela. Não ia querer que ninguém soubesse até que Yusan tivesse decretado de vez a batalha. Minhas fontes dizem que ele deixou o palácio logo depois de termos sido mandados para o norte.

Enquanto estamos sentados em silêncio, acaricio a barba. Joon tem a Coroa Imortal e a Espada Flamejante — a relíquia que Gaya teria levado para a guerra dos reinos séculos atrás. Quilimar usa o Anel Dourado. Uol, o sacerdote-rei de Wei, tem o Cetro D'água para comandar uma marinha que não se afoga. Se Joon encontrou mesmo as Areias do Tempo, teria três relíquias. Não precisaria do anel nem do cetro para vencer uma guerra. No entanto, vencer uma simples batalha pode não ser seu intuito. Talvez ele esteja tentando tomar as últimas duas e *se tornar* o Lorde Dragão antes do fim da temporada de monções.

A ideia é ridícula, até que me lembro da ambição de Joon. E então um arrepio percorre meu corpo.

Ele deve ter matado os sacerdotes no templo. Sabia que todos pensariam que tinha sido ordem de Quilimar, e os decretos antigos determinam que ocorra uma guerra dos reinos a qualquer líder que derrame sangue de um Yoksa. Ao incriminar Quilimar pela morte dos sacerdotes, ele garantiu uma guerra no solo de Khitan. Wei está tão confiante sobre sua vitória constante que aceitaria qualquer provocação para ganhar mais tributos. E ele controla Gaya.

Mas também é provável que de fato tenha sido Quilimar. Vou precisar perguntar à minha irmã diretamente para descobrir se foi mesmo ela. Com sorte, farei isso ao pegar o anel dela e entregá-lo a Joon. Caso ele esteja mesmo começando uma guerra e tenha três das relíquias, o anel acabou de se tornar muito mais valioso a ele. Seria o suficiente para conceder o perdão ao nosso grupo e nos dar os espólios que prometeu.

Ele tem preocupações maiores que seis pessoas cometendo uma traiçãozinha de nada. Com o jeito que maré tem andando pra gente, é a única maneira de sobrevivermos.

Estou prestes a apontar isso quando Gambria fala.

— Céus. Podemos perguntar a Fallador se ele ouviu alguma coisa a respeito das Areias do Tempo — diz ela.

— Já perguntei, e ele disse que não — fala Mikail.

Viro a cabeça porque esse é um nome que eu conheço. Fallador é uma das fontes de Mikail — uma pessoa por quem sempre suspeitei que ele estivesse apaixonado. O jeito como diz o nome dele, o semblante que seu rosto assume... são pequenos sinais. Mikail diz que estou paranoico, mas estar paranoico não significa que eu esteja errado. Não o tempo todo.

— Onde está Fallador? — questiono.

— Em Quu — responde Gambria. — A menos que tenha ouvido outra coisa.

Olho para Mikail. É óbvio — foi quem ele foi ver assim que descemos em Khitan. Ele olha para o lado casualmente, como se não importasse. Como se Fallador não fosse o motivo pelo qual ele não dormiu comigo desde que partimos de Yusan.

O ciúme se acende dentro de mim, corrompendo meus pensamentos como veneno.

— Não, não ouvi nada — falo.

Travo os dentes. Estou tão furioso que poderia gritar. E então me lembro de que, se ajudar Joon, voltarei a ser o príncipe de Yusan. Não terei que me preocupar com ser traído a cada passo pelas pessoas mais próximas a mim.

Acalmo a respiração e decido criar um plano para roubar o anel, quer os demais concordem ou não.

CAPÍTULO SESSENTA E UM

TIYUNG

PRISÃO DO ÓCIO, YUSAN

Ouço chaves virando na fechadura, e estou pronto. O tempo passou lentamente desde que Ailor foi morto. Presumi que os assassinos perceberiam o erro e voltariam para me matar, e cá estão eles. Só levou muito mais tempo do que eu esperava.

Metade de um dia já deve ter se passado desde que o mataram. O sangue na pedra secou, e duas refeições foram servidas. Mas passei cada segundo em agonia.

A porta se abre, e eu fico em pé. Não quero morrer sentado ou deitado. Preciso mostrar mais bravura que antes, o que não quer dizer grande coisa. Que bom que tenho esta segunda chance de morrer com honra.

Eu me preparo, mas é Hana quem entra, segurando uma tocha. Está ofegante, olhando ao redor. Semicerro os olhos, mas a tocha não dói tanto, considerando que a lamparina estava acesa. Não havia mais motivo para preservar o óleo.

— Deuses, você está vivo? — Ela parece aliviada e muito surpresa. E então seus ombros cedem quando ela percebe que Ailor não está aqui. Hana fecha os olhos e balança a cabeça. — Não há tempo para isso agora.

Ela está falando sozinha. Admiro a forma como consegue se adaptar à situação tão depressa, mas é uma habilidade desumana.

Hana tira um saco de debaixo do manto e o estende para mim.

— Aqui, coloca isso.

Eu a olho sem entender.

— O quê?

— Acham que você morreu — diz ela, em um sussurro apressado. — Quer ficar de conversinha ou prefere escapar?

Já imaginei muitos cenários desde que mataram Ailor. Este não foi um deles. Principalmente porque fugir da Prisão do Ócio é impossível.

— Depressa. Vista isso — diz ela, entredentes.

Ela bate o pé no chão, frustrada por eu continuar parado feito um manequim de loja.

Abro o saco. Há um casaco e uma calça semelhantes aos que os guardas usam — um uniforme extra. Troco de roupa depressa, e em seguida Hana limpa meu rosto e me passa um pano áspero e úmido. Ela me perfuma com colônia e depois escova meu cabelo, que chegou às orelhas. Penteia minha barba e me entrega uma espada, que eu guardo no suporte do quadril.

Ela me olha e suspira.

— Sua barba está horrível, mas não temos tempo para você se barbear. Vai ter que servir. Espero que você seja mais útil do que parece.

— Não acha que vão perceber?

Hana balança a cabeça.

— Não a menos que você aja de maneira suspeita. A rotatividade de guardas é alta. Exceto pelo capitão ou um posto mais alto, os homens não ficam aqui embaixo por muito tempo. Acho que pode imaginar que a masmorra não é uma posição muito cobiçada.

Assim que fico pronto, ela me passa a tocha e pega a lamparina do chão. Respiro fundo e me preparo enquanto passamos pela porta.

Hana dá uma piscadinha para o guarda que abriu a cela e ajeita o cabelo comprido. Ele fica tão distraído com ela que passo direto por ele.

Meu coração martela e minha respiração falha — não pode ter sido fácil assim.

Hana segue pelo corredor e eu sigo ao seu lado. Meio passo para trás, na verdade, pois não sei para onde estamos indo. As tochas formam sombras sinistras na pedra e na terra. Tento não olhar ao redor, mas é difícil me segurar, considerando que os prisioneiros não param de grunhir e gritar.

Ela estava falando sério ao dizer que minha cela era uma "acomodação da realeza". As demais têm grades, e não paredes. O fedor e a miséria são insuportáveis. Os outros prisioneiros também estão presos no lugar com correntes de dois ou três metros de comprimento.

E a tortura.

Entendo agora as lamúrias aleatórias. Passamos por utensílios de aparência macabra. Não consigo nem imaginar o que fazem, e prefiro não descobrir.

Chegamos a um espaço aberto, e eu respiro fundo. Os corredores eram quase túneis, e terrivelmente claustrofóbicos. Mas meu alívio se esvai depressa. Isto é uma câmara de tortura. Gritos ecoam no espaço arqueado, mas a quietude entre eles chega a ser quase pior. Bem próximo, à direita, um prisioneiro alto está suspenso pelos braços. Deve ter passado tanto tempo ali que seus ombros magros quebraram e ele desmaiou devido à dor. Outro está pendurado de cabeça para baixo, gritando. E então seus gritos viram um choro à medida que o cheiro de carne queimada preenche o lugar.

Vou passar mal.

Não quero olhar, mas olho. Os guardas colocaram um atiçador fervendo em seu abdômen nu, queimando-o. Enquanto isso, uma pessoa bem-vestida está sentada em uma cadeira, saboreando um sanduíche com calma.

— Talvez agora você se lembre de quem mais estava envolvido? — pergunta ele ao prisioneiro.

A bile sobe pela minha garganta — poderia ser eu ali sob interrogatório.

Hana puxa meu punho, e isso chama a minha atenção. Acalmo o estômago. Continuamos andando, mas, quando viramos em um corredor, vejo uma cabeça em um pique. Só a cabeça, com tendões sangrentos pendurados. Meu coração dispara, e eu esbarro na parede ao me retrair.

— Olhe bem por onde anda — diz ela.

Olho para Hana, completamente nauseado novamente. Eu sabia que nem todos os homens eram bons, mas não imaginei que fossem capazes disso... Não nesta escala, não com esta frequência.

Ela baixa os olhos rápida e significativamente para me dizer para olhar para o chão em vez de para o que está ao redor.

Continuamos, e eu foco os ladrilhos sujos do chão. Tento ignorar os gritos e as súplicas de morte, as manchas secas de sangue. Não quero olhar no buraco de cheiro horrendo. Não quero pensar em quem ou no que está lá embaixo.

Eu me recomponho. Respiro fundo. Conto os passos. Ao não desviar o olhar dos ladrilhos mal colocados, evito as atrocidades, e, além disso, os guardas não conseguem ver meu rosto direito.

Passamos por alguns deles e nos esprememos às paredes nos corredores apertados. Prendo a respiração, certo de que serei reconhecido. Estou convicto de que haverá sinos de alarmes e depois uma adaga nas minhas costas.

Ou talvez nós dois sejamos arrastados às câmaras de tortura.

Arrisco uma olhadela aos três guardas que passam por nós, mas não estão olhando para mim. Hana manteve o capuz abaixado e a capa aberta para chamar atenção. Funciona. Estão ocupados demais admirando os lábios vermelhos, os cílios longos e as curvas do corpo dela para se darem ao trabalho de me notarem.

Um torpor denso me preenche. Talvez consigamos mesmo escapar daqui.

Hana vira em uma esquina após a outra, e eu fico zonzo. Tenho a impressão de que estamos constantemente subindo um morro, mas talvez seja só o fato de eu não andar tanto assim há semanas. Minhas panturrilhas queimam; minhas coxas parecem canos de ferro. Eu me exercitei na cela, mas isto é diferente. Não consigo nem imaginar o quanto eu estaria fraco se Hana não tivesse me alimentado ou se eu tivesse sido acorrentado.

Finalmente, chegamos a uma porta de ferro pesada no final de um corredor. Há dois guardas de cada lado dela, mas eles estão com um uniforme diferente. São guardas do palácio, não da prisão.

Hana olha para mim, alertando para eu me preparar. Esta deve ser a outra entrada que ela mencionou. Deve levar diretamente a Qali.

Respiro fundo e mantenho a postura relaxada. Sei que posso matar se chegar a isso, mas espero que não chegue, porque os guardas do palácio são muito mais letais que eu.

— Identificação — fala um dos guardas.

Ele é alto, mas jovem, com cabelo e olhos castanhos.

Hana sorri lentamente, flertando.

— Não sabe quem eu sou, Jimi?

Ela ajusta a capa para mostrar mais do corpo. Ambos os guardas percebem, mas discretamente. São mais profissionais que os guardas da prisão.

— Eu estava falando dele — fala Jimi, gesticulando para mim.

Eu me preparo.

Ela olha para mim, em expectativa.

— Então?

Bato no casaco e nos bolsos. Não me surpreende que eu não tenha nada comigo. Não sei como Hana sequer teve tempo de roubar o uniforme.

— Não está com você? — indaga ela.

Dou de ombros.

Ela respira fundo, irritada, e revira os olhos.

— Os deuses me amaldiçoaram, Jimi. Só libere ele, por favor. Preciso tirar o cheiro deste lugar de mim.

Ele franze o cenho.

— Sabe que preciso ver a identificação dele, Z.

— Um pouco difícil quando ele é um guarda novo que esqueceu de trazer — diz ela, me lançando um olhar cansado.

— Vou precisar chamar o supervisor da prisão — fala Jimi.

— Pode chamar.

Ela vai até o outro guarda do palácio, que a estava observando. Hana começa uma conversa fiada com ele, que tem um bigode e um maxilar quase quadrado. Além disso, também deve pesar uns vinte quilos a mais que eu.

Não sei o que eu deveria estar fazendo enquanto espero, então fico parado olhando para o nada.

Jimi abre a primeira leva de trancas na porta com sua chave. Em seguida, olha para o outro guarda.

— Ral.

Ral para de flertar com Hana apenas pelo tempo suficiente para abrir o segundo conjunto de trancas com uma outra chave.

Mas ainda há um terceiro.

Jimi se vira e bate em uma porta com janela que dá para a saída. Ela está tão camuflada na parede que eu não tinha reparado nela até então, mas parece a porta de um escritório.

— Capitão — diz ele em voz alta. — Conferência de identificação.

Um minuto depois, um homem mais velho sai de lá e vem até nós. É incrivelmente alto, com cabelo preto com fios grisalhos e um bigode. Parece que acabou de acordar de um cochilo.

— Qual é o problema?

— Um guarda novo e Zahara estão indo embora, mas ele esqueceu a identificação — fala Jimi.

— E preciso desesperadamente de um banho — acrescenta ela com um sorrisinho, baixando o tom de voz de um jeito sugestivo.

O capitão mede Hana de cima a baixo e depois cutuca Jimi.

— Podemos deixar passar só desta vez.

— Sim, senhor — concorda Jimi.

O capitão pega as chaves, mas força a vista ao olhar para mim.

— Qual é seu nome, soldado?

Eu... não pensei em inventar um. Ele continua me encarando, e todos os nomes que já ouvi na vida somem da minha cabeça. A expressão do capitão muda. Ele abre a boca, e sinto um frio na barriga. Ele está prestes a dar o alarme.

CAPÍTULO SESSENTA E DOIS

ROYO

PASSAGEM DO NORTE, KHITAN

O dia nasce sobre o horizonte nevoso, e Aeri ainda está adormecida no meu peito. Capotou pouco depois de subirmos no trenó, exausta por ter viajado tanto. Não dormimos muito na pousada de viajantes nem na noite sob as estrelas. Estou cansado também, mas nunca estive tão desperto.

Ok, ela não está exausta *só porque* temos viajado muito. Nunca senti esse tipo de desejo por ninguém além dela. E nunca me senti necessário da forma como ela precisa de mim.

Aeri fica tão linda dormindo, sua respiração tranquila, mas sei como ela fica quando me quer uma segunda e uma terceira vez na noite. Quando arqueia as costas de prazer. Quando se agarra a mim como uma videira, tremendo e gemendo.

Sora olha para ela e depois para mim, sorrindo consigo mesma.

— O que foi? — pergunto.

— Nada não. — Ela continua a sorrir e dá de ombros.

Acho que todo mundo percebeu.

Não consigo evitar — meu rosto se abre em um sorriso. Sora ergue as sobrancelhas. Não acho que ela tenha me visto sorrir mais de uma vez desde que nos conhecemos. É uma sensação estranha para mim também, mas estou me acostumando.

— Vocês dois merecem ser felizes — fala Sora.

— Será?

Aeri merece. Mas não sei se eu mereço isso — desde o quanto é bom quando ela dorme no meu peito à energia que crepita dentro de mim. Mereço mesmo que o céu pareça mais iluminado, a comida mais gostosa, a cerveja mais gelada? Machuquei, feri e matei por dinheiro. Falhei com a única garota que dependeu de mim e com o pai dela, que foi bom comigo. Acho que a maioria das pessoas diria que eu não mereço porra nenhuma.

Sinto o medo latejando nas minhas têmporas, e meu passado grita que isto não vai durar. Que só estou me enganando. Que não mereço ninguém bom. Que vou estragar tudo de novo e perder isso, perder Aeri para sempre, porque, no fim das contas, não mereço ser feliz. E então será como Lora tudo outra vez, e vou desejar nunca ter conhecido Aeri. Vou me arrepender do tempo que passamos juntos por causa de todo o sofrimento que vem em seguida.

Minhas mãos começam a suar, e eu as esfrego na calça. Nunca senti medo assim na vida.

Sora olha para mim e inclina a cabeça.

— Talvez "merecem" não seja a palavra certa, porque dá a impressão de que o amor é uma recompensa. E não é isso.

— Não é?

— Não merecemos o amor, assim como não merecemos o ar. É simplesmente algo de que precisamos.

Minha garganta fica seca, e não é do ar frio por causa do trenó. Engulo em seco.

— Mas e se parar?

Ela dá de ombros.

— Não sei. Eu nunca parei.

Ah, é mesmo. Um tempo atrás, ela amou alguém que acabou perdendo. Ela não fala muito sobre a pessoa, mas Seok a matou.

— Como você faz? — pergunto.

— Como faço o quê?

— Para viver. O que te faz seguir em frente sem quem você ama?

Ela me encara e sua expressão muda, ficando mais tensa.

— Vingança. Acertar contas é o que me resta. Não posso e não vou parar até conseguir o que quero.

Sora é muito bonita, mas algo em seu rosto finca uma lâmina de pavor bem fundo em mim.

Pelos Dez Infernos, essas mulheres são assustadoras. E a gente ainda tem que encontrar uma rainha que faz o rei Joon se borrar de medo.

Olho para Aeri e me pergunto como é possível que ela seja uma Baejkin. Como é possível que ela seja parente de um homem que caçou pessoas por diversão e de um rei que disse que torturaria todo mundo que amamos se não entregarmos o anel a ele? Como é possível que ela seja parente do tio, que estava machucando meninas e que pensavam tê-la matado? Será que todos eram como Aeri no começo... doces, amáveis e carinhosos? Ou será que ela é diferente?

Decido que ela é diferente. Tem que ser isso. Mas quem é que o pássaro chamou de Filho da Vingança, então? Eu? O que isso significa? Tinha tanta coisa rolando ao mesmo tempo, que nem pensei em perguntar.

Aeri acorda quando estou olhando para ela. Sorri, ainda absurdamente feliz mesmo ao abrir os olhos.

— Bom dia, Royo. Ai, desculpa, babei em você. Não tem nada mais brochante que isso.

Ela faz uma careta ao limpar meu casaco. Não dou a mínima.

Aeri olha ao redor.

— Estamos quase lá, né?

Faço que sim. A neve está dando lugar para uma chuva congelante à medida que nos aproximamos de Quu.

— Sora, tem certeza de que isso vai funcionar? — questiona ela. — Quer dizer... contar à rainha sobre o plano do rei para fazer ela ficar do nosso lado?

Sora olha para a frente.

— Tem que funcionar, Aeri. Ainda mais com a guerra chegando.

Ela olha para Aeri.

— Mas lembre-se do que eu disse sobre a coroa e sobre quem é apto para reinar — acrescenta Sora.

Aeri baixa a cabeça e futuca o casaco, o que faz quando fica nervosa. Mas por que ela está assim?

— Vamos tomar banho e trocar de roupa, né? — pergunta ela. — Antes de encontrarmos a rainha?

Sora se inclina para a frente e diz algo em khitanês para a mulher que está dirigindo. Ainda não entendi quem é essa Gambria ou como ela está envolvida nisso tudo, mas Sora faz que sim com a cabeça e volta a se sentar.

— Sim, vamos parar em uma estalagem de viajantes antes de chegarmos ao palácio.

— Ela quer trocar de roupa? — pergunta Euyn por sobre o ombro.

— E está errada? É uma recepção real. Você também deveria se trocar — rebate Sora.

Ele volta a olhar para a frente, tensionando os ombros.

Não sei o que aconteceu com os três enquanto estávamos indo atrás do ovo. Não entendi por que fracassaram — não me parece que Mikail tenha a *capacidade* de fracassar. Mas tem algo diferente em Euyn. E principalmente em Sora.

Não consigo deixar de lado a sensação de que nenhum de nós deveria estar confiando em Mikail. Ele não nos traiu antes, mas não significa que não vá fazer isso agora.

A Montanha Oligárquica está ao longe, imponente como um símbolo de esperança… ou uma cirena da morte. Eu só queria saber qual.

CAPÍTULO SESSENTA E TRÊS

AERI

PALÁCIO DO REI CELESTE, KHITAN

O Palácio do Rei Celeste paira sobre a Praça de Trialga, pousado ao topo de uma escadaria de mármore larga. Gambria para o trenó bem ao pé.

Então acho que não vamos realizar uma abordagem furtiva.

Assim que paramos, uma dezena de guardas olha para nós. Somos estrangeiros, mas ao menos estamos vestidos formalmente, banhados e perfumados. Roupas chiques sempre fazem as pessoas se sentirem diferentes. Assumimos uma postura melhor e eu, pelo menos, me sinto mais preparada para conhecer minha tia.

Se bem que, para ser sincera, não sei bem o que esperar. Meu pai e meu tio têm medo dela; Mikail a respeita, o que significa que ela é uma oponente formidável; e ainda assim Gambria a amou e Sora insiste que a história é mais complexa.

— Ela é mais do que você imagina — fala Gambria a Mikail quando descemos do trenó.

Sora vem para perto de mim. Ela parece ser a própria Rainha Celeste com o vestido fino e o casaco de pele. Nem mesmo a garoa constante estraga sua beleza.

É só quando chegamos abaixo do pórtico que encontramos o primeiro obstáculo. Nesta sociedade, qualquer pessoa deve ser recebida se tiver assuntos a tratar com a coroa. Porém, após a tentativa de assassinato, as coisas mudaram. Ainda há guardas oficiais da coroa no palácio, mas o acesso foi severamente restringido.

As imensas portas de ouro estão abertas, com pessoas indo de um lado para o outro lá dentro, mas a maioria está aglomerada no pórtico imenso.

— Parem — alerta uma guarda. Seu cabelo ruivo está puxado em um coque debaixo do chapéu de guarda. — Digam o que querem aqui.

— Sou o mestre-espião de Yusan — anuncia Mikail em khitanês, erguendo o queixo.

Ele é mesmo fluente em todas as línguas. Fala sem sotaque ou hesitação. Pesquei algumas línguas de tanto ouvir a ele, Gambria e os demais. Perco uma palavra ou outra, mas entendo boa parte do que escuto.

A guarda ruiva e outro guarda trocam um olhar.

— Estou aqui para ver a rainha Quilimar — acrescenta Mikail.

— Ninguém mais pode ver a rainha — fala a guarda.

Mikail abana a mão no ar.

— Diga a ela que trouxemos uma exceção à Regra da Distância. Além disso, seu irmão mais novo gostaria de ter uma palavrinha com ela. Veja se isso a faz mudar de ideia.

Sem surpresa alguma, as palavras dele causam comoção. Membros da nobreza e do exército que perambulam pelo pórtico começam a sussurrar entre si. Todos olham para nós, sutil ou descaradamente. Mikail criou um alvoroço, como o planejado.

Não demora até que a general Vikal saia do palácio. Desta vez, está usando um tipo de vestimenta militar. A calça bege favorece sua estatura esguia. A armadura sobre seu peito é preta, de obsidiana, comparada à prata que os demais guardas usam. Está sobre uma blusa de seda branca. É a roupa mais bonita que já vi, ao mesmo tempo feminina e bélica. Quero uma dessas. O cabelo encaracolado de Vikal está preso de maneira imponente.

— Mas que surpresa — diz ela em khitanês, observando Mikail.

— Quer dizer "mas que surpresa agradável" — retruca ele, sorrindo e propositadamente a olhando de cima, porque, embora a general seja alta, ele é mais.

Vikal o encara.

— Não, falei certo da primeira vez.

Ele sorri e ela volta o olhar para Euyn.

— E que surpresa é vê-lo vivo, Sua Alteza — comenta ela, inclinando levemente a cabeça.

Mais uma vez, deixa de lado a palavra "agradável".

Euyn assente, tenso.

— General.

Em seguida, ela olha para Gambria e respira fundo, irritada. Sua compostura vacila ligeiramente.

— Vejo que as surpresas não param por aí.

Gambria mantém a cabeça erguida.

— Eu apenas os trouxe aqui.

As duas realmente não se gostam. Gambria deve ser uns trinta centímetros mais baixa que a general, mas isso quase não é aparente pela forma como ela se porta. Sua postura é impecável e seu semblante, indiferente.

Endireito a coluna também, bem a tempo, porque a general então olha para Royo e para mim. Mas para em Sora. Deve se lembrar dela no banquete em que Seok causou uma cena. Mesmo se aquilo não tivesse acontecido, é impossível esquecer Sora.

Ela jamais poderia ser uma ladra.

— Disseram que vocês trazem uma exceção à Regra da Distância — comenta a general Vikal em yusaniano. — Qual de vocês? A assassina, o príncipe morto ou o espião?

Ela aponta para Sora, Euyn e Mikail, respectivamente.

— Na verdade, roubamos em equipe. Encare como um trabalho em conjunto.

A general balança a cabeça.

— Podem morar na mansão juntos, se assim desejarem, mas só um deve passar.

Mikail gesticula para mim — o sinal, caso recusassem nossa entrada.

Tiro o ovo da bolsa e o seguro para que todos o vejam.

— Direto do ninho de amaretes — digo em alto e bom khitanês.

Até mesmo a general é pega desprevenida, ficando de olhos arregalados. Não é todo dia que as pessoas veem um ovo do tamanho de um ovo de avestruz, com uma cor preta intensa. A multidão para o que está fazendo para comentar sobre o ovo, a lenda dos amaretes e a Regra da Distância. Seus sussurros e arquejos preenchem o espaço e ecoam ao redor.

A general Vikal nos encara, por um instante a mais que o necessário, irritada por ter sido vencida no próprio jogo. Temos a atenção do público e, agora, se ela recusar nossa entrada, fará a rainha parecer fraca. Não podem correr esse risco após uma tentativa de assassinato que por pouco não foi bem-sucedida. Não quando ela é apenas uma monarca regente.

— Conseguimos isto juntos, então vamos ver a rainha juntos — afirma Mikail, voltando a falar em yusaniano.

— De jeito nenhum.

— Então acho que ela não precisa disso — falo.

Royo abre a bolsa de novo, mas eu paro. Coloco as mãos em cima e embaixo dele e o levanto, como se considerasse espatifá-lo no mármore branco. Não discutimos isso, então Sora arqueja. Os estranhos ao redor fazem o mesmo. Vejo o brilho nos olhos de Mikail — ele aprova.

— Será que devemos informar as pessoas de que a rainha recusou, e assim podem especular o motivo disso? — pergunta ele.

Vikal ergue o queixo e encara Mikail com frieza, mas há uma nuance de respeito em sua expressão. Ela está impressionada por ele saber o segredo de Quilimar.

— Uma audiência de cinco minutos — determina. — Prepararemos uma mesa, e haverá uma quantidade abundante de guardas. Se algum de vocês levar uma arma para dentro, todos vão morrer.

— Estamos de acordo — fala Mikail.

Ela dá um passo, depois para.

— A cocheira de vocês pode esperar aqui com suas armas.

Ao dizer isso, Vikal se vira e sai com os guardas particulares.

— Você faz amizade em todo lugar, hein? — diz Mikail a Gambria.

Em seguida, ele tira a espada do cinto e a entrega a ela. Depois, pega mais duas lâminas na bota, a faca guardada no bolso de dentro do casaco e três estrelas de arremesso.

— Sabe que isto não passa de uma armadilha, certo? — pergunta Gambria.

— Eu ficaria decepcionado se não fosse — responde ele.

Gambria o encara sem humor algum no olhar.

— Precisa tomar cuidado, Mikail.

Ele sorri.

— Sempre tomo.

Ela solta um suspiro de exaustão.

— Não... não a machuque. Ela é quem precisou se tornar.

Mikail para e encara a amiga.

— Nós somos todos, não?

Sinto um aperto no peito ao ouvir isso — o que foi que nos tornamos? Não há tempo para considerar, e talvez eu nem queira. Começo a tirar facas do manto e as entrego a Gambria. Todos fazem o mesmo. Logo, ela tem um pequeno arsenal aos pés. Virotes, facas, espadas, um machado, e a lista segue. Royo é quem leva mais tempo — ele não para de tirar facas e adagas de corpo, feito um mágico.

Titubeio, mas largo minha última faca de arremesso, escondida na cintura do vestido. No entanto, não tiro a adaga escondida no cabelo. É pequena, mas afiada o bastante para matar. Duvido que a encontrem no clipe decorativo que mantém meu cabelo preso.

— Isso *é mesmo* uma armadilha? — sussurra Euyn a Mikail, que dá de ombros.

— É o que estamos prestes a descobrir.

Royo e eu nos entreolhamos. Não é exatamente algo reconfortante. Mas não temos muito tempo para pensar a respeito. Um criado do palácio faz uma reverência exagerada para nós e nos pede para segui-lo. Pego a mão de Royo enquanto seguimos sob a vigia atenta de doze espadas.

Chegou a hora.

CAPÍTULO SESSENTA E QUATRO

SORA

PALÁCIO DO REI CELESTE, KHITAN

Entramos em um palácio esplêndido. Qali também é lindo, mas estávamos encapuzados quando fomos levados ao salão do trono, e depois fomos arrastados para fora, atordoados e acorrentados. Mas agora somos escoltados para dentro como convidados de honra. Nobres e dignitários — até mesmo o embaixador Zeolin — ficam em pé para assistir à nossa procissão. Ele observa de boca aberta quando Aeri passa por ele, carregando a bolsa com o ovo.

Dizem que os palácios dos quatro reinos originais foram construídos e habitados pelos deuses, e é fácil aceitar essa ideia. Este palácio é repleto de mármore branco, tapetes de um roxo-escuro, bandeiras lilás e brancas que esvoaçam delicadamente e ouro. Muito ouro — nos pontinhos no chão, nas águias no meio das bandeiras, os lustres imensos, as decorações nas paredes e até nos corrimãos na escadaria dupla ao centro. Com os tetos altos, as redomas abertas e as colunas, o espaço tem uma atmosfera etérea. Parece mesmo que o Rei Celeste poderia ter andado por estes corredores.

O criado do palácio para diante de portas não muito distantes da entrada principal, mas não nos apressamos ao segui-lo para não ultrapassarmos Euyn, que está mancando. Além do mais, há muito a se olhar. Tapeçarias detalhadas, esculturas e quadros celebram a grandeza dos líderes Trialga. Há flores douradas e adornadas com joias em vasos de ouro pelo corredor.

Os olhos de Aeri estão ávidos.

— Não — alerta Royo.

Ela faz bico e depois sorri por ter sido pega observando coisas que quer roubar. Sinto um quentinho no coração ao vê-los. Este mundo está fervilhando com maldade. É preciso ter coragem para abrir uma pequena brecha de felicidade e estar disposto a defendê-la.

Somos levados a um salão de banquetes que faz o arsenal dourado parecer uma cabana esfarrapada. O pé-direito deve ter três andares de altura, e o teto é pintado com afrescos do céu em diferentes momentos, desde as estrelas até o meio-dia. E, obviamente, há ouro por toda parte. O espaço tem uma redoma de ouro e uma fonte dourada no meio que coleta a água da chuva que cai pela claraboia aberta.

É um tanto desconcertante que apenas uma mesa no fundo do salão esteja sendo preparada. As paredes são espelhadas, mas não atrás do palanque. Essa tem o maior quadro que já vi na vida. A pintura representa a fundação de Khitan pelas mãos do Rei Celeste — estendidas das nuvens ao país, puxando montanhas do solo.

Nós nos sentamos à mesa do rei, de frente para a pintura envernizada, enquanto esperamos a rainha regente. A mulher que Euyn e o rei Joon juram ser execrável e perigosa. Será que ela é mesmo como dizem, ou apenas a mãe carinhosa que vi de relance? Uma mulher mal-interpretada em um lugar como Yusan, mas aceita aqui? Será que ela é cruel ou foi somente o mundo que a forçou a ser assim, como Gambria disse?

Não preciso esperar muito por uma resposta. Dezesseis guardas entram com armaduras cinza de aço e a águia dourada de Khitan gravada no peito. Todos nos levantamos ao soar das trombetas. A rainha Quilimar e a general Vikal entram no salão, de braços dados. Quilimar está usando um vestido roxo-claro e uma faixa branca e dourada. Tem trinta e três anos, mas parece ser mais jovem. É deslumbrante, de verdade, mas acho que seria mais apropriado chamá-la de impactante do que bonita. A rainha tem mais ou menos a minha altura, mas me chama atenção que não se pareça nem com o rei Joon nem com Euyn. Tem olhos grandes e com os cantos levantados, mas também não lembra Aeri.

A coroa dourada de Khitan brilha acima de seu cabelo cor de ébano. Enquanto Yusan tem um rubi, a coroa de Khitan possui diversas pontas adornadas com diamantes maiores no centro.

Ainda assim, mesmo com a aparência e o esplendor da coroa, o Anel Dourado do Lorde Dragão é sua característica mais marcante. É impossível não reparar na relíquia. O anel tem um orbe de ouro gigante, do tamanho de um limão, com rubis e diamantes menores ao redor. Ele ao mesmo tempo passa a impressão de ser antigo e poderoso.

— Bem, isto é o que chamo de surpresa — fala a rainha Quilimar em yusaniano, olhando para todos ao redor da mesa.

Pelo visto, as pessoas decidiram deixar de lado a palavra "agradável" hoje.

O olhar dela primeiro encontra Euyn, e ela franze o cenho de leve.

— Irmão, você está vivo.

Ela parece irritada com o fato, mas algo em sua aura é muito mais brando do que eu esperava, levando em conta que o rei Joon a teme.

— Para o desgosto de Joon, eu garanto — responde Euyn, fazendo uma reverência formal. — Irmã.

Ele sorri, e Quilimar respira fundo. Em seguida, olha para Aeri, e sua expressão acalenta.

— Ouvi dizer que você é minha sobrinha há muito perdida, Naerium — fala ela.

— Não sei bem se *perdida* é a melhor descrição. — Aeri endireita a postura, olhando para a tia, e faz uma reverência rápida. — Alteza.

A rainha ergue as sobrancelhas.

— Você se parece muito com Soo Lin, mas não se porta como ela. Vejo que tem vigor e coragem. Aposto que meus irmãos farão tudo a seu alcance para destruir ambas as características.

— Eles já tentaram — responde Aeri.

Um canto dos lábios da rainha repuxa para cima.

— O papel das mulheres em Yusan é a subordinação. É preciso ser feita de aço para sobreviver. Dou-lhe as boas-vindas ao lugar onde pode ser respeitada.

Ela se senta no trono de ouro de frente para nós cinco. Em seguida, todos nos sentamos também. Chá, vinho e uma variedade de bolos e doces são servidos. Imagino que estejamos tendo um jantar à altura de um rei. Os dignatários que estavam no grande salão observam de longe, fora das portas abertas. Quase consigo sentir a inveja.

— A que devo esta audiência incomum? — pergunta a rainha Quilimar.

— Ouvimos dizer que estava procurando um ovo de amarete — prontifica-se Mikail. — Pensamos em trazê-lo.

Aeri entende isso como sua deixa e coloca o ovo no meio da mesa, esmagando bolos decorados no processo.

A rainha sorri, olhando com pesar para o anel. Uma tira de suporte o mantém no lugar, pois é grande demais para seu dedo.

— Sabemos que esse não é o caso. Meu marido procurava o ovo, mas ele está morto. No entanto, aposto que já sabiam disso antes de se darem a todo este trabalho.

Gosto de como ela é direta ao falar. Também tenho certeza de que matou o marido, mas, pelo que Mikail disse, ela estava à mercê dele até ter um herdeiro. Sei melhor do que a maioria das pessoas que um homem disposto a assassinar moradores inocentes de um vilarejo só para conseguir um prêmio não teria lá muita clemência. Ela vivia como prisioneira em uma gaiola de ouro, e seu marido detinha a chave.

Como a rainha é franca, decido que talvez ela respeite o mesmo.

— O rei de Yusan nos mandou aqui para roubar o seu anel — digo.

A general Vikal enrijece e leva a mão à bainha da espada. Os dezesseis guardas também reagem e se mexem atrás de nós, à porta. A rainha Quilimar me olha.

— Bem, isso faz sentido, considerando que Naerium é a única que conseguiria tomá-lo de mim. — Ela aponta para Aeri. — Estive refletindo sobre por que Joon arriscaria a única filha, mas isso explica a empreitada.

Todos se viram para Aeri, que franze o cenho, confusa.

— Não entendo — falo.

— Linhagens — comenta a rainha Quilimar com um suspiro. — É preciso ser de linhagem real para usar relíquias. Mais ninguém neste salão pertence à realeza por sangue, então presumo que seja por isso que Joon mandou a filha.

Mikail tosse ao beber água.

— Como é? Não está se esquecendo de alguém?

A rainha o encara e pisca lentamente.

— Mikail, deveria ser você a ditar as regras, e não ser consumido pelo jogo. Não me admira que tenha sido substituído. — Ela balança a cabeça, depois o fita. — Pensei que *todos* que fossem próximos ao trono soubessem que Joon e Omin eram os únicos filhos legítimos do rei Theum. Ele parou de compartilhar a cama com a rainha pouco depois do nascimento do meu segundo irmão, o monstruoso. A rainha secundária teve muitos companheiros de cama, mas... o rei não foi um deles. Um acidente de caça o impossibilitou de ter mais herdeiros antes mesmo de Euyn nascer.

Um silêncio absoluto recai sobre o salão, e Quilimar brinca com o anel.

— Nem Euyn nem eu temos o sangue dos Baejkin — acrescenta ela.

Eu perco o fôlego. A compreensão se espalha pela mesa. Euyn não é um Baejkin. Ou seja, nunca poderia assumir a coroa de Yusan.

Não, não pode ser.

Encaro Euyn, que está pálido. Mikail parece querer pular da cadeira e matar as nuvens dos afrescos no alto. Analiso a rainha, à procura de uma pista de que ela esteja mentindo, mas não identifico nada. Ela está falando a verdade. Euyn não é um Baejkin.

Ele nunca poderia ter sido rei. E, se fosse para deduzir algo com base em sua palidez repentina, ele sempre soube, mas manteve isso em segredo de nós este tempo todo.

Uma fúria gélida toma conta de mim, e sinto o estômago revirar. Faço menção de pegar a adaga que deixei com Gambria. Tudo o que encontro é a manga da roupa. Todos nós arriscamos nossa vida por ele, arriscamos tudo, repetidas vezes. Sangramos em nome das promessas que ele fez a nós, a Ty. Promessas que ele nunca teve a intenção de honrar.

— Ah, Euyn. — A rainha Quilimar estala a língua em reprovação. — Guarda segredos até mesmo do seu amado e dos seus amigos mais próximos? Onde está sua honra?

Ela beberica o chá, enquanto os segredos nos despedaçam, mas não se deleita com o nosso conflito como Joon no salão do trono. A rainha Quilimar endureceu a própria casca para não sentir nada, como muitas mulheres fazem para suportar este mundo.

E é neste momento que entendo que todas as coisas que ouvimos a seu respeito, boas e ruins, estavam certas.

CAPÍTULO SESSENTA E CINCO

EUYN

PALÁCIO DO REI CELESTE, KHITAN

Estou meio cansado das minhas reuniões de família.

Eu não fazia ideia de que Quilimar também era ilegítima. Afinal de contas, ela era a favorita do nosso pai — pelo menos foi o que sempre ouvi dizer e do que me lembro vagamente. Mas eu era tão novo quando ele morreu que talvez tenha apenas acreditado no rumor. A ilegitimidade dela explica muita coisa, incluindo a raiva voraz que nutre por mim. Ambos somos bastardos, mas eu fui paparicado e coroado, enquanto ela foi vendida pelo preço mais alto. Teve que permitir que o rei de Khitan dormisse com ela até ter um filho. Ser mulher na realeza é assim.

— Diga a verdade a ela — fala Mikail.

Pela primeira vez desde o salão do trono de Qali, ele realmente parece atônito. Mikail me analisa, movendo os olhos rapidamente. Quer que eu negue. Sinto o quanto está abalado, o tanto que precisa que eu diga que não é verdade, que eu negue o que minha mãe me revelou em seu leito de morte.

A verdade me corrói, e sinto um aperto na garganta. Quero falar em voz alta que faz anos que sei que o antigo rei não era meu pai, mas não posso. Já vivi esta mentira por tempo demais. Foi com base nela que construí nosso amor, e não posso arrancar esse alicerce agora, do contrário o castelo inteiro vai desmoronar. Mikail nunca mais vai olhar para mim da mesma forma, e sinto que o amor dele por mim já está abalado. Decidi há muito tempo levar o segredo sobre meu sangue ao túmulo. Não há motivo para mudar a rota agora.

Com um suspiro, eu me recomponho. Queria beber água, mas não vou comer nem tomar nada deste salão. Envenenamento não estaria fora de cogitação para Quilimar, e nem Sora quis tocar o que foi servido.

— E-eu sou o filho do rei — digo.

O salão de banquetes fica em silêncio, fora o respingar de chuva na fonte. O público de fora também fica quieto, desesperadamente tentando ouvir, mas não conseguem a esta distância. Uma linha dourada marca trinta metros de Quilimar, e todos precisam ficar mais longe que isso.

Exceto por nós.

Os outros quatro me encaram, os olhares queimando minha pele.

— Certo — fala Quilimar, erguendo as sobrancelhas. — Bem, nosso tempo está quase se esgotando. Obviamente, não darei o Anel de Khitan a Joon, mas digam que mandei lembranças. Sinto muito que tenham vindo até aqui para nada.

— Ele está começando uma guerra dos reinos — intercede Mikail baixinho.

Isso chama a atenção da minha irmã. Ela já estava se levantando, mas para de repente.

— Aqui? — questiona ela.

Mikail assente.

— Ou ele matou todos os Yoksa, ou foi você. Seja como for, o decreto foi rompido aqui. O amarete disse que uma guerra dos reinos está por vir, e minhas fontes indicam o mesmo. Não sei se servimos apenas de distração ou se Joon acha mesmo que pode tomar o anel, mas os outros três reinos chegarão em questão de dias.

Quilimar volta a se sentar e fecha os dedos, batucando o anel no braço do trono, absorta em pensamentos.

Não sei dizer se minha irmã assassinou os sacerdotes. Sua expressão é indecifrável. Meu instinto diz que não, mas, ao contrário de mim, Quilimar sempre foi ótima em mentir.

Por fim, ela olha para Mikail.

— Por que está me dando essa informação? O que quer em troca?

Ele gesticula com as mãos separadas.

— Queríamos que você invadisse Yusan para que pudéssemos roubar a Coroa Imortal e colocar Euyn no trono, mas, com a guerra dos reinos se aproximando e por... outros motivos, esse plano foi comprometido.

Mikail me lança um olhar. Ele não acreditou em mim porque tenho vinte e três anos e ainda não sei mentir.

— Estamos tentando forjar uma aliança — fala Sora. — Temos um inimigo e um objetivo em comum.

Ela está falando sem ser convidada, mas Quilimar não parece incomodada. Ela sempre preferiu mulheres.

— Agora entendo por que precisavam tanto de uma audiência que chegaram a este ponto. — Quilimar aponta para o ovo, depois respira fundo e se reclina. — Presumi que tinham vindo tentar me assassinar. Quais termos vocês oferecem se eu ajudá-los a colocar meu irmão de mentira no trono?

Sora olha de mim para Mikail. Ah, sim, agora ela espera orientação, ao contrário de quando colocou tudo a perder ao revelar que queríamos roubar o anel.

— Status de parceria privilegiada de comércio, tarifas atenuadas entre as fronteiras, anulação da taxa de escrituras perdidas e, obviamente, a coroa sobre a cabeça de Euyn — fala Mikail. — Também assinaríamos uma nova aliança de paz, embora elas pareçam nunca durar muito. A melhor cláusula, no entanto, é colocar um fim à vida de Joon. Garanto que nenhum de nós deseja que ele dê sequer um suspiro a mais.

Ela considera. Olha para Aeri e sustenta seu olhar.

— Exceto que o problema óbvio é que a coroa de Joon impossibilita a morte dele. Vocês sabem muito bem que tentei — contrapõe Quilimar.

Tentou mesmo. Antes do casamento, depois, antes de engravidar, e presumo que depois do nascimento do príncipe também. Pode ter tido mais uma vez que estou deixando passar — provavelmente uma tentativa em vão durante as núpcias, se me cabe o palpite.

— Estamos aqui porque roubei a coroa do rei — fala Sora. — Mas não havíamos entendido que era tudo armação. Ele estava com a Coroa Imortal verdadeira no braço quando tentamos assassiná-lo.

— Quem conseguiu remover a falsa de sua cabeça? — indaga Quilimar. — Certamente não foi você — emenda, olhando para mim.

Arqueio as sobrancelhas ao insulto, mas ela tem razão.

— Fui eu — diz Aeri.

Tudo, o plano inteiro, depende de Quilimar acreditar nela agora ou não. Não sei o que minha irmã deve pensar de uma garota bobinha que se parece com Soo Lin.

Quanto a mim, meu plano de roubar o anel depende do que Quilimar vai fazer a seguir.

De repente, somos interrompidos pelo toque insistente de tambores. A percussão faz o salão tremer — desde os lustres aos talheres. A nobreza no salão principal arqueja, e os guardas começam a se movimentar.

Fecho os olhos. Conheço o som — são tambores de guerra. O país está sob ataque.

Joon chegou com tudo.

Precisamos levar o anel imediatamente para ele. Do contrário, Joon vai matar todos nós.

CAPÍTULO SESSENTA E SEIS

MIKAIL

PALÁCIO DO REI CELESTE, KHITAN

Nunca a bonança, sempre a tempestade.

Todos na mesa olham ao redor enquanto o palácio vibra com o bater de tambores de guerra. Algumas pessoas parecem confusas, mas o som é inconfundível. Nunca vou me esquecer da primeira vez que os escutei em Gaya. Marcaram o fim da vida que eu conhecia.

Khitan está sob ataque.

Suspiro e reprimo a irritação comigo mesmo. Levei tempo demais para sacar o plano de Joon. Mas ainda podemos dar a volta por cima — se conseguirmos formar uma aliança com Quilimar. As tropas gayanas, e até mesmo o exército yusaniano, não vão lutar se Joon cair. Precisamos chegar até ele. É simples, mas impossível.

Mensageiras gêmeas com tranças longas entram correndo no salão principal. São meninas mais velhas — têm uns dezesseis anos, talvez dezessete. Elas se ajoelham ao chão bem longe, de frente a portas ao salão. Cada uma segura um cartão. Ambas estão ofegantes, a pele pálida corada pela correria. Tiveram que correr até aqui de algum lugar — a fronteira de Yusan, imagino. O território de Khitan é tão cheio de montanhas que, em alguns lugares, correr é mais rápido do que viajar a cavalo.

Um guarda do palácio de cabelos grisalhos pega os cartões e os leva a Quilimar em uma bandeja de ouro. Ela lê os recados e franze o cenho.

— Estava certo, Mikail. Embora eu teria preferido um alerta melhor do que esse que você me deu.

— Marcar um encontro com você foi um processo um tanto quanto conturbado — respondo.

— Yusan? — pergunta a general Vikal, parada ao ombro direito de Quilimar.

— E tropas gayanas na fronteira — responde Quilimar, jogando os cartões na mesa.

A menção de diversos reinos pesa o clima no salão. Para as tropas de Gaya já terem chegado, Joon deve tê-las convocado assim que partimos. Talvez até antes.

— Tenho que tratar do país. — Quilimar fica em pé. — General, leve o príncipe Calstor a um lugar seguro, depois me encontre no salão de guerra.

Elas trocam um olhar demorado, e Vikal bate continência em seguida. A general sai apressada do salão de banquetes, levando dois guardas consigo.

É interessante que o príncipe seja a prioridade de Quilimar. Jamais a vi como uma figura maternal. Se bem que ele é o único pretexto do reinado dela. E, pelo visto, o único pretexto para que ela sequer pertença à realeza.

— Veremos em que pé a guerra nos deixa — fala ela, olhando ao redor da mesa.

Fracassamos. De um jeito espetacular. A guerra dos reinos começou, e não temos uma aliança, mas a ausência de Wei me intriga. A marinha deles deveria ter chegado ao Porto de Quu antes de as tropas estarem na fronteira. Uma das maiores vantagens do reino de Wei em qualquer conflito que surja é que, com o Cetro D'água do Lorde Dragão, a marinha deles pode ir do embarcadouro de Wei à soleira da nossa porta em poucas badaladas. Sem falar que os navios deles são impossíveis de afundar, uma vez que a relíquia controla as correntezas.

Talvez o amarete estivesse errado. Pelo brilho das estrelas, estou torcendo muito para isso.

Quilimar já está quase do outro lado da porta quando para de repente.

— Guardas, detenham todos.

Sinto o estômago revirar, e os guardas do palácio batem continência.

— Por qual motivo? — indago.

É óbvio que eu tinha pensado na possibilidade da captura, mas não cometemos nenhum crime, e estamos aqui sob a exceção à Regra da Distância.

— Aquela ali da beleza estonteante tentou matar a general Vikal no banquete, e presumo que o restante de vocês tenha sido cúmplice. Euyn é um criminoso procurado. E, quanto a você, especificamente, você já cometeu assassinatos desde que chegou a Khitan, ou ao menos cometeu no passado. Descobriremos ao longo dos interrogatórios.

Meu coração dispara. Como não previ isto? Fiquei tão acostumado a ser protegido pelo meu status que não me vi como alguém vulnerável. Não sou mais o mestre-espião sob a bandeira yusaniana, e portanto ela é livre para me prender. Para prender a todos nós. Ela não pode matar Euyn ou Aeri, pois são membros da família real, então a proteção dos tratados se estende a ambos, mas o restante estamos em perigo.

Orgulho. Sabotei a mim mesmo com nada mais, nada menos que meu próprio orgulho.

Mas quanta falta de originalidade.

Estou com meus comprimidos de veneno, pronto para morrer desde que era criança, mas eu preferiria conhecer o Lorde Yama tentando lutar para escapar. Levo a mão à espada, mas só encontro o bolso. Estou sem armas. E, se eu lutar, corro o risco de que todos sejam massacrados comigo.

O que posso fazer?

Euyn me analisa, a expressão abalada. E então ele fica em pé, afastando-se da mesa.

— Eu proponho uma aposta, Quilimar. — A voz alta dele ecoa pelo salão, e tenho quase certeza que dá para ouvi-lo do salão principal, mesmo com o barulho dos tambores.

Ela para e o encara, confusa.

— Como?

Ele ergue o queixo.

— Você parece convencida de que sou ilegítimo.

Ela o encara.

— Porque é. Não se parece nem age em nada com meu pai, e sua mãe era uma plebeia de casas de prazer.

Isso simplesmente não é verdade. Embora Theum de fato possa não ter sido pai de Euyn, a mãe dele era a irmã mais velha do conde do leste. Mas o insulto atinge o alvo. Euyn fica vermelho e cerra as mãos, até que solta o ar e sorri.

— Então tenho certeza de que você apostaria o anel — diz ele.

O que ele está fazendo?

— Apostar uma relíquia do Lorde Dragão em nome da sua paternidade? — Ela arqueia uma sobrancelha, mas ainda não saiu do salão.

Seja lá o que Euyn esteja aprontando, está me ganhando tempo para pensar. Para bolar outra maneira de escapar, de derrotar Joon.

Mas como?

Aeri pode usar o anel, e ela é rápida o suficiente para roubá-lo com uma distração. Se conseguirmos o anel, poderíamos fazer acordos — ou com Quilimar ou com Joon. Mas ainda há a questão de sairmos do palácio com vida. Sim, assassinamos um armazém cheio de homens em Oosant, mas as chances de vitória eram muito diferentes naquela situação.

— Deixe-me tentar usar o anel — fala Euyn. — Se eu for um bastardo, como você defende, nada vai acontecer, e então estará provado que você tinha razão. Devolverei o anel e terei sido humilhado perante a sua nobreza e o homem que amo. No entanto, se eu for legítimo e puder usar a relíquia, ela pertencerá a mim.

Ela ri, os olhos brilhando de humor.

— E por que eu concordaria com esses termos?

Ele dá um passo para mais perto.

— Porque o seu cérebro fraco e inferior de mulher acredita que você está certa. E eu estou disposto a arriscar minha vida. Se eu fracassar, você poderá me matar.

O silêncio recai sobre o salão, inclusive sobre mim. Euyn não discutiu isso comigo. E agora eu, como Quilimar, estou tentando descobrir o que ele está tramando. Se acha que pode roubar o anel e fugir daqui, está redondamente enganado. Nem Aeri conseguiria uma proeza dessa. Se pensa mesmo que pertence à realeza, então se tornou um mentiroso de primeira. O que Euyn está fazendo?

Quilimar olha ao redor, e tenho certeza de que ela está ponderando o mesmo que eu — as intenções de Euyn e a probabilidade de ele sobreviver a essa aposta.

— Você escutou o que eu disse, *irmã* — fala ele, dando um passo à frente. — Se eu fracassar, pode mandar minha cabeça para Joon. Pode coletar a recompensa ou só negociar a paz com ela. Ouvi boatos de que você ama apostar a vida dos seus oponentes. Aceite a minha.

Quilimar fica parada, absorta em pensamentos, ou talvez esteja duvidando de si mesma. Nunca ouvi falar do acidente de caça que antigo rei sofreu, mas, se for verdade, isso aconteceu muito antes de eu ter nascido.

— O que foi, Quilimar? — pergunta Euyn em voz alta. — Você estava tão cheia de si um momento atrás, distribuindo insultos infundados sobre mim e minha mãe. E agora, quando tem a chance de validar suas acusações, prova que não passa mesmo de uma vagabunda inútil, como Joon disse? Francamente, eu esperava mais. Mesmo sendo apenas uma mulher, você ainda é da realeza. E me deve desculpas. — Ele gesticula para o salão principal, a toda a nobreza ouvindo.

A fúria aquece o rosto da rainha, tingindo de vermelho a pele marrom-clara. Euyn está conseguindo provocá-la, mas como acha que isto vai acabar? O tratado de paz eterna entre Khitan e Yusan protege os filhos e a família de membros da realeza que viajarem entre os reinos, mas, com a guerra batendo à porta, ela poderia facilmente ignorar o tratado e matar Euyn agora mesmo.

— Não devo *nada* a você — responde ela, fumegando.

Chego perto dele. Um guarda empunhando um machado se mexe por instinto, espelhando meu movimento. Quilimar me conhece tão bem que espera que eu seja perigoso. Contudo, não estou tentando atacá-la — estou tentando salvar Euyn de si mesmo, porque acho que entendi o que ele está fazendo.

— Euyn, não — falo.

Ele me escuta, mas não tira os olhos de Quilimar.

A rainha abre um sorriso cruel.

— Está bem, então, meu irmão. Aceito sua aposta e suas condições. Se transformar o ovo em ouro, poderá ficar com o Anel Dourado de Khitan e sua cabeça. Do contrário, perderá os dois.

— E vai deixar todos os outros partirem — acrescenta ele.

Quilimar titubeia, mas não consegue resistir à isca.

— De acordo.

Euyn assente antes que eu possa protestar.

— Todos vocês são testemunhas.

Os guardas fazem continência como um só, batendo os punhos no peito. No entanto, Euyn não está olhando para eles, e sim para os dignitários no salão principal, incluindo o embaixador Zeolin.

— Seu nesta vida e na próxima — sussurra ele para mim.

Não. Sinto um arrepio percorrer minhas costas, e um medo que nunca senti antes me dilacera. Entendi tudo errado. Ele não está tentando roubar o anel...

Euyn acabou de oferecer a própria vida para salvar o restante de nós.

CAPÍTULO SESSENTA E SETE

ROYO

PALÁCIO DO REI CELESTE, KHITAN

Mas que porra está acontecendo?

As pessoas pomposas no salão ficam murmurando entre si e se aglomeram às portas de entrada. Bem, o mais próximo possível, considerando que têm que ficar a trinta metros por causa da Regra da Distância. Ainda assim, elas se espremem na tentativa de ter um vislumbre de Euyn. Ele está prestes a transformar o ovo em ouro com o anel da rainha de Khitan. Espero. Porque se ele não conseguir, ela vai decapitá-lo.

Ouvi isso direito mesmo?

Esfrego a testa. Sinto que estou perdendo a porra do juízo. Todo mundo na sala de banquetes está zanzando para lá e para cá, os guardas assumem suas posições, e Sora e Aeri não param quietas. Euyn e a rainha Quilimar estão lado a lado, próximos ao trono.

Ele não disse nada a respeito disso. Ou falou e eu sou o único que não sabia.

Olho para Aeri, mas ela e Sora parecem tão perplexas com o desenrolar das coisas quanto eu. Sem perceber, Sora prende a respiração, e, quando se dá conta disso, solta o ar em longos suspiros. A rainha queria prender a todos nós, e agora… isso.

A única pessoa que não consigo decifrar é Mikail. Ele nunca demonstra o que está pensando. Mesmo quando está prestes a nos trair. Mas não acho que ele também sabia disso.

Então o que está rolando?

E por que a rainha odeia tanto Euyn?

Quando eu era mais novo, queria muito uma irmã mais nova, ou qualquer pessoa, só para não ter que me sentir tão sozinho, mas nunca vi irmãos se odiando como os dois. Euyn sabia exatamente como atiçá-la, e deu certo. Mas qual é o plano dele? Ele é mesmo um Baejkin ou não?

Não saio de perto de Aeri, porque tenho a impressão de que vai ser merda para todo lado. E, se for, não temos como escapar daqui.

Assim que o pensamento me ocorre, os pelinhos na minha nuca ficam eriçados. Tem alguma coisa acontecendo. É a mesma sensação que me dá quando pego alguém me seguindo ou quando a gangue estava esperando para nos atacar naquele beco em Oosant.

Minha pele formiga. Não tem como nada disto aqui dar bom. A rainha não precisava ter aceitado a aposta quando já nos tinha encurralado aqui. Queria estar com o meu machado — ou qualquer outra arma. Observo os guardas. Dois têm machados, mas estão longe. Um tem um arco. A maioria está com espadas. Eles mantêm as lâminas do lado esquerdo do quadril, e usam armadura sobre o peito. Eu poderia pegar a espada mais próxima, se fosse preciso, mas com a armadura vai ser mais difícil matá-los.

— Pronto, irmão? — indaga a rainha.

Euyn assente.

A rainha Quilimar lentamente tira o anel e o estende a ele. Todos os guardas estão com a mão perto das armas, prontos, mas Euyn não tira os olhos da irmã. Ele estende a palma, e o anel cai sobre ela.

— Está sentindo isso? — sussurra Aeri.

Não faço ideia do que ela quer dizer, mas está encarando o anel. E, sim, sinto algo de fato, mas é a vibração dos tambores que ainda tocam, agora com menos força, mas mesmo assim alertando a todos dentro dos muros da cidade. Mas não acho que ela esteja se referindo a isso.

— Isso? — fala Aeri, analisando meu rosto. — Não sente?

Agora não é o melhor dos momentos para ela ser estranha.

Balanço a cabeça, observando Euyn. Ele está colocando o anel no dedo. Passa do nó do dedo, e então ele olha para o ovo. Sua testa reluz com suor.

— Eu... eu preciso dizer alguma coisa? — indaga ele.

— O rei simplesmente tocava algo enquanto estava usando o anel e o que quer que fosse virava ouro — responde a rainha Quilimar.

Alguns guardas assentem, mas não podemos confiar neles.

Euyn olha para Mikail, sua autoconfiança abalada. A mão dele treme de leve.

— É a intenção — diz ele. — O etherum no anel funciona com base no desejo de quem o usa. A pessoa deve querer que algo vire ouro; do contrário, não funciona. Mas acho que vocês já levaram esta aposta longe demais. Devolva o anel a ela, Euyn.

A rainha endireita a postura e balança a cabeça.

— Fizemos um acordo — fala a rainha Quilimar.

— Nada vale a morte dele — responde Mikail.

Ela dá de ombros.

— Isso é problema dele. Esta é uma aposta justa e legal.

Olho para Aeri, mas ela está olhando para a frente. Não poderia estar pensando em roubar o anel, certo? Sigo sua linha de visão.

Pelos Dez Infernos. Poderia, sim.

— Não — sussurro.

Ela me fita como se eu tivesse interrompido seus pensamentos.

— O ovo — indica Quilimar, apontando para o centro da mesa.

Ela pressiona os lábios, nitidamente ansiosa para vê-lo tentar. Acho que Quilimar está ainda mais ansiosa para vê-lo fracassar. A rainha mexe o braço para tirar o cabelo longo do rosto, e há um singelo brilho na ponta de sua manga. É uma lâmina.

Tem um sabre escondido na manga dela, e acho que ninguém mais reparou.

— Euyn, não! — falo. — Ela...

— Silêncio! — A voz da rainha ecoa sobre os tambores, reverberando no teto alto. O guarda ao meu lado se aproxima de mim, uma ameaça descarada. Em seguida, ela se vira para Euyn. — E então? Admite agora?

— Ele ainda não tentou — fala Aeri.

A rainha solta um suspiro, baixando os ombros. Ela ajeita a postura de novo.

— Não se demore, irmão. Estamos em guerra, e sua cabeça será útil para mim nela.

Euyn respira fundo, depois estende a mão, endireitando o braço.

— Vire ouro — sussurra.

E então ele toca o ovo com o anel.

CAPÍTULO SESSENTA E OITO

TIYUNG

PRISÃO DO ÓCIO, YUSAN

Fomos pegos. Estamos na saída da prisão, mas fracassaremos bem aqui.

O capitão da guarda da prisão abre a boca para fazer um alerta, mas não sai som algum, porque Jimi o agarra pelo pescoço.

Tudo acontece tão depressa. Hana beija o segundo guarda. Ele arregala os olhos de surpresa, depois de dor. Fico paralisado, porque não fui informado sobre nada disto. Por que este guarda do palácio está atacando o capitão da guarda da prisão? Por que Hana acabou de matar um guarda do palácio? O que é que eu deveria estar fazendo agora? Fico parado com as mãos estendidas, olhando de um para o outro.

Jimi leva o capitão ao chão, prendendo-o e silenciando o homem. Ral agarra o próprio pescoço e o peito, caindo. Em seguida, Hana vai até Jimi. Ela se abaixa e pressiona os lábios aos do homem mais velho.

Em dez segundos, ambos os homens estão morrendo.

Hana se levanta e observa seu trabalho.

— Joga ele no escritório. Vai parecer um ataque cardíaco — fala ela, ajustando o manto.

Acho que ela está falando comigo, mas sinceramente não sei. Ela fala sem rodeios nem emoção, como se não tivesse acabado de matar duas pessoas.

— Tiyung, eu te desafio a ser mais imprestável — balbucia, depois passa o polegar no lábio, ajeitando o batom.

Reajo, pego o capitão e o arrasto para a sala. Ele é mais leve do que eu esperava, para alguém tão alto.

Eu o passo pela porta. O escritório é grande, com vista para o buraco pelas janelas. Não olho lá para baixo. Considero deixar o capitão no chão, mas há um sofá encostado na parede. Coloco-o ali em cima e o ajeito para parecer que ele está tirando um cochilo. Quando os guardas o encontrarem, espero que pensem que ele teve um infarto dormindo.

Quando termino, fico na passagem da porta. Hana abre o último conjunto de trancas e joga as chaves para mim.

— Para que é isso? — pergunto, pegando o molho no ar.

Hana balança a cabeça.

— Ele é inacreditável.

— Para você colocar de volta no bolso do capitão — responde Jimi por ela.

Assinto e enfio as chaves no bolso do peito do capitão morto, depois saio do escritório e fecho a porta. Hana fica parada, esperando.

— E agora? — pergunto.

— Corte a garganta daquele ali — diz ela, apontando para Ral. — Depois precisamos só dar um jeito no Jimi.

Olho de Hana para Jimi e para ela de novo. Engulo em seco. Não quero machucar o homem que nos ajudou, e não sei se posso levar a melhor contra um guarda do palácio. Hana cruza os braços e me encara.

Pego a espada, de frente para ele, e ambos inclinam a cabeça na mesma direção.

— Deuses, ele é imprestável mesmo — comenta Jimi.

Ela assente.

— Eu falei.

— Eu sei, mas... como foi que ele me encontrou e arrumou um jeito de comprar minha liberdade? — indaga Jimi.

— Acho que o trabalho pesado ficou por conta de outra pessoa. — Ela suspira. — Ele era só o dinheiro por trás de tudo.

Por fim, as peças se encaixam, e me sinto absurdamente lento. O guarda do palácio é irmão de Hana. O garoto que libertei e mandei aqui para Tamneki. Mas a última vez que eu o vi foi anos atrás, então simplesmente não o reconheci.

— Nayo? — pergunto.

Nayo e Hana olham para mim com olhos incisivos e idênticos. Nem se eu quisesse eu conseguiria me sentir mais idiota.

— O que quis dizer com "dar um jeito nele", então? — questiono.

— Derrubá-lo para que ele possa dizer que foi atacado por um prisioneiro — fala Hana. — Precisamos criar uma cena que os deixe confusos, mas que ao mesmo tempo o anule de qualquer culpa, para que, quando enfim descobrirem que ele ajudou na sua fuga, ele já esteja bem longe daqui.

Pior que... faz sentido. Há três levas de trancas na porta, ou seja, é quase impossível escapar, mesmo se alguém tivesse atacado os guardas do palácio. Vão encontrar o capitão morto com as chaves no bolso. Se perceberem que estou desaparecido e não morto, vão deduzir que estou em algum lugar dentro da prisão.

— Deuses, Tiyung — fala Hana. — Nunca vamos chegar a Khitan se você continuar lento desse jeito. — Ela bate na perna, exausta de mim.

Hana pega a espada de Ral e corta a garganta dele. Em seguida, coloca-a ao lado do corpo, para que seja uma coisa a menos para eu estragar.

Estou prestes a perguntar se vamos mesmo a Khitan, mas isso mostraria que ela tem razão. O que faço é guardar a minha espada na bainha.

— Posso fazer ele desmaiar sem sentir dor — digo.

— Não, precisa deixar um ferimento — fala ela. — Bata nele com o cabo da espada. De preferência *antes* de pegarem a gente.

Eu me viro para Nayo. Ele tem quase a minha altura — talvez uns três centímetros a menos. É estranho bater em um homem que está parado, esperando para receber o golpe.

— Tudo bem — fala Nayo, com um sorriso. — Obrigado pela minha vida, Tiyung-si.

Ele se ajoelha aos meus pés para facilitar, se abaixando para me ajudar a escapar. A culpa me atinge como um soco no estômago. Eu gostaria de ter feito mais por ele. Por todos eles.

Sempre vai haver mais coisas a serem feitas, mais culpas pelas quais me responsabilizar, e talvez seja por isso que os deuses estão me dando uma segunda oportunidade. Ou quem sabe os deuses não tenham nada a ver com isso e seja apenas Hana, Nayo e Ailor. Talvez as pessoas boas importem mais que os deuses.

Nayo sorri para mim. Levanto a espada e o golpeio.

CAPÍTULO SESSENTA E NOVE

EUYN

PALÁCIO DO REI CELESTE, KHITAN

Nunca fiquei tão nervoso na vida — nem quando esperava nas catacumbas da Arena do Rei, nem na Prisão do Ócio, nem enterrado vivo no deserto de Amrock. E o que sinto não se compara ao olhar no rosto de Mikail. Mas estou com ele. Estou com o anel. Agora, o dilema é sairmos daqui, todos vivos.

Pensei em um jeito de escaparmos logo antes de propor a aposta, quando percebi que Mikail tinha sido tapeado e estávamos prestes a sermos mandados às masmorras de Quilimar. Pensei que eu morreria para libertar a todos, e tinha aceitado isso, mas agora acho que podemos escapar, se os deuses estiverem do nosso lado.

Minha irmã cometeu o gravíssimo erro de me subestimar. Desta vez, ela me colocou em um salão com um arco. Ela foi campeã de esgrima, mas se esqueceu da minha habilidade como arqueiro — provavelmente porque via minha besta como a arma de um covarde. O guarda no canto da mesa está segurando uma besta sem muita firmeza, na lateral do corpo. A armadura destes guardas expõe o pescoço, os flancos e as pernas. São alvos do tamanho de um celeiro para uma mira perfeita.

Vamos conseguir, se todo mundo estiver pronto — ou Mikail, pelo menos.

Mas, se os deuses nos derem as costas e eu não conseguir escapar, ao menos Quilimar terá que soltar os demais. Devo isso a eles, até mesmo a Aeri, que, no fim das contas, não nos traiu. Desta vez.

Não posso olhar diretamente para a besta porque isso entregaria meu jogo, mas espero que Mikail ou Royo percebam. Aeri poderia roubar a arma facilmente. Olho para ela, depois para Mikail. Mas minha irmã está perdendo a paciência. Quilimar está com os lábios apertados. Está com dificuldades em conter a animação pela minha morte, o que é um tanto desconcertante. Eu sabia que ela me odiava. Lembro do rosto dela ao passar pelo meu quarto quando Joon me contava histórias. Era puro desprezo, e então ela ia para seus aposentos e batia a porta. No entanto, não imaginei que chegasse a este ponto. Não tive nada a ver com ela ter sido forçada a se casar, nem com mais nada que lhe aconteceu. Mas, de alguma forma, eu levei a culpa.

Porém, agora, tenho que no mínimo tentar transformar este ovo em ouro. Bufo. Até mesmo a frase na minha mente é ridícula. Um ser humano não pode transformar um ovo em ouro. Se bem que os amaretes e os samroc não deveriam ser reais, mas cá estão. Joon deveria ter morrido inúmeras vezes, mas a Coroa Imortal salvou sua vida. Suponho que tudo seja possível nos três reinos.

Toco o ovo com o anel.

— Vire ouro — declaro.

Olho para o ovo de casca preta como ônix. Seria incrível vê-lo se tornando ouro maciço e caro.

De repente, uma dor como jamais senti se espalha pelo meu braço — tão forte que é difícil manter a mão estendida. Solto um grito e seguro o braço com a mão direita. A agonia é tão grande quanto o momento em que a flecha acerta minha perna. Não, quanto o momento em que Mikail a arrancou sem me avisar. Sinto como se meu braço estivesse se abrindo.

Mas não está.

O anel começa a brilhar. Reluz sobre a casca do ovo, e então eu me esqueço da dor por causa do halo dourado à minha frente. A luz explode, depois esmaece a um reluzir, deixando apenas um ovo de ouro maciço sobre a mesa.

Meus deuses do céu.

Meu coração para, e meu queixo cai. Consegui. Usei o anel.

Todos encaram, e ninguém se move, porque sou mesmo da realeza.

Ah, a vadia da minha mãe. Cerro os dentes. Eu poderia matá-la de novo se fosse capaz. Theum era meu pai verdadeiro... ou um de seus filhos foi meu pai.

Isso passou pela minha cabeça mais de uma vez quando lembro de Joon me contando histórias para dormir, e eu novamente cogitei a ideia quando Mikail disse que ele se recusou a ordenar minha execução. A segunda rainha não era muito mais velha que Joon quando se casou com o rei Theum. E Joon tem vinte e dois anos a mais que eu — idade suficiente para ser meu pai. Mas eu jamais ousei pensar isso até agora.

Meu pai verdadeiro é Joon ou Omin.

Meu braço cai inerte, a dor ainda irradiando pelo corpo. Eu o enfio no colete, e só então me lembro do plano de tomar o arco.

— Mikail! — Lanço um olhar sugestivo para o guarda com a besta.

Ele segue minha linha de visão e a compreensão transparece em seu rosto.

— Arma! — grita um dos guardas.

Olho ao redor, percebendo tarde demais que ele acha que estou pegando uma lâmina escondida nas minhas roupas.

Quilimar tira um sabre da manga, e seu rosto se contorce em raiva quando ela mira meu peito.

Desarmado, fico sem defesa. Estendo o braço em uma tentativa fraca de me proteger, como fiz na emboscada na passagem da Montanha de Tangun. E aí me lembro do anel.

Vire ouro, irmã.

Toco o anel no peito dela. Uma dor incrível, duas vezes mais forte que antes, flui pelo meu braço, e o anel brilha. Quilimar solta um grito estridente.

Quase no mesmo instante que a toco com o anel, a lâmina dela finca na minha pele. O brilho do anel desaparece quando o sabre invade minhas costelas e perfura o coração.

Caímos os dois no chão. Eu acho. Ouço o baque de um corpo caindo, e imagino que seja Quilimar, mas não consigo me mexer.

— A rainha! — gritam os guardas. — Salvem a rainha!

Quero ver se ela está morta, mas tudo que consigo fazer é encarar o teto — a pintura das estrelas e das nuvens. A chuva caindo na fonte produz um som melódico, e a percussão dos tambores esvaece. Há beleza na quietude.

Mikail se abaixa ao chão ao meu lado.

— Euyn. Euyn! Euyn, o que foi que você fez? O que foi que você fez? — diz ele.

Vejo seu rosto belo, mas ele está olhando para o meu peito. Não preciso olhar para saber que o sabre está fincado no meu coração. É estranho, mas não sinto mais dor. Não sinto mais nada.

Ouço meu nome sendo gritado, mas não é uma voz humana. Deve ser o Ceifador de Almas me chamando para a Estrada das Almas, e não há como recusar seu comando.

— Seu nesta vida e na próxima — sussurro.

Mikail balança a cabeça, os olhos cheios de lágrimas.

— Seu nesta vida e na próxima.

Tenho a sensação de que ele está me balançando. Seja o que for, eu o sinto por toda parte.

Temi isto por tanto tempo — morrer, ser assassinado por uma mão violenta. Agora chegou o momento, e só consigo ver e pensar em Mikail. Sinto seu amor me cercando como um cobertor quente em um dia frio. Eu estava tão solitário antes de conhecê-lo, perambulando sozinho pelos corredores imensos do palácio. Sem pai. Com uma mãe que preferia me bater a segurar minha mão. Com irmãos que me ignoravam. Foi incrível encontrá-lo. Sentir a mão dele na minha tantos anos atrás. Que presente é tê-lo amado todos os dias desde então. E ter tido seu amor também.

É uma bênção tão grande pensar no amor no fim de tudo. Não sinto nada além de gratidão.

Eu te amo, Mikail.

Tento falar, ou acho que tento. Minha visão está sumindo, mas eu resguardo a imagem de seu rosto pelo máximo de tempo possível. Meu primeiro amor. Meu último.

CAPÍTULO SETENTA

AERI

PALÁCIO DO REI CELESTE, KHITAN

Quilimar acabou de matar o próprio irmão.

Tudo aconteceu tão depressa, um guarda gritando "arma" e a rainha empunhando o sabre. Euyn transformou o peito dela em ouro assim que ela o acertou no coração. A rainha soltou a lâmina e ela ficou boquiaberta de horror ao ver que Euyn estava de mãos vazias.

Quilimar foi imediatamente cercada por guardas e levada por quatro homens. Porém agora as portas estão fechadas. Há um guarda bloqueando cada uma das passagens para impedir que a gente escape. Os oito que restam marcham devagar até nós, as espadas em riste.

Estamos encurralados neste grande salão de banquetes. Agora nos juntaremos a Euyn nos Dez Infernos.

Sora, Royo e eu vamos para detrás da mesa do rei, mas Mikail, o mais fatal de nós, está no chão. Ele está aninhando o corpo de Euyn nos braços e afagando seu cabelo, mas a luz já deixou os olhos de Euyn. Quilimar desferiu um golpe fatal, e ele morreu em segundos.

Eu, por outro lado, não estou pronta para morrer. Não quando tenho Royo. Não quando quero muitos outros amanhãs com ele. Quero lutar por nós, mas a única lâmina que temos é o sabre fincado no peito de Euyn. Tenho uma adaga escondida no grampo de cabelo, mas de que isso serve contra dez guardas armados até os dentes? Tenho o amuleto, mas a cada vez que o uso, o custo aumenta um pouco mais, e não sei se eu conseguiria nos tirar daqui.

Com certeza não nós quatro.

— Vocês todos conspiraram pelo assassinato da rainha regente de Khitan, mãe do verdadeiro rei — fala o guarda, que parece ser o capitão. Ele é o cara mais velho e que antes levou as mensagens até a rainha. — Foram julgados como culpados e sentenciados à morte. Rendam o anel e seremos misericordiosos em sua execução.

Ah, é mesmo... o anel. Euyn morreu com ele, e pôde usá-lo. Eu me ajoelho perto do corpo de Euyn e viro sua mão. Nada. O anel sumiu. Olho para a outra mão, mas não tem anel nenhum. Será que caiu? Será que Quilimar conseguiu pegá-lo de volta?

Estou prestes a perguntar a Mikail se está com ele, mas seu rosto se contorce. Seu semblante típico de indiferença vira pura raiva. Ele fica em pé e solta um grito de gelar a alma. Os tambores pararam, mas o salão treme com seu brado. As vibrações enrijecem meu corpo, um terror profano fluindo por mim. E olha que ele está do nosso lado.

— Querem o anel? Venham pegar — diz ele.

É como se Mikail tivesse virado um demônio.

Dois dos guardas titubeiam, vacilando no passo, mas outros seis seguem em nossa direção no espaço amplo. Passo a mão pelo cabelo e tiro o grampo. Desembainho a pequena adaga — terrivelmente minúscula contra espadas e machados. Sora tira algo do bolso. Não sei o que é — um frasco, eu acho; talvez batom. Mas ela teria que beijar um guarda para usar o veneno, e não temos tempo para isso.

Estamos bem ferrados.

Eu me esgueiro para dar a adagazinha a Mikail. Não é grande coisa, mas é o que temos para hoje. Ele não vai mexer no corpo de Euyn para tirar o sabre. Eu entendo. Também não conseguiria se fosse Royo. Ainda assim, desolado ou não, sei que qualquer arma seria melhor meneada pelas mãos de Mikail. Ele agarra o cabo da lâmina e assente.

Os guardas se aproximam de nós em um semicírculo, com o capitão no centro, gesticulando para nós com sua espada.

Sem dizer mais nada, Mikail lança a adaga do meu grampo de cabelo no capitão. Ela voa pelo ar. Um segundo. Dois. E acerta o olho do homem. É uma mira impossível, mas o capitão cai no chão e começa a se contorcer.

Mikail e Royo aproveitam a confusão para tombar a mesa do rei, criando um escudo entre a gente e os guardas. Pratos estilhaçam, vinho é derramado e sobremesas saem rolando.

Royo desliza no chão ao lado do corpo de Euyn e baixa a cabeça.

— Peço seu perdão, príncipe.

Ele arranca o sabre do coração de Euyn. Mais sangue vermelho-escuro escorre de seu peito já ensopado. Sinto a bile subir pela garganta e desvio o olhar, mas ao menos Euyn não sentiu nada.

Mikail observa o corpo de Euyn de esguelha, mas então pula sobre a mesa e gesticula para chamar os guardas para ele.

Sinto o estômago revirar quando quatro se aproximam de uma só vez com as espadas à mão. Dois recuam alguns passos. Um fica para trás, tentando salvar o capitão. Mikail está de mãos vazias, à espera.

Royo me empurra contra um quadro às minhas costas e me encobre com seu corpo, meneando o sabre sangrento. Ele se mexe de um lado para o outro, evidentemente indeciso entre me proteger e ajudar Mikail.

Aguardo, sem fôlego, com as mãos sobre o colar. Mikail parece estar indo em direção à morte, e não sei se posso salvá-lo. Sua calma é assustadora quando ele fica em pé com os braços estendidos, como se estivesse pronto para abraçar o Lorde Yama.

Os guardas continuam indo em direção a ele até quase conseguirem cortá-lo. Os homens e as mulheres da guarda do palácio parecem ávidos para dar um fim ao mestre-espião e faturar as vantagens de tê-lo matado. Seus olhos são intensos; e um deles até sorri. E talvez Mikail queira ficar com Euyn — não sei, mas é horrível ficar parada aqui assistindo à cena.

— Atrás! — grita Sora.

Mikail se vira, a expressão confusa. Sora abre a mão e ele olha para ela, escondendo em seguida o rosto na dobra do braço. Fico me perguntando o que ele está fazendo, mas estão Sora se inclina sobre ele. Ela respira fundo, depois sopra pó cor-de-rosa no rosto dos guardas.

Todos os seis de repente começam a tossir e arquejar. Os quatro mais próximos agarram o pescoço e caem de joelhos, engasgados. Os outros dois vão para trás, cobrindo o rosto.

Veneno. Ela criou uma aura de morte ao assoprar veneno neles.

Mikail ergue o rosto para encará-la, perplexo e grato. É a reação mais genuína que já o vi ter. Sora coloca a mão limpa sobre a dele.

— Mate todos. Por ele — sussurra Sora.

— Fica aqui — diz Royo para mim.

Ele está tossindo, mas puxa a camisa por cima da boca e do nariz e avança. Embora Sora tenha soprado o pó na outra direção, ainda há veneno o bastante na atmosfera para queimar meu rosto. Cubro o nariz e a boca com a manga, mas meus olhos ardem.

Royo pula sobre a barreira e pega a espada do guarda mais próximo — o que está de quatro no chão, morrendo com o pó de veneno. Ele joga a arma para Mikail, então se abaixa e corta a garganta do guarda com o sabre já coberto de sangue.

O mestre-espião ganha vida, empunhando uma espada. Ele a meneia e quase decapita o homem que corre em sua direção com um machado. O guarda é detido, e sua cabeça tomba para o lado de um jeito grotesco. Mikail chuta o machado de sua mão e a faz deslizar pelo chão até Royo.

No entanto, antes que Royo consiga pegá-lo, um outro guarda tenta golpeá-lo com uma espada. Royo se abaixa, e o homem acerta a mesa. O guarda do palácio está vermelho, engasgando, com a mira comprometida. Estremeço quando a espada danifica mesa, e dou um passo para trás. Royo soca o rosto do homem, e o baque de seu punho faz um estalo sólido. Em seguida, toma a espada do guarda e o mata de vez. Royo então se abaixa e pega o machado.

Seguro o colar, observando, pronta para congelar o tempo para proteger Royo e Mikail, mas nenhum dos dois precisa de salvação. Quando ambos conseguem suas armas prediletas, instaura-se um caos de lâminas, sangue e gritos. Royo agarra os últimos dois guardas que estavam mais próximos de Sora, já quase mortos. Bate a cabeça dos dois, e o impacto dos crânios provoca um som repugnante de osso no osso. Em seguida, ele os mata com um golpe final do machado.

Sora sai de detrás da mesa e pega a espada que caiu a alguns metros dela. Estou prestes a fazer o mesmo quando dois guardas atacam Mikail bem ao lado da lâmina em que eu estava de olho.

— O que foi que eu disse? — diz Royo, balançando a cabeça para mim ao passar.

Odeio ficar parada aqui, me sentindo impotente, mas não sei matar como eles. Royo pega o machado com as duas mãos e sai correndo para dar cobertura a Mikail, mas o mestre-espião simplesmente espera com a espada suspensa ao lado. E então o primeiro guarda se aproxima e Mikail consegue agarrar seu punho. Ele segura o homem e torce seu braço em um ângulo nada natural, até quebrá-lo. Um grito de dor ecoa pelo salão. Usando o corpo do homem de escudo, Mikail ataca a segunda guarda. A mulher golpeia, mas a espada dela fica presa no pescoço do primeiro guarda. Estupefata, a guarda larga a lâmina. Que erro. Mikail pega impulso para trás e dá uma cabeçada na mulher, que cai inconsciente. Ele corta a garganta dos dois guardas, puxando o cabelo para chegar bem fundo. A rapidez de Mikail é tão grande que me lembra o ataque no armazém, seu movimentos fluidos e fatalmente precisos.

— Isso é tudo o que conseguem fazer? — ruge ele. Sua espada pinga sangue. — Acabou?

Ele grita com a dor de perder Euyn e de provocar Lorde Yama.

Ninguém ataca. O guarda que estava na porta mais distante jogou o machado no chão e está tentando desesperadamente abrir as portas.

Acho que ele mijou nas calças, que estão com um tom escuro suspeito na frente. Mas as portas continuam fechadas. Não lhe ocorre usar o machado para abri-las.

Mikail pega uma segunda espada do chão e bate as duas juntas. Corre à velocidade máxima até o guarda e se lança ao ar. Arquejo quando ele empala o homem às portas, enfiando as duas lâminas no abdômen, a parte do corpo que o escudo do peito não protege. É um jeito doloroso e horrível de morrer.

Os únicos dois guardas vivos que restam estão no chão, no meio do salão. Um está ajoelhado ao lado do capitão, e também há o próprio capitão, que está convulsionando. Mikail vai até eles a passos lentos e cheios de intenção, com a raiva emanando de si. Encara o capitão por um segundo, depois levanta a bota.

— Quem é que foi sentenciado à morte agora, capitão? — murmura Mikail.

Ele pisa no rosto do homem, fincando a adaga do grampo de cabelo em seu crânio. Faço uma careta ao ouvir o som de osso sendo quebrado, mas o homem fica imóvel, morto sob a sola de Mikail.

Ele então se vira para o último guarda, que colocou a espada no chão e baixou a cabeça. Amedrontado, o homem levanta as mãos vazias.

— Misericórdia — pede.

Prendo a respiração, esperando para ver o que Mikail vai fazer. Sora e Royo também estão observando.

Surpreendentemente, Mikail faz que sim.

— Obrigado, mestre-espião. — O guarda faz uma reverência, abaixando a cabeça de novo.

A expressão de Mikail muda, fica mais severa. Um arrepio percorre meu corpo logo antes de ele se mover. Ele agarra a cabeça do guarda com as duas mãos e a torce, até haver um estalo. Mikail então o solta, e o corpo do homem cai mole no chão.

O salão fica em silêncio. Mikail acabou de matar um homem cuja vida concordou em poupar.

Mas acho que este não é o momento para clemência. Assim como não foi para a garçonete em Oosant.

Só que, se não agora, então quando?

CAPÍTULO SETENTA E UM

ROYO

PALÁCIO DO REI CELESTE, KHITAN

Estou tossindo e suando, vendo o sangue respingar pelo vidro espelhado e formar uma poça no chão. Embora a gente tenha matado praticamente todos os guardas, estamos fodidos. Euyn morreu, e ainda temos que dar um jeito no restante da guarda do palácio. Não sei como vamos escapar com vida, mas temos que tentar.

— E agora? — pergunta Aeri, que me olha com os grandes olhos castanhos, e eu bem queria saber.

Tusso mais.

— Boa pergunta.

— Esperem, venham aqui. Posso pelo menos ajudar com o veneno — chama Sora.

Vamos até a mesa, onde ela tira um frasquinho do bolso. Pinga uma gota na língua de Aeri, depois na de Mikail, mas não para de olhar para a porta. Quando chega a minha vez, ela esvazia o frasco na minha boca. Faço careta. Negócio amargo do cacete. Mas então pisco, e consigo enxergar melhor. Posso respirar sem sentir que meu nariz e minha boca estão em chamas. É um antídoto. E ela acabou com o frasco.

— E agora a gente faz o quê? — pergunto, limpando o rosto.

Nós três olhamos para Mikail.

— Precisamos construir uma pira — fala ele, estranhamente calmo, embora olhe para Euyn com uma tristeza indescritível.

Pelos Dez Infernos, não temos tempo para um velório.

— Aqui? — pergunto, gesticulando ao redor. — Agora?

Mikail assente.

— Não vou deixar ele servir de troféu para eles.

Sinto o estômago revirar ao perceber que ele tem razão. Khitan queria a cabeça do cara que morreu há mais de cem anos. Com certeza ostentariam a de Euyn também. Precisamos libertar a alma dele o quanto antes. Viro o rosto para as portas. Logo vão descobrir que estamos vivos e que matamos os guardas.

Olho pelo salão. Não tem lareira, mas podemos usar a mesa do rei para construir uma pira. Só que, se queimarmos um corpo do lado de dentro, a fumaça vai nos obrigar a sair daqui. Levanto a cabeça para os deuses em busca de ajuda, mas vejo a abertura na redoma. Começo a empurrar a mesa para o centro do salão. As cinzas e a fumaça podem sair pelo topo sem nos sufocar.

Todo mundo entende o que estou fazendo e se apressa. As meninas começam a enrolar Euyn com toalhas de mesa. Mikail vai até o quadro imenso e o puxa para baixo. A moldura racha e quebra, caindo no chão com um baque de doer os ouvidos. Ele parte a madeira como se fosse papel e começa a construir a pira.

Quando estamos prontos, Mikail carrega o corpo de Euyn e o deita com delicadeza. Enrolado, ele parece estar dormindo. Mikail deve ter fechado os olhos.

Fazemos orações aos Reis Divinos, ao Lorde Yama e ao Lorde Dragão. Pedimos que os deuses perdoem os crimes de Euyn e guiem sua alma à redenção. Até mesmo Sora baixa a cabeça e reza.

Mikail se abaixa e beija a testa de Euyn, demorando os lábios ali por um momento.

— Vamos nos encontrar no jardim de novo.

A emoção fecha minha garganta. Por Euyn. Pelo fato de que teria sido eu dizendo adeus a Aeri assim se não tivesse conseguido trazê-la de volta. Ela olha para mim, e eu pego sua mão.

Mikail quebra um jarro de óleo embaixo da mesa e acende a pira. A fogueira se acende no meio do salão e consome o corpo de Euyn. Alguns minutos depois de termos matado os guardas, a alma de Euyn é libertada.

Mikail assiste ao corpo dele queimando, as chamas dançando em seus olhos.

Os tambores de repente voltam a tocar, mas desta vez sinos ecoam também. Parece que estão tocando todos os sinos na cidade de Quu e nos arredores.

— O que é agora, hein? — resmungo.

— Será por causa de nós? — pergunta Sora.

— Não — diz Mikail, ainda vendo Euyn queimar. — Wei deve ter chegado ao porto.

— Wei? — repete Aeri.

Mikail assente, apático. Sora olha para ele e respira fundo, depois endireita a postura e ergue o queixo.

— Armaduras. Precisamos de armaduras — fala ela.

Todos olhamos para os guardas mortos e morrendo. Vamos ter que arrancá-las de seus cadáveres, o que não faz mal — eles não vão mais precisar. Mas, se eu soubesse que o plano seria esse, teria feito menos lambança.

Andamos pelo local à procura das pessoas mais próximas da nossa estatura enquanto a fogueira continua a queimar. Tiro um pouco do sangue e dos ossos da guarda mais próxima do tamanho de Aeri. Ela me dá um sorrisinho, e eu a ajudo a prender a armadura em seu corpo. Pego o que mais me parece apropriado, mas esses caras todos tinham o corpo de Euyn ou de Mikail. A armadura do peitoral mal se encaixa nos meus ombros, e não é como se o metal fosse maleável. Foda-se também. Melhor que nada.

Sinos tocam tão alto que fica difícil pensar. É bom estar armado e vestido em uma armadura, mas ainda temos que dar o fora do palácio. Pego o machado, pronto para abrir caminho até a saída.

— Não é melhor arriscarmos as portas? — propõe Aeri. — Talvez estejam distraídos com Wei e a gente consiga escapar sem que nos vejam.

— Mas os guardas não conseguiram abrir. — Sora aponta para o guarda que Mikail empalou com duas espadas. Ele continua vivo e gemendo.

— Talvez o capitão tenha as chaves — sugere Aeri.

Mikail vai até o corpo do capitão.

— Bom palpite.

Eu o observo feito um falcão. Ele não pode estar bem assim — é impossível. Mas nunca entendi qual é a desse cara. Talvez ele esteja de boa mesmo, ou talvez cada um viva o luto de forma diferente.

Mikail remexe os bolsos do capitão e por fim enfia a mão por baixo da armadura do peito. Ele ergue um molho de chaves, e o joga para Aeri.

— Tenta usar essas aí — fala ele.

Ela assente e começa a testar a fechadura.

Sora vai até Mikail enquanto Aeri testa uma após a outra. Também o estava observando.

— Você está... bem?

Ele ri sem humor.

— Não, e nunca vou ficar, então não tem por que lidar com isso agora.

Acho que é justo. Não é o momento certo. Sora o encara com lágrimas nos olhos, mas assente.

— Sinto muito, Mikail — diz ela.

Ele balança a cabeça.

— Eu... Eu também.

Aeri destranca a porta com um clique. Quando ela faz isso, seguro seu rosto entre as mãos. Ela olha para mim, os lábios abertos de surpresa. Eu me abaixo e a beijo. Porque, se vamos morrer, que seja com o beijo dela na minha boca.

E então nós dois nos viramos e olhamos para Sora e Mikail. Estamos prontos.

— As pessoas que odiamos morrem primeiro — determina Sora.

Mikail assente e levanta a espada para saudá-la. Bato o machado no chão, e Aeri inclina a cabeça.

Vou para a frente dela para ser o primeiro a sair. Que merda, viu. Respiro fundo antes de virar a maçaneta. É agora. Não tem a menor chance de conseguirmos todos sair daqui, mas pelo menos vou morrer protegendo Aeri. Tem jeitos piores de morrer. Jeitos piores de viver também.

Abro a porta, com os músculos tensos, mas preparados. Saio, meneando o machado, esperando encontrar lâminas e corpos, mas... não há nada. Absolutamente nada. Olho ao redor. Ninguém à vista. Nem um guarda ou criado. Nenhuma multidão. Ninguém.

— Mas que porra essa? — sussurro, depois estremeço.

Cadê todo mundo?

Uma brisa gelada sopra para dentro do salão principal vazio, esvoaçando as bandeiras, mas não há um suspiro ou som fora os das três pessoas atrás de mim.

Mikail olha sobre meu ombro, e eu sinto que ele também está confuso. Pensei que a guarda inteira do palácio fosse estar aqui fora esperando a gente. Não que eu quisesse encontrá-los, mas para onde é que aqueles babacas foram?

Sora e Aeri bisbilhotam detrás de nós.

— Não entendi — sussurra Aeri.

— Será que é porque Wei chegou? — pergunta Sora.

Os olhos perscrutadores de Mikail analisam nosso entorno.

— Acredito que sim, mas fiquem em alerta. Royo, proteja nossa retaguarda caso seja uma armadilha.

Mikail começa a andar, próximo à parede, a espada à mão. Sora e Aeri o seguem, e eu fico atrás, pronto para um ataque surpresa.

Continuamos em um círculo próximo, lentamente seguindo como um só para as portas de entrada abertas. Dois passos, três. Esse silêncio todo fode com a minha cabeça. Não sei como, mas isso aqui é quase pior do que correr direto para uma batalha. Pelo menos sabemos para que nos preparar quando conseguirmos ver nossos inimigos. Mas isso... isso está me cheirando a cair de braços abertos em uma cilada.

Chegamos às portas douradas, e então entendo por que não tem ninguém dentro do palácio — estão todos na Praça de Trialga, debaixo da chuva. Deve ter uns cinco mil soldados, incluindo duzentos guardas do palácio com armadura de aço cinza. A rainha Quilimar e a general Vikal estão montadas em cavalos brancos, liderando o exército. Em vez de esconder o peito de ouro, a rainha Quilimar rasgou a parte do vestido que o escondia para ostentá-lo. Acho que a faz parecer mais um membro da realeza de Khitan. Mas nenhum deles está virado para nós.

Eles observam o porto.

Nunca vi uma marinha antes, só barcos no rio Sol. E jamais imaginei uma coisa dessas. Tem cem navios de guerra de frente para a Montanha Oligárquica. Todos com as velas azuis de Wei — exceto um bem no meio, hasteando uma bandeira vermelha com o desenho de uma cobra preta. As velas dele também são vermelhas.

O navio do rei Joon.

— Tenho uma pergunta idiota — falo.

— O que é? — Mikail está encarando o navio do rei com os olhos ardendo de ódio.

— Se vencermos… — começo, mas depois paro porque duvido que isso seria um problema.

E precisaríamos ganhar antes de esquentar a cabeça com quem assumiria o trono de Yusan. Mas com Euyn morto, não sei quem poderia ser.

Mas não importa. A general Vikal nos avistou. Ela fita e se aproxima da rainha Quilimar, que se vira e olha.

— Deixa pra lá — resmungo.

Meneio o machado, pronto.

CAPÍTULO SETENTA E DOIS

AERI

CIDADE DE QUU, KHITAN

Somos nós quatro contra o poder dos quatro reinos originais. Nossas chances não são das melhores, embora tenhamos espadas e armadura e eu esteja com o amuleto. Uma relíquia e quatro pessoas contra cem navios, cinco mil soldados khitaneses e inúmeras forças yusanianas e gayanas na fronteira não é um cenário nada favorável. Mas não existem outras três pessoas que eu preferia ter ao meu lado do que as que estão comigo agora.

A rainha Quilimar olha para nós, mas na verdade está me encarando. Sustento o contato visual. Minha tia. A mulher que foi tão dispensável para a minha família quanto minha mãe, quanto eu. Desrespeitada pelos irmãos, vendida em casamento a um rei estrangeiro cruel que ela não amava, e agora quase sem conseguir preservar o trono para seu filho. Entendo a raiva e tudo o que ela precisa enfrentar, mas ela ia torturar a nós todos, e matou Euyn. Não vou abrir mão do que tenho para deixá-la vencer.

— Quero ver o amanhã. — Eu me viro para Royo e o fito nos olhos. — E depois. E depois. Com você. — Então olho para Sora e Mikail. — E se eu não puder ter isso, quero que eles também não tenham.

Mikail me olha como se estivesse me vendo pela primeira vez. Ele se vira para a rainha, depois de volta para mim.

— Isto termina aqui. — Ele aponta para o porto com a cabeça. — De um jeito ou de outro.

Não sei como vamos conseguir, mas assinto. Ganhando ou perdendo, nossa defesa está armada. Ninguém que amo estará seguro enquanto esses líderes tiverem poder. Não enxerguei isso antes porque eu não queria. Mas agora não tem como voltar atrás — a única forma de nós quatro termos um lugar neste mundo é se o mudarmos.

Mikail leva a mão ao bolso e tira de dentro o anel do Lorde Dragão. Pensei mesmo que ele tinha tirado a relíquia do dedo de Euyn, mas aconteceu tanta coisa depois da morte dele que eu tinha até me esquecido. Tenho a mesma sensação de inquietude quando ele estende o anel.

— Eles todos terminam aqui — fala ele.

Meus deuses, ele confia em mim mesmo.

Mikail coloca o anel na minha mão.

Assim que ele toca minha pele, sinto um relâmpago atravessando meu corpo. Era isto que eu estava sentindo quando Quilimar deu o anel a Euyn — a energia da relíquia encontrando alguém que possa usá-la, mas dez vezes mais intensa, já que agora sou eu recebendo o anel. E já tenho outra relíquia.

O poder flui pelo meu corpo como ondas, não de um jeito desagradável, mas ávido para sair.

Eu me recomponho e coloco o anel na mão esquerda. Fecho os olhos. Quando encaixa, o calor queima minha clavícula e meu dedo, sentindo o metal quente encostado em pele fria. As relíquias estão se fundindo a mim. Tento mexer o anel, que não sai do lugar — faz parte da minha pele agora. Deve ter acontecido a mesma coisa com o amuleto.

Eu e as relíquias do Lorde Dragão somos uma só. De alguma forma, isso me parece mais seguro e mais perigoso ao mesmo tempo. Abro os olhos novamente.

— Aeri... Seus olhos — comenta Royo, me fitando com o cenho franzido. Ele analisa um olho, depois o outro.

— O que foi? — pergunto.

— Estão... dourados — fala Sora, tentando descobrir se está enxergando direito.

— Eu não... Isso aconteceu com o Euyn também? — pergunto, olhando ao redor. Acho que não, mas talvez eu não tenha reparado.

Mikail balança a cabeça.

— Não.

A diferença deve ser que eu tenho duas das relíquias do Lorde Dragão. Consegui sentir a habilidade de Euyn de usar o anel porque eu estava com o amuleto. E agora as relíquias mudaram uma à outra e a mim.

Não.

O sangue some do meu rosto, deixando minhas bochechas formigando. Se eu senti o anel em Euyn, será que meu pai sentiu as Areias do Tempo em mim? Será que foi por isso que me fez todas aquelas promessas na pira crematória da minha mãe? Foi esse o motivo pelo qual ficou de olho por onde eu andava e mandou o assassino me proteger em Yusan?

Não, a coroa deve funcionar de outro jeito. Se ele soubesse que eu tinha o amuleto, teria me matado e o tomado de mim, ou pelo menos me mantido presa em Qali. A última coisa que teria permitido seria minha liberdade. Não teria arriscado que um dos condes ou Quilimar colocasse as mãos nas Areias do Tempo.

Meu pai tem a Espada Flamejante, mas os textos no Templo do Conhecimento afirmavam que Yusan não a usou contra Wei. Pensei que Yusan simplesmente tinha perdido a guerra, mas talvez a espada nunca tenha se conectado ao meu pai. O que não faz sentido.

Por que raios nada nunca faz sentido?

Royo acaricia meu rosto.

— Amo seus olhos, seja qual for a cor deles. — Ele sorri, pensando que foi por isso que fiquei abalada.

Sorrio de volta porque o adoro. Porque amo o que ele está dizendo. Porque é incrível ser amada por ele. Suspiro quando a verdade me atinge de repente: a única forma de proteger Royo é matando o restante dos Baejkin.

CAPÍTULO SETENTA E TRÊS

MIKAIL

CIDADE DE QUU, KHITAN

Sora olha para mim, preocupada não por causa do exército à nossa frente ou a marinha logo abaixo, mas porque perdi Euyn. Seu coração bondoso sabe que o meu acabou de se partir. Mas estou bem. Ou pelo menos estou entorpecido dos pés à cabeça agora. Estou vazio, não passo de uma lâmina, e é exatamente disso que preciso.

Sora me lembra que ainda sou um ser humano, mas por pouco.

Quase contei a ela sobre a morte de Daysum antes de deixarmos o salão de banquetes, mas teria sido para aliviar o peso nas minhas costas, não por ela. Provavelmente vamos morrer antes que isso importe, e, nesse caso, ela verá a irmã de novo nos Dez Infernos. Posso lhe poupar do luto e da raiva inútil que sinto agora. Pelo menos posso fazer isso por ela.

— Eles morrem primeiro — falo.

Os outros três assentem; Aeri é a última, porque está olhando para a tia. Talvez ela seja a maior surpresa dentre todas as pessoas que já conheci. Aeri parece apenas uma garota despreocupada e avoada, mas é feita de puro aço envolto em um vestido de baile.

Soldados se mexem lá embaixo, e nós nos preparamos. Um guarda empurra um homem de terno para a frente.

Ah, que maravilha, se não é meu velho amigo, o embaixador Zeolin.

Ele para em frente ao cavalo de Quilimar e então fica de joelhos e pousa a cabeça sobre a pedra molhada. Surpreendentemente, ela não o mata.

Que pena.

Quilimar fala com ele por um momento. Ele levanta a cabeça para nós e começa a subir as escadas.

Isso vai ser interessante. Mas é intrigante que ela esteja mandando um emissário em vez de um batalhão.

Zeolin anda com as mãos erguidas, o que é um baita exagero. Ninguém está preocupado com a possibilidade de ele estar armado quando até mesmo Aeri poderia dar um chute para derrubá-lo da escada. O cabelo grisalho está escuro por causa da chuva, a expressão preocupada. Ele para a um degrau do pórtico. Tão próximo assim, consigo ver que está tremendo.

— O que foi, Zeolin? Estou um pouco ocupado agora — falo.

— A rainha Quilimar deseja uma trégua — diz ele a uns três metros de distância.

Prefere ficar na chuva do que chegar mais perto, o que é risível. Não é como se eu não pudesse matá-lo daqui mesmo.

— Sabe, ela tem um jeito engraçado de demonstrar isso — digo, gesticulando para o sangue em mim.

Ele bufa e franze o cenho.

— O que aconteceu entre o príncipe e a rainha foi um desentendimento. Mas ela tem questões maiores com que lidar no momento.

— Jura? Tipo o quê? — pergunto.

O embaixador Zeolin olha ao redor, confuso.

— A marinha de Wei e o poder de Yusan chegaram a Khitan.

— Você se esqueceu de Gaya — emendo.

— Eu disse Yusan — protesta ele.

Cada vez que conversamos, passo a gostar menos ainda dele — e olha que a situação já não era boa antes.

— Fale logo o que quer.

Ele pigarreia e assume uma postura pomposa, apesar da tremedeira.

— A rainha diz que aceita suas condições para uma aliança.

Arqueio as sobrancelhas. Sinto a surpresa e o ceticismo nos outros ao meu lado.

— Eu estaria mais propenso a acreditar se ela não tivesse nos sentenciado à morte. Mas vá direto ao ponto: não é traição você fazer a vontade dela?

Ele nos olha com soberba.

— Duvido muito que qualquer um de vocês sobreviva o suficiente para que isso tenha relevância. Qual é a resposta?

Sorrio. Que momento mais infeliz para ele encontrar coragem.

— Diga que mandei lembranças.

Ele assente e se vira para ir embora.

— Euyn recebeu o que lhe era merecido, e vocês também vão.

O embaixador deveria ter desistido enquanto podia.

— Zeolin — falo, dando um passo à frente.

Ele se vira para mim. Levanto a perna e dou uma bicuda no peito dele. Zeolin vai voando escada abaixo.

Talvez tivesse sido melhor cortar sua cabeça, porque ele sabe muito bem quem estava por trás do assassinato dos Yoksa. O mesmo líder que deu conta de cada passo nosso em Khitan: o rei Joon.

Zeolin continua a rolar dramaticamente pelos degraus. Quilimar mal se dá ao trabalho de olhar para ele. Ela nos fita, aguardando.

— Aceitamos! — grito.

Ela assente.

Agora temos uma trégua.

Quilimar é brilhantemente pragmática — os Baejkin sempre são. Ela entendeu que, com Joon de complô com o sacerdote-rei de Wei, precisaremos de tudo e todos para sobreviver. Ela não pode se dar ao luxo de desperdiçar mais recursos ao tentar nos matar. Aeri é a única no país com mais de quatro anos de idade que pode usar o anel; portanto, sua sobrinha é a única rota que Quilimar tem para manter a relíquia e não perder o trono de Khitan.

Tenho certeza de que ela vai tentar matar Aeri assim que a ameaça se dissipar. Mas podemos acertar todas as demais contas, incluindo Quilimar pagar pela vida de Euyn, após derrotarmos nossos inimigos em comum.

Aliados... por enquanto.

CAPÍTULO SETENTA E QUATRO

SORA

CIDADE DE QUU, KHITAN

Em uma virada curiosa de jogo, estamos montados em cavalos brancos, marchando para o porto com o exército de Khitan. Me parece, ao mesmo tempo, inevitável e confuso. Mikail está indo na frente, conversando sobre estratégias com Quilimar e a general. Estou logo atrás, cavalgando com Aeri e Royo.

A procissão é lenta, mas Mikail disse que Wei não vai atacar antes de uma confabulação — termo que significa uma discussão sobre trégua entre os reinos. É uma tradição que remonta ao início dos quatro reinos originais — uma última tentativa para prevenir uma guerra custosa. Obviamente, não são os reis e as rainhas que fazem a negociação, mas seus representantes.

Gambria devolveu todas as nossas armas. Ou foi poupada, ou fugiu depois do que aconteceu com a aposta de Euyn. Agora, ela marcha a pé conosco, à direta do meu cavalo. Tenho as minhas adagas, mas queria estar com mais venenos. Precisei usar tudo no salão de banquetes, e não posso dizer que me arrependo. Minha atitude salvou a vida de Mikail.

Não tenho certeza de qual é o plano agora — como vamos sobreviver a isto. Para ser sincera, eu não esperava sair com vida do palácio. Também não esperava que Mikail fosse chutar o embaixador. Estou preocupada que ele não esteja em pleno juízo, mas acho que nenhum de nós está. Estamos todos atordoados pela raiva, pela vingança e pelo nosso passado. Contudo, para nós dois, há ainda os pensamentos sobre o futuro.

Olho para Aeri e Royo em seus cavalos. Não entendo por que os olhos dela ficaram dourados. Sinto como se estivesse deixando algo passar, porque os olhos de Euyn não mudaram de cor nem depois de ele usar o anel. Mas há muitos mistérios. Um deles é como Mikail conseguiu colocar o assassinato de Euyn de lado para tramar estratégias com a mulher responsável por ele. Eu não conseguiria fazer o mesmo se Seok estivesse aqui.

Porém ele se foi.

Mikail disse que o conde do sul voltou às pressas para Yusan logo depois de eu contar que Tiyung estava na Prisão do Ócio. Torço para que ele tenha conseguido libertar o filho e tenha sido preso em seguida, mas duvido. Homens assim nunca pagam pelo mal que fizeram.

Mas Euyn teve que pagar. Talvez seja isso que falta — uma mulher disposta a arriscar a própria morte para empatar o jogo. E essa mulher sou eu.

Ao vê-la andando ao lado do meu cavalo, decido que Gambria também me parece ser esse tipo de pessoa. Formidável e focada. Mas há algo estranho nela, um tipo de desonestidade. Não sei dizer ao certo o que é.

Um soldado bonito de pele marrom e olhos verdes vai até ela e esbarra o ombro. Gambria olha para ele, irritada, depois se vira de novo com a surpresa estampada no rosto.

— O que está fazendo aqui? — sussurra com a voz afiada.

Continuo olhando para a frente, como se não estivesse prestando atenção, mas eles estão do lado que ouço bem. Eu tinha razão — ela está mesmo escondendo algo. Não sei qual é seu segredo, mas senti quase a mesma coisa a respeito de Aeri. Preciso descobrir o que é.

Deuses, que Gambria também não seja uma filha perdida de Joon.

— Por que a surpresa, prima? — murmura ele. — Pensou que eu não tinha ouvido os sinos da invasão, os tambores de guerra ou os boatos?

— Vá antes que ele veja você — insiste ela.

O homem assente e desaparece. Quero olhar para trás para ver quem era, mas não posso dar a entender que estava ouvindo. Só que o único "ele" a quem Gambria poderia estar se referindo é Mikail. Ela está escondendo algo dele.

Uma sensação gélida se espalha pelo meu peito, e eu agarro as rédeas.

Reino dos Infernos, o que mais falta acontecer?

CAPÍTULO SETENTA E CINCO

ROYO

CIDADE DE QUU, KHITAN

Marchamos pela estrada sinuosa até o porto — nós quatro e um exército de cinco mil. Estou usando a armadura de um cara morto, apertada demais. Giro os ombros enquanto cavalgo. É desconfortável pra cacete, mas melhor que nada.

Khitan deve ter mais soldados além dos presentes, mas Mikail disse que a maioria está na fronteira ou se reunindo em Vashney e Loptra. Cinco mil soldados hábeis protegem Quu, e geralmente isso basta.

Mas agora está longe de ser o suficiente.

Cada navio de guerra de Wei tem cem homens. Ou seja, há dez mil weianos em Quu, e vai saber quantos yusanianos e gayanos na fronteira.

Mikail detém seu cavalo e fica para trás até que nós três o alcancemos.

— Quilimar vai mandar Aeri com a general Vikal para a confabulação.

— Vai o cacete — protesto.

Mikail olha para mim sem um pingo de surpresa.

— Pode ir também, como guarda dela. Eu falei que ela não iria sem você.

Tá, isso de fato faz com que eu me sinta um pouco melhor.

— O que é confabulação? — pergunto.

— É quando a liderança dos reinos se encontra para negociar uma trégua. Para evitar que uma guerra aconteça.

Não entendo como pode haver uma trégua aqui, a menos que Khitan se renda, e isso não vai rolar. Wei e Yusan não vieram a Khitan para nada. O rei Joon não orquestrou essa coisa toda para fazer um tratado e dar meia-volta. E aniquilação não é paz. Mas e eu lá sei alguma coisa sobre a política dos reinos? Talvez ouro resolva. Parece resolver tudo.

Não paro de fitar os olhos de Aeri. Eu os amava quando eram castanhos. Continuo amando-os dourados, mas tem algo de estranho. Por que o anel os alteraria sendo que isso não aconteceu com Euyn? Quer dizer, é magia dos deuses, então vai saber... mas deveria funcionar da mesma forma com todos os Baejkin, não?

Seguro as rédeas quando um arrepio percorre meu corpo. Sinto que ela está escondendo alguma coisa de novo. Só que ela jurou que não haveria mais mentiras, então talvez o frio que eu sinto seja só da armadura. Não libertamos os espíritos dos guardas. Vai ver essa sensação esquisita seja só o cara morto me aporrinhando.

— E você? — pergunto a Mikail. — Você também vai para a confabulação?

Ele balança a cabeça.

— Foram diretos e retos em recusar a minha presença.

— Por quê?

— Ah, que minha postura é muito antagonista e não sei mais o quê, blá-blá-blá. Covardes — responde Mikail, lançando um olhar venenoso para a rainha e a general.

— E Sora? — emendo.

Ela vira a cabeça à menção de seu nome.

— Curiosamente, também recusaram a presença dela. Acho que é mais para manter o nosso grupinho separado do que qualquer propósito político. Afinal, conseguimos matar um monte de guardas do palácio mesmo desarmados. Eles preferem que não estejamos todos juntos.

É verdade, mas não somos tão perigosos assim sem Euyn. Solto um suspiro pelo príncipe falecido. Que os deuses guiem sua alma.

Seguimos em silêncio com o som de botas e cascos batendo na estrada de paralelepípedos.

— O que mais vão fazer nessa tal confabulação? — pergunto.

— É para ela acontecer em um espaço neutro — fala Mikail. — Obviamente, isso não existe em Quu, então não sei. Mas vamos descobrir.

— E cadê o sacerdote-rei? — indaga Aeri.

Mikail aponta para o maior navio, o mais imponente.

— Ele sempre está no mesmo navio que o Cetro D'água. Está sentado no trono debaixo do toldo. A relíquia está sendo usada na proa, pela pessoa de vestes azuis.

Se eu forçar a vista, consigo enxergar alguém na frente do navio com um cajado de ouro, usando azul-cobalto.

— Espera, o sacerdote-rei não usa o cetro ele mesmo? — questiono.

— Não — responde Mikail. — Wei usa o cetro para encantar constantemente as águas das ilhas, e o cetro, como todas as relíquias, tem um custo. Quem o usa vive cerca de dois anos no Templo das Águas Divinas.

— Dois? — Sora parece surpresa.

Ele assente.

— A pessoa que o usou por mais tempo sobreviveu por quatro anos. Ninguém vive mais do que isso, e, como podem imaginar, trocar a liderança de quatro em quatro anos seria desastroso para qualquer reino.

Eu o encaro.

— Então as pessoas simplesmente aceitam o cargo?

— Weianos da realeza — responde ele. — Qualquer pessoa que use uma relíquia deve ter sangue real, do contrário não funciona, como vimos com Quilimar. Em Wei, os sacerdotes-reis têm diversas esposas e dezenas de concubinas para produzirem herdeiros de sangue real. Esses filhos, junto à nação inteira, acreditam que é a honra-mor, e a morte mais digna, poder usar o cetro. Os portadores têm todo o luxo e o conforto que desejarem, pelos anos que passam abençoando as águas.

— Mas se o rei não tem o poder... — começa Aeri, fitando o navio.

Mikail se vira para ela, e um pouco de respeito reluz em seus olhos.

— Sei o que está pensando: por que não usurpar o trono, então? Já aconteceu algumas vezes no passado, e, pode acreditar, tentamos dar início a uma mudança na liderança, mas Uol, o rei atual, domina o país de maneira bem linha-dura. Ele é idolatrado como um deus na terra. É bastante inteligente da parte dele criar um culto a seu redor quando se teme levar um golpe.

Que estranho isso de idolatrar um sujeito comum. Pelo menos os reis Baejkin são imortais, por causa da coroa.

Estamos quase no sopé da montanha quando assimilo todas essas informações.

— Apresentando! — gritam a general Vikal.

Todos param com as armas apontadas.

Um barco pequeno e estreito é baixado do navio yusaniano, e um também desce do navio weiano. Eles têm remos, não velas, mas são mais requintados que qualquer bote salva-vidas que eu já tenha visto. Devem ser esquifes de fuga para salvar os reis, caso os navios de batalha afundem.

Ainda não sei qual é o nosso plano, mas os botes de repente param no porto. Uma reunião na água é neutro, de certa forma.

A general Vikal se aproxima.

— É agora que vamos negociar a rendição deles.

Não sei se ela está falando sério mesmo ou se está brincando.

Mikail, Sora, Aeri e eu vamos com a general e a rainha à costa. Acho que vamos subir no bote, só não sei qual.

Estamos quase nas docas quando, de repente, a água no porto se parte. Não sei outra maneira de descrever. Murmúrios de assombro se espalham por todo o exército à medida que uma passarela se abre no chão do mar. Tento enxergar direito. Que porra é essa? Tinha água de uns dez metros de profundidade ali, e agora não tem mais. O porto lamacento e cheio de escombros está exposto porque a água do mar agora flui no ar, como se mãos invisíveis a estivessem segurando. No fim do caminho está um afloramento rochoso, bem próximo aos botes de fuga.

Olho para o navio weiano principal. A pessoa com o cetro criou isto.

Dez Infernos do caralho.

— O que é isso? — pergunto.

Mikail sorri ao apontar para a ilhota de rochas pretas.

— Território neutro. Controlado inteiramente por Wei, é óbvio.

— É ali que vai ser a confabulação? — Aeri encara as paredes de água com os olhos dourados.

A general assente.

É óbvio que sim. Mas não importa o que venha pela frente, vou protegê-la até meu último suspiro. Meu coração martela em um ritmo estável — não é o nervosismo, é a batida da guerra.

— Não mate ninguém, Royo — diz Mikail.

Viro a cabeça para ele.

— Por que não?

— Porque isso daria início a uma guerra — responde a general Vikal. — A confabulação *precisa* ser feita em paz.

— Temos que deixar nossas armas, então? — pergunta Aeri.

— Deuses, não — diz Vikal.

— Mas se… — começa Aeri.

A general a interrompe.

— Só porque não vamos lá matar ninguém, não quer dizer que *eles* não vão tentar *nos* matar.

Ótimo. Que eles tentem, então, caralho.

CAPÍTULO SETENTA E SEIS

AERI

PORTO DE QUU, KHITAN

— Tenha cuidado, meu amor — fala Quilimar para a general Vikal, cobrindo a mão da mulher com a sua.

— Voltarei para você — responde Vikal.

A rainha tira a atenção do porto por tempo apenas para trocar um olhar de ternura com Vikal. A general faz continência, depois vai com Royo e eu para onde o início da trilha na costa de Quu. A rainha Quilimar realmente a ama. Isso torna minha tia melhor ou pior? Será que amar alguém não afeta nosso valor?

Não tenho tempo para refletir sobre isso, porque chegamos à costa. Agarro as rédeas do cavalo com tanta força que os nós dos dedos ficam brancos. Paramos antes de entrar, o que me dá a chance de sentir minha pulsação forte no pescoço. Meu instinto diz que não há a menor condição de que isto não seja uma cilada. Cada fibra do meu ser quer dar a volta, mas não há para onde ir senão adiante.

Até mesmo a general Vikal respira fundo antes de se recompor e bater no cavalo para que avance. Royo e eu seguimos, e nossos cavalos dão seus primeiros passos hesitantes no caminho imundo. Fico tensa, esperando que o Oceano do Leste caia sobre nós, mas as paredes de água se sustentam.

Alguns metros adentro, paro de esperar a água ceder na minha cabeça. Mais alguns e consigo me maravilhar com o milagre ao redor.

É... incrível estar cavalgando por um porto. O espaço seco tem cerca de seis metros de largura e leva às rochas pretas no fim.

Deuses, parece aquela ilha no rio Sol.

Assim que o pensamento me ocorre, Royo olha para mim. Ele está avançando ao meu lado, de guarda, mas também encara a água acima de nós. A proa de um navio afundado ultrapassa a água à esquerda. Passamos por armadilhas e redes perdidas, e outros tipos de escombros, incluindo espadas enferrujadas fincadas na areia lamacenta.

Já parei o tempo, mas nunca vivi nada tão extraordinário assim. Estendo o braço e toco a parede de água. É inevitável sorrir quando minha mão sai molhada. O mar flui constantemente no ar, a quinze metros do chão, mas as únicas gotas que caem sobre nós são da monção.

Eu me forço a ignorar a admiração e me lembro de que não sei nadar. Engulo o nó na garganta. Se isto der errado, eu morro. De novo.

Por que motivo isso continua acontecendo?

Prometo a mim mesma aprender a nadar se eu sobreviver a isto. Mas, para ser sincera, não me parece que meu futuro guarda aulas de nado.

Seguimos em direção às rochas, onde cinco outras pessoas esperam — duas de Yusan, outras duas de Wei e mais uma. Embora eu veja suas roupas e vestes, não consigo distinguir as feições a esta distância. O chão do mar se inclina para baixo. Tínhamos uma visão melhor da costa.

Quando chegamos às rochas, descemos dos cavalos e escalamos os três metros e meio de rochas da ilha. Royo me dá impulso. Minhas mãos escorregam na pedra molhada, mas consigo chegar ao topo. As primeiras duas pessoas que vejo são o general Salosa e Bay Chin. Salosa está usando sua armadura, e o conde Bay Chin está com um terno, ostentando seu colar da nobreza sobre ele. Os dois estão embaixo da flâmula de Yusan.

Merda.

Além do meu pai, Bay Chin é a pior pessoa possível para representar Yusan nesta confabulação. Sinto um embrulho no estômago, e meus dedos gelam — Royo vai matá-lo.

Ele chega ao topo, e eu coloco minha mão em seu peito para que fique para trás. Royo baixa os olhos para os meus dedos, mas então enrijece quando vê Bay Chin.

Também há duas pessoas embaixo da bandeira de Wei. Não conheço nenhuma delas. Um está usando vestes brancas e azuis, então presumo que seja um sacerdote, e a outra usa uma armadura intrincada. O último representante na ilha está com vestes cinza — um sacerdote. Olho para seu rosto e o cabelo ruivo. É Luhk! Sou inundada pela alegria por ele ter sobrevivido. Ele deve estar aqui para registrar este momento e traduzir.

— Generais — fala Vikal em khitanês. — E outros, indesejáveis em nossa costa.

— Vikal — cumprimenta o general Salosa.

A pessoa weiana com a armadura faz uma reverência com a mão no torso. É uma mistura de gêneros. Mikail disse que algumas pessoas em Wei não são homens nem mulheres, e atendem por ile.

— Vikal — diz ile.

O que vem em seguida é uma sucessão confusa de ritual e tradução. Tudo precisa ser dito em quatro línguas, embora ninguém nesta rocha seja de Gaya.

Não sei por que eu estou aqui, e isso é um problema. Quilimar tinha um propósito ao me mandar para cá, mas ainda não descobri qual é. Eu até pensaria que sua intenção era que Vikal me matasse, mas nesse caso ela não teria permitido que Royo viesse junto.

Não, a deduzir pela forma como Bay Chin e Salosa me observam, Quilimar queria que eles vissem que tenho o Anel Dourado do Lorde Dragão e que estou do lado dela. Quer que saibam que escolhemos nos aliar à rainha em vez de entregar o anel ao meu pai.

Com os homens me encarando, percebo que ganhamos. Fizemos exatamente o que precisávamos. Quilimar está do nosso lado, aliada a nós contra Joon. Mas Euyn morreu, uma guerra dos reinos começou e, pelo visto, vou ter que fazer uma escolha de amor.

Vencemos, mas ao mesmo tempo perdemos.

Meu pai está na proa de seu navio, usando a Coroa Imortal e observando a confabulação a sessenta metros de distância. O sacerdote-rei de Wei, no entanto, aguarda sentado em seu trono no meio do navio de guerra imperial. Não consigo distingui-lo. Acho que ele é dez anos mais velho que meu pai, e estão servindo uvas a ele. Fazendo um lanchinho enquanto todas estas vidas estão prestes a serem perdidas.

— Não se chegou a acordo nenhum — fala Luhk em yusaniano, por fim. — Retornem a seus exércitos e preparem-se para a guerra.

Estou sentindo muitas coisas, mas não surpresa. Bay Chin se vira para partir.

— Bay Chin — chama Royo.

Eu me viro para ele. Royo mal consegue conter seu ódio, o músculo em seu maxilar pulsando. A general Vikal repara também, e se aproxima quando Royo faz menção de puxar a espada. Ele não pode fazer isso agora. Não quando estamos ilhados nesta rocha no meio do chão do porto.

— Não deve haver violência em uma confabulação — repreende Luhk.

Royo titubeia, mas solta a lâmina.

— Vou sorrir para o seu cadáver antes de isso tudo terminar, Sua Graça.

E então ele faz uma reverência zombeteira.

— Garoto, não faz ideia de com quem está lidando — alerta Bay Chin. — É melhor rastejar de volta ao esgoto de onde você saiu. Como seu pai e sua mãe antes de você.

Não. Arregalo os olhos e vejo Royo ficando vermelho. Ele marcha a curta distância até Bay Chin. Acho que está prestes a atacar, mas para a meio metro do conde.

— Pega uma espada — desafia Royo. — Ou vamos terminar isso com nossos próprios punhos. De homem pra homem.

Bay Chin sorri.

— Nem pensar.

— Covarde! — grita Royo. — Lute comigo agora, ou senão se ajoelhe e peça desculpas pelos seus crimes.

A general Vikal assiste à discussão, mas não interfere, satisfeita em observar o desenrolar. Eu, pelo contrário, não estou nada feliz. Não com o general Salosa observando Royo com os olhos maliciosos. Royo está com a armadura sobre o peito, mas sua cabeça e seu pescoço estão expostos.

— Royo, por favor — peço, chegando mais perto dele.

Sua respiração está ofegante, pronto para atacar, e ele quer Bay Chin consinta em lutar ou não, mas então, finalmente, olha para mim. Royo bufa, e um pouco de sua raiva esmaece. Ele cospe aos pés de Bay Chin e se vira.

Meu coração aquece quando ele dá um passo na minha direção. Está escolhendo o amor em detrimento de sua oportunidade de vingança. Está escolhendo a mim.

Mas há movimento atrás dele. O general Salosa desembainha a espada enquanto Royo está virado de costas. E Bay Chin sorri.

Não!

A espada é levantada no ar. Faço menção de pegar o amuleto, mas ele se fundiu a mim. Não sei mais como parar o tempo. Não sei nem se ainda consigo fazer isso.

Lanço o braço para deter Salosa, sentindo o medo corroer meu estômago. Não posso fazer nada. Vou assistir a ele golpeando Royo. Ele vai morrer na minha frente. Não consigo salvá-lo. Não posso matar Salosa nem Bay Chin, por mais que eu queira. E, deuses, como eu os quero mortos.

De repente, o anel brilha. Uma luz dourada forte consome minha vista e ilumina tudo. A general Vikal e os sacerdotes tampam os olhos, mas o brilho não me incomoda. Porque percebo o que está acontecendo.

Ouço os gritos que quero ouvir. E depois a quietude do nada absoluto.

Quando o brilho desvanece, vejo Bay Chin parado com as mãos estendidas e o general Salosa pegando impulso com a arma para trás, mas eles foram transformados em ouro maciço.

Royo cai de joelhos, tentando tardiamente se esquivar da lâmina de Salosa, mas não é mais necessário. Já estão mortos.

Ele olha para trás. O choque e o horror tomam conta de seu rosto, e depois ele se vira para mim. Mas não sinto nada. Fiz o que tinha que fazer, independentemente do que custasse, para salvá-lo. E eu faria de novo sem pensar duas vezes.

O poder percorre meu corpo, mais do que antes. É como se as relíquias estivessem implorando para serem usadas novamente. Não sinto exaustão nem a dor que Euyn nitidamente sentiu. É algo diferente.

Mas então o chão treme e o mar começa a cair.

Minha boca abre de susto quando a água começa a inundar o espaço que estava seco, começando pela entrada do porto. Estão bloqueando nossos meios de fuga. A esta altura, todos devem ter entendido que estou com o anel, e estão vindo para tomá-lo de mim. Até mesmo a cabeça do exército de Wei e os sacerdotes se viram para mim.

E então percebo meu erro: ao salvar Royo, posso ter condenado todos nós.

Só que, em vez de sentir pânico, estou calma.

— Um passo a mais e vocês terminarão como eles — alerto.

Luhk traduz.

A cabeça do exército de Wei estende as mãos no ar, e o sacerdote dá um passo para trás.

Olho para os soldados correndo ao redor dos navios de guerra da realeza e a pessoa meneando o Cetro D'água que está fechando o caminho. Inclino a cabeça.

Eles não se cansam de sentir tanta impotência?

Sei que eu estou cansada.

Estou exausta de não me sentir segura. Exausta de ser uma peça em um jogo que não criei. Sinto a raiva de Quilimar, a de Sora. A minha.

Meu pai se inclina sobre a balaustrada, o queixo caído diante da cena — os homens que serviam de peões na sua mão agora não passam de estátuas de ouro. Olho para ele também. Até mesmo o sacerdote-rei de Wei fica em pé. Ele é do mesmo tipo de homem que meu pai — implacável e propenso a fingir ser um deus. Tudo isso não começou com eles, mas é com eles que acaba.

A fúria cresce dentro de mim enquanto observo os reis. E então estendo os braços.

Afoguem-se.

O poder irradia pelos meus membros e sai das minhas mãos. Um brilho dourado preenche o porto. E então não me lembro de mais nada.

CAPÍTULO SETENTA E SETE

MIKAIL

PORTO DE QUU, KHITAN

Um imenso halo de luz dourada dez vezes maior que o primeiro preenche o porto. Cubro os olhos e forço a vista, mas a luz some depressa e dá lugar à visão mais incrível que já contemplei. O casco do navio imperial de Yusan e o do navio do sacerdote-rei de Wei agora são feitos de ouro, e estão afundando rapidamente.

Aeri acabou de afundar os navios deles.

Quilimar arqueja. Sora cobre os lábios com a mão. Eu observo, assim como os soldados dos três reinos.

O mundo jamais viu nada assim.

A costa está quase em silêncio enquanto todos tentamos processar o que acabamos de ver. Tenho certeza de que as pessoas nos navios reais estão gritando, mas mal conseguimos ouvi-los daqui.

Quando os navios afundam, percebo que não é possível que o anel tenha feito isso. Ele precisa do toque para funcionar. O que Aeri acabou de fazer demonstrou um poder que vai muito além de uma única relíquia. Mas aconteceu. E como apenas uma relíquia não poderia fazer algo assim, e todas as outras estão na posse de outras pessoas, exceto uma, isso só pode significar que...

Ela tem as Areias do Tempo.

Respiro fundo, tentando esconder a surpresa enquanto as peças se encaixam. Foi assim que ela conseguiu roubar o diamante de um milhão em Pyong debaixo do nariz de todo mundo, me salvar no armazém em Oosant, sobreviver por tanto tempo. Aeri estava com o

Amuleto do Lorde Dragão este tempo todo. E, se fosse para apostar, diria que foi assim que ela sobreviveu ao príncipe Omin.

Ela não tem uma destreza incrível. Tem etherum. Agora, com o anel e o amuleto, seu poder é ímpar.

E Aeri nunca correu tanto perigo.

— Fique aqui — falo para Sora.

Atiço meu cavalo para descer ao porto. Está seco de novo porque a pessoa com o cetro afastou a água ao redor dos navios reais para salvar quem estava a bordo. Os barcos weianos possuem fundo plano, então o bote do sacerdote-rei está parado no chão do mar. O de Joon tombou a bombordo.

Esta é a minha chance de matar Uol *e* Joon. E não sou o único que percebe a oportunidade. Um sorriso perverso ilumina o rosto de Quilimar, que avança para o porto ao meu lado e grita para que seu exército a siga. Mas preciso alcançar Aeri primeiro que todo mundo. Quilimar apenas a capturaria, sem a matar, mas não posso dizer o mesmo a respeito de Yusan ou de Wei. Qualquer um dos reinos se tornaria imbatível com as duas relíquias de Aeri além da que cada um já tem. Qualquer um dos reis se tornaria um deus.

Metade das forças de Khitan nos segue porto adentro. A retaguarda permanece na costa. Dignitários de Wei que, sem dúvida, se sentiram seguros a bordo de sua marinha impossível de afundar agora se arrastam pelo porto lamacento, tentando chegar à segurança da terra seca. Um núcleo de guardas weianos corre, cercando o sacerdote-rei. Estão tentando chegar à costa... ou a Aeri, que está no meio do caminho entre nós.

Royo está na frente do corpo dela, com a espada em riste, assim como a general Vikal. Não sei nem se Aeri ainda está viva, mas eles estão de guarda como se ela estivesse. Fico extremamente feliz por nossos interesses se alinharem aos de Khitan no momento.

Galopo o mais depressa que este cavalo de guerra consegue ir. Estou quase na ilha quando me dou conta de que, em meio a este caos, Wei deixou o portador do Cetro D'água praticamente sem proteção no navio. Posso ir até lá e matá-lo. E, se eu fizer isso, o mar vai cair e todos eles vão morrer — Joon, Uol e Quilimar.

Todas as dívidas seriam acertadas de uma só vez.

Mas Aeri e Royo seriam castigados também, e Sora. Ela está um pouco para trás de mim, mais cuidadosa nos escombros, mas me seguiu assim que disparei. Queria que ela não tivesse feito isso. Na verdade, tenho certeza de que a alertei para ficar para trás, mas ela não me deu ouvidos.

Agora, ao matar meus inimigos, também vou matar meus amigos — o mais próximo que cheguei de ter uma família desde que Ailor me acolheu.

É uma decisão surpreendentemente fácil, mas receio que vou me arrepender dela pelo resto da vida.

CAPÍTULO SETENTA E OITO

TIYUNG

MONTANHAS DE KHAKATAN, KHITAN

Não pensei que fôssemos mesmo chegar aqui. Eu tinha certeza de que Hana e eu morreríamos fugindo da Prisão do Ócio, depois que seríamos mortos no Palácio de Qali, e por fim que seríamos devorados vivos enquanto remávamos em um bote minúsculo sobre o Lago do Ócio. Cada uma dessas vezes, fui contrariado. Até mesmo na cavalgada até aqui, pensei que Hana me mataria ou que uma gangue de ladrões nos atacaria, mas de alguma forma, conseguimos chegar a Khitan.

Bem, pelo menos eu acho que estamos em Khitan.

É difícil dizer, porque estamos andando por estes túneis cavernosos há muitas badaladas. Este espaço subterrâneo serpenteia por baixo das Montanhas de Khakatan. Levei poucos minutos para me sentir completamente perdido depois de termos entrado, mas Hana segue em frente. Ela levanta a lamparina para ver os entalhes na parede, depois continua.

Eu a sigo.

Precisamos vir por aqui porque a guarda da coroa ocupa a estrada principal que leva à fronteira. Uma guerra está chegando a Khitan, onde Sora e os demais estão tentando roubar o Anel Dourado. Se é que ainda estão vivos. Solto um suspiro. Por favor, deuses, que ainda estejam vivos.

— Será que devo perguntar como você sabe a respeito deste lugar? — sussurro, porque minha voz ecoa na caverna.

— Acha que espiões passam pelo porto toda vez que precisam entrar ou sair? — pergunta ela, seca.

Justo.

Seguimos em frente. A luz do dia finalmente brilha no fundo da caverna. Relaxo o maxilar recém-barbeado e suspiro de alívio. Depois da prisão, me sinto atormentando pela escuridão. Agora durmo com fogo aceso. Duvido que um dia voltarei a me sentir confortável no escuro.

O céu é de um cinza tão claro que chega a doer os olhos quando saímos da escuridão para a claridade de uma cidadezinha pitoresca. A esta altura da temporada de monções, tudo está coberto com uma camada profunda de neve. Cubro os olhos com a mão para proteger a vista do reflexo da neve. Vestimos os capuzes e seguimos cidade adentro.

Hana não para de erguer o olhar. Não sei o que está procurando, mas então chegamos em uma casa de correspondências.

— Preciso fazer uma parada aqui — fala ela.

Assinto, abrindo a porta para ela passar.

Sinos tocam quando entramos, alertando as águias em seus poleiros e o homem atrás da mesa.

— Bom dia — cumprimenta Hana em um khitanês perfeito. — Alguma carta para Nabhi de Kur?

Fico confuso por um momento, mas depois entendo que deve ser a identidade falsa dela. Sei as quatro línguas originais, por ter tido tutores a vida toda. Só não sei onde foi que Hana aprendeu khitanês — provavelmente com a madame Iseul, mas talvez tenha sido sozinha.

O homem entrega a ela um envelope vermelho, do tipo que vem do palácio. Alguém em Qali sabia aonde estávamos vindo? Talvez Nayo.

Ela quebra a argila e abre o envelope.

De repente, o chão treme. Agarro o balcão mais próximo. Será um terremoto? Uma avalanche?

— O que foi isso? — pergunto, olhando ao redor.

— Tambores de guerra — responde ela, sem rodeios.

Ela lê o bilhete. É uma mistura de símbolos. Não faço ideia do que significam, mas ela pega um lápis e começa a decifrá-lo.

— Preciso começar a fechar agora — diz o homem atrás do balcão. — Procurem um lugar seguro.

Ele dá a volta na mesa, cobre a cabeça dos pássaros e os coloca em gaiolas. Perto assim da fronteira, a loja dele está em risco. O homem será um dos primeiros a ter que abandonar tudo para se abrigar mais fundo no terreno. Um dos que terá que rezar para que sobre algo quando ele retornar. Um plebeu perdido no rebuliço da guerra.

Mas Hana não está prestando atenção. Ela está encarando o bilhete.

— Temos que voltar — anuncia ela em yusaniano.

— Como é?

Ela não pode estar falando de Yusan. Acabamos de chegar. Precisamos encontrar Sora. Precisamos ajudar os outros, esse sempre foi nosso objetivo. Nada naquele bilhete poderia mudar isso.

Ela me entrega a mensagem.

Leio as palavras que ela traduziu, e o papel cai das minhas mãos. Aposto que meu rosto agora está pálido como o dela.

Meu pai invadiu o Palácio de Qali.

CAPÍTULO SETENTA E NOVE

MIKAIL

PORTO DE QUU, KHITAN

Atiço o cavalo a galopar até chegarmos às rochas pretas da ilha submersa.

— Passe ela para mim — grito para Royo.

Ele olha para baixo por sobre o ombro e titubeia. Francamente, não temos tempo para isso.

A general Vikal já se aproveitou do caos para matar a cabeça do exército weiano e, no momento, está enfiando a espada no sacerdote de Wei. Não sei qual será sua próxima jogada, mas um soldado yusaniano está escalando as rochas com uma espada flamejante.

A *minha* espada, caralho.

Paro de discutir com Royo e bato as rédeas. Sei exatamente quem é. Reconheço o bigode ridículo — é Thom, o filho mais velho de Salosa. Mais inútil que o velhote, mas foi promovido a um cargo mais elevado que o anterior e todos sempre beijam o chão que ele pisa por causa do status do pai. O general Salosa agora, é óbvio, não passa de uma decoração na areia. Mas aquele pentelho do filho dele recebeu minha espada.

Sigo com o cavalo próximo às rochas, estendo o braço sem perder o equilíbrio e miro a lâmina. Agarro o cabo com as duas mãos e sigo até alcançar as pernas de Thom. Eu o ataco nos tornozelos. Ele cai, os pés quase amputados.

Enquanto ele grita, fico em pé na sela e pulo na ilha. Odeio perder o cavalo, mas preciso pegar minha espada de volta. Thom, por mais indigno que seja dela, ainda a agarra em meio a súplicas para os seus deuses.

Ele está prestes a conhecê-los.

— Quanta humilhação — digo.

Chuto a lâmina para longe de sua mão e enfio minha outra espada em sua garganta.

Quando ele morre, eu me abaixo e pego a espada flamejante. A espada que sempre pareceu me pertencer, de uma maneira que não sou capaz de explicar. Ela me lembra da minha infância em Gaya, do meu lar. Devo ter visto a Espada Flamejante enquanto morava lá, pouco antes de ter sido roubada.

— Pronto? — pergunto a Royo.

Arranco a bainha do corpo de Thom e a visto.

Royo fica em silêncio. Está encarando Vikal com sua espada ensanguentada estendida. Ele se move para bloquear o corpo de Aeri. Não sei ao certo se ela está pensando em matar ele, Aeri ou os dois. Ela deve ter, no mínimo, pensado em levar as relíquias para Quilimar.

Levanto a espada, decidindo que ela quer matar os dois.

— A rainha! — gritam os guardas do palácio. — Salvem a rainha!

Vikal olha por sobre o ombro. A guarda khitanesa parou para cercar e proteger Quilimar porque, embora as tropas yusanianas e weianas estejam fugindo para salvar as próprias vidas, eles ainda estão tentando matar a rainha em nome de seus reis. Vikal tem a mesma escolha a fazer — matar o que odeia ou proteger o que ama.

É mais difícil do que parece.

— Até a próxima, então — fala ela, embainhando a espada.

Assinto, cortando um soldado que está tentando escalar. Depois esquartejo um segundo e um terceiro. Como estamos em um ponto mais elevado, era para ser como tirar doce de criança, mas Royo não está ajudando. Ele ainda está com a espada apontada para a general.

Vikal dá três passos para trás e pula da ilha. Em seguida, corre até Quilimar com a espada em riste. Soldados tentam atacá-la, e ela corta os homens a toda velocidade, sem desperdiçar tempo ao matá-los. Está só tentando passar por eles para chegar a Quilimar.

Royo olha para mim, de alguma forma ainda com dificuldade de falar.

— Eu só...

— Podemos ir agora? — pergunto.

Não há tempo para uma conversa sentimental. Teremos sorte se conseguirmos levar Aeri a um lugar seguro neste escarcéu. Quanto mais demoramos, mais as forças podem se recuperar e se alinhar contra nós. Royo não confia em mim porque não confia em ninguém, e tudo bem. Podemos discutir isso depois.

Ele pega Aeri. Ela está respirando — de modo fraco, e está desacordada, mas ao menos continua viva. Não sei qual é o baque de usar duas relíquias, mas sou levado a crer que isso quase a matou. Nossos deuses não dão nada sem tirar algo em troca.

Sora se aproxima montada no cavalo.

— O que faremos agora? — Ela encara Aeri e depois as paredes de água.

— Procurem terra seca — falo. — Como eu disse antes.

Eu me viro e me concentro no bote dourado de Wei sobre o chão do porto. Apenas uma meia dúzia de guardas e o portador do cetro ainda estão no navio. Menos do que eu pensava.

— Cuidado — alerta Sora, apontando para a minha esquerda.

Um outro soldado tenta escalar as rochas pretas. Eu o decapito e fico me perguntando por que o portador do cetro não está fugindo com o rei. Até que me lembro da concentração de que Euyn precisou para usar o anel. Se o portador perder o foco, o mar vai cair e afogar todo mundo no porto — incluindo o rei Uol. Na escolha de criar terra seca, o cetro precisou ser separado do rei.

Mas está levando um tempo para Uol chegar à costa — muito mais do que o esperado, aposto. As forças weianas estão colidindo com o exército khitanês no porto, e Quilimar está com sangue nos olhos. A retaguarda foi chamada para prevenir que as tropas estrangeiras cheguem a terra seca. E é preciso um poder descomunal para manter este porto seco.

O Cetro D'água nunca esteve tão vulnerável, e eu duvido que um dia volte a ficar nessa situação. Se eu tivesse a relíquia, Gaya ficaria livre. Eu a daria a Fallador, e assim poderíamos afastar qualquer marinha. Eu sabia disso antes e escolhi parar e salvar Aeri. Só que agora posso fazer as duas coisas.

— Vou pegar o Cetro D'água — falo.

Sora e Royo trocam um olhar. Não acham uma boa ideia — está estampado no rosto deles. Mas não protestam.

— Vamos com você — diz ela.

Fico em choque.

— O quê? Não, peguem a Aeri e vão para terra seca.

— E aí o quê? Acha que vão simplesmente deixar a gente passar com ela? — rebate Royo.

— Estaremos mais seguros juntos — contrapõe Sora. — Estamos com você para o que der e vier.

Royo assente, e deita Aeri no colo de Sora. Sem hesitação, desço uma pedra e subo na garupa do cavalo de Sora. Royo me olha e balança a cabeça de novo. Está confiando a mim a pessoa que ama — a maior confiança que se pode dar a alguém.

Não o trairei. Mas agora tenho que arrumar uma maneira de nos tirar daqui com vida.

Seguro Aeri no lugar, e depois Royo pula para baixo e dá um tapa no flanco do cavalo. Ele corre pela lama atrás de nós.

Quase todo mundo que estava no navio real de Wei já o abandonou, mas duas pessoas da guarda do palácio descem quando nos aproximamos. Quando chegamos mais perto, uma flecha bate na minha armadura e cai. Pelo visto, também deixaram um arqueiro a bordo, e a mira dele é ótima.

— Fiquem longe do alcance deles — falo, descendo.

Sora assente, dando a volta, mas sem largar Aeri.

Desembainho minha espada, e ela incendeia na mão. O fogo derrete algo dentro de mim — algo que ficou congelado após a morte de Euyn.

— Não queremos lutar com vocês — falo em weiano à guarda. — Fujam agora.

Minha proposta é verdadeira. Não há motivo para matá-los, seria apenas um obstáculo a mais para capturar o cetro.

— Mestre-espião — cumprimenta um deles.

Ambos ficam prontos para a batalha.

Bem, minha ideia já era.

O primeiro guarda meneia a lâmina, mas só atinge minha espada. A guarda real de Wei é melhor do que qualquer outra dos demais reinos. Dizem que a armadura deles é impenetrável, pois o aço foi esfriado com as águas encantadas das ilhas.

Coloco isso à prova.

Movo a espada, que acerta a lateral da armadura do primeiro guarda. É melhor do que eu esperava. Quando me retraio, consigo me esquivar de um golpe do segundo guarda. Eles atacam em conjunto, e eu acerto o ponto mais fraco no ombro. Fico absolutamente perplexo quando não dá em nada. Nem um mero arranhão.

Um guarda golpeia bem acima da minha cabeça, e eu me abaixo. Dou-lhe uma bicuda, que o faz cair no chão. Ele se levanta de novo com uma rapidez que quase se equipara à minha.

Eu me esquivo de golpes até o suor molhar minha pele. Não são tão velozes quanto eu, mas estão em dupla e nenhum dos dois cai. Não sei por quanto mais tempo vou conseguir continuar. A frustração toma conta de mim, e eu começo a atacar com mais força e rapidez, agora mirando eles no rosto, nas mãos e nos joelhos. A cada momento que passo nesta palhaçada, as tropas chegam à costa. Mais um minuto em que Joon pode escapar com vida. Em que Uol pode chegar à terra seca, e então todos nós seremos afogados.

— Na esquerda! — grita Royo.

Saio do caminho bem quando a adaga dele passa voando perto do meu nariz. Mais uns dois centímetros e ela estaria cravada no meu rosto. Foi para a minha esquerda, não a dele.

Pelo brilho das estrelas, Royo, use leste e oeste!

No entanto, embora seu senso de direção seja péssimo, sua mira é certeira. A lâmina atinge um guarda no rosto. Caio em segurança, mas não consegui nem me levantar quando percebo que errei o cálculo. Estou ao alcance do segundo guarda, que sorri, com a vitória brilhando no olhar. Ele me pegou.

Não.

O homem levanta a lâmina. Não tenho tempo para reagir nem para mover minha espada. É aqui que eu morro.

De repente, o guarda tomba para a frente com uma lâmina fincada no pescoço.

Fico de pé, levanto a cabeça, e lá está... Fallador, bem na minha frente. Pisco algumas vezes, sem ter certeza de que estou enxergando direito, porque não é possível que seja ele. Os mesmos olhos verdes, mas não há razão para ele estar usando um uniforme de soldado khitanês.

— Com você a bonança nunca chega, hein? — comenta ele.

É, com certeza é ele. A raiva imediatamente percorre meu corpo.

— O que está fazendo aqui? — pergunto, endireitando a postura. — Vá para um lugar seguro, agora!

Pelo brilho das estrelas, nem passou pela minha cabeça que ele estaria em perigo. Era para ele estar em sua mansão na Montanha Oligárquica, tomando chá, assistindo a este espetáculo, não no chão do porto conosco.

— De nada — fala ele, com um sorriso. — Por salvar sua vida.

É realmente péssimo conversar com alguém tão parecido comigo.

Olho para cima e vejo que o arqueiro está morto, suspenso na proa do navio. Será que Fallador o matou também?

— Deuses, quanta ingratidão — comenta Gambria.

Ela dá a volta do navio com uma besta na mão.

Espere, então ela matou o arqueiro. Não é uma caçadora como Euyn, mas Gambria conseguia derrubar quase qualquer alvo quando éramos crianças.

Não tenho tempo para pedir por explicações do que os dois estão fazendo aqui. Subimos as escadas para o navio dourado. Agora tenho ainda mais gente para levar a um lugar seguro. Fallador e Gambria são os últimos da família real de Gaya. Se morrerem, não sobrará ninguém com direito legítimo ao trono. Eles não deveriam estar aqui. Mas "não deveriam", pelo visto, não vale de nada.

Os únicos weianos a bordo são um guarda real e o portador do cetro, a quem ele está protegendo. Há dois guardas mortos perto de Sora, armada no navio com uma espada ensanguentada. Dois sacerdotes estão mortos próximo ao cetro — a causa pode ter sido qualquer uma, incluindo a relíquia drenando suas vidas.

Royo sobe para o convés com Aeri sobre o ombro. Ela geme. Ainda está conosco, mas muito fraca.

— Fujam agora — digo em weiano para o guarda.

Ele balança a cabeça e segura a espada com as duas mãos. Mais um disposto a dar a vida por uma mentira — por um rei que o mataria num piscar de olhos, por um falso deus. Mais um sacrifício ao poder, pelo direito de cometer atrocidades. Mais um homem disposto a morrer pelo privilégio de tratar os outros como inferiores.

Basta.

O guarda avança, mas eu viro e corto com um movimento rápido. Minha fúria crava a espada em seu sovaco, até o peito. Arranco a lâmina.

Ele cai no chão ao lado do último esquife de fuga, que felizmente é de madeira e não de ouro maciço. Os weianos devem ter deixado este para que o portador do cetro escapasse, mas agora temos um meio válido de sair daqui.

Meu coração dispara. A sobrevivência é mesmo uma possibilidade. Se fizermos isso direito.

— Todo mundo no esquife. Agora! — ordeno.

Pela primeira vez na vida, todos fazem o que eu mando. Royo coloca Aeri dentro, depois Fallador e Gambria sobem. Sora é a última, e olha para mim, mas todos estão prontos.

Dou mais um passo em direção ao portador do Cetro D'água. Ele olha para mim sobre o ombro.

Pelo brilho das estrelas, deve ter uns dezesseis anos. Nem tenta lutar ou fugir. Está segurando o cetro firmemente contra a água, e acredito que esteja rezando.

Vamos torcer para que os deuses escutem.

Enfio a lâmina em suas costas, perfurando seu coração. Ao mesmo tempo, pego o cajado. Uma onda de energia me inunda por dentro, mas pode ser apenas o poder do mar que começa a despencar do alto. O navio vacila, e os gritos são estrondosos à medida que os soldados começam a se afogar. Só torço para que ambos os reis e a rainha estejam entre eles.

Não tenho tempo para assistir. Em poucos segundos, água sobe até acima da proa do navio. Pulo no bote de fuga e me seguro firme enquanto protejo o cetro. Deito em cima dele conforme as ondas da água caindo balançam o barco como se fosse um brinquedo em uma banheira.

Todos escorregamos. O esquife inclina. Pelo brilho das estrelas, vamos capotar. Eu me seguro enquanto o horizonte assume a vertical.

Por favor, deuses, que sobrevivamos a isto.

Quase tombamos. Uma batida de coração. Duas. E então, pouco a pouco, o esquife baixa. Mas então giramos e o outro lado começa a erguer. Fico enjoado, e meus dedos estão tão escorregadios quanto o dia em que quase derrubei Zeolin da janela. Mas me seguro com o cetro pressionado entre meu corpo e o bote. Sacolejamos de um lado a outro. Ainda não sei dizer se perdemos alguém, e essa é a pior sensação de todas.

Em uma sequência de movimentos nauseantes, e depois do que me parece ser anos, finalmente chegamos à superfície. Eu conto. Um, dois, três, quatro. Sora, Aeri, Royo e Fallador. E Gambria. Conseguimos salvar todos. Estamos ensopados, mas flutuando no porto.

Todos respiram com dificuldade, mas aliviados por termos sobrevivido. Porém, não vamos continuar vivos por muito mais tempo se continuarmos aqui.

Assim que nos equilibramos, estendo o cetro para Fallador. E me ajoelho.

— Fallador, meu príncipe, nos leve para Gaya — digo.

Ele e Gambria trocam um olhar. Sora inclina a cabeça como se não tivesse me ouvido direito, e Royo não estava prestando atenção, totalmente concentrado em Aeri.

— Mikail — diz Fallador, olhando para baixo e para o lado.

A culpa anuvia seu semblante.

Não temos tempo para nada. Não consigo fazer as pessoas que amo entenderem urgência a não ser que seja, aparentemente, morrer afogados em um porto.

Olho ao redor, a frustração me fazendo apertar com força o cetro.

— O quê? O que foi?

— Não posso — revela Fallador com pesar.

Ele parece triste por mim, mas não sei por quê.

— Posso explicar, Mikail — diz Gambria.

— Está bem, mas pode ser enquanto você usa isto? Não estamos seguros aqui — digo.

A marinha de Wei está ocupada com os navios de guerra de Khitan, e alguns dos soldados que estavam no chão do mar agora se debatem na água, tendo sobrevivido à inundação. Mas fomos avistados pelos barcos mais próximos a nós. Estão virando as velas porque nosso pequeno esquife possui no momento três das cinco relíquias do Lorde Dragão. Não estaremos seguros em nenhum outro lugar fora Gaya. E até mesmo isso será um desafio até que todos estes líderes estejam mortos.

— Eu também não posso usá-lo — fala Gambria, com o cenho franzido.

Do que é que está falando? Por que estão fazendo isso agora? A raiva e a impaciência crescem dentro de mim.

— Como assim não podem? Vocês são a família real de Gaya! — grito.

— Ah, Adoros — fala Gambria, depois franze os lábios. — Não somos, não. Você é que é.

EPÍLOGO

AERI

Desperto em outro mundo. A última coisa de que tenho lembrança é de estar em uma rocha no chão do mar do Porto de Quu. Mas basta um olhar para que eu saiba que definitivamente não estou em Quu nem Khitan. Estou em um bote, acho. Mas em terra seca.

Por um segundo, penso que estou morta ao olhar para o belíssimo céu azul-celeste. O ar está quente, e a brisa é leve. Será que estou em Elysia? Mas vejo o rosto preocupado de Royo me fitando. Ele está franzindo o cenho, e minha cabeça está sobre seu colo. Se ele está infeliz, ainda devo estar viva.

— Que bom que acordou — diz Royo, se afastando de mim e desliza no banco e saindo em seguida do barco.

Definitivamente não estou no paraíso.

Confusa, eu me sento depressa, depois estendo os braços para me equilibrar. Não sei quanto tempo passei desacordada, mas meu corpo dói e minha cabeça está girando. E então me lembro do que fiz. Não parece real, mas o Anel Dourado do Lorde Dragão está na minha mão. Matei Bay Chin e o general Salosa transformando-os em estátuas. Depois, quis afundar os barcos que pertenciam ao meu pai e ao rei de Wei. Mas só me lembro de um torpor que eu jamais sentira irradiando pelo meu corpo até eu desmaiar. E Royo me viu em ação — transformando homens em ouro sem nem os tocar, o que eu não poderia ter feito apenas com o anel.

— Espera, aonde você vai? — pergunto.

Royo para, sua camisa esvoaçando na brisa do mar e seus ombros tensionando. Ele se vira.

— Você mentiu de novo.

Ele está bravo, mas não me olha no rosto. Está focado no meu peito. Ou no meu pescoço.

Abaixo a cabeça e vejo que não estou mais com a armadura. O amuleto está à vista, queimado na minha pele, já sem precisar da corrente.

— Royo, posso explicar... — começo.

Embora eu não precise. A situação é bem autoexplicativa. Sinto o estômago revirar. Ele já sabe.

Royo balança a cabeça.

— Perguntei sobre seu colar nas Montanhas das Luzes...

— Eu sei que eu...

— Você me olhou nos olhos e mentiu. — A voz dele está estremecida, triste e sofrida. Fecho a boca. Ele bufa. — Meu amor por você teria superado qualquer coisa que viesse, que você fizesse, contanto que você fosse honesta comigo.

— Royo, por favor...

— Você é uma mentirosa. — Ele me encara, depois balança a cabeça. — Eu não deveria ter te dado uma segunda chance.

Ele se vira e me deixa sozinha. Meu coração se parte em pedacinhos pequenos como os grãos de areia na praia.

Fico sentada no bote porque não consigo recuperar o fôlego. Meu estômago está se contorcendo, meu peito parece ter sido aberto em dois. E não há para onde ir. Penso em correr atrás dele. Eu quero. Meus músculos doem para se mexer, para sair deste bote e correr atrás de Royo. Mas o que eu poderia dizer? Tudo que ele falou é verdade. Menti na cara dele nas Montanhas das Luzes. Não importa se fiz isso por ele, porque ele me alertou para nunca mentir de novo.

Fiz minha escolha e quebrei meu próprio coração. Quero que ele perdoe, mas isso não cabe a mim. A verdade é que, se eu precisasse fazer tudo de novo, eu mentiria novamente para mantê-lo a salvo. E não pode haver perdão sem arrependimento.

— Ele vai voltar atrás — fala Mikail, subindo pelas areias brancas à beira-mar e parando ao lado do bote.

— Não, acho que não vai. — As palavras saem trêmulas.

Não sei como estou sentada aqui tendo uma conversa com Mikail. Não sei como qualquer um de nós continua vivo, ou como ainda estou respirando quando sinto como se tivesse sido destripada.

— Como escapamos? — pergunto enfim, olhando ao redor. — Cadê a Sora? Ela está bem?

— É uma história muito longa, mas Sora está bem. Venha comigo, vou contar tudo.

Ele gesticula, e é só então que percebo que está segurando o Cetro D'água do Lorde Dragão. Sinto a energia emanada dele. É difícil me concentrar em qualquer coisa, até mesmo meu coração partido, com a intensidade com que sinto o cetro. Algo bem fundo dentro de mim quer pegá-lo e possuí-lo. Ignoro o ímpeto, embora pulse no ritmo de um tambor.

— Mikail — digo, sem ar.

Se ele está com a relíquia, quer dizer que derrotamos Wei de alguma forma. Mas, se for o caso, por que não estamos em Khitan?

— Onde estamos? — pergunto.

— Em Gaya. Minha casa — responde ele.

A ilha. A colônia de Yusan. O quarto reino que já foi independente, mas depois foi absorvido, dizimado e enfraquecido pelo império. Pela minha linhagem.

Mikail acabou de chamar este lugar de casa.

Olho para ele e para o cajado em sua mão. E então tudo faz sentido. A energia que sinto está irradiando *dele*. Eu a senti quando ele me deu o anel.

Mikail é da realeza de Gaya.

Estamos na ilha colonial com três das relíquias do Lorde Dragão. Não é possível, mas de alguma forma é verdade.

— E agora? — pergunto.

— Agora — diz ele, me ajudando a descer do esquife —, nós descansamos. Depois vamos atrás de vingança.

FIM, POR ENQUANTO

AGRADECIMENTOS

Obrigada à incrível e brilhante Liz Pelletier por torcer pelo meu trabalho. Eu poderia escrever quinhentas páginas sobre minha gratidão por todas as maneiras como você mudou minha vida e fez de mim uma escritora melhor, mas, por enquanto, basta te agradecer do fundo do meu coração. Nada disto teria acontecido sem você, e me sinto muito privilegiada por trabalharmos juntas. Obrigada também a Jen Bouvier por suas ideias, trocas e por tornar esta série possível.

Agradeço a todos na Red Tower por seu esforço incansável para dar forma a esta série. Obrigada à equipe esplêndida de edição, incluindo: Mary Lindsey, Rae Swain, Hannah Lindsey, Claire Andress e Jessica Meigs. Obrigada também à equipe incrível de arte, incluindo: Bree Archer, Juho Choi e Britt Marczak, mas especialmente a Elizabeth Turner Stokes. Obrigada a Curtis Svehlak e Viveca Shearin da produção. E obrigada à equipe fantástica de publicidade e marketing, incluindo: Ashley Doliber, Meredith Johnson, Heather Riccio, Brittany Zimmerman e Lizzy Mason. Obrigada a Nicole Resciniti por levar esta série para o mundo todo.

Muita gratidão à minha agente e sua assistente, Lauren Spieller e Hannah Morgan Teachout, por seus comentários, pela orientação e pelo apoio!

Obrigada aos meus quatro filhos, que me inspiram e me encantam. É uma bênção ter vocês como família. Obrigada à minha mãe por incitar o trabalho árduo e a dedicação, sendo um exemplo nisso tudo. A cada página, espero dar orgulho a você e ao meu pai.

Obrigada à minha irmã, à minha tia e a meus primos por sua animação e todo o amor.

Agradeço aos meus amigos que me apoiaram nos altos e baixos desta vida louca de escritora, principalmente Karen McManus, Alexa Martin, June Tan, Sabina Khan, Rachel Van Dyken, Matt Weintraub, Jessica Norgrove, Susan Thibault, Kiana Nyugen e minha parceira de maratonas literárias, Carissa Broadbent. Obrigada a Jenn Kocsmiersky por sua bela arte.

Agradeço aos influenciadores, livreiros, resenhistas e principalmente aos leitores por tornarem esta série um best-seller internacional!

Por fim, e mais importante, obrigada a John Coryea por me mostrar o que é o amor, por ser minha rocha nesta tempestade e por dar um lar ao meu coração. Eu estava viva, mas sem viver, antes de encontrar você. Amanhã e depois e depois.

Este livro foi composto na tipografia
Adobe Garamond Pro, em corpo 12,5/15,1,
e impresso em papel off-white no Sistema Cameron
da Divisão Gráfica da Distribuidora Record.